KB027684

WORLD OF WARCRAFT®

VOL'JIN
SHADOWS OF
THE HORDE

VOL'JIN
SHADOWS OF THE HORDE

마이클 A. 스텍폴 지음 / 조은경 옮김

제우미디어

볼진: 호드의 그림자

초판 1쇄 | 2013년 7월 2일
2판 8쇄 | 2016년 10월 4일

지은이 | 마이클 A. 스텍폴
옮긴이 | 조은경

펴낸이 | 서인석
펴낸곳 | 제우미디어
출판등록 | 제 3-429호
등록일자 | 1992년 8월 17일
주소 | 서울시 마포구 상수동 324-1 한주빌딩 5층
전화 | 02-3142-6845
팩스 | 02-3142-0075
홈페이지 | www.jeumedia.com

ISBN | 978-89-5952-287-3
• 파본은 본사나 구입하신 서점에서 교환해드립니다.

제우미디어 소설 공식 카페 | cafe.naver.com/jeunovels
제우미디어 페이스북 | www.facebook.com/jeumedia

만든 사람들
출판사업부 총괄 손대현 | **책임 편집** 김용진 | **기획** 전태준, 홍지영, 김혜리 | **디자인 총괄** 디자인수
제작 김금남 | **영업** 김응현, 김영욱, 신한길, 박임혜
도와주신분 백영재, 임순옥, 유원상, 블리자드코리아 현지화팀, 홍보팀, 커뮤니티팀, 마케팅팀, 웹서비스팀

매혹적인 세상을 경험하고 그 세상을
더욱 흥미롭게 만든 모든 워크래프트 게임 플레이어들에게.
(특히, 어찌하다보니 버퍼 역할을 해
나를 한 번 이상 구해준 이들에게)

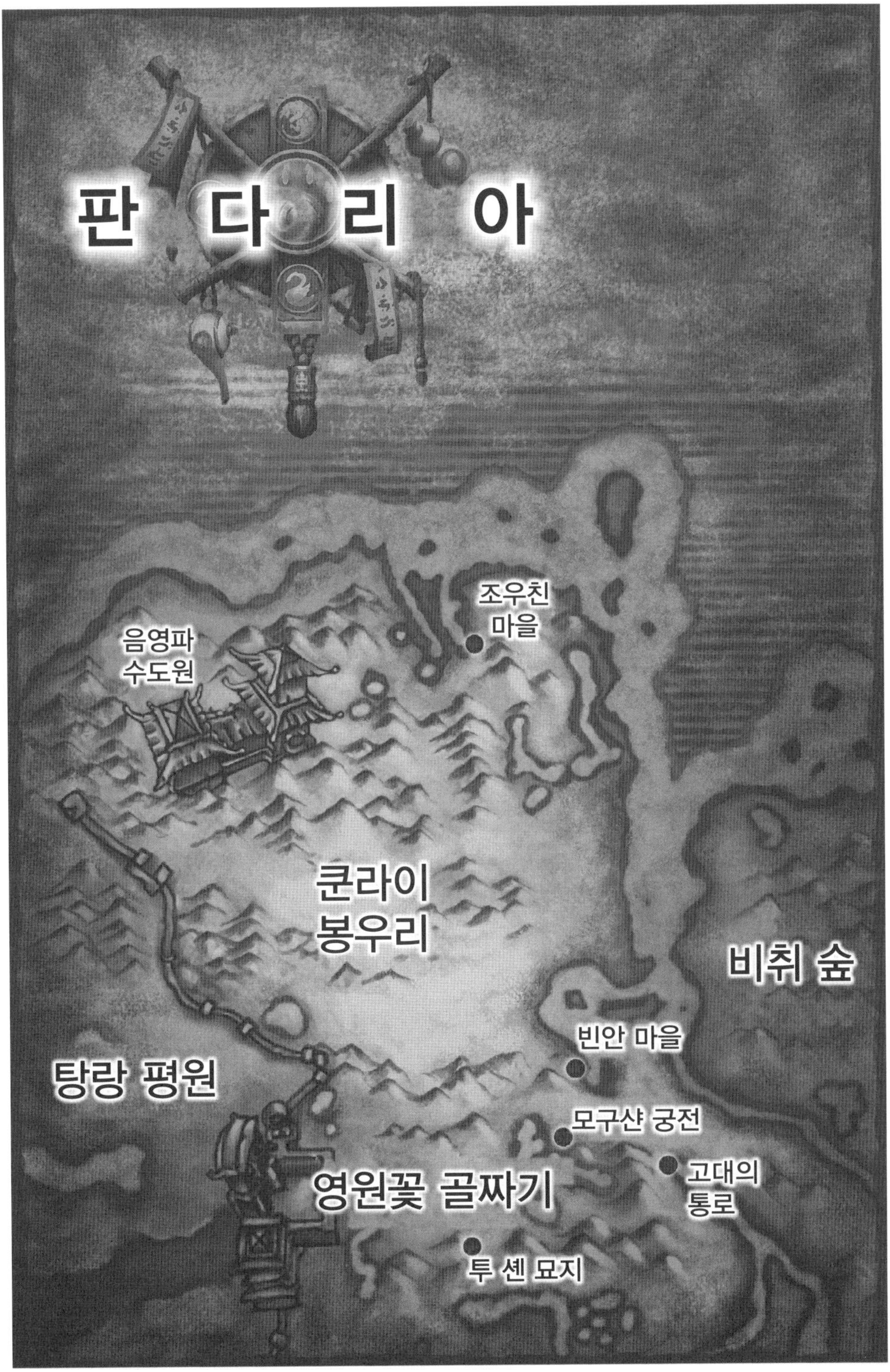
판 다 리 아
조우친 마을
음영파 수도원
쿤라이 봉우리
비취 숲
빈안 마을
탕랑 평원
모구샨 궁전
고대의 통로
영원꽃 골짜기
투 센 묘지

1

양조사 첸 스톰스타우트는 자신이 싫어하는 일을 생각할 수 없었다. 물론 그가 덜 좋아하는 일이 분명 있었다. 예를 들면 첸은 가장 최근에 양조한 맥주가 발효돼서 시험 삼아 마셔볼 수 있을 때까지 기다리는 일을 끔찍이도 싫었다. 맛이 어떨지 알고 싶어서가 아니었다. 맛이 어떨 거라는 점은 이미 알고 있었다. 보나마나 환상적인 맛일 터였다. 기다리는 게 싫은 이유는 그 시간 동안 새로운 재료로 맥주 만들 일을 생각하는 게 싫었기 때문이다. 그냥 바로 작업을 시작하고 싶었다.

하지만 양조는 시간과 정성을 들여야 하는 작업이었다. 따라서 양조 작업이 진행되고 있는 작업장에서 새로운 술이 익기만을 기다리는 일, 그것이 첸이 할 수 있는 유일한 일이었다. 그래서 첸은 몰두할 다른 무엇인가를 찾아야 했다. 안 그러면 머릿속으로 기다리고, 계획하고, 술이 익어 가는 동안 미치고 말 것이다.

바깥세상 아제로스에서는 몰두할 일을 찾기 쉬웠다. 그곳에는 언제나 자신을 좋아하지 않는 누군가가 있었고, 자신을 잡아먹으려는 굶주린 괴물들이 있었다. 그런 것들을 저지하는 일을 하다보면 나태하게 마음먹고 있을 틈이 없었다. 또한 예전에는 존재했던 곳, 다른 모습으로 바뀌어가는 곳, 다른 모습으로 변했다가 또 다시 예전의 모습으로 변하는 장소들이 있었다. 여행길에서 첸은 그런 곳을 많이 봤다. 심지어 그중 몇 군데는 다른 것으로 변하도록 돕기도 했다.

첸은 한숨을 쉬고 나른한 어촌 마을의 중심지를 바라봤다. 그곳에서는 그의 조카 리리가 빈안 마을의 어린 판다렌들과 놀아주고 있었다. 대부분이 마을 거주민이었고, 몇몇은 피난민들의 자식이었다. 첸은 리리가 어린 판다렌들에게 거대 거북이 센진 수를 타고 여행을 했을 때의 이야기를 해 주려고 했지만 계획이 수포로 돌아갔다고 생각했다. 아니면 이야기를 해 주며 어린 판다렌들과 실제 장면을 연기해보는 것일 수도 있었다. 리리가 어린 판다렌 무리에 휩싸이는 모습을 보면 싸움 장면을 이야기하는 게 분명했다.

"별일 없는 거니, 리리?"

판다렌의 검고 하얀 털이 들끓듯 북적이는 가운데 리리의 날씬한 몸이 갑자기 솟아났다.

"물론이죠, 첸 삼촌!"

하지만 답답함이 잔뜩 묻어 있는 리리의 눈은 그 말이 거짓임을 드러냈다. 리리는 몸을 숙여 판다렌 새끼 무리 중에 비쩍 마른 녀석을 하나 끄집어내 한쪽으로 던져놓더니 악을 써대는 어린 판다렌 무리들 속으로 다시 사라졌다.

첸은 잠시 개입을 해야 하지 않을까 고민하며 주저했다. 리리는 절대 위험한 상황이 아니었다. 뿐만 아니라 리리는 의지가 강했다. 정말로 도움이 필요하다면 결국 요청할 것이다. 그러기 전에 첸이 개입하면 리리는 자신이 스스로를 돌보지 못해서 삼촌이 그렇게 행동했다고 생각할 게 분명했다. 그러면 그 아이는 약간 뿌루퉁해 할 것이고, 첸은 리리가 그러는 게 싫었다. 뿐만 아니라 스스로를 보호할 수 있다는 걸 증명하기 위해 리리는 뭔가 무모한 짓을 벌일 테고, 그러다보면 더 큰 문제가 발생할 수도 있었다.

기본적인 이유는 그렇지만 츠앙 자매 둘이 뭐라 속닥거리고 있었기 때문에 첸은 더욱 자제했다. 츠앙 자매는 리우랑이 맨 처음 판다리아를 떠났을 때를 기억할 정도로 나이가 들었다. 정말 기억하는지 모르겠지만, 아무튼 츠앙 자매는 그렇게 말했다. 눈 주변을 제외하고 츠앙 자매의 털은 검은색보다 흰색이 더 많았지만, 첸은 그들이 그렇게까지 나이가 많지는 않을 거라고 생각했다. 그들은 일생을 판다리아에서 살았는데, 판다리아 주민들 중 떠도는 섬의 주민들과 알고 지내는 이는 거의 없었다. 그들은 '거북이를 추적하는' 자들에 대한 이야기를 했고, 첸은 일반적이지 않은 방법으로 그들을 어리둥절하게 만들며 즐거워했다.

그들이 보기에 리리는 분명 거북이를 쫓는 들개 중 하나였다. 충동적이고 실용적이며, 행동이 빠르고, 자기 능력을 약간 과대평가하는 경향이 있는 리리는 후오진 철학을 받아들이는 판다렌의 전형이었다. 모험심이 강한 판다렌들은 거북이를 타고 떠나거나 바깥세상으로 모험을 떠났다. 하지만 츠앙 자매는 그런 행동을 용인도, 칭찬도 할 수 없었다.

그러니 그렇게 행동하는 판다렌 역시 받아들일 수 없는 건 매한가지였다.

싫어하는 것이 분명한 첸의 성격으로 볼 때, 그는 분명 츠앙 자매를 싫어해야 맞았다. 그런데 첸은 츠앙 자매가 마음에 들었다. 스톰스타우트 양조장을 수리하고 환상적인 술을 만들어내는 것은 물론, 정착하기로 결심한 곳에 대해 좀 더 알기 위해서 첸은 판다리아를 돌아다녔다. 그러다 야운골 포위 기간 중 버려졌던 조그만 정원을 손보고 있던 두 자매를 발견했다. 첸이 힘들어하는 츠앙 자매에게 도움을 주겠다고 하자 그들은 별다른 대답을 하지 않았다. 하지만 그래도 첸은 팔을 걷어붙였다. 그는 울타리를 손보았고, 잡초를 제거했다. 대문으로 향하는 길에 새로운 받침돌을 놓았고, 숨을 머금고 있다 불을 뿜는 재주로 자매의 손자를 즐겁게 해주기도 했다. 첸은 쓸고, 물을 긷고, 장작을 패서 쌓아 놓았다. 달가워하지 않는 자매의 시선을 받으면서도 첸은 그 모든 일을 했다. 이유는 단 하나, 그들의 눈에서 불신감을 읽었기 때문이다.

첸은 오랫동안 힘들게 일했지만 츠앙 자매는 그에게 한마디도 하지 않았다. 그러다 처음으로 그들의 목소리를 들었다. 자매는 첸을 보고 말하지 않았다. 심지어 그에게 하는 말 같지도 않았다. 그들은 서로에게 말을 하는 중에 들으라는 듯 그를 향해 이야기했다. 자매 중 언니가 이렇게 말했다.

"타이거 구라미를 먹으면 딱 좋을 날이네."

이 말에 동생은 그저 고개를 까딱거렸다.

그게 명령이라는 걸 알아차린 첸은 즉시 따랐다. 그는 신중하게 행동했다. 첸은 바다에서 구라미 세 마리를 잡았다. 첫 번째 고기는 다시 바다로 던졌다. 마지막에 잡은 놈은 자매를 주기 위해 챙겨놓았고, 가장 큰 놈은 자식이 다섯인 피난민 어부의 아내에게 줬다. 그녀의 남편은 여전히 실종된 상태였기 때문이다.

첫 번째 물고기를 주면 그가 서두른다는 사실을 눈치채게 만든다는 점을 첸은 알고 있었다. 세 마리를 다 주면 과한 행동을 자랑스러워하는 성향이 있는 것으로 보일 수 있었다. 또한 그들이 다 먹지 못할 크기의 가장 큰 물고기를 주는 것은 신중함이 없고 계산을 할 줄 모른다는 의미였다. 하지만 첸은 다르게 행동함으로써 분별력과 사려 깊음 그리고 너그러움을 보였다.

첸은 츠앙 자매를 그런 식으로 대한다고 해서 친구나 지지자가 생길 거라고 생각하지 않았다. 그가 여행에서 만났던 많은 이들은 자매가 그저 감사할 줄 모른다고 생각하고 이들을 외면했을 것이다. 하지만 첸은 그들을 통해 판다리아와 그의 이웃이 될 판다리아 주민들에 대해 배울 수 있었다.

'어쩌면 내 가족도 그럴지 몰라.'

리리가 후오진의 철학을 담고 있는 실제의 보기라면, 츠앙 자매는 투슈이 철학을 대변한다고 할 수 있었다. 자매는 좀 더 깊이 생각했다. 그들은 정의와 도덕의 원대한 이념의 축소판이자 엄밀하고 지역적이며 소규모의 마을에 맞춰진 정의와 도덕의 이상에 반하는 행위를 평가했다. 사실 정의와 도덕의 원대한 개념은 츠앙 자매에게 아마 너무 과시적으로 느껴졌으리라.

첸은 자신이 철저히 중간 위치에 있다고 생각하는 걸 좋아했다. 그는 후오진과 투슈이를 조화롭게 섞어놓았다. 최소한 자신은 그렇다고 스스로에게 말했다. 좀 더 현실적으로 풀자면, 넓은 세상을 떠돌며 모험할 때는 후오진 쪽으로 기울었고, 이곳 판다리아의 파릇파릇한 계곡과 깊은 산 속에서 단순한 삶을 즐기는 판다렌들과 함께 있을 때는 투슈이가 적격인 듯했다.

사실 첸이 떨쳐버려야 할 것은 바로 마음속 깊은 곳에 자리 잡고 있는 생각이었다. 그것은 새로운 양조 작업이 아니라 언젠가는 두 가지 중 하나의 철학을 선택해야 하는 시기가 올 거라는 사실이었다. 첸이 판다리아에 정착한다면, 색싯감을 찾아 가족을 꾸린다면, 모험하는 삶은 끝날 것이다. 그저 평범한 양조사가 되어 앞치마를 두르고 곡물 가격을 두고 농부와 흥정을 하거나 맥주 값을 가지고 손님과 입씨름을 하며 살면 그만이었다.

'그것도 그리 나쁜 삶은 아니야. 그렇고말고.' 첸은 츠앙 자매를 위해 땔감을 가지런히 쌓아올렸다. '그런데 그것만으로 충분할까?'

그때 어린 판다렌의 비명에 퍼뜩 정신이 들었다. 리리가 몸을 숙인 이후로 다시 일어나지 않고 있었다. 첸의 속에서 뭔가 번쩍 불이 붙었다. 그것은 전투에 참가하라는 고대의 부름이었다. 그는 수많은 전투에 대해 알고 있었다. 첸은 렉사르, 볼진 그리고 스랄과 함께 싸웠다. 조카를 구하는 일쯤은 첸이 치룬 무시무시한 전투에 비하면 아무것도 아니었고, 그런 이야기를 하면 그의 양조장은 아주 유명해질 터였다. 하지만 행동을 취하려는데 안에서 뭔가가 그를 억제했다.

투슈이를 억제하는 그 무엇이었다.

첸은 얼른 뛰어가 첩첩이 쌓여 있는 털북숭이 더미를 헤치고 들어갔다. 그는 새끼 판다렌들의 목덜미를 움켜잡아 한쪽으로 던졌다. 거의 근육과 털로 이루어진 판다렌들은 이리저리 땅에 튕기고 굴러다니며 뒤엉켰다. 몇몇은 아래로 향해야 할 부분이 위로 향하는 바람에 서로 부딪치기도 했다. 간신히 몸을 풀고 일어서면 새끼 판다렌들은 다시 뛰어들 준비를 했다.

첸이 진짜 위협과 부드러운 경고를 적당하게 섞은 소리로 으르렁대자 새끼들은 얼어붙은 듯 딱 멈춰버렸다.

무리 중 조금 더 큰 판다렌이 본능적으로 벌떡 몸을 일으켜 세우자 나머지 새끼들도 따라했다.

"대체 무슨 일이냐?"

그중 좀 더 대담한 새끼 판다렌 컹나가 드러누워 있는 리리를 가리켰다.

"리리 사부가 싸우는 법을 가르쳐 주고 있는 중이었어요."

"내가 보니 싸우는 게 아니던데. 야단법석을 떠는 거지!"

첸이 과장되게 고개를 마구 흔들었다.

"만약에 야운골이 되돌아온다고 해도 그렇게 해서는 절대로 이길 수 없어. 제대로 된 훈련을 받아야지. 자, 잘 봐라!"

명령을 내리며 첸이 잽싸게 차렷 자세를 취했다. 그러자 새끼들이 완벽하게 그를 따라했다.

첸은 비어져 나오는 미소를 숨기려고 무던 애쓰며 새끼들을 하나씩, 또는 무리를 지어 보내서 땔감을 주워오라고, 물을 길어오라고, 츠앙 자매 집의 길에 놓을 모래를 가져오라고, 모래를 고르게 쓸어낼 빗자루를 가져오라고 지시했다. 첸이 잽싸게 손바닥을 마주치자 새끼 판다렌들은 활시위를 떠난 화살처럼 쏜살같이 맡은 임무를 완수하게 위해 튀어나갔다. 그는 새끼들이 시야에서 완전히 사라지자 리리에게 손을 내밀었다.

리리는 마음에 안 든다는 듯 코를 찡그렸다.

"내가 이겼어요."

"당연하지. 하지만 그게 요점이 아니잖니, 안 그래?"

"아니라고요?"

"그래. 너는 아이들에게 동지애에 대해 가르치고 있었어. 이제 저 녀석들은 작은 부대야."

첸이 미소를 지었다.

"조금만 훈련시키고 노동을 가르치면 쓸모가 있을 거야."

마지막 말은 먼저 이득을 본 츠앙 자매에게 들으라고 크게 말했다.

리리는 첸이 내민 앞발을 의심스러운 눈으로 바라보다 잡고 몸을 일으켰다. 그리고는 빠져나와 엉망이 된 옷을 다시 잘 집어넣었고, 도복을 묶는 띠도 다시 묶었다.

"땅속 요정들보다 더 심하더라고요."

"당연한 것 아니냐? 저 녀석들은 판다렌이야."

이 말도 츠앙 자매가 들으라고 크게 외쳤다. 그리고 다시 목소리를 낮췄다.

"네가 참은 것에 대해 칭찬한다, 리리."

"농담하시는 거죠?"

리리는 자신의 왼쪽 팔뚝을 쓰다듬었다.

"어떤 녀석은 날 물기도 했어요."

"너도 알다시피 싸울 때는 항상 무는 놈이 있지."

리리는 잠시 생각을 하다 미소를 지었다.

"그건 피할 수가 없네요. 아무튼 고마워요."

"뭐가?"

"절 꺼내줘서요."

"아, 그건 순전히 이기적인 목적 때문이었다. 오늘은 더 이상 물 긷기를 하고 싶지 않은데 여긴 그루멀이 없잖니. 그래서 네 작은 군대의 손을 좀 빌렸지."

리리는 눈썹을 치켜세웠다.

"놀리는 거 아니죠?"

첸은 머리를 높이 들고 리리를 내려다봤다.

"무술의 고수인 내 조카가 설마 새끼 판다렌들을 어쩌지 못해서 내게 도움을 청할 거라고 생각했다는 거냐? 내가 그럴 거라고 생각했다면, 넌 내 조카가 아니지."

리리는 얼굴을 찡그리며 잠시 가만히 있었다. 첸은 리리의 눈이 빠르게 움직이는 것을 봤다. 리리가 이치를 따지고 이해할 때 취하는 버릇이었다.

"알았어요. 그래요, 첸 삼촌, 고마워요."

첸은 웃으며 팔을 리리의 어깨에 걸쳤다.

"어린 판다렌들을 다루는 건 피곤한 일이지."

"맞아요."

"나야 딱 하나만 다루면 됐지만 말이다. 그런데 워낙 골치 아픈 녀석이었어."

리리는 팔꿈치를 첸의 옆구리에 박았다.

"지금도 그렇죠."

"그래도 얼마나 대견한지 몰라."

"아닐걸요. 내가 삼촌 양조장에서 일해도 되냐고 청하지 않았던 일 때문에 실망한 거 아니에요?"

리리가 첸의 팔을 풀고 나오며 말했다.

"왜 그런 생각을 한 거냐?"

리리는 왠지 불편한 듯 어깨를 으쓱해 보이며 스톰스타우트 양조장이 있는 네 바람의 계곡을 바라봤다.

"저기 있으면 삼촌은 행복해요. 양조장을 무척 좋아하잖아요."

첸이 씁쓸한 미소를 지었다.

"그래, 네 말이 맞다. 내가 왜 너한테 방랑을 접고 이리 와서 나랑 함께 있자고 청하지 않았는지 알고 싶니?"

리리의 얼굴이 밝아졌다.

"네, 알고 싶어요."

"그건 말이지, 조카야, 나에게는 여전히 모험을 즐길 동료가 필요하기 때문이란다. 내가 깊은 동굴 속에 있는 두로테리언 이끼가 필요하다고 하면 누가 그걸 따오겠니? 그것도 적당한 가격에? 양조장을 운영한다는 것은 책임을 진다는 의미야. 그러면 한 번에 몇 달, 또는 몇 년씩 비울 수 없어. 그러니 내가 믿을 수 있는 누군가가 필요한 거야. 나중에 언젠가는 돌아와 나를 대신해 양조장을 맡아줄 그 누군가가 말이다."

"하지만 나는 양조사가 될 자질이 없어요."

첸은 동의하지 않는다는 의미로 앞발을 내저었다.

"그거야 상주할 양조사를 고용하면 되지. 하지만 양조장을 이어가는 건 스톰스타우트 집안이어야 해. 아니면 내가 잘생긴 양조사를 고용하는 거지. 그러다 네가 그와 결혼을 할 수도 있고, 그래서……."

"……그래서 내 자식들이 양조장을 물려받고요?"

리리가 고개를 흔들었다.

"삼촌, 아마 다음에는 부글부글 끓을 정도로 많은 제 아이들을 보게 될 거예요."

"리리, 너를 보는 건 언제든지 즐겁단다. 언제나."

첸은 리리가 혹시 포옹을 하지 않을까 생각했다. 그렇다면 기꺼이 자신도 화답을 하겠지만, 두 가지 이유에서 그렇게 하지 않기로 했다. 첫째, 츠앙 자매가 그들을 보고 있었다. 감정 표현을 하면 그들이 불편해 할 것이다. 그리고 더욱 중요한 이유는 눈을 동그랗게 뜬 컹나가 소리를 지르며 츠앙 자매의 채소밭을 가로질러 뛰어왔기 때문이다.

"마스터 첸, 마스터 첸, 강에 괴물이 있어요. 아주 커요! 몸이 파랗고 머리카락은 빨간데, 심하게 부상을 당했어요. 강둑에 매달려 있어요. 발톱도 있고요!"

"리리, 새끼들을 한군데 모아라. 물가에서 멀리 떨어져 있게 해. 그리고 따라오지 마라."

리리가 첸을 바라봤다.

"하지만 혹시라도……?"

"네 도움이 필요하면 소리를 치마. 어서 가봐라, 빨리."

그리고 첸은 자매를 쳐다봤다.

"폭풍이 올 것 같습니다. 안으로 들어가서 문을 잠그고 계세요."

자매는 잠시 반감을 가진 듯한 시선으로 첸을 바라봤지만 아무 말도 하지 않았다. 첸은 정원을 가로질러 전력 질주했다. 첸은 쿵나가 버려둔 나무 양동이를 보며 자신의 위치를 파악했다. 강가로 뻗어 있는 평평한 잡초밭을 뚫고 쿵나가 남긴 흔적을 찾는 일은 전혀 어렵지 않았다. 강둑을 반쯤 갔을 때, 첸은 괴물을 발견했다.

그리고 바로 알아봤다. '트롤이야!'

쿵나가 맞았다. 트롤은 심한 부상을 당한 상태였다. 걸치고 있는 옷은 다 찢어져서 너덜거렸고, 그 아래 드러난 몸 역시 나을 바 없었다. 트롤의 몸은 반쯤 강가에 걸쳐 있었다. 몸을 지탱해주는 것은 발톱이 달린 손과 강둑 진흙에 박혀 있는 엄니뿐이었다.

첸은 무릎을 꿇고 얼른 트롤의 몸을 자기 쪽으로 돌렸다.

"볼진!"

첸은 만신창이가 된 볼진의 목을 쳐다봤다. 볼진의 목에 난 구멍에서 나는 거친 숨소리와 상처에서 흐르는 피를 보지 못했다면 첸은 옛 친구가 죽었다고 생각했을 것이다. '아니, 죽어가고 있는지도 몰라.'

첸은 볼진의 팔을 잡고 강에서 잡아당겼다. 쉽지 않은 일이었다. 강둑 위쪽에서 부스럭거리는 소리가 들리더니 리리가 나타났다. 리리가 볼진의 왼쪽 어깨를 들며 삼촌을 도왔다.

첸과 리리의 눈이 마주쳤다.

"삼촌이 소리치는 걸 들은 것 같아서요."

"아마 그랬나보다."

첸은 무릎을 꿇었다가 일어나며 팔로 트롤을 들어올렸다.

"내 친구 볼진이 심하게 다쳤다. 아무래도 중독된 것 같아. 어떻게 여기로 왔는지 모르겠구나. 살 수 있을지도 미지수야."

"이 트롤이 삼촌이 항상 이야기하던 볼진이로군요."

리리는 눈을 크게 뜨고 심하게 부상당한 트롤을 바라봤다.

"어떻게 할 거예요?"

"방법을 찾아봐야지."

그렇게 말하면 첸은 쿤라이 봉우리에 세워진 음영파 수도원 쪽을 바라봤다.

"저기로 데리고 가야겠다. 버려진 트롤을 받아줄 공간이 수도사들에게는 있을지도 몰라."

2

검은창 부족의 그림자 사냥꾼 볼진은 이보다 더 끔찍한 악몽은 상상할 수 없었다. 그는 전혀 움직일 수가 없었다. 손가락 하나 움직일 수 없었고, 눈도 뜰 수 없었다. 사지가 뻣뻣했다. 팔다리를 묶은 것이 무엇이었든, 배를 연결하는 밧줄처럼 무겁고 강철 사슬보다도 튼튼한 것 같았다. 숨을 쉬려고 했지만 상처 때문에 깊게 쉴 수가 없었다. 볼진은 포기하고 싶었다. 하지만 자신이 끝낼 수도 있을 것 같은 고통과 지친 두려움에 계속 대항하려고 애썼다. 숨 쉬지 않는 것을 무서워한다는 건 살아있다는 증거였다.

'내가 정말 살아있는 건가?'

'그래, 지금은 그렇다, 내 아들아. 지금은.'

순간 볼진은 아버지의 목소리를 알아들었다. 하지만 정말 들은 것인지 귀를 의심할 수밖에 없었다. 목소리가 들려오는 듯한 쪽으로 고개를 돌리려 애써봤지만 그렇게 할 수 없었다. 몸을 움직일 수 없었다. 그래도 정신을 집중했다. 볼진은 아버지, 센진을 봤다. 그는 아버지와 보조를 맞추고 있었다. 하지만 걷는 것은 아니었다. 그들은 어딘가를 향해 움직이고 있었지만, 어떻게 그럴 수 있는지, 어디로 향하는지는 알 수 없었다.

'죽은 게 아니라면 살아있는 게 분명해.'

강하고 낮은 목소리가 반대쪽, 볼진의 왼편에서 들려왔다.

'아직은 여전히 불안정하구나, 볼진.'

볼진의 의식은 목소리를 찾아 여기저기를 헤맸다. 루쉬카 가면을 쓴 것 같은 전형적인 트롤의 무서운 얼굴이 차가운 눈으로 찬찬히 볼진을 바라봤다. 죽은 트롤의 수호자인 로아, 브원삼디가 천천히 고개를 흔들었다.

'내가 너를 그렇게 만들었더냐, 볼진? 잘라제인으로부터 너희 고향을 해방시켜줬거늘, 너희 검은창 부족은 마땅히 내게 바쳐야 할 제물을 바치지 않고 있다. 그리고 모든 것을 내게 맡겨야 하는 때에 너는 삶에 집착하고 있구나. 내가 너를 가혹하게 대했느냐? 나, 브원삼디가 네 숭배를 받을 자격이 없단 말이냐?'

볼진은 필사적으로 주먹을 쥐고 싶었지만 감각이 없는 팔에 달린 손은 미약했고, 축 늘어져 있을 뿐이었다.

'해야 할 일이 있습니다.'

로아가 웃었다. 그 웃음소리가 볼진의 영혼을 때렸다.

'그대 아들이 하는 말을 들어보라, 센진이여. 내가 그에게 곧 그의 시간이 될 거라고 말하면, 볼진은 자신에게 필요한 것이 가장 중요하다고 대답하겠구려. 그대는 어찌 아들을 저리도 반항적으로 길렀는가?'

엷은 안개 같이 시원한 센진의 웃음이 달래주듯 상처 입은 볼진의 육신을 적셔주었다.

'나는 로아가 힘을 숭상한다고 볼진에게 가르쳤습니다. 그대는 볼진이 제물을 충분히 바치지 않아 불만스러워하더니, 이제 볼진이 더 큰 제물을 바치기 위해 시간을 좀 더 달라 하는 것을 못마땅해 하시는군요. 로아여, 내가 그대를 지루하게 만들기 때문에 지금 내 아들이 그대를 즐겁게 만들어줘야 한다고 생각하나이까?'

'센진, 그대는 볼진이 산다면 나를 섬길 수 있을 거라 생각하는가?'

볼진은 아버지가 미소 짓는다는 것을 느낄 수 있었다.

'브원삼디여, 내 아들에게도 여러 가지 이유가 있을 겁니다. 그러나 그대의 목적에 맞춰준다면, 그대에게는 충분하다고 보오이다.'

'센진, 지금 내가 할 일이 무엇인지 상기시켜주는 것인가?'

'위대한 영혼이여, 나는 그대가 오랫동안 우리에게 가르쳐왔던 것을 다시 한 번 말씀드릴 뿐입니다.'

또 다른 누군가가 웃는 소리, 멀리서 들리는 웃음소리가 부드럽게 볼진을 흔들었다. 다른 로아였다. 슬픔에 울부짖는 높은 톤의 웃음과 낮게 우르르 거리는 소리는 히르이크와 시르밸라가 대화를 하고 있다는 표시였다. 그 소리가 들리자 볼진은 기뻤지만, 그런 자유를 누리려면 치러야 할 대가가 있다는 걸 알고 있었다.

으르렁거리는 브원삼디의 목소리가 들려왔다.

'그렇게 쉽게 항복할 테냐, 볼진? 그렇다면 내 너를 거부해야겠다. 너는 진정한 나의 자식이 아니다. 그림자 사냥꾼아, 앞으로 네가 치러내야 할 전투는 지금까지 겪어온 그 어떤 것보다 더 치열하고 험난할 것이다. 항복하길 원하게 될 것이야. 너의 승리로 얻은 짐이 너를 갈아 먼지로 만들어 버릴 테니까.'

그리고 브원삼디는 즉시 사라져버렸다. 볼진은 아버지의 영혼을 쫓았다. 드디어 가까이 다가갈 수 있었지만, 센진의 영혼은 사라져버렸다.

'제가 다시 아버지를 잃어버린 것입니까?'

'나는 너의 일부이니 결코 나를 잃어버리는 일은 없다, 볼진. 네가 자신에게 진실하다면 나는 언제나 너와 함께할 것이다.'

볼진은 다시 한 번 아버지의 미소를 느꼈다.

'아들을 자랑스러워하는 아비는 결코 그 아들이 떠나게 내버려두지 않

는 법이지.'

깊이 생각해봐야 할 말이지만 충분한 위안이 되었다. 그래서 볼진은 더이상 죽음을 두려워하지 않았다. 그는 살 것이다. 그리고 계속 아버지가 자랑스러워할 아들이 될 것이다.

볼진은 브원삼디가 예언한 무서운 운명에 맞서 대항할 것이다. 그렇게 굳게 확신하자 숨쉬기가 편안해졌고, 고통도 잦아들었다. 그렇게 볼진은 평화의 검은 우물 속으로 빠져 들어갔다.

• • •

의식이 다시 돌아오자 볼진은 몸이 온전해졌다는 사실을 깨달았다. 팔다리에 힘이 있었고, 꼿꼿하게 일어설 수 있었다. 볼진은 강렬한 태양빛이 내리쬐는 성채 안마당에 수천 명의 트롤들과 함께 서 있었다. 키가 볼진보다 머리 하나 정도는 더 컸지만 아무도 문제 삼지 않았다. 아니, 사실은 아무도 그의 존재를 눈치채지 못하는 것 같았다.

또 다른 꿈, 환상이었다.

볼진은 처음에는 그곳이 어딘지 알아보지 못했다. 하지만 전에 가본 적이 있는 곳이라는 걸 알 수 있었다. 아니면 나중에 갈 곳일 수도 있었다. 이 도시는 주변 정글의 침입에 굴복하지 않았다. 담장에 새겨진 조각물은 선명했고, 아치도 부서지지 않았다. 바닥에 깔려 있는 자갈도 깨지거나 파헤쳐진 부분이 없었다. 그들 앞에 서 있는 계단식의 피라미드는 세월의 흐름에 전혀 유린당하지 않고 꼿꼿했다.

볼진은 트롤의 일족이자 다른 모든 부족의 조상인 잔달라 사이에 서 있었다. 오랜 시간 동안 잔달라는 가장 크고, 가장 많은 숭배를 받았다. 환상속에서 그들은 하나의 부족이라기보다는 강하고 학식이 높은 지도자가 될만한 사제 계급처럼 보였다.

그러나 볼진의 시대에 그들의 지도력은 약화되었다. '그들의 꿈이 모두 바로 여기에 갇혀 있었기 때문이지.'

이때는 잔달라 제국의 힘이 아주 강력한 시기였다. 잔달라는 한때 아제로스를 장악하기도 했지만, 스스로의 힘에 희생되고 말았다. 욕심과 탐욕이 음모를 불러일으켰다. 결국 파당이 나뉘었고, 볼진의 검은창 트롤을 몰아낸 구루바시 제국처럼 새로운 제국이 일어났다. 하지만 그들 역시 몰락했다.

잔달라는 그들이 지배자였을 때로 돌아가기를 갈망했다. 그때는 트롤이 가장 고귀한 종족이었다. 합세한 트롤들은 가로쉬 같은 인물은 꿈도 꾸지 못할 정도까지 부상했다.

고대의 강력한 마법이 볼진에게 쏟아져 들어왔다. 그래서 볼진이 잔달라를 볼 수 있었던 것이다. 티탄의 마법이 잔달라의 마법보다 먼저 있었고, 그래서 더욱 강력했다. 매끄럽게 스르륵 기어 다니고 쏘는 것들보다 잔달라가 더욱 컸던 것처럼 티탄은 잔달라보다 더 컸고, 그래서 마법도 더욱 강력했다.

볼진은 유령처럼 잔달라 사이를 누볐다. 그들의 얼굴은 무시무시한 미소로 빛났다. 나팔을 요란하게 불고 북을 치며 트롤들을 전장으로 불러 모을 때 그들의 얼굴에 서린 미소와 똑같았다. 트롤은 찢어발기고 도륙하기 위해 만들어진 종족이었다. 아제로스는 그들의 세계였고, 그 안의 모든 것이 트롤의 소유였다. 적들의 정체성이라는 면에서 봤을 때 볼진이 다른 트롤들과 다른 점이 있을지 몰라도, 전장에서 그는 누구보다 용맹스러웠다. 그리고 검은창 부족이 적을 정복하고 메아리 섬을 해방시킨 점을 무척 자랑스러워했다.

'그러니까 브원삼디가 이 환상을 보여주며 나를 조롱하고 있구나.' 잔달라는 제국을 꿈꾸었고, 볼진은 자신의 부족에게 가장 이로운 것을 바랐다. 볼진은 그 차이점을 알고 있었다. 살육을 계획하는 일은 아주 간단했다. 하지만 미래를 만들어내는 일은 훨씬 복잡했다. 전투로 찢겨져 피투성이가 된 제물을 좋아하는 로아에게 볼진의 환상은 전혀 매력적이지 않았다.

볼진은 피라미드 위로 올라갔다. 위로 올라가자 상황이 더욱 중대해졌다. 전에 볼진은 침묵의 세계에 있었지만, 이제는 바위를 뚫고 북을 퉁기는 소리가 들려왔다. 부드러운 바람이 가벼운 그의 털을 살짝 건드렸고, 머리카락을 헝클어뜨렸다. 그리고 향긋한 꽃냄새도 났다. 흩뿌려진 피보다 약간 날카로운 냄새였다.

북소리가 볼진을 때리며 안으로 들어왔다. 그의 심장이 함께 쿵쿵거렸다. 그리고 목소리가 들렸다. 아래쪽에서는 함성이 들려왔고, 위에서는 명령이 내려왔다. 볼진은 후퇴하지 않으려고 했지만, 더 이상 피라미드에 오르지도 않았다. 마치 호수에 빠지면 물을 거슬러 올라가듯 시간을 뚫고 올라가는 것 같았다. 정상에 오른다면 볼진은 잔달라 부족과 함께 그들이 느꼈던 것을 느끼게 되리라. 볼진은 잔달라 부족의 자부심을 알고 있었다. 그들의 꿈을 함께 호흡할 것이다.

그리고 볼진도 그들과 함께 하나가 될 것이다.

그러나 그는 스스로에게 그런 사치를 허락하지 않을 것이다.

볼진이 검은창 부족에 대해 품는 꿈이 브원삼디에게는 흥미롭지 않을 수 있었다. 하지만 그렇게 해서 검은창 부족은 살 수 있었다. 잔달라가 알고 있던 아제로스는 완전히 그리고 복구 불가능할 정도로 변해버렸다. 차원의 문들이 열렸고, 그 문을 통해 새로운 종족들이 유입되었다. 대륙은 풍비박산이 났고, 인종들이 뒤틀렸고, 잔달라 부족이 알고 있던 것보다 더 많은 힘이 풀려났다. 엘프, 인간, 트롤, 오크, 심지어 고블린을 포함해 서로 공통점이 없는 인종들이 힘을 합쳐 데스윙을 무찔렀고, 잔달라에게 거역하고 반항했다. 잔달라 부족은 그들이 지배하는 세상을 재건하고 싶었지만, 이미 세상은 너무도 달라졌다. 그들은 결코 꿈을 실현할 수 없었다.

볼진은 하던 일을 갑자기 멈춰버렸다. '다시는 강력한 세상이 되지 못할 거야.'

눈을 깜박거리자 환상이 바뀌었다. 이제 볼진은 피라미드의 정상에 서서 검은창 부족들의 얼굴을 내려다보고 있었다. 볼진의 검은창 부족민들. 그들은 세상에 대한 볼진의 지식을 믿었다. 볼진이 한때 그들이 누렸던 영광을 다시 찾을 수 있다고 말하면 그들은 볼진을 따를 것이다. 그가 가시덤불이나 듀로타를 치자고 하면 명령을 따를 것이다. 검은창 부족은 그저 볼진이 원한다면 그들이 가는 모든 경로를 지배하며 섬을 들끓게 만들 것이었다.

볼진은 할 수 있었다. 그는 방법을 알았다. 스랄은 볼진의 말을 들었고, 군사 문제에서 볼진을 신뢰했다. 볼진은 전투를 계획하고 전략을 수립하며 몇 달 정도 회복기를 가질 수도 있었다. 그가 판다리아에서 돌아와서 일이 년 내에, 그때까지 볼진이 계속 그곳에 있었다면 검은창 부족의 깃발은 피로 적셔지고 전보다 더욱 심한 두려움의 대상이 될 터였다.

'그렇게 해서 내가 얻는 것은 무엇이지?'

'내가 기쁘겠지.'

볼진이 획 돌아섰다. 거대한 모습의 브원삼디가 귀를 앞으로 뻗고 밑에서 고동치는 듯한 함성을 모으는데 힘쓰며 볼진의 위에 서 있었다.

'그러면 네게는 평화가 올 것이다, 볼진. 너희 트롤의 피가 원하는 일을 하는 것이니까.'

'그것이 우리가 존재하는 이유입니까?'

'로아는 네가 그 이상이 되기를 원하지 않는다. 그 이상이 된다고 해도 아무런 소용이 없다.'

볼진은 로아의 말에 대해 곰곰이 생각하며 답을 찾았다. 그렇게 답을 찾고 있던 그는 어느 순간 빈 공간을 노려보고 있었다. 빈 공간의 어둠이 다가와 확실한 답도, 평화도 찾지 못한 볼진을 완전히 에워쌌다.

• • •

볼진은 드디어 깨어났다. 눈을 떴고, 꿈이 아니라는 걸 알았다. 희미한 빛이 눈을 가린 거즈를 통해 눈으로 들어왔다. 보고 싶었지만 그러려면 손을 들어 붕대를 풀어야 했다. 그런데 그렇게 할 수 없었다. 손이 몸과 연결되어 있다는 생각이 전혀 들지 않았다. 손이 묶여 있어서인지, 손목이 잘라져서인지 알 수 없었다.

살아있다는 사실에 볼진은 힘이 났고, 어떻게 부상을 당했는지 생각해내려고 애썼다. 하지만 살았다는 것이 확실해지기 전에는 이런 노력이 왠지 헛되이 여겨졌다.

누가 요청한 것도 아니었지만, 가로쉬가 원했던 것 따위는 즐겁게 무시한 채 볼진은 새로운 땅, 판다리아를 여행하기로 했다. 가로쉬가 호드에게 무슨 일을 하게 했는지 보고 싶었기 때문이다. 볼진은 첸 스톰스타우트 덕분에 판다렌에 대해 알고 있었고, 호드와 얼라이언스의 전쟁으로 판다리아가 잿더미가 되기 전에 그들의 고향이 보고 싶었다. 볼진이 가로쉬를 저지할 계획을 가지고 도착하지는 않았지만 전에 그에게 화살을 쏘겠다고 위협한 적이 있었기 때문에 만일을 대비해 활을 챙겨왔다.

평소처럼 불쾌한 기분이긴 했지만 가로쉬는 볼진에게 호드의 노력에 맞춰 무엇인가 공헌할 기회를 제안했고, 볼진도 그에 동의했다. 호드를 위해서라기보다는 가로쉬의 야망에 제동을 건다는데 의의를 뒀기 때문이다.

그래서 가로쉬가 신뢰하는 오크, 라크고르 블러드레이저를 비롯해 다른 몇몇 모험가들과 함께 판다리아를 탐험하는 임무를 맡고 길을 떠났다.

볼진은 판다리아와 전에 가본 곳을 비교하며 여행을 즐겼다. 마모되고 부서져서 둥글어진 산을 보기는 했지만 판다리아의 산들은 그저 부드러워 보일 뿐이었다. 물론 화가 난 것처럼 봉우리가 뾰족한 산이 판다리아에 없는 것은 아니지만, 들쑥날쑥한 게 아니라 깎아낸 것 같은 모습이었다. 정글과 수풀에는 생명이 가득했다. 하지만 가시덤불 골짜기처럼 치명적인 위협을 숨기고 있는 것 같아 보이지 않았다. 폐허가 된 곳도 있었지만, 그저 버려져서 그런 것이지 파괴되거나 파묻혀서 생긴 것은 아니었다. 바깥 세상이 증오와 폭력의 재앙 때문에 시름하고 있을 때에도 판다리아는 그 아픔을 전혀 맛보지 않는 듯했다.

'아직은 아니군.'

볼진의 무리는 원래의 목표에 빨리 도달했다. 볼진에게는 모든 게 너무 일렀다. 라크고르와 측근 둘이 와이번의 날개를 타고 정찰을 나갔다. 볼진과 나머지 무리가 어떤 동굴 입구에 도달했을 때까지도 그들은 돌아오지 않았다. 커다란 인간 형태의 도마뱀 괴물들이 동굴 입구를 지키고 있었다. 모험가 몇 명이 도마뱀 괴물들을 베어버리고 검고 깊숙한 동굴 속으로 들어갈 준비를 했다.

들어가자마자 어딘가에 숨어 있던 검은 박쥐들이 날카로운 소리를 내며 일시에 쏟아져 나왔다. 볼진 혼자만 희미하게 박쥐의 비명을 들었다. 다른 일행들은 그저 박쥐가 날개를 퍼덕거리는 소리 이외에는 아무것도 듣지 못한 듯했다. 로아 중 하나인 히르이크가 박쥐의 모습을 하고 있었다.

'더 이상 가봐야 좋을 일이 없다는 신의 경고입니까?'

로아는 아무런 대답도 하지 않았다. 그래서 검은창 부족의 전사 볼진이 길을 안내했다. 앞으로 나갈수록 무엇인가 차갑고 부패하는 냄새가 심해졌다. 볼진은 멈춰서 쪼그리고 앉아 장갑을 벗은 다음, 습기를 머금은 흙을 퍼서 냄새를 맡았다. 썩은 식물의 옅은 단내와 함께 박쥐 배설물의 시큼한 냄새가 났다. 그밖에도 볼진은 다른 것을 감지했다. 사우록이 분명한데, 뭔가 섞여 있었다.

볼진은 코를 막고 눈을 감았다. 그리고는 손을 반쯤 그러쥔 다음 엄지손가락으로 흙을 비벼 걸러냈다. 흙이 다 떨어지자 볼진은 다시 손을 벌린 다음 뻗었다. 그러자 촛불을 끄면 연기가 제멋대로 날아가듯 거미줄 같이 가벼운 잔여 마법이 볼진의 손바닥을 가볍게 두드렸다.

그리고는 쐐기풀처럼 그의 손바닥을 할퀴었다.

'이곳은 진정한 지옥이구나.'

볼진은 다시 눈을 뜨고 오래된 동굴 길을 따라 깊은 곳으로 전진했다. 갈림길에 도달하자 모험가들이 양쪽을 차지했다. 오른손을 펼친 트롤은 공기를 훑어 단서를 찾을 필요도 없었다. 처음에는 거미줄 같이 얇던 것이 실타래만 해지더니 밧줄만큼 굵어질 기세였다. 조금씩 커질 때마다 조그만 가시가 함께 나왔다. 고통이 더 심해지지는 않았지만, 트롤의 손바닥을 가로지른 줄무늬는 점점 더 커졌다.

마법이 배를 묶을 때 사용하는 단단한 밧줄만 해질 때쯤, 볼진 일행은 아직까지 한 번도 본 적 없는 거대한 사우록이 지키는 커다란 공간을 발견했다. 그 공간의 중심부에는 증기를 뿜어내는 동굴 호수가 자리하고 있었다. 그리고 수백, 아니 수천 개의 사우록 알이 부화를 기다리는 듯 호수 주변을 감싼 형태로 놓여 있었다.

볼진이 손을 들어 모두를 멈추게 했다. '마법의 심장부에 있는 사우록의 서식지구나.'

그런데 볼진이 상황을 완전히 깨닫고 받아들이기 전에 사우록이 볼진 일행을 발견하고는 공격해왔다. 트롤과 그 일행은 용감히 싸웠다. 사우록도 맹렬하게 싸웠다. 볼진 쪽이 우세하기는 했지만, 모두가 상처를 입고 피를 흘렸다. 다른 이들은 상처를 돌보느라 바빴지만, 조사를 해봐야겠다는 생각에 볼진은 조용히 호수의 얕은 곳으로 걸어 들어가 넓게 팔을 펼쳤다. 그리고 눈을 감고 천천히 원을 그리며 돌았다. 보이지 않는 마법의 줄이 마치 정글에 있는 넝쿨처럼 볼진의 팔과 몸을 휘감고 조여 왔다. 줄에 묶인 채 불에 타는 듯한 기분을 느끼며 볼진은 오로지 그림자 사냥꾼만이 할 수 있는 방식으로 그곳을 파악했다.

오랜 고통 속에 혼령들이 비명을 질렀다. 사우록이 진액을 볼진에게 확 뿌리며 영겁의 세월 전 차가운 바닥에서 고통에 몸을 비틀던 살무사처럼 그의 배를 스르륵 기어갔다. 이 뱀은 본성이나 정신적인 면에서 본능에 충실했다.

그리고는 무시무시한 마법이 뱀을 강타했다. 대부분의 마법사가 구사할 수 있는 마법을 잉걸불이라고 한다면, 이 마법은 화산 같았다. 마법은 수천 개의 검은 가시로 황금의 영혼을 꿰뚫으며 뱀의 몸 안으로 흘러들어 갔다. 그러더니 가시들은 이쪽에서 저쪽, 아래에서 위, 안에서 밖, 미래에서 과거, 거짓에서 진실을 뚫듯 뱀을 찢으며 나왔다.

볼진은 마음의 눈으로 가시가 계속해서 뱀을 찢으며 시위가 팽팽히 당겨진 활에 뱀의 황금빛 영혼을 넣고 당기는 것을 봤다. 갑자기 가시는 중앙을 향해 반대 방향으로 날아갔다. 이렇게 날아가던 가시들이 황금색 줄을 끌어당겨 신비롭게 꽜다. 줄은 비틀어졌고, 매듭이 생겼다. 끊어지는 줄도 있었지만 새로운 끝을 만나 다시 이어졌다. 그러는 동안 뱀은 쐐액 소리를 내며 비명을 질렀다. 전에 있던 모습에서 완전히 새로운 것으로 다시 태어

나는 순간이었다. 이런 경험으로 반쯤 화가 나 있었지만, 창조주의 손에서
는 나긋나긋하고 유연하고 완전히 새로운 것으로 재탄생했다.

그리고 절대 하나가 아니었다.

사우록이라는 이름이 붙여졌다. 이렇게 잔인한 최초의 창조 작업 이전
에는 존재하지 않던 이름이었다. 이름에는 힘이 있었다. 이름이 새로운 창
조물을 정의했다. 그리고 마법에 사용되었던 베일이 거둬지며 이름은 사
우록의 주인들도 정의했다. 사우록을 만든 건 모구였다. 볼진이 알기로 모
구는 어두운 전설의 희미한 그림자였다. 그들은 죽어서 사라진 존재였지
만, 그들이 구사하는 마법은 그렇지 않았다. 완전히 다른 것을 만들어낼
수 있는 마법은 모든 것이 시작될 때부터 있었다. 아제로스를 만든 티탄이
창조를 할 때 이런 마법을 사용했다. 맨 정신으로는 그렇게 어마어마한 마
법의 힘을 숙련시키기는 고사하고 이해할 수도 없었다. 하지만 그런 마법
을 꿈꾸면 미칠 듯한 환상의 약동이 한층 더 심해졌다.

사우록이 만들어지는 것을 보면서 볼진은 마법의 정수를 깨달았다. 방
법, 희미한 방향이 보였고, 연구할 수 있을 것 같았다. 사우록을 만들어낸
마법으로 볼진의 아버지를 죽인 멀록을 소멸시키거나 인간을 원래의 모습
인 브리쿨로 퇴행시킬 수도 있었다. 마법을 이용해서 그런 일을 해볼 만한
가치는 충분히 있었다. 또 그러려면 숙련하는데 수십 년이 걸리는 것도 당
연한 일이었다.

그곳에서 그런 생각을 하면서 그림자 사냥꾼은 말을 잃었다. 모구가 걸
려들었던 덫에 볼진도 사로잡혔다. 불멸의 마법은 유한한 존재를 타락시
킬 것이다. 거기에서 벗어날 길은 없었다. 그리고 그런 타락은 마법을 부리
는 자 역시 파멸시킬 테고, 그를 따르는 자 또한 같은 길을 걷게 될 터였다.

볼진이 다시 눈을 뜨니 라크고르가 일행 중 살아남은 자들과 함께 서 있

었다.

"이제 늦은 걸 벌충할 시간이다."

"대족장님은 이 뱀들과 모구가 관련이 있다고 말씀하셨지."

"이 모구들이 창조자다. 여기에서 사악한 흑마술을 부리고 있었지."

라크고르가 어슬렁거리며 앞으로 걸어오자 볼진은 왠지 오싹함을 느꼈다.

"가장 강력한 흑마술이야."

오크는 잔인한 미소를 지어보였다.

"그래, 육체를 만들어 천하무적의 전사를 만들어내는 힘이지. 대족장님이 원한 게 바로 이거다."

볼진은 속이 뒤틀렸다.

"가로쉬가 신 행세를 하시겠다, 이건가? 호드는 그러지 않는데?"

"대족장님은 볼진, 당신이 동의하리라고 생각하지 않았어."

이렇게 말한 오크는 사악하고 냉혹하게 일격을 가했다. 단검이 볼진의 목을 스치고 날아갔고, 볼진은 몸을 옆으로 뺐다. 주변에 있던 모두가 싸움에 달려들었다. 라크고르와 그의 편은 안전 따위는 안중에도 없는 듯 미친 듯이 싸우다 죽어갔다. '아마 가로쉬가 새로운 마법을 써서 더 멋진 모습으로 부활시켜주겠다고 설득한 모양이군.'

볼진은 무릎으로 일어서서 일행들에게 돌아오라고 손짓했다. 그는 손으로 목을 눌러 상처를 감쌌다.

"가로쉬가 스스로를 배신하는구나. 우리 모두 죽었다고 믿게 만들어야 한다. 그래야만 가로쉬를 저지할 시간을 벌 수 있어. 가라. 가서 놈을 감시해. 나와 같은 이들을 찾아. 그리고 피의 맹세를 해. 호드를 위해서. 내가 돌아갈 때까지 준비하고 있어라."

일행들은 떠났고, 볼진은 그들에게 말한 것이 진심이라고 생각했다. 그런데 일어서려하자 검은 고통이 볼진을 꿰뚫고 지나갔다. 가로쉬의 계략은 훨씬 더 간교했다. 라크고르의 칼에 독이 묻어 있었던 것이다. 볼진은 평소처럼 회복 되지 않았고, 힘이 빠져나가는 것을 느꼈다. 볼진은 저항하며 그의 마음속을 떠다니는 안개를 걷어내려 애썼다.

사우록이 그를 찾아내지 않았다면 아마 그는 성공을 했을지도 모른다. 희미하게 사우록과 싸웠던 일이 기억났다. 어둠 속에서 칼날이 번득였고, 상처로 인한 고통은 멈출 줄 몰랐다. 차가운 기운이 사지로 스며들었다. 볼진은 무작정 뛰었다. 벽에 부딪쳤고, 고꾸라져 넘어졌다. 하지만 그래도 계속 움직였다.

동굴을 빠져나와 지금 있는 곳까지 어떻게 왔는지는 말할 수 없었다. 이곳에서는 절대 동굴 냄새가 나지 않았다. 그리고 공기 중에 뭔가 익숙한 것이 느껴졌다. 하지만 곧 습포제와 연고 냄새 사이로 숨어버렸다. 볼진은 자신이 친구들과 함께 있다는 생각은 하지 않았다. 하지만 그는 치료를 받고 있었다. 그렇다면 적들이 볼진을 회복시켜 인질삼아 호드로 보내려는 것일까?

'그렇다면 가로쉬의 제안에 아마 실망하겠군.'

그 생각을 하니 웃음이 나올 지경이었다. 하지만 그럴 수 없었다. 위장 근육이 꽉 경직됐지만 피로와 고통은 수그러들었다. 그의 몸이 반응한다는 사실에 부지불식간에 안도감이 들었다. 웃는다는 건 살아있다는 증거니까.

기억처럼.

죽지는 않았다. 지금은 그 사실만으로 족했다. 볼진은 가능한 깊이 숨을 마신 다음 천천히 내쉬었다. 그리고 이내 잠이 들었다.

3

음영파 수도원의 앞마당이 내려다보이는 곳에 서 있던 첸 스톰스타우트는 추웠지만, 티를 내지는 않았다. 쌓인 눈을 살짝 털어낸 계단 아래에서 십여 명의 수도사들이 모두 맨발로, 그리고 몇 명은 상의를 벗은 채 운동을 하고 있었기 때문이다. 세계 최정예 부대에서도 보지 못한 훈련을 하는 수도사들은 모두 동시에 일련의 동작을 취했다. 희미한 배경 속에서 정권 찌르기가 반짝였고, 신선한 발차기 소리가 차가운 산 공기 속으로 퍼져나 갔다. 수도사들은 물 흐르듯 유연하게, 계곡을 덮치는 강물처럼 강하게 움직였다.

그리고 그들은 결코 격노하지 않았다.

대부분 이런 무술 훈련을 하며 수도사들은 평화로운 마음을 끌어냈다. 그래서 만족스러웠다. 첸은 그들을 자주 지켜봤는데, 웃는 소리가 많이 들리지는 않았지만 분노의 감정을 목격한 적도 없었다. 훈련을 끝내는 부대에서 보게 되리라고 예상했던 장면은 아니었지만, 첸에게도 음영파 같은 곳은 처음이었다.

"뭣 좀 물어봐도 될까요?"

첸은 몸을 돌려 벽에 빗자루를 세워놓으려다 그냥 멈춰 섰다. 사실 빗자루를 거기에 두어서는 안 됐다. 그리고 타란 주 수도원장의 청은 진짜 질문이 아니었다. 그래서 첸은 빗자루를 원래 있던 자리에 두러 갈 수 없었다. 첸은 빗자루를 뒤에 감추고 수도원장에게 인사를 했다.

타란 주의 얼굴에서는 아무런 감정도 읽을 수 없었다. 첸은 그가 얼마나 나이를 먹었는지 알 수 없었지만, 츠앙 자매보다 훨씬 먼저 태어났다고 생각했다. 그의 얼굴이 나이 들어 보여서가 아니었다. 사실 타란 주는 나이 들어 보이지 않았다. 그리고 첸 정도 나이, 심지어 리리 같은 젊은이의 왕성한 활력을 가지고 있었다. 타란 주는 일종의 수수께끼 같은 힘을 가졌는데, 그는 그 힘을 수도원과 공유했다.

'아마 모든 판다리아와 공유할 거야.'

판다리아에는 고대에 대해 규정하기 힘든 감각이 있었다. 거대 거북이인 센진 수는 늙었고, 그 위에 지어진 건물들도 낡았지만, 그런 건물 중에 이 수도원만큼 숭엄함을 이끌어내는 것은 없었다. 첸은 어릴 때 판다렌의 건축물을 떠올리게 하는 건물들을 보며 자랐는데, 독창성에 대해 말하자면 그 건물들은 어린 판다렌들이 지은 모래성을 영감으로 삼았던 모양이었다. 멋지지 않다는 게 아니라 똑같지 않다는 의미였다.

꽤 오래 고개를 숙여 경의를 표한 첸이 다시 몸을 일으키며 말했다.

"제 도움이 필요하시다고요?"

"마스터 첸의 조카로부터 편지가 왔습니다. 마스터 첸이 요청한 대로 조카는 양조장을 돌아본 다음 삼촌이 한동안 여행을 떠날 거라는 사실을 그곳에 있는 이들에게 확실하게 알렸답니다. 지금 리리는 백호 사원으로 향하고 있어요."

나이 든 수도사가 고개를 약간 기울였다.

"이 점에 대해서 감사를 표합니다. 조카의 용맹성을 절대 억제할 수 없지요. 지난번에 왔을 때……."

첸이 바로 고개를 끄덕였다.

"리리의 마지막 방문이 될 겁니다. 후온카이 형제가 더 이상 다리를 절지 않은 걸 보니 좋군요."

"후온카이는 다 나았습니다. 몸도 마음도요."

타란 주가 눈에 힘을 줬다.

"하지만 마스터 첸이 지난번에 데려온 트롤은 반 정도 회복이 됐어요. 의식이 돌아오긴 했지만 회복이 더딥니다."

"아, 좋은 소식이군요. 회복이 더디다는 건 아쉽지만 깨어났다니 다행입니다."

첸은 빗자루를 타란 주에게 넘겨주려다가 망설였다.

"이건 제가 치료실에 가는 길에 갖다 놓겠습니다."

나이 든 수도사가 앞발을 들어올렸다.

"지금은 잠들어 있어요. 그 트롤과 역시 예전에 마스터 첸이 데려왔던 인간에 대해서 할 말이 있어요."

"알겠습니다, 원장님."

타란 주는 몸을 돌렸다. 그리고는 눈 깜짝할 새에 첸이 아직 치우지 못한 바람이 쓸고 간 보도를 저만치 걸어가고 있었다. 나이 든 수도사의 움직임은 아주 우아해서 입고 있는 비단 옷이 스치는 소리도 나지 않을 정도였다. 눈 위에도 전혀 자취가 남지 않았다. 서둘러 타란 주의 뒤를 따르던 첸은 돌로 만든 발이 달린 뇌룡이 된 기분이 들었다.

나이 든 수도사는 어둡고 무거운 문으로 통하는 계단 아래로 첸을 인도했다. 그들은 깎아 놓은 돌로 만들어진 어두운 복도를 지났다. 바닥에는 재미있는 무늬를 그리며 각각의 돌덩어리들이 맞춰져 있었고, 돌덩어리에는 특정 디자인이 새겨져 있었다. 첸은 몇 번 이 돌바닥을 쓸겠다고 자원한 적이 있었는데, 빗자루를 이용해 쓸어낸 시간보다 신기한 선들과 그것들이 엮이며 만들어낸 무늬에 빠져 있던 시간이 더 길었다.

이윽고 그들은 네 개의 등불이 켜져 있는 커다란 방에 도달했다. 방의 중앙부에는 원형 구조물이 서 있었고, 갈대로 만든 깔개가 깔려 있었다. 그리고 가운데에는 작은 탁자가 있었고, 그 위에 도기로 만든 찻주전자와 잔 세 개, 젓는 기구, 대나무 국자, 차를 담는 통, 작은 강철 주전자가 놓여 있었다.

그리고 그 옆에는 야리아 세이지위스퍼가 무릎을 꿇고 앉아 있었다. 야리아는 앞발을 무릎에 놓은 채 눈을 감고 있었다. 야리아를 보자 첸은 삐져나오는 미소를 참을 수 없었다. 첸은 타란 주가 자신이 미소 짓는 모습을, 그것도 아주 크게 짓는 모습을 보지 않았을까 남몰래 생각했다. 수도원에 처음 왔을 때, 첸은 야리아에게서 눈을 뗄 수 없었다. 단순히 그녀가 아름다워서만은 아니었다. 나이 든 판다렌 수도사는 야리아에게 이방인이 그녀를 눈여겨봤다고 넌지시 알려줬다. 그래서 야리아는 가능한 자제를 하려고 노력했다. 그들은 몇 마디를 빼고는 별 말을 하지 않았지만, 첸은 그 내용을 모두 기억하고 있었다. 야리아도 모두 다 기억하는지 첸은 궁금했다. 야리아가 일어서서 먼저 타란 주에게, 그 다음 첸에게 고개 숙여 인사했다. 첫 번째 인사는 길었고, 두 번째는 그리 길지 않았다. 그리고 첸은 그점을 알아채고 야리아의 인사에 답할 때 똑같이 했다. 타란 주는 첸에게 직사각형 탁자의 좁은 쪽 끝, 강철 주전자가 놓인 곳에 가까운 자리를 가리켰다. 첸과 야리아가 무릎을 꿇고 앉자 타란 주 역시 자리를 잡고 앉았다.

"두 가지 점에서 용서를 구하겠습니다. 이해해주길 바라요, 마스터 첸. 먼저 차를 만들어 주세요."

"별 말씀을요. 오히려 영광입니다, 타란 주 님."

첸이 고개를 들었다.

"그런데 지금 당장이요?"

"차를 만들면서 듣는데 지장이 없다면 그렇게 해주세요."

"알겠습니다."

"두 번째로, 야리아 자매를 여기 부른 점을 이해해주기 바랍니다. 야리아 자매의 시각이 아주 명철하다고 생각해서 이리한 것입니다."

야리아가 고개를 숙였다. 그러자 그녀의 목덜미가 드러났고, 이를 보며 첸은 약간 흥분했다. 하지만 야리아는 아무 말도 하지 않았다. 그래서 첸도 조용히 있었다. 이윽고 첸은 차를 만들기 시작했다. 판다리아에 머무르는 동안 수도원에서 그렇게 많은 시간을 보냈는데도 뭔가 익숙하지 않은 느낌이 들었다.

강철 주전자의 뚜껑에는 파도 문양이 새겨져 있었다. 도기 찻주전자는 모양이 배와 흡사했다. 손잡이는 닻의 모양을 본떴다. 임의대로 만든 게 아니라 나름의 이유가 있는 듯했다. 어떤 의미가 있는지 첸은 점점 궁금해지기 시작했다.

"야리아 자매, 만에 배가 한 척 있어요. 아주 안정적이지. 그런 상태를 유지하게 만드는 게 뭐라고 생각하나요?"

첸은 조심스럽게 속이 깊은 강철 주전자에서 뜨거운 물 한 국자를 뜬 다음, 야리아가 생각하는데 방해가 되지 않도록 조용히 뚜껑을 닫았다. 그리고는 물을 찻주전자에 부었고, 차통에서 가루 녹차를 꺼내 역시 찻주전자에 넣었다. 차통 뚜껑에는 검은 바탕에 붉은 새와 물고기가 그려져 있었고, 가운데에는 판다리아의 각 지역을 상징하는 표식들이 동그랗게 원을 그리며 하나의 띠로 그려져 있었다.

야리아가 고개를 들어올렸다. 야리아의 목소리는 맨 처음 나온 벚꽃 잎처럼 부드러웠다.

"저는 물이 배를 안정되게 띄어주고 있다고 생각합니다. 배의 근본이죠. 배가 존재해야 하는 이유이기도 하고요. 물이 없고 바다가 없다면 배도 없을 겁니다."

"아주 좋아요, 야리아 자매. 그러니까 센진 수에서 일반적으로 쓰는 말로 하면 물이 바로 투슈이라는 거로군요. 근본이자 명상 그리고 숙고. 야리아 자매 말대로 물이 없다면 배가 존재가 할 이유가 없지요."

"그렇습니다, 원장님."

첸은 야리아의 얼굴을 바라봤다. 동의를 구하는 기미는 전혀 보이지 않았다. 하지만 첸은 그렇게 할 수 없었다. 그러면 자신의 말이 맞는지 알고 싶었을 것이다. 하지만 왠지 야리아는 자신의 말이 맞았다는 걸 알고 있다는 생각이 들었다. 타란 주 원장이 야리아의 의견을 물었고, 그렇기 때문에 답은 틀릴 수 없었다.

뭐라고 말을 하려다 첸은 찻주전자 안을 막대로 젓기 시작했다. 힘 있으면서도 부드럽게 저었다. 찻잎을 부수는 게 아니라 잘 섞어주기 위한 작업이었다. 첸은 가장자리를 깨끗하게 정리하면서 찻잎을 가운데로 모으는 작업을 반복했다. 찻잎을 빨리 섞어서 진흙으로 만든 배 모양 주전자에 물과 찻잎이라는 전혀 다른 두 가지 요소로 풍성하고 맑은 초록색 거품을 만들었다.

타란 주가 찻주전자를 가리켰다.

"닻이 배를 안정적으로 잡아주는 기본 요체라고 말하는 이도 있어요. 닻이 배를 잡아주지 않으면 바람과 파도에 배가 여기저기 표류한다고 말이죠. 만의 바닥에 박힌 닻이 배를 구하기 때문에 닻이 없으면 배도 전혀 소용이 없다고 말하기도 해요."

야리아가 고개를 숙였다.

"지금 원장님 말씀에 따르면, 닻은 후오진이네요. 충동적이고 결정적인 행동이지요. 그것이 배와 재난 사이에 있는 겁니다."

"아주 좋아요."

나이 든 수도사는 첸이 끓는 물 마지막 한 국자를 찻주전자에 붓고 뚜껑을 다시 닫는 모습을 지켜보았다.

"우리가 하는 대화를 이해합니까, 첸 스톰스타우트?"

첸은 찻주전자를 만지며 고개를 끄덕였다.

"이제 배가 모양을 갖췄습니다."

"차요? 아니면 당신의 생각이요?"

"차는 잠깐만 기다리시면 됩니다."

첸이 미소 지었다.

"하지만 물과 닻 그리고 배에 대해서 저는 이렇게 생각합니다."

"어떻게요?"

"저는 선원이 중요하다고 생각해요. 바다 저편 세상이 어떤 모습일지 알고 싶어 하는 선원이 없다면 배도 없습니다. 그리고 선원은 닻을 선택하고 언제 항해를 나갈지도 결정합니다. 물과 닻은 시작이자 끝이기 때문에 중요합니다. 하지만 발견하는 것은 선원입니다."

설명을 하면서 허공에 자신의 앞발을 흔들던 첸이 동작을 멈췄다.

"이건 실은 배에 대한 대화가 아니죠?"

"그렇습니다."

타란 주가 잠시 눈을 감았다.

"마스터 스톰스타우트, 당신은 내 항구에 배 두 척을 보냈어요. 그 배들은 모두 여기에 닻을 내렸지요. 하지만 더 이상은 배를 받을 수 없습니다."

첸이 그를 바라봤다.

"알겠습니다. 이제 차를 따라드릴까요?"

"내가 더 이상 배를 받지 않겠다는 이유를 알고 싶지 않습니까?"

"타란 주 원장님이 항구를 관장하시니, 결정을 내리시는 게 당연하지요."

첸은 먼저 타란 주에게 차를 따라주었고, 그 다음에 야리아, 마지막으로 자신의 잔에 차를 부었다.

"조심하세요. 아직 뜨겁습니다. 그리고 찻잎이 바닥에 처음 닿을 때까지 두는 게 제일 좋습니다."

타란 주는 진흙으로 만든 조그만 찻잔을 들어 차에서 나오는 김을 마셨다. 그렇게 하면서 긴장을 푸는 것 같았다. 첸은 그런 모습을 많이 봤다. 살면서 가장 즐거운 일 중 한 가지 그리고 양조 작업을 연습하며 느끼는 것들 중 한 가지는 그가 한 일이 사람들에게 영향을 미치는 방식이었다. 물론 그들 대부분은 첸이 만든 술을 차보다 더 좋아했다. 하지만 좋은 차, 제대로 끓여낸 차에는 특별한 매력이 있었다.

수도원장은 차를 한 모금 마시고 잔을 내렸다. 그리고 첸을 향해 고개를 끄덕였다. 그것을 신호로 첸과 야리아도 차를 마셨다. 첸은 야리아의 입가에 번지는 미소의 흔적을 봤다. 스스로 생각해도 일을 꽤 잘했다고 생각했다.

타란 주는 무거운 덮개가 달린 듯한 눈으로 첸을 바라봤다.

"다시 시작합시다, 마스터 스톰스타우트. 왜 내가 당신의 배 두 척을 내 항구에 정박하게 두는지 알고 싶습니까?"

첸은 답을 생각할 필요도 없었다.

"네, 왜 그러신 거죠?"

"균형을 잡을 수 있기 때문이지요. 당신이 데려온 트롤은 말할 것도 없이 투슈이입니다. 비록 당신이 말해준 것은 없지만, 그가 그림자 사냥꾼이라는 점을 감안한다면 말이죠. 그리고 매일 산에 올라가는 인간, 매일 조금씩 더 올라갔다가 내려오는 그는 후오진이죠. 하나는 호드고, 또 다른 한 명은 얼라이언스지요. 성격상 그들은 서로 반대지만, 그런 반대적 특성이 그들을 결속하고 의미를 부여합니다."

야리아가 자신의 찻잔을 내려놓았다.

"죄송합니다만, 타란 주 원장님, 그건 불가능합니다. 그들은 적대 관대이니, 서로를 죽이지 않을까요?"

"이건 내가 무시할 만한 가능성이 아니에요, 야리아 자매. 호드와 얼라이언스 사이의 적대감은 아주 깊지요. 양측은 많은 상처를 입었어요. 그 인간의 마음도 그럴 거예요. 쳉, 당신의 트롤 친구도 마찬가지에요. 분명 트롤을 죽이려던 자가 있었던 겁니다. 얼라이언스 측에서 매복해 있다가 습격했거나 호드 쪽에서 행동을 했을 수도 있지요. 나도 뭐라 말할 수는 없지만, 아무튼 그들이 여기서 서로를 죽이려드는 걸 내버려 둘 수는 없어요."

쳉이 고개를 흔들었다.

"티라선이 그럴 거라고는 생각하지 않습니다. 그리고 볼진은, 음⋯⋯."

쳉은 잠시 멈칫했다. 여러 가지 기억이 마구 쏟아져 내리는 듯했다.

"제가 볼진과 이야기해보겠습니다. 그래도 될까요? 여기서 누군가를 죽이거나 할 수 없다고 설명하면 되지 않겠습니까?"

얼굴을 찌푸린 야리아의 표정이 어두워졌다.

"제가 잔인하다고 생각하지 마세요, 마스터 스톰스타우트. 하지만 그 둘을 이곳에 두면 우리가 외교적으로 갈등과 분쟁에 휘말리지 않을까 의문을 제기하지 않을 수 없네요. 그들을 여기서 내보내거나 각자의 진영으로 보낼 수 있지 않을까요?"

타란 주가 천천히 고개를 가로저었다.

"이미 우리는 개입을 했고, 그들은 과연 그럴 만한 가치가 있는지 아직 우리에게 아무것도 증명하지 않았어요. 탕랑 평원에서 우리가 샤에 대적했을 때 얼라이언스와 호드는 우리를 도왔어요. 샤들이 얼마나 간악한지 모두 알고 있지 않나요? 또 그에 비해 우리는 많이 흩어져 있는 실정이지요. 옛말에도 있지만 적의 적은 우리의 친구에요. 무슨 난리를 벌인다고 해도 말이죠. 그리고 샤는 분명 판다리아의 적이에요."

챈은 맞장구치듯 끼어들어 어리석거나 위험한 짓을 하면 그 대가를 치르게 되는 법이라고 말할 뻔했지만 참았다. 핵심이 맞지 않아서가 아니라, 그다지 도움이 되지 않기 때문에, 특히 리리나 챈 같은 방랑자들을 들개라고 생각하는 판다렌들이 많은 상황에서는 특히 그랬다. 챈은 야리아가 자신을 그렇게 보지 않기를 바랐기 때문에 괜히 그런 생각을 하게 만들지 않을 참이었다.

챈은 고개를 약간 숙이며 말했다.

"확신은 못하겠지만, 타란 주 원장님이 제 배, 아니 호드든 얼라이언스든 둘이 아무리 적대적인 관계라도 화해하게 만드실 수 있지 않을까요?"

타란 주가 빙그레 웃었다. 거의 아무소리도 없고 울림도 없는 것이 마치 유령의 미소 같았다.

"내 항구에 당신의 배를 정박시킨 목적은 그게 아닙니다, 챈. 이곳에 있으면서 트롤과 인간이 우리에게서 배울 수 있을 거예요. 그리고 우리도 그들에게 배울 수 있을 테고요. 당신이 지혜롭게 제안했듯 그들이 연합해서 대적할 상대가 더 이상 없으면 다시 싸우려고 들 거예요. 그러면 그때 어느 쪽이 우리의 친구가 될지 선택하면 되겠지요."

4

검은창 트롤 볼진은 움직이지 않기로 했다. 움직이기에는 자신이 너무 쇠약하다는 사실을 인정하고 나자, 그 편이 더 낫다는 걸 깨달았다. 그를 돌봐주는 손길은 부드럽고 공손했다. 뿌리치고 싶은 욕구가 강하기는 했지만 뿌리치지 못했다.

그의 눈에 보이지 않는 이들이 베개를 털썩 떨어뜨린 다음 등 뒤에 받쳐 지지할 수 있게 해줬다. 뭐라고 저항하려 했지만 목구멍의 고통 때문에 으르렁거리는 소리만 날 뿐, 아주 짧은 말조차 할 수 없었다. 그만하라는 말을 아무리 날카롭게 내뱉으려 해도 할 수 없었고, 그저 그들을 저지할 능력이 없다는 사실만이 볼진을 조롱할 뿐이었다. 그런 허영심을 인정하는 의미에서 볼진은 침묵했다. 그 대신 마음 깊은 곳에서 느껴지는 불편함의 원인을 찾았다.

푹신한 침대와 그보다 더 푹신한 베개는 트롤이 탐닉할 사치가 아니었다. 메아리 섬에서는 나무 바닥에 얇은 취침용 깔개를 깔고 자는 정도가 누릴 수 있는 최고의 호사였다. 많은 트롤들이 땅바닥에서 잠을 잤고, 천둥이 몰아칠 때나 피난처를 찾는 정도였다. 부드러운 모래를 이용한 침상이면 딱딱한 듀로타 암석보다 나았다. 그래도 트롤들은 열악한 숙박 환경에 대해 전혀 불평하지 않았다.

부드러움과 편안함을 고집하려니 자신의 나약함을 강조하는 것 같아 볼진은 괴로웠다. 부상당한 그의 몸에는 부드러운 침대가 훨씬 좋다는 생각을 부정할 수 없다는 사실을 볼진은 받아들였다. 분명 좀 더 편안하게 잠을 잤으니까. 하지만 부상을 당해 약한 상태라는 사실을 환기시켰으니 볼진은 트롤로서의 본성을 부인한 셈이 됐다. 상어가 드넓은 대양을 누비며 살 듯, 트롤은 어려움과 가혹한 현실에 익숙했다.

'내게서 트롤의 본성이 없어지면 죽은 거나 다름없다.'

오른쪽에서 의자가 부딪치며 나는 꽝 소리에 볼진은 깜짝 놀랐다. 그는 누가 의자를 가지고 그에게 다가오는 소리를 듣지 못했다. 볼진은 냄새를 맡았다. 코로 들어온 맹렬한 냄새, 모든 것에 기본적으로 배어 있는 그 냄새가 한껏 힘이 들어간 주먹처럼 돌아왔다. 판다렌이었다. 그냥 판다렌이 아니라 바로 그 판다렌이었다.

그리고 낮지만 따뜻한 첸 스톰스타우트의 목소리가 속삭이듯 들려왔다.

"일찍 자네를 보러올 수도 있었지만 타란 주 원장이 좋은 생각이 아니라고 만류했네."

볼진은 대답하려고 애썼다. 하고 싶은 말은 수만 가지였지만 목구멍을 통해 내뱉으려던 말은 거의 나오지 않았다.

"어이, 첸."

그러자 첸은 좀 더 편안하고 부드럽게 볼진에게 가까이 다가왔다.

"눈 가리고 하는 맞추기 게임은 자네랑 안 맞지. 너무 잘 하니까."

옷이 바스락거리는 소리가 들렸다.

"자네가 눈을 감으면 내가 그 붕대를 풀어주지. 눈은 다치지 않았다고 치료사들이 말했어. 단지 불안해할지도 몰라서 그렇게 한 것 같아."

첸의 말이 반은 맞는다고 생각한 볼진은 고개를 끄덕였다. 외부인을 메아리 섬에 들였다면 볼진 역시 그 외부인이 믿을만한 인물인지 확신할 때까지 눈을 가려놨을 것이다. 타란 주의 추론은 의심할 여지가 없었고, 어떤 이유에선지 볼진을 믿을 만하다는 판단을 내린 것이었다.

'정말 첸이 하는 건지 수상스럽군.'

첸은 조심스럽게 붕대를 풀었다.

"이제 내 앞발을 자네 눈에 댔어. 천천히 붕대를 풀어내겠네."

볼진도 지시를 받은 대로 행동했고, 만족하는 의미로 그르렁거리는 소리를 냈다. 첸도 똑같은 의미로 받아들여 몸을 뒤로 뺀 다음 앞발을 볼진에게 가져다댔다. 밝은 빛에 트롤의 눈이 눈물에 젖었다. 그리고 첸의 모습이 선명하게 들어왔다. 첸은 볼진이 기억하고 있는 모습 그대로 쾌활하면서도 강인한 풍채였고, 황금빛 눈에는 총기가 서려 있었다. 반가운 모습이었다.

그리고 볼진은 자신의 몸을 내려다봤다가 다시 눈을 감다시피 했다. 허리까지 시트로 가려져 있었고, 나머지 부분은 대부분 붕대로 감겨 있었다. 두 손은 물론 손가락도 예외는 아니었다. 덮인 시트 아래 부분이 긴 것으로 미루어 보건데 하체와 발가락 모두 붙어 있는 듯했다. 목 부위의 붕대가 목을 조이는데다 가려운 걸 보면 최소한 한쪽 귀를 제자리에 맞춰 꿰맨 것 같았다.

오른손을 보고 손가락을 움직여보려 했다. 손가락이 움직였다. 최소한 눈에는 그렇게 보였는데, 움직였다는 감각은 그보다 더디게 전해졌다. 처음 깨어났을 때와는 달리, 이번에는 아주 더디긴 했지만 실제로 느껴졌다.

'진전되고 있어.'

첸이 미소 지었다.

"알고 싶은 게 많을 거야. 처음부터 시작할까? 아니면 끝에서부터? 중

간부터 해도 그리 나쁘지는 않을 걸세. 거기에서 시작하지. 그러면 중간이 시작이 되는 거야, 괜찮지?"

설명하는 첸이 목소리를 높였지만, 그의 말은 곧 어리석은 방향으로 흘렀다. 다른 판다렌들은 외면했다. 판다렌들은 지루해하며 그들의 대화에 흥미를 잃었다. 볼진도 그 사실을 인식했다. 그는 또한 아주 오래된 어두운 벽을 알아봤다. 판다리아 이외의 곳에서도 본적이 있었다. 세월의 향취가 느껴지는 곳이었는데, 이곳의 벽처럼 굳건했다.

볼진은 '시작부터' 라고 말하고 싶었지만 목구멍에서 소리가 나오지 않았다.

"끝에서부터, 말고."

첸은 뒤돌아보았고, 다른 판다렌들은 이제 그들을 무시하기로 결심했다는 걸 느낄 수 있었다.

"시작은 이렇다네. 내가 자네를 여기에서 먼 빈안 마을에 있는 강가에서 건져냈지. 일단 거기에서 할 수 있는 치료를 했는데, 자네는 죽지는 않았지만 그렇다고 낫지도 않았어. 목을 벤 상처에 독이 발라져 있는 것 같더군. 그래서 쿤라이 봉우리에 있는 이곳, 음영파 수도원으로 데려왔네. 수도사들이라면 자네를 도울 수 있을 거라고 생각했거든."

첸은 잠시 말을 멈추고 볼진의 상처를 살폈다. 그러면서 고개를 절레절레 흔들었다. 볼진은 첸이 하는 말에 동정이 담기지 않았음을 간파했고, 그래서 좋았다. 일부러 어릿광대짓을 할 때를 빼고 첸은 항상 분별력이 있었다. 어릿광대짓을 하기 때문에 다른 이들은 첸을 과소평가하지만, 실은 아주 영리하다는 사실을 볼진은 알고 있었다.

"얼라이언스 측에서 자네를 이렇게 만들었다고는 생각하지 않네."

볼진이 눈에 힘을 줬다.

"내 머리, 사라졌어."

첸이 싱긋 웃었다.

"분명히 누군가 자네의 머리장식으로 스톰윈드에서 왕과 저녁을 먹고 있을 걸세. 하지만 자네를 이렇게까지 해칠 수 있는 곳이라고 해도 얼라이언스에게는 잡히지 않았을 거라고 생각해."

"호드."

볼진의 배가 꽉 조여들었다. 사실 호드가 아니라 가로쉬였다.

볼진이 가로쉬의 이름을 말하기도 전에 목이 꽉 막혀버렸다. 힘들게 말을 하려고 해봤지만 여전히 그의 목은 말을 듣지 않았다.

첸은 턱을 긁으며 의자에 앉았다.

"그래서 자네를 이리로 데려온 거야. 자네를 안전하게 지키려면 달리 선택할 방법이 없었거든."

첸은 목소리를 낮추며 몸을 앞으로 숙였다.

"가로쉬가 이제 호드를 지휘하고 있어. 스랄은 물러났고, 그렇지? 그는 지금 경쟁자들을 제거하고 있는 거야."

볼진이 베개에 몸을 기댔다.

"아니야, 그럴 수 없어. 이유가, 없이는."

첸은 싱긋 웃었다. 볼진은 첸의 모습에서 어떤 책망의 기운도 찾을 수 없었다.

"얼라이언스 수장 중 머리를 베개에 뉘인 후 자네를 만나는 악몽을 꾸지 않는 자는 없지. 호드에 그런 자가 몇 명 없다고 해도 그다지 놀랍지 않고 말이야."

볼진은 웃으려고 했다. 그리고 성공하기를 바랐다.

"절대, 놀랍지, 않아. 자네는?"

"나? 아니, 나도 절대 놀랍지 않아. 나나 렉사르 같은 이들은 전투 때 자네가 얼마나 맹렬하고 무서운지 봤지. 또 자네 아버지 일로 슬퍼하는 모습도 봤고. 볼진, 자네는 스랄에게 그리고 호드와 검은창 부족에게 충성했어. 요점은 충직하지 못한 이가 다른 이들을 믿지 못하는 법이라는 거야. 나는 자네의 충성심을 믿어. 하지만 가로쉬 같은 인물에게 충성심은 배신을 덮은 가면일 뿐이지."

볼진은 고개를 끄덕였다. 목소리가 제대로 나와 첸에게 가로쉬를 죽일 거라 위협했다는 말을 할 수 있기를 바랐다. 그가 진심이라는 걸 첸이 안다고 해도 전혀 상관없었다. 첸이 얼마나 신의 있는 친구인지 알고 있기에, 볼진이 그런 위협을 입 밖에 낸다고 해도 그것을 정당화할 수 있는 방법은 얼마든지 있었다. 볼진의 현재 상태가 그 이유를 낱낱이 증명할 터였다.

'그 일로 증명된 거라고는 첸의 우정이 얼마나 깊은지 뿐이군.'

"얼마나, 오래?"

"봄철 맥주를 만들고 늦은 봄이나 초여름용 샌디를 반쯤 완성할 만큼이었네. 판다렌들은 시간관념이 좀 느슨한 편이고, 판다리아의 시간은 그보다 더 여유가 있거든. 자네를 찾은 지는 한 달이 넘었고, 이곳으로 데려온 지는 이 주하고 반이 됐네. 치료사들이 자네를 잠재우기 위해 목구멍으로 물약을 마구 퍼 넣었어."

첸은 가까이 다가오기 시작한 판다렌들을 위해 목소리를 높였다.

"자네를 즉시 일어나게 만들 해초와 베리를 집어넣은 뜨거운 홍차를 끓여낼 수 있다고 말했지만, 저들은 양조사가 치료나 자네에 대해 그리 잘 안다고 생각하지 않아. 그래도 계속 자네에게 영양분을 공급했으니 완전히 희망을 버리지는 않았던 거야."

볼진은 입술을 핥아보려 했지만 그것조차 너무 힘이 들었다. '이 주 반이

나 지났는데 지금에야 겨우 이 상태로 돌아왔다니. 브원삼디가 나를 놓아줬지만 아직 만족할 만큼 회복하지 못했어.'

챈이 다시 몸을 기울이며 목소리를 낮췄다.

"타란 주 원장이 음영파를 이끌고 있어. 자네가 다 회복할 때까지 이곳에 있어도 좋다고 허락했네. 하지만 조건이 있어. 호드와 얼라이언스 모두 나름의 방식대로겠지만, 자네가 더욱 나아지는 걸 좋아할 거라는 점을 감안해서 말이야."

볼진은 가능한 의사표시를 하기 위해 어깨를 으쓱였다.

"난처하군."

"……그리고 회복되고 있는 중이니 들어두는 것도 나쁘지 않아."

진정하라는 몸짓으로 앞발 안쪽을 내밀며 챈이 고개를 끄덕였다.

"타란 주 원장은 자네가 우리에게서 배우기를 바라네. 음, 정확하게 우리라고 말할 수는 없겠군. 여기 있는 대부분의 판다렌들은 센진 수에서 자란 판다렌을 들개로 생각하니까. 우리는 저들과 똑같이 생겼고, 같은 말을 쓰고, 체취도 같지만 달라. 우리가 누군지 확신하지 못하지. 나도 처음에는 어리둥절했는데, 아마 트롤들이 검은창 부족을 보는 시선과 비슷할 거야."

"맞네."

볼진은 잠시 눈을 감았다. '타란 주가 내가 판다렌의 방식을 배우길 바란다면, 그들과 함께하게 될 테니 그 역시 나를 연구하겠군.'

"타란 주 원장은 자네를 좀 더 생각이 깊고 안정적인 투슈이라고 생각해. 자네에 대한 이야기를 많이 했는데, 나 역시 그렇게 생각해. 투슈이는 타란 주 원장이 호드에게서는 보지 못한 특성이지. 그래서 자네가 다른 이유를 이해하고 싶어 하는 걸세. 그런데 이는 또한 자네도 판다렌의 방식을 배

51

우기를 타란 주 원장이 원한다는 의미이기도 하지. 우리 언어, 우리 풍속을 말이야. 자네가 썬더 블러프로 가서 푸른 타우렌이 된 트롤 중 하나가 되기를 타란 주가 원한다는 게 아니야. 그는 자네가 이해하기를 바라네."

볼진은 다시 눈을 뜨고 고개를 끄덕였다. 그리고 첸이 설명하는 중에 잠시 주저하는 것을 알아차렸다.

"뭔데?"

첸은 손가락 끝을 초조하게 맞부딪치며 고개를 들어 눈길을 돌렸다.

"음, 투슈이는 후오진에 의해 균형이 맞춰지지. 후오진은 좀 더 충동적이야. 일단 먼저 죽이고 나중에 감추는 식이지. 가로쉬가 자네를 죽이기로 결정한 것처럼 말이야. 요즘 호드의 전형적인 방식이랄까. 아무튼 얼라이언스는 보통 그렇게 하지 않지."

"그런데?"

"지금은 그런 것이 균형이 잡혀 있어. 타란 주 원장이 물, 닻, 배 그리고 그 밖의 모든 것에 관한 이야기를 하더군. 선원 이야기를 하지 않아도 아주 복잡했어. 아무튼 중요한 건 균형이야. 타란 주는 이 균형 잡힌 상태를 좋아하지. 자네가 여기 오기 전까지는 균형 잡혀 있지 않았거든."

무척 힘이 들기는 했지만 볼진이 눈썹을 들어보였다.

"그러니까 말이지……."

첸이 비어 있는 침상 쪽을 어깨 너머로 힐끗 보며 말했다.

"자네를 찾기 한 달 전쯤에 심하게 부상당한 인간 한 명이 방황하고 있는 걸 발견했어. 다리가 부러지고, 정말 상태가 말이 아니었지. 그래서 그를 이리로 데려왔어. 자네보다 여기에 좀 더 오래 있었지. 아무래도 트롤은 회복이 더 빠르니까. 그런데 타란 주 원장이 그 자에게 자네를 돌보게 했어."

갑작스러운 충격에 볼진의 마음이 요동쳤다. 몸이 약한 상태였지만, 볼진은 몸을 일으키려 했다.

"말도 안 돼!"

첸이 몸을 뻗어 양쪽 앞발로 트롤을 눌러 진정시키려고 했다.

"아니, 아니, 자네는 이해 못해. 그 인간도 자네와 똑같은 조건에 매여 있네. 볼진, 자네가 인간을 두려워하지 않는다는 걸 나는 알지. 타란 주 원장은 그 사람이 자네를 치유하는 일을 통해 스스로도 나아지길 바라고 있어. 이게 우리 판다렌의 방식 중 한 가지라네, 친구. 균형을 회복하면 치유 작업을 한층 더 북돋을 수 있거든."

첸은 앞발에 힘도 별로 주지 않았지만, 볼진은 그에 저항해 움직일 수 없었다. 심장 박동으로 미루어 보건데, 수도사들이 고의적으로 그의 힘을 빼놓기 위해 무엇이 되었든 물약을 목구멍에 밀어 넣었다고 생각했다. 하지만 그러려면 첸 역시 그런 계획의 일부분으로 동참해야만 했다. 그러나 첸이 그런 계획에 찬성했을 리 없었다.

볼진은 화를 잠재우고 답답함도 없애려고 애썼다. 타란 주는 볼진뿐만 아니라 그가 인간을 대하는 방식 또한 연구하길 바랐다. 볼진이 타란 주에게 트롤과 인간의 관계에 대한 기나긴 역사에 대해, 왜 두 종족이 서로 뼛속 깊이 증오하는지 알려줄 수도 있었다. 볼진은 생각하는 것보다 훨씬 더 많은 인간을 죽였다. 그리고 그런 사실을 애태우며 괴로워하기는커녕 자랑스러워하며 지냈다. 볼진은 수도원에 있는 인간 역시 똑같은 생각을 할 거라고 확신했다.

트롤은 타란 주가 그런 역사를 모두 알고 있긴 하지만, 전달자에 의해 왜곡된 이야기를 들었을 거라고 생각했다. 타란 주는 트롤과 인간을 함께 놓고 보고 배운 후 나름의 판단을 할 것이다.

'현명한 계획이군.' 아무리 첸이 그에 대해 많은 것을 타란 주에게 말했다고 해도, 판다렌 수도사에게 볼진은 그저 트롤에 지나지 않았다. 의심할 여지없이 인간의 혈통 역시 거의 문제가 되지 않았다. 그들이 서로 어떻게 반응할지는 그들의 정체성과 전혀 상관이 없었다. 판다렌이 원하는 정보는 바로 그것이었다. 그 정보를 조정할 수 있다는 사실을 깨닫자 볼진은 힘이 났다.

볼진이 첸을 올려다봤다.

"자네도, 동의하나?"

첸의 눈이 놀라서 커지더니 곧 미소를 지었다.

"그게 자네와 티라선에게 최선일세. 판다리아는 오랫동안 안개에 가려져 있었어. 자네와 그에게는 판다렌들은 결코 맺을 수 없는 공통의 유대감 같은 것이 있어. 둘이 더 빨리 치유될 거야."

"그러나, 나중에는, 죽이겠지."

첸의 눈썹이 아래로 처졌다.

"그럴 수도 있지. 그도 자네만큼 이 일을 좋아하지는 않지만 조건을 따를 테고, 그래서 여기 머무를 수 있을 거야."

볼진이 머리를 곧추세웠다.

"이름은?"

"티라선 코트. 자네는 모를 거야. 호드의 볼진만큼 얼라이언스 내에 알려진 인물은 아니네. 하지만 중요한 사람이야. 여기 있는 얼라이언스 진영의 지도자였어. 왕이 보낸 암살자에 의해 부상을 당한 건 아니야. 나는 그저 판다리아를 돕는 전투에서 부상을 당했다고 알고 있어. 그래서 타란 주 원장이 그를 여기에 두고 돌보는 것을 허락한 거야. 그 어떤 것으로도 치유할 수 없는 커다란 슬픔을 가지고 있어."

"술로도, 치료할 수, 없는?"

판다렌이 머리를 흔들었다. 그의 눈은 먼 곳을 응시하고 있었다.

"술을 잘 마시기는 하지만 요란하게 취하지는 않지. 사색을 하고 조용한 타입이야. 볼진, 자네처럼 말이야."

"투슈이라고, 설마?"

첸이 고개를 뒤로 젖히고 웃음을 터뜨렸다.

"그들이 자네의 몸에 상처는 입혔지만 정신에는 아니지. 그래, 그렇게 보면 투슈이 같지. 그렇게 해서 균형이 깨지는 거야. 하지만 티라선은 매일, 목발로 지탱하고 설 수 있게 된 다음부터 매일 산에 오르기 시작했네. 그건 아주 후오진스러운 특징이지. 구십 미터, 백팔십 미터를 올랐지. 그리고는 멈췄어. 그리고 돌아와서 시간을 보냈어. 육체적인 이유가 아니라 의지로 말이야. 아주 후오진스럽지."

'아주 흥미롭군. 왜 그런지 궁금한데……' 볼진은 잠시 생각을 하다 첸을 보고 고개를 까딱였다.

"아주 좋아, 친구."

"아마 자네는 답을 찾을 수 있을 거야."

'그러려면 모두가 원하듯 내가 그를 받아들여야 할 테지.' 볼진은 천천히 숨을 내쉬고 베개에 머리를 기댔다. '잠시 동안은 나도 그 무리에 포함되는 거로군.'

5

수도사들은 티라선에게 볼진의 다친 몸을 돌보게 하지 않았다. 볼진이 그렇게 둘 리 없기 때문이다. 볼진은 판다렌들이 그를 씻기고, 상처를 치료하고, 침구를 바꿔주고, 음식을 먹이는 등의 철저히 효율적인 행동들에 아무런 악의가 없다는 걸 감지했다. 볼진은 수도사들이 무리로 나뉘어 있고, 구성원들이 돌아가며 하루 종일 그를 돌본다는 사실을 알게 됐다. 하루 하고 나면 다시 차례가 오기까지 이틀 동안 쉬었다. 그렇게 볼진을 간호하며 삼 일을 보내고 나면 더 이상 교대하지 않았고, 환자를 돌보지 않았다.

볼진은 타란 주의 모습을 이따금씩만 볼 뿐이었다. 나이 든 수도사는 볼진이 생각하는 것보다 더 자주 그를 관찰한다는 점을 느낄 수 있었다. 또한 타란 주는 자신이 원할 때만 모습을 보인다는 것도 볼진은 알아차렸다. 안개 속에 가려져 모습을 드러내지 않는, 희미하게만 보이는 판다리아처럼 주민들도 그들의 세상과 많이 닮아 있는 것 같았다. 첸에게도 이런저런 면이 있긴 하지만 이해하기 어려운 복잡한 수도사들과 비교하면 첸은 청명하고 화창한 날 같았다.

그래서 볼진은 자신의 어떤 면을 드러낼지를 결정하고 관찰하는데 많은 시간을 보냈다. 목은 나았지만 조직에 상처가 나서 말을 하기가 어려웠고, 아프기까지 했다. 판다렌들에게는 그렇게 들리지 않았지만 트롤의 음성은 언제나 듣기 좋은 음악 같았다. 하지만 상처 때문에 그렇게 할 수 없었다. '의사소통 능력이 살아있음의 증표라면, 암살자들은 나를 살해하려던 소기의 목적을 달성했군.' 볼진은 이렇게 생각했다. 그가 회복된 후에는 부디 조용하고 멀리 있는 듯한 로아가 자신의 목소리를 인식하기를 바랐다.

볼진은 판다리아 언어 중 몇 가지 단어를 배웠다. 판다렌 언어에는 거의 모든 것을 뜻하는 여섯 가지 정도의 단어가 있었기에, 볼진은 그중 제일 발음하기 편한 단어를 골라 말하면 됐다. 그러나 그와 동시에 판다렌 언어에는 단어가 많았기 때문에 배우기가 어렵기도 했다. 바깥세상에서는 절대 이해하지 못하는 뉘앙스가 판다렌 언어에 있었다. 그래서 판다렌들은 진짜 의도를 숨길 때 이것을 사용할 수 있었다.

볼진은 인간을 대할 때에는 자신이 육체적으로 약한 상태라는 걸 과장할 수 있기를 바랐지만, 그건 전혀 중요하지 않았다. 인간 기준에서 보면 컸지만, 티라선은 전사의 체형이 아니었다. 좀 더 유연했고, 왼쪽 팔뚝에는 희미한 상처가 있었다. 오른쪽 손가락에 박인 굳은살로 볼 때 티라선은 전사라기보다 사냥꾼이었다. 티라선의 머리카락은 하얀색이었고, 짧아서 묶지 않았다. 또 최근 들어 하얗게 새기 시작한 듯한 콧수염과 염소수염도 길렀다. 옷은 손으로 짠 갈색 수도사복 차림으로, 판다렌들을 위한 것이었는데 티라선도 입었다. 그런데 그에게 그다지 크지 않은 것을 보면 아마 여자 판다렌용이 아닐까 볼진은 생각했다.

수도사들은 티라선에게 볼진의 몸을 돌보게 하지 않았지만, 대신 그의 옷과 침상을 세탁하게 했다. 그리고 티라선은 군말 없이 그 일을 했다. 그것도 아주 잘했다. 세탁물은 얼룩 하나 없었고, 치료용 약초나 꽃향기가 나는 때도 있었다.

볼진은 두 가지 점에서 이 인간을 위험하다고 봤다. 대부분 볼진은 자신이 본 것들을 바탕으로 판단했는데, 손바닥의 굳은살은 티라선이 많은 상처를 입지 않고 살아남았음을 증명한다고 생각했다. 하지만 볼진은 그의 기민한 초록빛 눈, 소리가 들리는 쪽으로 고개를 돌리는 방식, 아주 간단한 질문에 대답하기 전에도 심장박동을 잠시 멈추는 방법 등을 보며 티라선이 고도의 관찰력을 지녔음을 확신했다. 그와 같은 사냥꾼들 사이에서도 잘 알려지지 않은 특성으로, 오로지 그런 것에 아주 능한 이들에게만 두드러지게 나타났다.

티라선에 대해 알려진 또 다른 면은 인내심이었다. 자신의 시도가 모두 덧없다는 사실을 깨닫기 전까지 볼진은 반복적으로 티라선이 할 일을 더 많이 만드는 작은 실수를 저질렀다. 숟가락을 떨어뜨리고 옷에 음식을 묻혀 얼룩이 생겨도 티라선은 전혀 성가셔하지 않았다. 얼룩이 묻은 것을 볼진이 애써 감춘 적도 있었지만 깨끗하게 세탁되어 되돌아왔다.

이런 인내심은 티라선이 자신의 상처를 다룰 때 더욱 확실하게 드러났다. 옷 때문에 상처가 가려지기는 했지만 걸을 때면 다리를 절뚝거렸고, 왼쪽 둔부가 경직됐다. 걸을 때마다 말할 수 없이 고통스러워 했다. 고통으로 일그러지는 얼굴을 완전히 감추지 못했지만, 그렇게 하려고 노력하는 자세에서 티라선은 타란 주에게 점수를 얻었다. 그리고 매일 해가 지평선으로 뉘엿뉘엿 떨어질 때면 이 남자는 산 정상으로 향하는 길을 걸었다.

식사를 한 다음, 볼진은 침상에 앉아 티라선이 다가오도록 고개를 끄덕였다. 티라선은 볼진과 게임을 하기 위해 평평한 격자무늬 게임판과 가운데에 구멍이 난 뚜껑이 달린 빨간색과 검은색 두 개의 원통을 가져왔다. 티라선은 탁자에 게임을 펼쳤고, 벽에 세워둔 의자를 가져와 앉았다.

"지후이를 할 준비가 됐나요?"

볼진이 고개를 끄덕였다. 서로 상대방의 이름을 알고 있었지만, 결코 이름을 부르는 일은 없었다. 첸과 타란 주가 남자의 이름은 티라선 코트라고 말해줬다. 볼진은 그들이 티라선에게 자신의 정체에 대해서도 알려줬을 거라고 생각했다. 이 인간 남자는 볼진에게 적의를 품고 있는지 아닌지 전혀 내색하지 않았다. '내가 누구인지 아는 게 틀림없어.'

티라선은 검은 원통을 들어 뚜껑을 비틀어 연 다음, 안에 들은 내용물을 게임판 위에 쏟았다. 스물네 개의 정육면체 게임 말이 우르르 쏟아지며 갈색 대나무판 위에서 춤을 췄다. 모든 게임 말에는 움직임을 가리키는 점과 방향을 지시하는 화살표들을 포함한 상징들이 검은 바탕에 빨간색으로 새겨져 있었다. 남자는 말의 수를 세기 위해 여섯 개씩 네 개의 묶음으로 만든 다음 다시 통속으로 밀어 넣었다.

볼진이 하나를 톡톡 두드렸다.

"이쪽 면."

그러자 남자는 고개를 끄덕였고, 몸을 돌려 멈칫거리는 판다렌 중에서 수도사 한 명을 불렀다. 그들은 뭐라고 빠르게 말했다. 남자가 주저하는 듯했고, 수도사는 아이의 응석을 다 받아주는 것처럼 보였다. 티라선은 고개를 숙여 감사의 인사를 했다.

그리고 다시 볼진을 향했다.

"그 패는 배에요. 이 면은 화공선이지요."

티라선이 말을 돌려 볼진이 판다렌 상형문자를 똑바로 볼 수 있게 놨다. 그리고는 완벽한 잔달라 억양으로 화공선이라는 단어를 반복했다.

그리고 볼진의 반응에 맞춰 재빨리 눈을 돌렸다.

"가시덤불 골짜기 출신이군. 당신 억양."

남자는 볼진의 말을 무시하고 게임 말을 가리켰다.

"화공선은 판다렌들에게 아주 중요한 말입니다. 무엇이든지 파괴할 수 있으니까요. 하지만 파괴 중에 소멸됩니다. 게임에서 제거되죠. 게임하는 이들 중엔 이 패를 태워버리는 이도 있다고 들었어요. 당신의 해군에 속한 배 여섯 척 중에 하나만 화공선이 될 수 있어요."

"고맙소."

지후이에는 판다렌 철학의 많은 부분이 함축되어 있었다. 말에는 여섯 개의 면이 있었고, 게임자는 가장 높은 숫자의 면이 가리키는 대로 움직이고 공격할 수 있었다. 아니면 면을 다른 쪽 방향으로 바꾼 뒤 움직이거나 공격할 수 있었다. 또는 말을 굴려서 새로운 면을 무작위로 선택할 수도 있었다. 그런 다음에는 원래 면으로 돌려서 게임을 했는데, 이는 화공선이 있는 면을 배로 사용할 수 있는 유일한 방법이었다.

가장 흥미로운 것은 게임자가 전혀 움직이지 않기로 결정하고 통에서 무작위로 새로운 말을 뽑을 수 있다는 점이었다. 통을 흔들어서 거꾸로 한 뒤, 맨 처음 떨어지는 새로운 말로 게임을 하는 것이었다. 두 개가 떨어지면 두 번째는 없었고, 상대편은 벌칙 없이 다시 새로운 말을 뽑을 수 있었다.

지후이는 생각을 깊이 하도록 장려하면서도 충동성이 깃들여 있는 게임이었다. 우연성과 신중함이 균형을 이루고 있으면서도 우연성 때문에 벌칙을 받을 수 있었다. 게임판에서 상대방의 말이 더 많은 상태로 진다고 해도 크게 지는 것은 아니었다. 사용되는 말에 상관없이 좋은 위치를 내준다고 해도 명예롭지 못한 패배로 간주되지 않았다. 게임의 목표가 상대방의 말을 모두 없애는 것이긴 하지만, 거기에 역점을 두고 게임을 하면 예의가 없거나 심지어 야만적이라고 여겨졌다. 보통 게임자 한 사람이 지략에서 상대방에서 밀려 항복을 하지만 운을 바꿀 우연에 기대어 이기는 경우도 있었다.

막다른 상황에 이르게 하는 것, 힘의 균형을 잡는 것이 바로 최고의 승리였다.

티라선은 볼진에게 빨간 통을 건넸다. 각자가 통을 흔들어 여섯 개의 말을 쏟았고, 가로 세로 열두 줄로 된 게임판의 마지막 줄 중앙에 말들을 배치했다. 둘은 말의 가장 싼 값에 맞췄고, 상대방을 마주하게 놨다. 그리고는 다시 한 번 통을 흔들어 말을 하나씩 더 꺼내서 제일 큰 값을 비교했다. 티라선의 말이 볼진의 것보다 더 높아서 그가 먼저 말을 움직였다. 말을 다시 통으로 집어넣은 뒤 그들은 게임을 시작했다.

볼진이 말 하나를 앞으로 움직였다.

"당신의 판다렌 언어, 잘하더군. 그들이 생각하는 것보다 훨씬 더."

인간 남자는 게임판에서 눈을 떼지 않은 채 눈썹을 치켜세웠다.

"타란 주는 알지요."

볼진은 티라선이 측면 전략을 전개하는 걸 관찰하며 게임판을 연구했다.

"당신, 그의 흔적을 쫓나?"

"타란 주가 당신이 알길 원하는 것을 확실히 이해하기는 어렵지만, 의미심장하지요."

남자가 자신의 엄지손톱을 자글자글 씹었다.

"궁수가 다시 정면을 보게 배치한 건 흥미로운 선택이군요."

"당신 연의 움직임도 마찬가지야."

볼진은 티라선의 움직임에서 주저함을 전혀 보지 못했다. 그런데 볼진의 칭찬에 티라선은 자신의 말을 다시 힐끔 쳐다봤다. 그는 무엇인가를 열심히 찾다가 통을 힐끗 쳐다봤다.

트롤은 티라선의 행동을 예측했다. 티라선이 말을 흔들어 던지자 빙글 빙글 돌다가 멈췄다. 화공선이 나왔다. 티라선은 그 말을 궁수 가까이에 둬 측면을 보강했다. 그 누구에게도 유리하지 않은 방향으로 게임의 방향이 바뀌었다.

티라선이 말을 또 하나 더했다. 최강은 아니었지만, 충분히 강한 전사였다. 멀리까지 움직일 수 있는 기사들이 반대편 측면에서 재빨리 나타났다.

티라선은 재빨리, 하지만 서두르지 않으며 말을 움직였다.

볼진이 다시 통을 집어 들자 티라선이 그의 손을 움켜줬다.

"그렇게 하지 말아요."

"치워, 그 손."

볼진이 손아귀에 힘을 줬다. 한 번 더 홱 잡아챘으면 통이 부서지고 게임 말과 통 조각이 사방으로 날아가 흩어졌을 것이다. 볼진은 티라선에게 감히 그림자 사냥꾼, 검은창 부족의 지도자에게 손을 대느냐고 소리 지르고 싶었다. '내가 누군지 알아?'

하지만 그러지 않았다. 왜냐하면 손에 더 이상 힘을 줄 수 없었기 때문이다. 사실 그렇게 잠깐 힘을 준 것만으로도 근육에 피로감이 몰려왔다. 볼진의 손아귀 힘은 이미 약해지고 있었고, 티라선은 통이 게임 판에 떨어져 깨지지 않게 붙잡고 있었다.

티라선은 악의가 없다는 신호를 보내며 또 다른 손을 폈다.

"나는 당신에게 이 게임을 가르쳐야 합니다. 또 다른 말을 꺼낼 필요 없어요. 당신이 뽑게 내버려두면 내가 이기는 것이고, 당신이 뽑은 말은 내 승리의 가치를 과장시킬 거예요."

볼진은 말들을 살펴봤다. 검은색 전사가 방향을 바꾸면 자신의 대족장 말을 무찌를 수 있었다. 이 위협을 저지하기 위해서는 화공선을 불러들여야 하는데, 그렇게 하면 티라선의 연이 영역으로 들어오게 될 것이다. 그러면 말 두 개가 모두 파괴되고, 오른쪽에 있는 전사와 기사가 있는 측면이 다 허물어지게 된다. 통에서 제일 좋은 말을 뽑는다고 해도 그 상황을 만회할 수 없으리라. 볼진이 오른쪽을 강화하면 티라선은 새롭게 왼쪽으로 공격을 해올 것이다. 반대로 볼진이 왼쪽을 보강하면 오른쪽이 무너진다.

볼진은 통을 티라선의 손에 떨어뜨렸다.

"내 명예를 지켜줘서 고맙소."

티라선은 통을 탁자에 내려놨다.

"당신이 무슨 일을 하려고 했던 건지 압니다. 게임에서는 내가 이기겠지만, 그건 내가 가르친 학생이 치명적인 실수를 하도록 내버려둬서 이기는 겁니다. 그러니까 당신이 이긴 거죠. 내가 당신 기분에 맞춰 행동하게 만든 거니까."

'그렇게 되어서는 안 되는 것인가?' 볼진이 눈을 가늘게 떴다.

"당신이 이겼다. 내 마음을 읽었어. 내가 졌다."

티라선이 고개를 가로저으며 의자에 편하게 앉았다.

"그러면 우리 둘 다 진 거예요. 이건 의미를 따지는 게임이 아닙니다. 그들이 보고 있어요. 내가 당신을 읽고, 당신은 나를 읽지요. 그들은 우리 둘 모두를 읽고요. 우리가 어떻게 게임을 하며, 서로 어떻게 대하는지를 읽습니다. 타란 주는 그 모든 것을 읽고, 그들이 우리를 읽는 방식까지도 파악합니다."

볼진은 갑자기 등골이 오싹해지는 것을 느꼈다. 그는 한 번 고개를 끄덕였다. 모든 것을 감지하지 못하게 하고 싶었지만, 타란 주는 알 것이다. 볼진과 인간, 두 이방인은 당분간 연합해야 한다는 사실을 티라선은 알았던 것이다.

게임 말을 다시 통 안으로 집어넣으며 티라선이 목소리를 낮춰 말했다.

"판다렌들은 안개에 익숙합니다. 안개를 통해 보고, 그 안에서 모습을 감추기도 하죠. 판다렌들이 이토록 균형이 잡혀 있지 않았다면, 또 균형에 관심이 없었다면 무시무시한 힘을 촉발시켰을 거예요. 이들은 균형 안에서 평화를 누리고, 이성적으로 생각해 평화를 포기하지 않으려 하지요."

"그들은 보고 있는 거로군. 우리가 어떻게 균형을 맞추는지."

"우리가 균형을 맞추길 원할 겁니다."

티라선이 머리를 흔들었다.

"하지만 타란 주 원장은 우리가 균형을 맞추지 못해 스스로 파멸하는 방식에 대해 알고 싶어 하지요. 타란 주는 그걸 아주 쉽게 알아낼 겁니다. 그 점이 두려워요."

· · ·

그날 밤 환상이 볼진을 조롱했다. 볼진은 전사들 사이에 있었다. 모두 그가 아는 이들이었다. 볼진은 잘라제인의 광기를 끝내고 검은창 부족을 위해 메아리 섬을 해방시키기 위한 최후의 일격을 위해 전사들을 소집했다. 볼진은 전사들 모두에게서 지후이 게임 말의 모습을 볼 수 있었고, 최고의 힘을 낼 수 있는 상태였다. 그중에 화공선은 없었지만, 볼진은 그 점이 전혀 놀랍지 않았다.

볼진이 바로 화공선이었다. 하지만 그는 최고의 힘을 보여줄 만한 상태가 아니었다. 비록 전투는 아니었지만 필사적이었고, 볼진은 자신을 파멸시킬 터였다. 브원삼디의 도움을 받아 그들은 잘라제인을 제거하고 메아리 섬을 탈환했다.

'너는 누구냐, 영웅적인 노력의 기억을 가진 이 트롤은 누구냐?'

볼진은 말이 새로운 면으로 돌아가며 딸그락거리는 소리를 들으며 몸을 돌렸다. 볼진은 정육면체 말 안에 갇힌 듯했다. 사방이 투명했고, 어떤 면에도 값이 새겨져 있지 않는 것을 보고 볼진은 놀랐다.

'나는 볼진입니다.'

브윈삼디가 소용돌이치는 회색 안개 속에서 모습을 드러냈다. '볼진이 누구냐?'

그 질문이 볼진을 흔들었다. 환상 속의 볼진은 검은창 부족의 지도자였지만, 더 이상은 그렇지 않았다. 그가 죽었다는 소식을 이제는 호드도 전해 들었을 것이다. 아니면 아직은 보고되지 않았을 수도 있었다. 마음속으로 볼진은 그의 동료들이 미루적거렸기를, 그래서 가로쉬가 자신의 계획이 성공했는지 하루만 더 궁금할 상태로 있기를 바랐다.

하지만 그것은 질문의 답이 아니었다. 볼진은 더 이상 검은창 부족의 지도자가 아니었다. 실질적으로는 그랬다. 부족민들은 여전히 그를 인정할지 모르나, 볼진은 더 이상 그들에게 명령을 내릴 수 없었다. 그들은 가로쉬는 물론 검은창 부족을 정복하려는 그 어떤 호드에게든 저항할 것이다. 하지만 볼진이 없는 상황에서는 그들을 보호해주겠다고 제안하는 사절의 말을 들을지도 모른다. 그러면 볼진은 부족민을 잃게 되리라.

'나는 누구인가?'

볼진은 몸을 떨었다. 자신이 티라선 코트보다 우월하다고 생각했지만, 최소한 티라선은 움직일 수 있었고 환자복을 입고 있지도 않았다. 또한 그는 경쟁자에게 배신을 당하지도 않았고, 암살자의 급습을 받지도 않았다. 티라선은 분명 판다렌의 방식을 몇 가지는 받아들인 것이 틀림없었다.

하지만 티라선은 주저하지 말아야 할 때 망설였다. 이것은 판다렌들이 그를 과소평가하도록 만들기 위한 일종의 게임이었지만, 볼진은 그것을 간파했다. 그러나 볼진이 행동을 칭찬한 다음 그가 주저했던 것은 진심이

었다. '그건 저자가 자신의 뜻대로 허락한 것이 아니야.'

볼진은 브원삼디를 올려다봤다.

"나는 볼진입니다. 나는 내가 누구였는지 압니다. 나는 어떻게 될까요? 그 질문의 답은 볼진만이 찾을 수 있습니다. 브원삼디여, 지금은 이것으로 충분합니다."

6

볼진은 자신이 누구였는지 확실하게 알지 못할 수 있었지만, 자신의 모습이 아니었던 부분은 분명하게 기억하고 있었다. 그는 서서히 병상에서 나오도록 자신을 몰아쳤다. 이불을 던져버리고 싶은 충동이 들자 볼진은 일부러 더 깔끔하게 접었고, 그런 뒤에 다리를 침대 밖으로 내려놓았다.

차가운 돌바닥에 처음 발을 디뎠을 때는 깜짝 놀랐지만, 볼진은 그 감각에서 힘을 끌어냈다. 그는 다리에 느껴지는 고통과 상처, 꿰맨 곳이 빡빡하게 당기는 느낌을 무시하고 침대 기둥에 의지한 채 몸을 곧게 일으켰다.

그렇게 여섯 번을 시도한 끝에 드디어 성공했다. 네 번째 시도 때 배의 꿰맨 상처가 터졌다. 하지만 그런 사실을 무시한 볼진은 환자복에 짙게 묻어나는 얼룩을 보고 모여든 수도사들도 손사래를 쳐서 물러가게 했다. 볼진은 티라선에게 일을 더 힘들게 만든 점에 대해 사과해야 한다고 생각했지만, 그렇게 하지 않고 수도사들에게 환자복을 한쪽으로 치워 달라고 부탁했다.

볼진은 누운 다음에 다시 했다. 발이 먼저 땅에 닿은 다음 서는 데까지 걸리는 시간이 마치 영원 같았다. 창문을 통해 들어오는 햇빛은 바닥에서 조금도 움직이지 않을 정도로 짧은 순간이었지만, 볼진은 꼿꼿하게 서 있었다. 그게 바로 승리였다.

수도사들이 일단 벌어진 상처를 다시 꿰맨 후 붕대를 감아주자 볼진은 물 한 대야와 솔을 부탁했다. 그리고 환자복을 벗어서 최선을 다해 혈흔을 문질러 없앴다. 얼룩은 좀처럼 지워지지 않았지만, 격렬한 움직임으로 근육이 다 타버리는 한이 있어도 얼룩을 빼내겠다고 결심했다.

티라선은 볼진의 몸짓이 느려지고 대야의 물이 잔잔해질 때까지 기다렸다가 환자복을 그에게서 빼앗았다.

"내 일을 해주려하다니 친절하네요, 볼진. 이 옷은 이제 널어야겠어요."

아직도 얼룩의 윤곽이 보였기 때문에 볼진은 반대하고 싶었지만 조용히 있었다. 그 짧은 순간, 볼진은 후오진과 투슈이의 균형이 재정립되는 것을 봤다. 볼진은 충동적이었고, 티라선은 신중하게 생각했으며, 시의적절한 때 개입해 그 누구도 기분 상하거나 품위가 손상되지 않게 했다. 조용히 노력과 의도를 인정하면서 자존심을 부리거나 이겨야 한다는 필요 없이 욕구를 가라앉혔다.

다음날 볼진은 세 번의 시도 만에 일어섰다. 이번에는 햇빛이 엄지손가락 길이만큼 움직일 때까지 바닥에 주저앉지 않고 버텼다. 그 다음 날은 침대 한쪽 끝에서 다른 쪽 끝까지 걸었다. 그 주가 끝나갈 무렵, 볼진은 드디어 창문까지 걸어가 창 밖 앞마당을 내다봤다.

판다렌 수도사들이 마당 중앙을 차지하고 열을 맞춰 서 있었다. 그들은 눈에 보이지 않을 정도로 빠르게 섀도복싱 연습을 하며 운동하고 있었다. 트롤들 역시 맨손으로 하는 전투에 익숙했지만 판다렌들보다 좀 더 호리호리하기 때문에 그들의 기술은 수도사들이 보여주는 훈련과 통제력만 못했다. 주변의 다양한 지점에서 다른 수도사들이 검과 창, 장도 그리고 활을 가지고 수련을 했다. 막대기로 단 한 대만 날려도 스톰윈드 전사를 때려눕힐 수 있을 정도였다. 부러진 칼날 같은 햇빛만 아니라면 볼진도 빨라서 잘 보이지도 않는 무기를 이용하는 훈련을 따라하지 않을까 의아했다.

그리고 그때, 계단에서 첸 스톰스타우트가 눈을 쓸고 있었다. 그리고 두 계단 위에서 타란 주가 역시 눈을 쓸고 있었다.

볼진은 창틀에 기댔다. '수도원장이 직접 저렇게 하찮은 일을 하는 모습을 보게 될 확률이 얼마나 될까?' 볼진은 타란 주가 언제나 같은 시간에 일어나는 습관이 배었다고 생각했다. '변화하는 거야.'

하지만 이것은 타란 주가 볼진이 무엇을 하고 있었는지, 언제 창가로 다가와 밖을 내다보는지 예상했다는 의미이기도 했다. 볼진이 첸에게 타란 주가 얼마나 자주 눈을 쓰는지 물어봤다면, 첸은 그날이, 그 시간이 처음이라고 대답할 게 분명했다. 트롤은 측면으로 주의를 돌려 타란 주를 무시하고 있는 수많은 수도사들을 쳐다봤다. 그들은 나이 든 수도사의 반응을 살펴보고 있었지만 그가 눈치 채는 것은 원하지 않았다.

볼진이 다시 침상으로 돌아간 지 채 오 분도 지나지 않아 거품이 떠 있는 작은 술 한 잔을 들고 첸이 방문했다.

"자네가 일어나 있는 모습을 보니 반갑네, 친구. 오늘 자네를 위해 이걸 가져왔지. 타란 주 원장이 금지시켰지만 말이야. 자네에게는 너무 독하다고 생각한 것 같아. 그래서 볼진을 죽이려면 이 정도로는 어림도 없다고 말했지. 자, 자네가 제일 먼저 마시는 거야. 나만 빼고 말이야."

첸이 미소를 지었다.

"마셔도 절대 죽지 않을 거야."

"정말 친절하군."

볼진은 잔을 들어 냄새를 맡았다. 술에서 싸한 풍미와 나무 냄새가 났다. 한 모금 마셔보니 달거나 쓰지 않고 풍부하고 넉넉했다. 비가 온 뒤 정글에서 나는 냄새, 풀에 맺힌 물방울이 마를 때 나는 모든 냄새 같았다. 볼진은 술을 마시자 메아리 섬이 떠올랐다. 그 생각을 하니 목이 메는 것 같았다.

볼진은 술을 넘기고 위장을 모두 태우는 듯한 느낌을 받으며 고개를 끄덕였다.

"아주 좋군."

"고맙네."

첸이 바닥을 바라보며 말했다.

"자네를 이곳으로 데려온 날은 상태가 아주 안 좋았어. 여기까지 오는 길이 고됐거든. 자네를 산에 묻게 될 거라는 소리를 들었지. 하지만 나는 자네 귀에 대고 살아나면 특별한 것을 주겠다고 속삭였지. 리리가 꿰맨 쪽 말고 다치지 않은 쪽 귀에 말이야. 내 가방을 뒤져보니 전에 자네 고향에서 가져온 향신료와 몇 가지 꽃이 있더군. 모두 기억해두고 있었지. 그래서 자네를 위한 에일을 만들 때 사용했어. 이름을 '건강해지기'라고 부쳤지."

"첸, 내가 회복되면 자네 덕이야."

판다렌이 위를 올려다봤다.

"약의 양이 적네, 볼진. 다 회복되려면 시간이 좀 더 걸릴 거야."

"나는 회복할 거야."

"내가 그래서 벌써 '축하'라는 이름의 맥주를 만들기 시작했지."

• • •

첸의 술 때문인지, 트롤의 체질이 원래 그래서인지, 아니면 맑은 산의 공기 혹은 볼진을 담당한 수도사의 치료법 때문인지, 또는 이 모든 것이 다 합해져서인지 몇 주가 지나지 않아 볼진은 눈에 띄게 회복되었다. 그는 매일 수도사들과 함께 서서 교사에게 고개 숙여 인사를 하고는 자신이 그들을 내려다보던 창문을 힐끗 올려다봤다. 수도사들에게 합류하리라고는 볼진 자신도 미처 생각하지 못했다. 하지만 이제는 훨씬 더 좋아져 창가에 서서 쳐다보기만 했다는 사실이 잘 기억나지 않을 정도가 됐다.

이렇다 할 불평이나 요란한 위로 없이 그저 조용히 볼진을 받아들인 수도사들은 그를 볼지안이라고 불렀다. 판다렌이 발음하기에는 그 편이 좀 더 쉽기 때문이었지만, 또 다른 이유가 있다는 사실을 볼진은 알았다. 첸이 '지안'에는 수많은 의미가 있는데, 모두 '대단함', '위대함'에 중점을 둔다고 설명해줬다. 처음 수도사들은 볼지안이라는 말을 볼진이 서툴고 우둔하게 구는 것을 묘사할 때 사용했지만, 나중에는 그가 배우는 속도가 무척 빠르다는 사실을 표현할 때 썼다.

수도사들이 적극적으로 가르치는 교사가 아니었다면 볼진은 그들의 무례함을 경멸했을 것이다. 볼진은 그림자 사냥꾼이었다. 수도사들의 기술이 대단하긴 했지만, 볼진이 그림자 사냥꾼이 되기 위해 무슨 일을 했는지는 감히 상상도 할 수 없었다. 수도사들은 균형을 구현하기 위해 싸웠지만, 그림자 사냥꾼이 되려면 혼돈을 완전하게 터득해야 했다.

배우고자 하는 볼진의 의욕과 거의 아무것도 없는 상황에서도 빠르게 습득하는 능력은 수도사들을 자극했고, 점점 더 어려운 기술을 가르치게 했다. 힘이 돌아오고 신체 부상도 서서히 회복되자 볼진을 제한하는 것은 오로지 인내심이 없다는 점 하나뿐이었다. 볼진은 이를 산의 공기 탓으로 돌리고 싶었지만, 티라선은 숨이 차는 현상에 구애받지 않았다.

티라선을 제한하는 것은 따로 있었다. 티라선은 여전히 절뚝거리기는 해도 그전 같지는 않았다. 그는 지팡이를 사용했고, 봉으로 싸우는 수도사들과 함께 종종 훈련을 받았다. 볼진은 티라선이 연습 상대를 두고 훈련을 할 때는 절름거리지 않는다는 사실을 알아챘다. 마지막에 티라선이 숨을 돌리고 스스로를 인지할 때면 다시 다리를 절었다.

티라선은 수도사들이 궁술 연습을 하는 모습도 지켜봤다. 맹인이 아니고서는 티라선이 얼마나 활쏘기를 하고 싶어 하는지 모를 수 없었다. 그는 수도사들의 자세를 평가했고, 그들이 쏘는 모습을 지켜봤다. 목표를 맞추지 못하면 티라선도 고개를 떨어뜨렸고, 이미 과녁에 꽂힌 화살을 맞혀 둘로 쪼갰을 때는 미소가 마구 번졌다.

이제 훈련을 받을 수 있을 정도로 건강해졌기 때문에 볼진은 수도원 동쪽에 자리한 소박한 수도실로 숙소를 옮겼다. 주의가 산만해지는 것을 막기 위해 취침용 깔개, 낮은 탁자, 물을 받는 대야와 항아리 그리고 옷을 거는 옷걸이 두 개만 넣어둔 간소한 숙소였다. 이렇게 단출하기 때문에 수도사들은 정신을 집중하거나 평온한 마음을 갖기가 쉬웠다.

볼진에게는 듀로타를 상기시키는 곳이었다. 이곳이 훨씬 더 추웠지만, 수도실에서 지내는 일은 전혀 힘들지 않았다. 볼진은 여명이 그를 깨우도록 햇빛이 처음 들어오는 곳에 침상을 놓았다. 다른 이들과 마찬가지로 그도 허드렛일을 했고, 아침 운동을 하기 전에 간단한 아침식사를 했다. 볼진은 자신의 음식에 다른 수도사들이 먹는 것보다 고기가 더 많다는 사실을 알아차렸다. 빨리 회복할 수 있었던 이유 중 하나가 여기에 있었다.

아침, 한낮 그리고 저녁 모두 똑같은 형식이었다. 허드렛일을 했고, 식사를 했고, 수련을 했다. 볼진의 운동은 전투와 그의 육체적 한계를 인식하며 주로 힘과 유연성을 키우는데 집중되었다. 오후에는 수도사 무리와 함께 개인 지도를 좀 더 받았다. 대부분의 수도사들이 수업에 참여했기 때문에 무리가 계속해서 순환되었다. 저녁이면 그들은 다시 체육 활동을 하러 모였다. 이 시간의 운동은 주로 맨손 체조나 유연성 운동 같이 숙면을 취하기 위한 준비 운동이 주를 이루었다.

수도사들은 좋은 교사였다. 볼진은 수도사들이 단 일격에 판자 여남은

개를 부숴버리는 모습을 봤다. 볼진도 할 수 있었기 때문에 해보고 싶었다. 그런데 드디어 그의 차례가 왔을 때, 타란 주 원장이 나섰다. 그는 나무 판자 대신 삼 센티미터 정도 되는 석판을 준비시켰다.

'나를 조롱하려는 건가?' 이렇게 생각하며 볼진은 타란 주의 얼굴을 찬찬히 바라봤다. 하지만 속임수 같은 것은 없었다. 그렇다고 아무런 속셈이 없다고 할 수도 없었다. 왜냐하면 판다렌은 무표정한 얼굴로 무엇이든 감출 수 있었기 때문이다.

"다른 수도사들은 나무로 하는데 나는 돌을 격파하라는 겁니까?"

"다른 수도사들은 나무를 격파할 수 있다고 믿지 않아요. 하지만 당신은 그렇게 믿지요."

타란 주는 석판 뒤편에 손가락 길이만큼 떨어진 지점을 가리켰다.

"당신의 의심을 이곳에 두고 석판을 격파해 보시오."

'의심?' 볼진은 그 생각을 쫓아버리려 애썼다. 정신을 산만하게 만들었기 때문이다. 무시하고 싶었지만 대신 타란 주가 지시한대로 했다. 볼진은 의심을 희미하게 빛나는 파랗고 검은 공으로 형상화시킨 다음 석판 뒤편 너머에 떠 있다고 상상했다.

그리고는 자세를 잡았다. 먼저 숨을 깊게 들이마신 뒤 날카롭게 일시에 내뿜었다. 그리고 주먹을 앞으로 뻗어 석판을 가격해 부쉈고, 계속 나가 의심의 공을 터뜨렸다. 맹세컨대 볼진은 공을 칠 때까지 충격을 느끼지 못했다. 볼진이 석판 부스러기를 몸에서 털어냈지만, 돌이 없었던 것처럼 느껴졌다.

타란 주가 볼진에게 경의를 표하는 인사를 했다.

볼진 역시 그 인사에 답했다. 하지만 이번에는 전보다 더 오랫동안 고개를 숙여 인사했다.

다른 수도사들은 타란 주 원장이 물러나자 그에게 인사했고, 다음에 볼진에게도 했다. 볼진 역시 고개를 숙여 인사를 받았다. 수도사들이 의미하는 '지안'의 의미가 다시 바뀔 거라는 걸 알 수 있었다.

• • •

그날 저녁, 방에 홀로 앉아 등에 돌의 한기를 느끼며 볼진은 자신이 배운 것을 일부라도 이해해보려고 노력했다. 손은 붓거나 경직되지 않았지만, 여전히 그는 자신의 손으로 의심을 부셔버렸던 것인지 생각했다. 손이 잘 움직여져서 기뻤다. 다시 완전하게 몸과 연결된 것이다.

의심을 목표로 삼으라는 타란 주의 말이 옳았다. 의심은 영혼을 파괴했다. 성공을 의심하기 좋아하는 경우, 생각을 하는 존재라면 과연 어떤 행동을 취할 수 있을까? 석판을 부숴버릴 수 있을지 의심하는 것은 볼진의 손이 부러질 수 있음을, 뼈가 갈라질 수 있음을, 살이 찢어질 수 있음을, 피가 흐를 수 있음을 인정한다는 의미였다. 그렇게 될 거라고 생각했다면 그런 결과 말고 다른 무엇이 나오겠는가? 그런 식으로 끝내는 걸 목표로 했다면 그렇게 생각하고 석판을 쳤을 것이다. 하지만 볼진의 목표는 의심을 없애버리는 것이었고, 그렇게 마음먹고 석판을 쳤다. 그러니 불가능한 일이 과연 뭐가 있었겠는가?

잘라제인이 생각났다. 볼진은 환상이 아닌 그와의 추억을 회상했다. 의심이 잘라제인의 영혼을 파괴했다. 볼진과 잘라제인은 함께 컸고, 최고의 친구였다. 볼진이 검은창 부족의 지도자인 센진의 아들이었기 때문에 둘 중 볼진이 언제나 먼저 고려되었지만, 그의 마음에서는 그렇지 않았다. 잘라제인도 그 점을 알고 있었다. 둘은 종종 그 점에 대해 이야기했다. 그리고 하나를 영웅으로, 다른 하나는 무지몽매한 동료로 생각하는 이들을 무시하며 비웃곤 했다. 볼진이 그림자 사냥꾼이 되기 위해 집중하는 동안,

잘라제인은 가드린 장로의 가르침을 받고 의술사가 되었다. 센진도 잘라제인을 격려했다. 그리고 볼진이 더 위대한 존재가 될 운명인데 반해, 잘라제인은 센진을 이어 종족을 이끌 지도자가 될 훈련을 받았다고 믿었던 검은창 부족들도 있었다.

하지만 그런 이들조차 속은 셈이었다. 볼진과 잘라제인은 검은창 부족의 고향에 대한 센진의 꿈을 믿었기 때문이다. 그들을 공격할 적도, 두려움도 없는 곳에서 그들은 융성하리라는 꿈을 믿었다. 센진이 물갈퀴가 달린 멀록의 손에 죽음을 당했을 때도 그 꿈은 꺾이지 않았다.

하지만 언젠가, 어느 곳에선가 잘라제인의 영혼 속으로 의심이 스멀스멀 기어들어왔다. 어쩌면 강력한 의술사였던 센진조차 그렇게 쉽게 죽을 수 있었기 때문인지도, 아니면 볼진은 영웅이고 자신은 그저 볼진의 동료일 뿐이라는 말을 너무 많이 들었기 때문인지도 몰랐다. 볼진이 미처 생각하지 못한 것일 수 있지만, 그게 무엇이었든 잘라제인을 힘의 노예로 만들어버렸다.

그리고 그 힘 때문에 잘라제인은 미쳐버렸다. 그는 대부분의 검은창 부족민을 생각도 하지 않는 노예로 만들어 버렸다. 볼진은 몇 명과 함께 탈출했고, 호드 연합군과 다시 메아리 섬을 해방시키기 위해 돌아왔다. 잘라제인을 죽인 군대를 이끈 이가 볼진이었다. 그는 잘라제인의 피가 튀는 모습을 보았고, 마지막 숨소리를 들었다. 그 마지막 순간에 친구의 눈이 빛나는 것을 본 볼진은 잘라제인이 제정신으로 돌아왔다고, 자유롭게 된 것을 기뻐했다고 생각하고 싶었다.

'그러고 보니 가로쉬도 생각나는군.' 가로쉬는 아버지 때문에 숭배를 받았을 뿐, 온전히 자신이나 그의 행동으로 인해 존경을 받은 적이 없었다. 많은 이들이 가로쉬를 두려워했다. 가로쉬는 두려움이 효과적인 무기라는 사실을 알았고, 그것을 이용해 부하들을 지배했다. 그러나 부하들 모두가 가로쉬의 무기에 움츠러든 것은 아니었다.

'나는 아니야.'

가로쉬는 자신의 위치가 스스로의 가치보다는 아버지의 후광 덕분이라고 느꼈기 때문에 그 자리를 의심했다. 가로쉬가 스스로를 가치 없다고 생각한다면 다른 이들도 그렇게 생각할 수 있었다. '나는 했어. 그렇다고 그에게 말했어.' 의심은 감출 수 있었기 때문에 누구든지 잠재적인 적이 될 수 있었다. 의심을 없애는 유일한 방법은 정복하는 것뿐이었다.

하지만 세상을 모두 정복한다 해도 머릿속에서 들려오는 그 소리를 잠재우지 못하리라. '그래, 하지만 너는 네 아버지가 아니야.'

볼진은 침상에 누워 몸을 뻗었다. '아버지에게는 꿈이 있었어. 나와 그 꿈을 나눴지. 아버지는 그 꿈을 나의 유산으로 만들어주셨고, 다행이도 나는 그걸 이해할 수 있었어. 그래서 나는 그 꿈을 실현할 수 있어. 나는 평화를 안다.'

볼진은 허공에 말했다.

"하지만 가로쉬는 그런 평화를 알지 못할 거다. 다른 누구도 마찬가지고."

7

　남쪽에서 폭풍이 불어왔다. 바람이 휘몰아쳤고, 하늘에는 온통 검은 구름이 끼었고, 눈이 옆으로 세차게 날리며 몸을 마구 때렸다. 눈보라가 아주 거셌다. 볼진은 햇빛에 잠에서 깼다. 그런데 오래된 두루마리 문서가 쌓여 있는 선반의 먼지를 떨어내는 허드렛일을 끝내기도 전에 온도가 떨어졌고, 주변이 어두워지며 폭풍이 요동쳤다. 수도원은 마치 악마의 공격을 받는 것 같았다.

　볼진은 눈보라에 대해서는 잘 몰랐지만 두려워하지 않았다. 선배 수도사들이 수도원 구석구석을 뒤져 모두를 커다란 식당으로 불러 모았다. 모두가 식당으로 갔다. 다른 이들보다 키가 큰 볼진은 수도사들이 머릿수를 세는 모습을 봤다. 광폭한 폭풍우가 누군가의 눈을 멀게 해 혼란을 주는 것은 아닌가 하는 생각이 들었다. 폭풍우 속에서 길을 잃어버리면 그 속에서 죽을 수도 있으리라.

　부끄럽게도 볼진은 머릿수 세는 일이 다 끝나기 전까지 첸이 지적하는 것을 알아차리지 못했다.

　"티라선이 여기 없어."

　볼진이 산 정상을 쳐다봤다.

　"폭풍우가 이렇게 심해지는데 설마 산에 가지는 않았을 거야."

타란 주가 연단에 올라섰다.

"티라선이 멈춰 쉬던 굴이 있어요. 북쪽을 향하고 있는 피난처에요. 그는 아마 폭풍이 온다는 걸 몰랐을 거예요. 마스터 스톰스타우트, 당신의 '건강해지기' 술을 통에 채우게 될 겁니다. 첫 번째와 두 번째 그룹은 알아서 수색을 하도록 하세요."

볼진이 고개를 들었다.

"저는 뭘 하면 좋겠습니까?"

"하던 허드렛일을 마저 해요, 볼진."

타란 주는 그를 볼지안이라고 부르지 않았다.

"당신이 할 일은 없습니다."

"저 정도 폭풍우면 티라선은 죽을 겁니다."

"당신도 죽을 거요. 아마 당신이 더 빨리 죽을 거요."

선배 판다렌 수도사가 앞발을 한 번 맞부딪치자 그가 담당했던 수도사들이 모두 흩어졌다.

"이런 눈 폭풍에 대해 당신은 아는 게 거의 없잖아요. 당신은 석판을 격파할 수는 있지만 이 폭풍에는 아마 무너질 거예요. 몸에서 온기와 힘을 모조리 앗아갈 거예요. 티라선을 찾기 전에 당신을 다시 실어오게 될 겁니다."

"하지만 그저 이렇게 서 있기만 할 수는……."

"아무것도 할 일이 없다고요? 좋소. 그러면 일을 주지요. 내가 하는 질문에 대해 생각해보시오."

판다렌은 코를 벌름거렸지만, 목소리에는 전혀 감정이 실려 있지 않았다.

"행동하길 원해서 그 인간을 살리려는 거요, 아니면 영웅이라는 자아 개념을 지키기 위해서 그러는 거요? 진실에 도달하기 전에 선반의 먼지를 더 많이 털어내길 바라오."

볼진의 영혼이 분노로 끓어올랐지만 아무 말도 하지 않았다. 수도원장은 두 번이나 진실을 드러냈다. 상황을 통제하는 궁수가 과녁을 정확하게 명중시키듯이 핵심을 찔렀다. 폭풍우에 볼진은 죽을 것이다. 그가 완전히 건강한 상태라고 해도 폭풍우에 죽을 수 있었다. 검은창 부족들은 추위에 아주 약했다.

무엇보다 정곡을 찔렀던 점은 타란 주가 볼진이 구조팀에 합류하고 싶어 하는 이유를 안다는 것이었다. 티라선 코트를 염려해서라기보다는 자신을 위해서였다. 위험이 다가와 행동을 취해야 할 때 옆으로 밀려나고 싶지 않았다. 그건 약하다는 의미였고, 볼진은 그 점을 인정하고 싶지 않다. 티라선을 구할 수 있다면 인간보다 우월한 상태로 올라갈 것이다. 티라선은 볼진의 약한 모습을 지켜봤다. 볼진은 그 점이 마음에 걸렸다.

다시 일을 하러 돌아가며 볼진은 자신이 티라선에게 신세를 졌다고 느꼈고, 그 점이 잘 받아들여지지 않았다. 트롤과 인간은 증오라는 감정을 빼놓고는 서로에게 진실할 수 없는 사이였다. 볼진은 헤아릴 수 없을 정도로 많은 인간을 죽였다. 티라선이 볼진을 살피던 방식으로 짐작하건대, 사냥꾼도 상당수의 트롤을 죽였으리라. 그들은 태어날 때부터 서로 적이었다. 이 수도원에서 판다렌 원장이 둘을 함께 둔 이유도 트롤과 인간은 서로 균형을 맞추면서도 완전히 반대였기 때문이다.

'이 인간에게 친절을 빼놓고 내가 얻은 것이 뭐가 있었나?' 볼진의 마음 한 구석에서는 이를 유약함으로 일축해버리고 싶었다. 두려움이 깃든 애원이었다. 티라선은 볼진이 건강해지고 나서도 자신을 죽이지 않기를 바랐다. 그것이 사실이라고 상상하기는 쉬웠고, 그것이 로아가 전해준 메시지라고 믿을 트롤도 수없이 많았지만, 볼진은 받아드릴 수 없었다. 볼진을 돌보는 일이 티라선에게 맡겨지긴 했지만, 환자복을 빨아주는 친절함은 단순히 할 일을 하는 하인의 행동이 아니었다.

그 이상이었다. '존경을 받아 마땅한 태도였어.'

볼진이 높은 선반 청소를 끝내고 낮은 곳을 시작하기 전에 수색대가 돌아왔다. 흥분한 목소리가 들려오는 것으로 보건데 수색 작전은 성공이었다. 점심 식사시간이 되자 볼진은 먼저 티라선을 찾아보았다. 그리고는 첸과 타란 주를 찾았다. 하지만 그들이 보이지 않자 이번에는 치료사들을 찾았다. 한두 명 정도를 봤지만, 그들은 먹을 것을 챙겨서 이내 사라져버렸다.

산에 폭풍우가 친다는 것은 주변이 어둡고 암울해진다는 의미였다. 그리고 더 깊은 어둠과 한층 더 추운 날씨가 올 거라는 예고이기도 했다. 저녁식사를 하기 위해 수도사들이 모여들었다. 그때 여자 수도사가 찾아와 볼진을 치료소로 데리고 갔다. 첸과 타란 주가 볼진을 기다리고 있었는데, 둘 다 심각한 얼굴이었다.

티라선 코트가 침상에 누워 있었다. 온몸이 잿빛이었고, 이마는 땀으로 흠뻑 젖어 있었다. 여러 장의 두꺼운 이불을 목까지 올려 덮고 있었다. 몸부림을 쳤지만 힘이 너무 미약해서 다시 이불 속에 갇힐 뿐이었다. 볼진의 마음에서 동정심이 번개처럼 스쳐지나갔다.

타란 주가 볼진을 가리켰다.

"해야 할 일이 있어요. 당신이 하지 않으면 이 사람은 죽을 거예요. 야비한 생각이 당신 마음속에 자리 잡기 전에 내가 말하는데, 거절하면 분명 당신도 죽을 겁니다. 나나 여기 있는 다른 수도사들이 어떻게 한다는 게 아니오. 석판을 격파할 때 같이 부쉈던 의심이 다시 당신의 영혼으로 들어올 테고, 결국 그 의심이 당신을 죽일 거예요."

볼진은 털썩 무릎을 꿇고 티라선의 얼굴을 살폈다. 두려움, 증오, 부끄러움과 같은 감정을 그의 얼굴에서 읽을 수 있었다.

"그는 잠자고 있어요. 꿈을 꾸고 있어요. 내가 뭘 할 수 있죠?"

"할 수 있고 없고의 문제가 아니라 꼭 해야만 하오."

타란 주는 천천히 숨을 내쉬었다.

"남동쪽으로 여기서 멀리 떨어진 곳에 사원이 하나 있어요. 판다리아에 있는 수많은 사원 중에 하나지만, 그 사원과 그곳에 기거하는 이들은 특별하다오. 황제 샤오하오가 최선이라고 생각해서 샤 중에 하나를 가뒀어요. 샤는 당신네 트롤의 로아와 비슷해요. 지적인 능력을 구현하는데, 어두운 힘이지요. 옥룡 사원에 황제가 의심의 샤를 가뒀어요."

볼진이 얼굴을 찡그렸다.

"의심의 정령 같은 건 없습니다."

"없다고요? 그렇다면 당신이 일격을 가해 부서뜨린 것은 뭐란 말이오?"

타란 주가 등 뒤에서 자신의 앞발을 모았다.

"당신은 의심을 해요. 우리 모두가 그렇지요. 그리고 샤는 그걸 이용합니다. 샤는 내면에 의심이 가득하게 만들어 우리를 마비시키고 영혼을 죽이지요. 이제 당신도 이해하겠지만 음영파는 그런 샤를 다루도록 수련을 합니다. 불행이도 티라선 코트는 준비가 되기 전에 샤를 만난 거예요."

볼진이 다시 일어섰다.

"내가 무엇을 할 수 있습니까? 뭘 해야만 합니까?"

"당신은 그의 세상이에요. 당신은 그걸 이해합니다."

타란 주가 첸에게 고개를 끄덕여 신호를 보냈다.

"마스터 스톰스타우트가 약재상을 통해 물약을 준비해뒀어요. 우리는 이 물약을 기억의 술이라고 부르지요. 볼진, 당신과 티라선 모두 물약을 마실 겁니다. 그리고 당신은 티라선의 꿈속으로 들어갈 거예요. 가끔씩 로아가 당신을 통해 일을 하듯 당신이 티라선을 조정하는 겁니다. 볼진, 당신은 의심을 부셔버렸어요. 하지만 티라선은 아직도 의심의 영향을 받고 있지요. 그러니 의심을 찾아내서 쫓아버리시오."

트롤이 눈을 가늘게 떴다.

"당신은 할 수 없습니까?"

"내가 할 수 있다면 내가 직접 하지, 설마 수도사 훈련을 거의 거치지 않은 이에게 맡기겠어요?"

볼진이 고개를 숙여 인사했다.

"물론 그렇겠지요."

"한 가지 주의할 점이 있어요, 트롤. 이제 앞으로 당신이 보고 경험하는 것들은 현실이 아니라는 점을 알아두시오. 일어났던 일에 대한 티라선의 기억이에요. 그 전투에서 살아남은 생존자에게 묻는다고 해도 같은 이야기를 하는 이는 하나도 없을 거예요. 그의 기억을 이해하려고 애쓰지 말아요. 그저 그의 의심을 찾아서 뽑아내 버리시오."

"무슨 일을 해야 하는지 압니다."

여자 수도사와 첸이 또 다른 침상 하나를 끌고 왔지만, 볼진은 손사래를 쳐서 물렸다. 그리고는 티라선 옆의 돌바닥에 몸을 뻗고 누웠다.

"내가 트롤이라는 점을 기억하는 게 낫습니다."

볼진은 첸이 건네주는 나무 사발을 받아들었다. 검은 액체의 맛은 기름지고 쐐기풀처럼 톡 썼다. 타닌 성분으로 감각이 없어지는 부분을 제외하고 볼진의 혀에 금세 시큼한 맛이 전달됐다. 그는 두 번째 모금에 기억의 술을 모두 삼켰고, 누워서 눈을 감았다.

볼진은 로아를 찾을 때처럼 감각을 투영했다. 그의 눈에 비친 것은 분명 판다렌의 풍경이었다. 간간히 눈발이 섞이기는 했지만, 모든 것이 푸르고 따뜻한 회색이었다. 타란 주가 조용한 유령의 모습으로 그곳에 서 있었다. 그는 오른쪽 앞발로 어두운 동굴을 가리켰다. 판다렌의 발자국이 길을 가리켰고, 발자국은 돌로 만든 동굴 입구에서 끊겼다.

볼진은 옆으로 몸을 비틀어 동굴 안으로 비집고 들어가려고 시도했다. 그런데 바위벽에 딱 끼어버렸다. 볼진은 빠져나가지 못할지도 모른다는 두려움에 휩싸였다. 하지만 곧 살이 찢어지는 것 같은 느낌과 함께 빠져나왔다.

거의 비명을 지를 뻔했다.

볼진은 티라선 코트의 눈으로 세상을 봤다. 너무 밝았고, 온통 초록이었다. 그는 손을 들어 눈을 가렸다. 순간 깜짝 놀랐다. 팔이 너무 짧았고, 몸통은 더 넓지만 훨씬 약했다. 보폭도 아주 좁게 걸을 수 있는 정도였다. 그리고 스톰윈드의 금으로 장식한 관복을 입은 남자들과 여자들, 뾰족하게 날을 세운 무기와 정리된 갑옷이 보였고, 징집된 진위 병사들의 놀라서 입을 벌리고 있는 모습도 보였다.

젊은 병사가 그에게 다가와서 경례를 했다.

"언덕으로 오라는 부대장님의 호출입니다."

"고맙네."

볼진은 인간의 몸속에 들어와 있다는 감각에 익숙해지며 기억을 따라갔다. 티라선은 등에 활을 매고 있었다. 화살통이 그의 오른쪽 허벅지와 부딪치며 털썩거렸다. 미늘 갑옷의 장식이 바스락거렸지만, 몸의 다른 부분은 모두 가죽으로 감싸져 있는 상태였다. 그가 입고 있는 모든 것은 사냥한 짐승에게서 취했다. 다른 것은 믿을 수 없다는 듯, 가죽을 무두질하고 꿰매서 만든 것이었다.

자신도 그런 감정을 기억하고 있기에, 볼진은 미소를 지었다.

티라선은 가뿐히 언덕으로 뛰어올라갔다. 그가 산에서 보내는 시간을 즐긴 이유를 볼진도 충분히 알 수 있었다. 티라선은 두꺼운 수염이 난 덩치 큰 남자 앞에 멈췄다. 부대장의 갑옷은 눈이 부실 정도로 빛났고, 입고 있는 하얀 관복에 혈흔은 보이지 않았다.

"저를 보자고 하셨습니까?"

부대장 볼턴 바니스트가 계곡 아래를 가리켰다.

"저기, 용의 심장이 바로 우리의 목표다. 보기에는 평화롭지만, 순진하게 믿을 수는 없지. 내 병력에서 열두 명 정도의 척후병을 모았다. 최고의 사냥꾼들이야. 자네가 정찰을 하고 와서 보고하기 바란다. 매복을 당할 수는 없어."

"알겠습니다."

티라선이 재빨리 거수경례를 했다.

"한 시간, 길어야 두 시간 내에 보고하겠습니다."

"완전하게 끝낸다면 세 시간이 걸려도 좋다."

부대장도 경례로 답했다.

티라선은 속도를 내서 달렸고, 볼진은 그 모든 감각을 기억했다. 바위가 많은 언덕길을 내려갈 때 볼진은 티라선이 크게 뛰려하지 않는다는 점을 알아차렸다. 여기서 볼진은 티라선의 의심을 감지하게 되는 건가 싶었지만, 실은 두려움이라기보다는 확신이었다. 티라선은 자신을 잘 알았다. 트롤이라면 펄쩍 뛰어내리는 일을 걱정하지 않았지만, 인간인 티라선은 다리가 부러지거나 발목을 삐게 될 거라는 사실을 알았던 것이다.

볼진은 인간이 아주 다치기 쉬운 존재라는 점에 놀랐다. 그는 인간의 몸을 체험한 일을 두고 내내 기뻐할 것이다. 인간은 아주 쉽게 부러뜨릴 수 있는 존재지만, 이제 볼진은 인간에 대한 경이를 느끼고 있었다. 인간은 죽음이 갑자기 닥쳐올 수 있다는 사실을 알고 있었다. 그러나 그들은 싸우고 탐험하며 용기를 보였다. 언젠가는 죽는다는 사실을 아주 잘 알고 있었기 때문에, 어렵지 않게 그것을 감싸 안을 수 있는 것 같았다.

티라선이 자신과 같은 사냥꾼 열두 명으로 이루어진 부대에 도착했을 때, 볼진은 티라선에게 애완동물이 없다는 점을 알아차렸다. 다른 사냥꾼들은 랩터, 거북이, 왕거미, 흡혈박쥐 등을 데리고 있었다. 사냥꾼들은 볼진으로서는 이해하기 힘든 애완동물을 데리고 다니며 세상을 누비는 여행에 족적을 표시했다.

간단한 손 신호로 티라선은 병사들에게 명령을 내렸고, 작은 무리로 나눴다. '지후이 게임에서 게임 말을 나누듯이 하는군.' 티라선이 이끄는 무리는 가장 먼 목표인 남쪽으로 향했다. 그들은 소리 없이 재빨리 움직이는 판다렌처럼 조용히 움직였다. 티라선은 화살을 활시위에 메어두기는 했지만, 아직 당기지 않았다.

서쪽에서 비명소리가 들리자 상황이 바뀌었다. 전투를 이해하고 그것이 어떤 식으로 인식을 바꾸는지 이해하지 못했다면 볼진은 당황했으리라. 재앙이 펼쳐지려할 때는 시간이 더디게 흘러가는 것 같더니, 폭발해버리자 전력질주라도 하듯 쏜살같이 날아갔다. 동료 하나에게 화살이 날아가는 모습을 지켜보는 것은 영겁 같더니, 그녀의 생명이 진홍색 피로 뿜어져 나오는 것은 일순간이었다.

적이 없었던 곳에 이제는 하나의 군단이 나타나 인간들을 포위했다. 기이한 유령 같은 것들이 사람들 사이를 누비고 다니며 사람들을 건드리고 찢어발겼고, 목이 열리기도 전에 찢어지는 듯한 날카로운 비명소리가 터져 나왔다. 인간이 데리고 있던 애완동물들도 물어뜯고 할퀴며 으르렁거렸지만, 모두 한군데로 몰려서 갈가리 찢겨졌다.

티라선은 침착해지려고 노력했다. 그는 유연하면서도 강력하게 시위를 당겨 계속해서 활을 쐈다. '아, 수도사들, 티라선이 활을 쏘는 모습을 봤다면 수도사들은 부끄러워했을 거야.' 볼진은 티라선이 무척 빠르고 정확하게 화살을 쏴서 수도사들이 쏜 화살이 과녁에 꽂히기도 전에 그 화살 머리를 꿰뚫어버릴 거라는 사실을 의심하지 않았다.

그때 한 여자가 쓰러졌다. 검은 머리에 날렵한 여자로, 곁에는 고양이가 함께 있었다. 티라선이 소리를 지르며 그녀 쪽으로 갔다. 그는 여자를 공격하는 샤를 향해 화살을 쐈다. 먼저 하나를 죽였고, 또 하나를 잡았다. 그런데 돌부리에 걸려 세 번째는 놓치고 말았다.

볼진의 관점에서 볼 때 세 번째 화살은 전혀 상관이 없었다. 여자는 붉은 가면 속에서 빛나는 눈으로 둘을 응시했다. 피가 뿜어져 나와 그녀의 관복을 적셨다. 여자의 죽음에 대해 기억해야 할 것이 있다면, 그녀의 손이 죽은 애완동물의 넓은 머리에 편안하게 얹어져 있었다는 점이다.

티라선이 무릎을 꿇고 앉았는데, 그때 뭔가가 옆구리를 강하게 가격했다. 그는 허공을 향해하듯 날아갔고, 잡고 있던 활도 놓쳤다. 티라선의 왼쪽 둔부 바로 아래 부분이 용 석상에 부딪쳤다. 그러면서 다리가 꺾였고, 은빛 고통이 원을 그리듯 그를 꿰뚫었다. 티라선은 한 번 튕긴 다음 계속 굴러가다가 멈췄다. 그리고 죽은 여자와 마주했다.

'내가 아니었다면 당신은 살아있을 텐데.'

이것이 바로 의심의 근원이었다. 볼진은 아래를 살폈고, 가시나무에 붙어 있는 실 같은 검은 줄기를 발견했다. 그 줄기가 티라선을 한 번 꿰뚫었다. 아슬아슬하게 심장을 빗겨났지만, 다시 그의 등을 뚫고 나왔다. 공격을 하려는 독사처럼 한 바퀴 돌아서 다시 돌아왔다.

하지만 볼진이 영의 손을 뻗어 뱀을 움켜잡듯 가시나무 바로 아래 부분을 잡았다. 그리고는 엄지손가락을 부드럽게 놀려 목을 꺾은 다음 아래를 잡아 긴 줄기를 부러뜨렸다.

줄기의 중간 부분이 재빨리 티라선에게 스르르 다가와 그의 심장 부분을 단단히 휘감고 조이기 시작했다. 그의 몸이 조여졌고, 등이 활처럼 휘었다. 하지만 부러진 줄기의 조이는 힘은 그리 세지 않았다. 줄기는 아래로 꼬여내려가서 티라선의 척추를 꿰뚫었다. 고통이 위로 올라가 그의 뇌에까지 전달되었다.

줄기는 공격을 했고, 티라선은 영혼을 찢어내는 듯한 비명을 질렀다. 티라선 속에 있던 볼진의 이미지는 회오리바람이 삼켜버린 환영처럼 사라져버렸다. 빛은 모두 블랙홀로 빠져버렸다. 곧 은빛 고통이 엄습해왔고, 인간과 트롤 모두를 충격에 빠뜨렸다.

· · ·

볼진은 갑자기 경련을 일으켰다. 얼굴은 땀에 젖어 있었고, 손은 몸에 난 상처를 찾고 있었다. 볼진은 자신의 허벅지를 움켜잡았고, 부러질 때의 고통이 잦아드는 것을 느꼈다. 숨을 헐떡거린 그는 이내 티라선을 바라봤다.

티라선은 제 혈색을 찾았다. 호흡도 훨씬 편안했다. 더 이상은 이불 속에서 몸을 뒤틀며 괴로워하지 않았다.

볼진은 찬찬히 티라선을 살펴봤다. 트롤이 그의 몸속으로 들어가 걸어다니기 전에는 상상했던 것보다 훨씬 미약한 상태였지만, 티라선은 강철같은 의지로 볼진을 받아들여 회복되었다. 마음 한 구석에서는 그런 점이 싫었다. 그것이 수많은 인간이 가지고 있는 특성이라는 점을 인식했기 때문이다. 트롤 입장에서는 골치 아픈 일이었다. 하지만 한편으로는 죽음을 상대로 격렬하게 저항한 정신을 존경하지 않을 수 없었다.

　트롤은 타란 주를 올려다봤다.

　"빠져나간 것도 있었어요. 모든 것을 다 잡을 수는 없었습니다."

　"충분히 했어요."

　연로한 판다렌 수도사가 엄숙하게 고개를 끄덕였다.

　"지금은 그 정도면 충분합니다."

8

티라선의 열이 떨어지면서 폭풍우도 꺾이자 첸은 폭풍우에 초자연적인 특성이 있는 것은 아닐까 의아했다. 이는 분명 불길한 생각이었지만 첸은 그런 생각을 그리 오래하지 않았다. 마지막 눈송이가 떨어질 때도 첸은 스노우 릴리가 햇빛을 찾아 힘겹게 피어오르는 징후를 봤다. 사악한 존재라면 절대 그런 일이 일어나게 두지 않았을 것이다.

타란 주는 폭풍의 근원의 성질을 판단하는 일을 간과하지 않았고, 남과 서 그리고 동쪽으로 수도사들을 보내 피해 정도를 파악하게 했다. 첸은 동쪽으로 가겠다고 자청했다. 그러면 백호 사원 쪽으로 갈 수 있었고, 조카를 만나서 잘 지내는지 살펴볼 수도 있었기 때문이다. 타란 주는 첸의 말에 동의했고, 그가 없는 동안 티라선을 잘 보살피겠다고 약속했다.

첸은 수도원을 벗어나자 기분이 좋았다. 여행은 그의 방랑벽을 충족시켜줬다. 대부분의 수도사들은 첸이 방랑벽 때문 혼자 산을 내려가길 원한다고 생각했다. 첸은 수도사들이 그렇게 생각한다고 확신했다. 그것은 센진 수에서 산 이들은 본성으로 인해 결국 균형을 깨고 후오진쪽으로 기운다고 보는 수도사들의 생각과 그들의 세계관에 들어맞았다.

첸은 여행과 탐험을 좋아한다는 사실을 부정하지 않을 참이었다. 방랑벽을 가진 이들은 한 곳에 묶이는 것을 두려워했지만 첸은 그렇지 않았다.

그는 여행의 동행을 바라보고 미소를 지었다.

"여행을 떠날 때마다 다른 누군가가 잠시 쉬고 즐길 여유를 준다고 생각합니다."

야리아 세이지위스퍼가 묘하지만 웃음기 서린 표정으로 첸에게 답했다.

"마스터 스톰스타우트, 제가 잘 모르는 이야기를 하시는 것 같은데요?"

"사과드립니다, 자매님. 가끔 이러저런 생각에 골몰하다보면 지후이 말처럼 이렇게 툭 쏟아져 나오는군요. 말의 어떤 면이 나올지 전혀 알 수 없어요."

뒤로 구름에 가려진 수도원을 가리키며 첸이 말했다.

"나는 저 수도원이 정말 좋습니다."

"하지만 아예 수도원에 정착해서 살 수는 없잖아요?"

"그래요, 그렇게 생각하지 않습니다."

첸이 얼굴을 찡그렸다.

"전에 이런 이야기를 한 적이 있나요?"

야리아가 고개를 가로저었다.

"마스터 스톰스타우트, 당신은 비질을 하다가 잠시 멈출 때, 인간 남자가 산에 올라가는 일을 저지당하는 모습을 볼 때 왠지 길 잃은 것처럼 보여요. 다른 무엇인가에 몰두하죠. 맥주 혼합물을 준비할 때 집중하는 것처럼 말이에요."

"그걸 눈치챘단 말입니까?"

첸의 가슴이 약간 빠르게 뛰었다.

"나를 보고 있었던 겁니까?"

"진취적인 것을 사랑하는 모습으로 반짝거리는 이를 외면하기란 어려운 법이죠."

야리아는 계속 곁눈질을 하더니 미소를 지었다.

"당신이 일할 때 내가 무엇을 보는지 알고 싶으세요?"

"말해준다면 영광이지요."

"마스터 스톰스타우트, 당신은 렌즈가 되요. 당신은 판다리아 이외의 세상을 경험했지요. 그리고 하고 있는 일에 집중합니다. 트롤을 위해 만든 '건강해지기' 술을 예로 들 수 있어요. 똑같은 기술을 사용해 술을 만들 판다렌 양조사는 물론 있지요. 더 잘 만들 판다렌도 있을 수 있고요. 하지만 그들은 세상에 대한 경험이 없기 때문에 트롤의 건강을 위해 첨가할 것이 무엇인지 몰라요."

야리아가 흘깃 내려다보며 말했다.

"제가 표현을 제대로 했나 모르겠군요."

"아, 아닙니다. 이해됩니다. 감사합니다."

첸이 미소를 지었다.

"다른 사람의 눈을 통해 자신을 보게 되니 겸손해지는 느낌입니다. 자매님의 말이 맞아요. 하지만 난 그걸 집중한다기보다는 재미로 생각합니다. 다른 이들에게 주는 선물이죠. 자매님과 타란 주 원장님을 위해 차를 만들었을 때도 나는 감사의 마음을 보여주고 제 일부분을 나누고 싶었던 겁니다. 자매님의 평가대로 하면 세상의 일부를 나누는 거죠."

"그렇게 하셨어요. 감사해요."

멀리 마을과 경작하는 밭이 조각 누비처럼 둘러싸고 있는 계곡으로 천천히 내려가며 야리아가 고개를 끄덕였다.

"전에 하신 말은 이번 여행이 거북이를 쫓거나 조카를 보는 일 이외에 다른 목적도 있다는 의미 같은데요. 제가 맞나요?"

"네."

첸이 미간을 찡그렸다.

"그걸 알아낼 수 있다면, 거기에서 도망가지 않을 겁니다. 지금도 도망가는 게 아니에요. 그저……."

"……어떤 관점이 필요한 거지요."

"바로 그거예요."

말하고 싶은 단어를 야리아가 콕 집어냈다는 듯 첸이 재빨리 고개를 끄덕였다.

"볼진과 티라선 코트가 육체적으로는 회복되는 걸 봤지요. 신체적으로 그들은 치유되고 있어요. 하지만 둘 다 여전히 상처가 있어요. 그러나 그 상처를 볼 수가 없어요."

야리아가 몸을 돌려 앞발을 첸의 어깨에 올렸다.

"볼 수 없는 게 마스터 스톰스타우트의 잘못은 아니에요. 그들이 숨기는 게 있다면, 아주 잘 숨기고 있는 거죠. 설령 당신은 그 상처를 볼 수 있다고 해도, 그들이 보게 만들 수는 없어요. 그런 종류의 상처를 치유하는 일은 장려할 수 있어도 강제할 수 없지요. 또 가끔 치유자 입장에서는 기다려야 하기 때문에 상처가 되기도 하고요."

"경험에서 하는 말인가요?"

첸이 작은 시내를 뛰어넘으며 말했다.

야리아가 장난을 좋아하는 요정처럼 바위를 뛰어넘었다.

"경험이라, 맞아요. 아주 드문 경험이죠. 수도원에 새로 들어오는 이들 대부분이 일련의 시험을 통해 선발되지만, 항상 그렇지는 않아요. 아주 특별한 어린 판다렌들이 어떤 식으로 선발되는지 아세요, 마스터 스톰스타우트?"

양조사는 고개를 흔들었다.

"생각해본 적이 없어요."

"전설에 의하면 붉은 꽃의 시험을 거치지 않은 운명의 어린 판다렌들이 있데요. 그들의 운명은 아주 다른 방식으로 결정되지요."

그렇게 말하는 야리아의 눈은 점점 더 먼 곳을 응시했고, 부드러운 목소리는 더욱 부드러워졌다.

"이 판다렌들은 나이를 초월해 훨씬 지혜롭지요. 겉보기에는 아장아장 걷는 아기 같지만 고대의 영혼을 가지고 있기도 하고요. 친절한 여행자들이 그들을 도와줘요. 전설에 의하면 이 여행자들은 신이라고 해요. 음영파의 수장이 이 판다렌들을 받아들이지요. 이들은 '인도된 판다렌'이라고 불려요. 나도 인도된 판다렌이었어요. 내 고향은 북쪽 해안에 있는 조우친입니다. 아버지는 어부였지요. 아버지 소유의 배가 있어서 잘 살았어요. 우리 마을에는 자부심이 강한 집이 많았어요. 자라면서 원래 다른 어부의 아들과 정혼을 했다는 사실을 알게 됐어요. 곤란한 점은 후보가 두 명이었다는 거예요. 둘 다 나보다 여섯 살 많았지요. 그들은 내 관심과 마을 전체의 관심을 얻기 위해 경쟁했어요. 선택을 통해 한 가족은 재산을 보장 받았고, 그래서 편이 빨리 결정됐죠."

야리아가 얼른 첸을 쳐다봤다.

"내가 세상이 돌아가는 이치를 알았다는 점을 이해하셔야 해요, 마스터 스톰스타우트. 나는 상품이었고, 삶에서 내 역할이 그거라고 이해했어요. 아마 좀 더 나이를 먹었더라면 내가 단순한 상품으로 전락했다는 점에 분개했을 거예요. 하지만 내가 본 현실은 그 점을 전혀 중요하지 않은 것으로 만들었어요."

"무엇을 봤죠?"

"옌키와 친와의 경쟁구도는 처음에는 무해하고 점잖았어요. 판다렌이니까요. 익살스럽고 시끄럽고 정신없었지만 정말 해치려는 의도 같은 건 없었죠. 그런데 상황이 변했어요. 서로를 부추기면서 행동이 점점 거칠어졌어요. 그리고 서로에 대해 신랄한 말이 오갔지요."

야리아가 앞발을 폈다.

"나는 다른 이들이 보지 못하는 걸 볼 수 있었어요. 친구사이의 경쟁은 적대감으로 변질되었어요. 한쪽이 화가 나서 다른 이를 치는 상황에서 그런 말을 해봐야 핵심을 벗어나는 일이었지만, 엔키와 친와는 나를 차지하기 위해 자신이 더 가치가 있다는 점을 증명하기 위해 일을 벌였어요. 그래서 말도 안 되는 어리석은 위험을 감수하기도 했지요. 그리고 둘 중 하나가 나를 차지한 후에도 끝나지 않았어요. 한 쪽이 죽을 때까지 계속됐고, 결국 살아남은 쪽은 평생 죄책감에 시달리며 살게 되었어요. 결론적으로는 둘 다 파멸한 거죠."

"당신도 포함해서 셋이죠."

"수년이 흐른 후에 제가 이해한 게 바로 그거예요. 그때는 여섯 살도 안 되는 나이라 그저 그들이 나 때문에 죽었다고 알고 있었지요. 그래서 어느 날 아침, 나는 주먹밥과 갈아입을 옷을 좀 챙겨서 나왔어요. 할머니가 그런 나를 봤고, 도와주셨죠. 할머니는 가장 좋아하던 스카프를 내게 매주면서 이렇게 속삭이셨어요. '나도 너처럼 용기가 있기를 바랐단다, 야리아.' 그리고 수도원으로 들어왔어요."

첸은 좀 더 기다렸지만 야리아는 그저 침묵하고 있었다. 야리아는 어리지만 아주 용감하고 지혜로웠으며, 스스로 선택해 여행을 떠났다. 그런 야리아의 이야기가 첸을 미소 짓고 싶게 만들었다. 하지만 동시에 어린 판다렌이 내리기엔 위험한 선택이었다. 그녀가 들려준 이야기의 메아리 속에서 첸은 고통과 슬픔을 감지했다.

야리아가 고개를 흔들었다.

"내가 붉은 꽃의 시험을 관장한다는 모순을 나는 이해할 수 있어요. 그런 시험을 겪지 말았어야 할 내가 지금은 우리에게 합류할 수 있는 유망한 후보를 결정하는 문지기 역할을 하고 있어요. 나도 내가 지금 적용하는 높은 기준에 맞춰 심사를 받았다면, 아마 지금 이 자리에 없을 거예요."

"원래 당신의 성격과는 안 맞게 엄격한 감독 노릇을 하려니 힘들었겠군요."

첸은 허리를 굽혀 붉은 줄기가 난 작은 노란 꽃을 앞발 한가득 땄다. 꽃잎을 딴 다음 손바닥에 넣고 비볐다. 그러자 멋진 향기가 났다. 첸은 앞발을 야리아에게 내밀었다.

야리아는 자신의 앞발을 컵 모양으로 오므려 으깨진 꽃잎을 받았고, 한껏 향기를 들이마셨다.

"봄은 약속이에요."

"듀로타에도 비슷한 꽃이 있는데, 비가 온 다음에 피지요. 거기에선 '마음의 평안'이라고 불러요."

첸은 앞발을 목과 뺨에 비볐다.

"트롤은 아니에요. 잘 알아둬요. 그들은 고결한 마음의 소유자지만 평안해져야 한다는 걸 믿지 않아요. 한때는 그들도 평안했던 시기가 있었는데, 그 때문에 몰락했다고 생각하는 것 같아요."

"비통함이 그들을 힘겹게 만들도록 내버려두는군요."

"그러는 이가 있지요. 실은 많이 그래요. 하지만 볼진은 아닙니다."

야리아가 노란 꽃잎을 작은 리넨 주머니에 넣고 줄을 당겨 동여맸다.

"그의 마음속에 무엇이 담겼는지 그렇게 잘 안단 말이에요?"

"그렇다고 생각했어요."

첸이 어깨를 으쓱였다.

"그렇다고 생각하지요."

"그러면 그렇게 믿으세요, 마스터 스톰스타우트. 당신이 친구를 아는 만큼 그도 스스로에 대해 알게 될 거라고요. 그게 바로 치유의 첫 번째 표식이 될 거예요."

• • •

처음에는 새벽까지 계속 가다가 백호 사원으로 향하는 길에서 속도를 줄이려고 했다. 하지만 오 킬로미터도 채 못가서 무를 재배하는 두 명의 젊은 남자 판다렌을 발견했다. 둘의 움직임은 그리 재빠르지 않았다. 사실, 그들은 괭이와 써레를 농기구보다는 목발로 사용하고 있었다. 멍이 있는 것으로 보아 금방 누군가에게 얻어맞은 게 틀림없었다.

"우리 탓이 아니었습니다."

끓인 무죽을 나눠주며 한 판다렌이 주장했다.

"폭풍우로 난리가 난 다음에 토깽이 들끓어서 어떤 방랑자에게 도움을 요청했어요. 첫 번째 싸움의 먼지가 걷히기도 전에 그 여자는 토깽을 많이 소탕했고, 그에 대한 보상을 바라더군요. 그래서 내가 키스를 한 번 해주겠다고 했지요. 내 동생은 두 번 해주겠다고 했고요. 보다시피 우린 잘생겼잖아요? 이렇게 붕대를 감고 있어도요."

그러자 또 다른 판다렌이 잽싸게 고개를 끄덕였고, 이내 고개를 끄덕이는 행동이 그의 두개골을 뽑아버린다는 위협이라도 되는 양 앞발을 머리까지 들어올렸다.

"들개치곤 아주 젊었어요."

첸이 눈을 가늘게 떴다.

"리리 스톰스타우트였나?"

"당신도 만난 모양이죠?"

첸이 낮게 으르렁거리며 이빨을 내보였다. 그런 상황에서 삼촌이라면 누구나 할 만한 행동이었다.

"그 애는 내 조카야. 그리고 내가 훨씬 더 사나운 들개다. 그 애가 너희들을 살려둔 데는 이유가 있을 거야. 어느 방향으로 갔는지 말해. 그게 이유로 충분한지는 일단 들어보고 나서 결정하겠다."

두 판다렌은 잔뜩 겁을 먹고 서로 우당탕 넘어지며 북쪽을 가리켰다.

"눈이 온 다음에 주민들이 도움을 찾아 남쪽에서 오고 있어요. 우리도 식량을 보냈어요. 두 분을 위해서도 좀 싸드리겠습니다."

"그러기 전에 수레를 찾아서 가지고 오겠나?"

"예, 예."

"그러면 됐어."

첸은 침묵했고, 두 형제도 조용히 있었다. 야리아 역시 아무 말도 하지 않았지만, 그녀의 침묵은 종류가 달랐다. 죽을 다 먹은 후, 첸은 차를 만들어 형제의 상처가 회복되는데 도움이 되는 재료를 첨가했다.

"이 찻잎을 헝겊에 넣고 거른 다음에 습포제로 사용하게. 통증을 완화하는데 도움이 될 거야."

"예, 마스터 스톰스타우트."

두 여행자가 다시 길을 떠날 때 스톤레이커 형제는 깊숙이 고개 숙여 몇 번이나 인사를 했다.

"감사합니다, 마스터 스톰스타우트. 여행과 조카 분에게 행운이 깃들길 바랄게요."

산마루와 작은 농장 사이의 언덕을 내려갈 때 야리아가 침묵을 깼다.

"때리지 않았네요."

첸이 미소 지었다.

"이제 그런 건 물어보지 않을 정도로 날 알지 않습니까?"

"하지만 겁은 줬죠."

첸은 팔을 벌려 경사가 급한 산과 좁은 계곡의 전경을 받아들였다. 밑으로 시냇물이 뱀처럼 꾸불꾸불 흘렀는데, 햇빛이 비친 부분은 은빛으로 빛났고, 비치지 않은 부분은 파랬다. 그리고 풍성한 갈색과 함께 초록색이 가득한 경작된 밭에는 비옥함이 그득했다. 풍경에 맞춰 건물도 주변 풍광을 해치지 않고 어우러지도록 지어졌는데, 믿을 수 없을 만큼 적절하게 여겨졌다.

"나는 센진 수에서 자랐죠. 나는 내 집이 좋아요. 그런데 이곳을 둘러보니 꼭 그림 속에 사는 것 같군요. 아주 아름다운 판다리아의 그림이요. 이 땅이 나를 부릅니다. 내가 가진 줄도 몰랐던 공허감을 채워주네요. 아마 내가 그래서 그렇게 방랑을 한 것 같아요. 찾아다녔는데, 무엇 때문에 그랬는지 몰랐어요."

첸은 얼굴을 찡그렸다.

"그들이 리리를 들개라고 부른 것에 비해서는 내가 덜 으르렁거렸어요. 나나 리리에게 판다리아는 고향이에요. 집에 있는 것 같은 느낌이 드는 곳이지요."

"하지만 그들도 당신이 왜 판다리아에 속하지 않는지 언제나 지적하는 다른 이들과 똑같아요."

"이해하는군요."

야리아는 첸에게 '마음의 평안' 주머니를 넘겨줬다.

"당신이 생각하는 것보다 더요."

• • •

첸과 야리아는 북쪽의 조우친을 향한 여행을 날짜나 시간이 아닌 그들을 앞선 리리의 이야기로 채웠다. 리리는 도움이 되었지만 화를 잘 냈다. 리리를 들개라고 부른 이가 한 둘이 아니었고, 리리도 자랑스럽게 스스로를 그렇게 불렀다. 들개의 전설이 판다리아 전체에 퍼지는 것을 상상하며 첸은 그저 웃을 수밖에 없었다.

절벽과 바다 사이에 자리 잡은 조우친의 한 마을에서 그들은 열심히 일하고 있는 리리를 찾았다. 폭풍우에 배가 한 척 파선되었고, 집이 무너지고 부두의 말뚝이 부서졌다. 리리는 복구 작업을 거들었다. 그리고 첸과 야리아가 도착할 때 즈음에는 보수 작업을 하는 인원을 감독했고, 부서진 집을 복구하는 목수들에게 속도를 내라고 명령을 내리고 있었다.

첸은 리리를 포옹한 다음 어릴 때처럼 안아서 빙글빙글 돌렸다. 리리는 비명을 질렀다. 신이 나서가 아니라 체면이 깎인다는 항의의 표시였다. 첸은 리리를 내려놓고 허리를 깊숙이 숙여 정중하게 인사했다. 그러자 리리는 혀를 차던 것을 멈추고 삼촌보다 더욱 깊숙이 허리를 숙여 예를 표한 다음 바로 다시 혀를 찼다.

첸은 조카에게 야리아를 소개했다.

"야리아 세이지위스퍼 자매님이 수도원에서부터 여기까지 나와 동행했단다."

리리의 눈썹이 솟아올랐다.

"분명히 긴 여행이었을 텐데 여기까지 오면서 어떻게 삼촌이 술집에서 맥주를 마시지 못하게 막으셨어요?"

야리아가 미소 지었다.

"들개 리리의 이야기와 그녀의 묘기를 따라잡느라 속도를 냈지요."

리리는 활짝 미소를 지으며 팔꿈치로 삼촌의 갈비뼈를 쳤다.

"날카로운 분이신데요, 삼촌?"

리리가 턱을 긁으며 말했다.

"세이지위스퍼라고요? 여기에 세이지플라워 집안이 있는데, 이름이 거의 같네요. 그들은 잘 지내고 있어요. 뭐 혹이 생기고 멍이 좀 들긴 했지만요."

"반가운 소식이네요, 리리."

야리아가 예의바르게 고개를 끄덕였다.

"이름이 아주 흡사하니 시간이 허락되면 한번 방문하고 싶어요."

"이런 우연이 있냐고 아마 놀랄 거예요."

리리가 마을을 살펴봤다.

"저는 이제 다시 일하러 가야 해요. 주민들은 물에서는 일을 아주 잘하지만, 땅에서는 운전할 줄 아는 이가 좀 필요하거든요."

리리는 삼촌과 다시 한 번 포옹한 다음 작업 인부들에게 뛰어갔다. 리리가 돌아가자 일꾼들의 작업 속도가 빨라졌다.

첸이 고개를 끄덕였다.

"수도원에 들어가 타란 주 원장님이 당신 이름을 바꾼 후로 한 번도 이곳을 찾지 않았죠? 가족은 당신이 살아있다는 사실을 압니까?"

야리아가 고개를 흔들었다.

"태생이 들개인 이도 있지요, 마스터 첸. 하지만 그 길을 선택할 수도 있어요. 최선을 위해서 말이죠."

첸이 고개를 끄덕이며 야리아에게 다시 마음의 평안 주머니를 넘겨줬다.

9

볼진이 지후이 게임판을 들고 티라선을 찾아갔을 때, 그는 이미 깨어나 침상에서 벗어나 있었다. 볼진은 이 모습을 보고 놀랐다. 볼진이 그랬던 것처럼 티라선도 창가에 기대서 있었다. 볼진은 티라선의 지팡이가 침상 바닥에 놓여 있는 것을 봤다.

티라선이 어깨 너머로 고개를 돌려 뒤를 봤다.

"지금은 폭풍의 흔적을 거의 볼 수 없군요. 나를 죽이는 화살은 절대 볼 수 없다는 말이 있던데, 난 폭풍을 본 적이 없어요. 단 한 번도."

"타란 주 원장은 이번 폭풍이 특이하긴 하지만 전혀 드문 경우는 아니라고 하더군."

볼진은 탁자 위에 게임판을 내려놓았다.

"나중에는 더 험한 폭풍이 올 거라고 했네."

인간이 고개를 끄덕였다.

"아무것도 볼 수 없지만 느낄 수는 있어요. 공기 중에 한기가 서려 있어요."

"맨발로 있으면 안 돼."

"당신도 마찬가지에요."

티라선은 살짝 휘청거리며 돌아서서 여닫이창 창틀에 팔꿈치를 걸쳤다.

"추위에 익숙해졌군요. 단련 방법으로 동이 트기 훨씬 전부터 북쪽 눈 속에 서 있는 방법으로 말이죠. 낮 시간 동안은 눈이 그림자 속으로 후퇴를 하니까요. 감탄할 만하지만 어리석은 행동이에요. 난 추천하지 않습니다."

볼진이 코웃음을 쳤다.

"트롤을 어리석다고 하다니, 절대 현명하지 못한 처사군."

"내 어리석음에서 교훈을 얻길 바라는 거죠."

티라선은 벽을 지렛대처럼 이용해서 몸을 뗀 뒤, 비틀거리며 침상으로 향했다. 여전히 쇠약하기는 했지만 이제는 거의 절뚝거리지 않았다. 볼진은 티라선을 향해 몸을 돌렸지만 움직여서 그를 도와주지는 않았다. 티라선은 발판에서 잠시 숨을 돌리며 미소를 지었다. 이것도 이들이 하는 게임의 일부분이었다.

티라선이 침대 가장자리에 앉았다.

"늦었군요. 판다렌들이 내 허드렛일을 해주라고 시키던가요?"

볼진은 그저 탁자를 끌어당긴 다음 의자를 가져오면서 질문을 일축해버렸다.

"그러면 내 회복에 도움이 되지."

"이제는 당신이 나를 돌보게 됐군요."

트롤은 고개를 들었다.

"트롤은 의무감이 무엇인지 알고 있거든."

티라선이 웃었다.

"트롤이 의무감이 뭔지 잘 알고 있다는 건 나도 압니다."

볼진이 탁자 중앙에 게임판을 놨다.

"자네도 그런가?"

"내 트롤 억양에 대해 말했던 것을 기억합니까? 가시덤불 골짜기 출신이라고 했잖아요."

"그때는 내 말을 무시했잖나."

"대꾸하지 않기로 한 거죠."

티라선은 통을 받아 검은 말을 쏟아서 여섯 개를 한 묶음으로 게임판에 배열했다.

"내가 어떻게 트롤 언어를 배웠는지 알고 싶어요?"

볼진은 어깨를 으쓱했다. 알고 싶지 않아서가 아니라 어쨌든 티라선이 이유를 말할 거라는 사실을 알았기 때문이다.

"당신 말이 맞아요. 가시덤불 골짜기였어요. 거기서 트롤을 만난 적이 있죠. 일 년 동안 그에게 돈을 충분히 지불했지요. 그는 자신을 내 안내인이라고 스스로에게 말했어요. 그리고 아주 훌륭하게 할 일을 해냈지요. 그 때 그에게서 말을 배웠어요. 처음에는 내가 그의 말을 듣고 있다는 걸 그는 몰랐어요. 그 다음에는 대화에서 배웠고요. 나한테 언어적 재능이 있는 거죠."

"나도 그렇게 생각하네."

"추적은 언어입니다. 나는 그를 뒤쫓았어요. 매일 땅을 살피며 그의 발자국 흔적이 약해지는 걸 관찰했지요. 더운 여름이나 비가 온 뒤에도 말이죠. 흔적을 보면서 그가 지나간 지 얼마나 오래 됐는지, 얼마나 빨리 갔는지, 또 키가 얼마나 큰지를 말해주는 언어를 배운 겁니다."

"그리고 그 트롤을 죽였나?"

티라선은 검은 군대를 집어 다시 통 속에 넣었다.

"아니, 다른 트롤을 죽였어요."

"나는 자네가 두렵지 않아."

"알아요. 그리고 나는 인간도 죽였습니다. 당신처럼."

티라선이 자신의 통을 테이블에 났다.

"케렌달이라는 이름의 트롤은 기도를 하곤 했어요. 나는 기도를 하는 거라고 생각했죠. 그리고 기도에 대해 물었더니, 케렌달은 영혼과 이야기를 나눈다고 했어요. 그 혼령을 뭐라고 불렀는지는 잊어버렸지만요."

볼진이 고개를 흔들었다.

"그런 것을 잊어버릴 수는 없어. 그가 자네에게 말을 안 한 거지. 비밀은 비밀이니까."

"가끔 화를 내곤 했어요. 당신처럼요. 혼령과 이야기를 했지만 답을 얻지 못할 때였어요."

"자네의 신성한 빛은 대답을 해주나?"

"그런 것을 믿지 않는지 오래 됐어요."

"그러니까 그 빛은 자네를 버린 거야."

티라선은 웃었다.

"내가 왜 버려졌는지 압니다. 당신이 버려진 것과 같은 이유지요."

볼진은 감정이 드러나지 않는 표정을 지었다. 하지만 그런 행동을 했다는 것 자체가 스스로를 배신한 것이었다. 티라선의 기억을 거슬러 올라갔던 일, 인간의 눈으로 세상을 본 이후로 로아는 멀어졌고, 조용했다. 마치 수도원을 휩쓸었던 폭풍이 여전히 혼령의 영역에서 맹위를 떨치고 있는 느낌이었다. 볼진은 브원삼디와 히르이크 그리고 시르밸라를 볼 수 있었지만, 완전한 모습이 아닌 하얀 파동 속으로 사라져버린 희미한 회색 그림자로만 보일 뿐이었다.

볼진은 여전히 로아를, 그들의 지도력과 선물을 믿었고, 그들을 숭배해야 한다고 생각했다. 그는 그림자 사냥꾼이었다. 티라선처럼 쉽게 흔적을 읽을 수 있었고, 로아와도 쉽게 소통할 수 있었다. 하지만 폭풍 속에서는 흔적이 사라졌고, 회오리치는 바람은 말을 훔쳐가 버렸다.

볼진은 로아를 찾으려고 했다. 사실 티라선을 만나러 오기 전에 마지막으로 시도를 하는 바람에 늦고 말았다. 볼진은 방에서 자신을 가다듬으려 했고, 주변 환경의 의식 너머로 옮겨가려 했지만 폭풍의 경계를 뚫지 못했다. 추위, 고향에서 멀리 떨어져 있는 점, 그리고 인간의 몸속에 들어갔던 일이 볼진의 집중력을 분산시켰다. 볼진은 로아와의 거리를 좁히는데 집중할 수 없었다.

마치 브원삼디가 볼진에 대해 흥미를 잃어 권리를 포기해버린 것 같았다.

트롤은 머리를 들었다.

"자네는 왜 버려졌나?"

"두려움 때문에요."

"나는 두렵지 않아."

"아니, 당신은 두려워합니다."

티라선이 손가락으로 관자놀이를 톡톡 쳤다.

"지금도 내 마음 속에서 느낄 수 있어요, 볼진. 내 속에 들어와 있으면서 두려움에 사로잡힌 거예요. 당신이 단순히 두려움을 싫어해서가 아니라 내가 무척 미약하다는 걸 알게 됐기 때문이죠. 그래요, 그 감각이 아직도 내게 남아 있어요. 쓰라리고, 기름진 그 감각은 절대 없어지지 않을 겁니다. 내가 가치를 두는 통찰력이지요. 하지만 그 감각이 당신에게 이식되었다는 걸 당신은 이해하지 못하고 있어요."

원하지 않으면서도 볼진은 고개를 한 번 끄덕였다.

"내가 무척 깨지기 쉬운 존재라는 사실 덕분에 당신이 얼마나 죽음에 가까웠는지 상기하게 됐어요. 나는 거기 있었습니다. 다리가 부러졌고, 빠져나갈 수 없는 상황에서 나는 죽을 거라는 걸 알았죠. 그들이 당신을 죽이려 들었을 때, 당신도 똑같은 걸 느끼고 있었어요. 그 다음에 일어난 일을 기억합니까?"

"첸이 나를 찾아서 이리로 데리고 왔지."

"아니, 그건 그랬다고 들은 거죠."

티라선이 고개를 가로저었다.

"당신이 기억하는 게 뭐냐고요."

"내가 자네 몸속에 들어가 걸어 다닐 때, 자네도 나와 똑같은 느낌을 받았나?"

"아니요. 그렇지는 않아요. 내가 얼마나 미약한 상황인지를 당신이 아는 것보다 더 나쁜 것은 당신이 얼마나 안전하다고 느끼는지를 내가 안다는 것이에요. 하지만 그게 바로 핵심이에요. 그 다음에 무슨 일이 일어났는지 기억합니까? 첸이 당신을 발견한 곳까지 어떻게 왔는지 알아요? 왜 지금 살아있는지 이유는 압니까?"

"내가 살아있는 이유는 죽음을 거부했기 때문이네."

이 말에 티라선은 살짝 정신이 나간 듯 거만하게 웃었다.

"지금 스스로에게 말하는군요. 하지만 이게 바로 당신이 두려워하는 것인데, 당신은 그 사실을 모릅니다. 과거의 당신과 현재의 당신 사이를 연결해주던 경험의 끈이 끊어졌어요. 자신이 누구였는지 뒤돌아볼 수 있고, 지금도 그런 모습인지 의심해볼 수 있어요. 하지만 거기에는 빈 공간이 있지요. 당신도 확실할 수 없어요."

볼진이 으르렁거렸다.

"그러는 자네는 확신하고?"

"내가 누구냐고요?"

티라선이 다시 웃었지만 이제는 음색이 바뀌었다. 우울함과 광기의 기미가 느껴졌다.

"당신은 당신이 본 것만 알 뿐이에요. 나머지도 알고 싶어요? 보지 못한 부분 말입니다."

볼진은 티라선의 말을 생각하고 싶지 않았다. 그러면서도 동의의 의미로 다시 고개를 끄덕였다.

"나는 티라선 코트이길 포기했어요. 그곳에서 기어 나왔습니다. 인간이 아닌 짐승이었죠. 트롤이 나를 보는 모습으로 나도 내 모습을 본 것일지도 모르죠. 상처입고, 가련한 모습으로 갈증과 기아에 쫓기면서 말이에요. 영주 그리고 공주들과 함께 저녁식사를 했던 내가, 식탁에 놓인 가장 좋은 음식만 먹던 내가 죽어가는 나무에 붙은 벌레로 목숨을 연명하는 신세로 전락했어요. 죽든지 치유되든지 둘 중 하나가 되길 바라고 먹었던 나무 뿌리 때문에 더 나빠진 적이 한두 번이 아니었죠. 해충을 쫓기 위해 진흙을 발랐고, 양측의 사냥꾼들로부터 몸을 숨기기 위해 나뭇가지나 잎을 머리에 뒤집어썼습니다. 그렇게 누구에게든, 무엇에게서든 피해 있었어요. 혼자 즐겁게 콧노래를 부르며 약초 채집을 하는 판다렌을 만나기 전까지는⋯⋯."

"동료를 부르지 않은 이유는 뭔가?"

그 말에 티라선은 말문이 막혔다. 그는 고개를 숙인 채 침묵을 지켰다. 티라선은 어렵게 침을 삼켰다. 목소리가 더욱 어둡고 낮아졌다.

"내 동료는 내 이전 모습에 얽매여 있었습니다. 내 모습을 보게 하는 치욕을 그에게 주고 싶지 않았어요."

"그러면 지금은?"

인간이 고개를 가로저었다.

"나는 더 이상 티라선 코트가 아니에요. 내 동료는 더 이상 내 말에 답하지 않습니다.”

“그건 자네가 죽음을 두려워해서인가?”

“아니요, 나는 다른 게 두려워요.”

위를 올려다보는 티라선의 눈은 에메랄드빛으로 반짝거렸다.

“당신은 죽음을 두려워합니다.”

“나는 죽는 게 무섭지 않아.”

“나는 당신의 죽음 이상의 것을 말하는 거예요.”

티라선 코트의 말은 칼날처럼 볼진의 가슴에 박혔다. 어쩔 수 없이 싫기는 했지만 일련의 비유가 주는 지혜를 인식했기 때문이다. 확실히 과거의 볼진은 실수를 저질렀고, 그로 인해 거의 살해당할 뻔했다. 다행이 살아남았고, 교훈을 얻었으므로 똑같은 실수를 다시 하지 않을 것이다. 하지만 볼진의 마음속에 있는 무엇인가가 그런 생각을 비틀었고, 그래서 그를 왠지 잘못하고 열등한 존재로 만들어버렸다. 볼진은 그런 관념을 거부했고 그도 실수할 수 있음을 받아들였다. 하지만 상황이 변해버려 더 이상은 전과 같은 모습의 트롤이 될 수 없다는 생각을 거부할 수 없었다.

‘사슬은 끊어진 거야. 더 이상의 연결 고리는 없어.’

하지만 그런 상실로 인해 더 커다란 그림에서 새로운 시점을 얻게 됐다. 볼진은 평범한 트롤이 아닌 그림자 사냥꾼이었고, 검은창 부족의 지도자였다. 또 호드 내에서도 지도자였다. 그런데 그 트롤은 거의 죽은 거나 마찬가지였다. 로아와 거리가 멀어지는 것이 그림자 사냥꾼의 죽음을 알리는 신호인 걸까? 그의 죽음은 검은창 부족이 죽음을 맞이하고, 호드 역시 종말을 맞이한다는 것을 의미할까?

‘이건 아버지의 꿈이 시들어간다는 의미인가?’ 아버지의 꿈이 좌절된다면, 잘라제인으로부디 메아리 섬을 해방시켰던 전투는 조롱당하는 것일까? 희생의 대가로 흘린 모든 피와 고통이 아무런 의미 없는 행위가 되어 버리는 것이다. 연달아 일어나는 사건들, 볼진의 삶의 모든 것과 그 이상의 것, 트롤의 역사를 거슬러 올라가는 자취가 모조리 무너지는 것이다.

'지금 나는 나의 실패, 나의 죽음이 검은창 부족과 호드 그리고 모든 트롤의 파멸로 이어질까봐 두려워하고 있는 것인가?' 볼진은 어두운 동굴 속의 피 웅덩이 안에 누워 있는 자신과 수도원에서 깨어나는 자신 사이에 놓인 검은 틈을 그려봤다. '그 공동이 모든 것을 집어삼킬까?'

속삭이는 듯한 티라선의 목소리가 어렴풋이 들려왔다.

"진정 잔인한 것이 무엇인지 알고 싶어요, 볼진?"

"말해보게."

"당신과 나, 우리 둘 다 죽었습니다. 더 이상 우리는 과거의 우리가 아니에요."

티라선은 자신의 빈손을 내려다봤다.

"이제 우리가 해야 할 일은 자신을 만들어내는 겁니다. 재생이 아닌 새롭게 창조하는 거예요. 그래서 잔인한 일이지요. 이 일을 처음 할 때 우리는 젊음의 에너지를 가지고 있었습니다. 꿈을 실현하는 게 불가능하다는 걸 몰랐지요. 그저 나가서 쟁취했어요. 순수함이 우리의 방패였고, 열정과 마르지 않는 자신감으로 계속 나갔지요. 하지만 지금은 아무것도 없습니다. 우리는 나이를 먹었고, 더 지혜로워졌으며, 지쳤어요."

"우리의 짐이 더 가벼워졌네."

인간이 능글맞게 웃었다.

"맞아요. 그래서 내가 수도원의 간결함에 끌리는 모양입니다. 여유가 있어요. 의무도 정해져 있지요. 우수함을 보일 가능성도 있고요."

트롤이 눈을 가늘게 떴다.

"자네는 활도 잘 쏘지. 궁수를 지켜보더군. 왜 활을 쏘지 않나?"

"활을 쏘는 일이 내 일부분인지 아직 결정하지 않았습니다."

티라선이 위를 올려다보며 입을 벌렸다 갑자기 닫아버렸다.

볼진이 머리를 곧추세웠다.

"자네, 물어보고 싶은 게 있군."

"질문을 한다고 해서 답을 해야 하는 건 아니지요."

"물어보게."

"우리가 가진 두려움에서 벗어날 수 있을 것 같아요?"

"나도 모르겠네."

볼진이 입술을 꽉 닫았다.

"내가 답을 찾게 되면 자네에게도 알려주지."

• • •

그날 밤, 잠이 든 볼진이 깨어 있는 세상에서 멀어져갈 무렵, 로아는 볼진을 완전히 버리지 않았음을 증명했다. 볼진은 밤을 뚫고 날개를 퍼덕거리는 수천 마리의 박쥐 무리 중 하나가 되어 있는 자신을 발견했다. 히르이크와 함께 있지 않는 것은 분명했지만, 로아의 은혜를 입은 박쥐가 틀림없었다. 그래서 볼진은 소리 안에서 색깔을 읽어버린 세상의 어둠을 뚫고서 날카로운 울음소리의 메아리를 읽으며 다른 박쥐들과 함께 날았다.

로아와 접촉할 수 있었던 것은 볼진에게 그림자 사냥꾼으로서의 본성이 많이 남아 있었기 때문이다. 비록 볼진이 꿰뚫어볼 수는 없었지만, 그 빈 공간은 오직 그림자 사냥꾼만이 깨뜨릴 수 있었다. 볼진은 배우고 감내해온 모든 것 덕분에 동굴에서 빠져나와 살 수 있었다.

'동굴 속의 박쥐들은 빈 공간, 내가 잊어버린 그 시간을 본 거야.' 박쥐가 들을 수 있는 소리로 보긴 했지만, 볼진은 이 환상을 통해 빈 공간을 볼 수 있기 바랐다. 쉽지는 않겠지만 연결고리가 다시 만들어지기를 바랐다.

히르이크는 볼진을 또 다른 시간의 또 다른 장소로 안내했다. 석조 건물들이 있었는데, 깨진 부분 없이 날렵한 모서리로 보아 폐허가 아니라 새롭게 만들어진 건물이었다. 볼진은 잔달라가 수많은 트롤 부족을 낳았을 때, 트롤이 힘의 정점에 있을 때로 되돌아갔다고 생각했다. 박쥐들은 원을 그리며 돌다가 트롤 군대가 곤충 형태의 아퀴르 포로 무리 속에서 이리저리 밀리고 있는 중앙 마당 주변에 위치한 탑의 높은 곳에 앉았다.

숲속 트롤인 아마니는 아퀴르와의 전쟁을 끝내고 갓 도착한 상태였다. 볼진은 그들의 역사를 잘 알았지만, 히르이크가 아마니 제국의 영광스러운 나날 이상의 것을 그에게 상기시켜주고 싶어 하는 것인지 의심스러웠다.

환상은 딱 그랬다. 트롤들은 창끝으로 아퀴르를 돌계단으로 몰아서 제사장들이 기다리는 곳까지 올라갔다. 시종들이 아퀴르를 이코르로 닦은 매끄러운 돌 제단 위에 올려 배가 보이도록 놓았다. 그리고 의식을 집전하는 제사장이 칼을 들어올렸다. 칼날과 칼자루에는 로아를 의미하는 상징이 새겨져 있었다. 소리가 보여주는 모습을 통해 볼진은 칼자루 끝과 히르이크의 얼굴을 봤다. 그리고 잠시 후 칼날이 떨어져 제단에 있는 제물의 배를 갈랐다.

제단 위에서 히르이크가 직접 모습을 나타냈다. 시체에서 아퀴르의 혼이 아주 가벼운 증기처럼 올라가자 박쥐의 신은 그 혼을 빨아 당겼다. 부드러운 날개를 미묘하게 움직이며 히르이크가 영을 흡수하며 밝게 빛났고, 자신의 모습을 더욱 선명하게 드러냈다.

소리가 그 장면을 볼진에게 전달해준 것은 아니었다. 볼진은 그림자 사냥꾼으로서의 자신을 믿도록 훈련하고 배운 것을 이용해서 그 장면을 보았다. 히르이크는 로아에게 합당한 영광과 명예에 걸맞은 숭배 의식을 볼진에게 보여주었다.

고음의 피리 소리가 볼진의 머리에 울렸다. '네가 애써 검은창 부족을 지켰으니 우리를 숭배할 트롤이 있을 것이다. 그 노고가 너를 우리에게서 멀어지게 하는구나. 너의 몸은 치료되었지만 영혼은 그렇지 않다. 네가 진정한 길로 되돌아오지 않는 한 치료되지 않을 것이다. 너의 역사와 점점 커지는 그 틈을 버려라.'

"하지만 돌아가면 그 틈이 줄어들까요, 히르이크여?"

볼진은 똑바로 앉아 어둠을 향해 말했다. 그리고 기다렸다.

하지만 답이 없었다. 볼진은 이 일을 불길한 징조로 받아들였다.

10

칼아크는 호랑이 털로 만든 망토가 주는 온기가 좋았지만, 그 안에서 몸을 움츠리지는 않았다. 천둥의 섬에 있는 항구를 둘러싼 나무 성벽을 강타하며 무섭게 분노를 내지르던 폭풍이 지나간 지 오래됐지만, 차가운 바람과 돌풍이 그녀의 드러난 몸을 때렸다. 칼아크는 얼음 트롤의 살을 충분히 섭취했길 바랐다. 그랬다면 추위에 단련된 그들의 능력이 고스란히 전달될 것이기 때문이다. 하지만 그렇지 못했다.

'그런 건 별로 중요하지 않아. 난 성난 모래 고기를 더 좋아하니까.' 사막의 환경이 더 나았다. 판다리아 북쪽인 이곳은 칼아크에게 그다지 도움이 되지 않았다. 하지만 도움이 될 시간이 올 것이다. '칼림도어를 되찾을 때 말이지.'

그럴 때가 올 것이다. 칼아크는 알았다. 모든 잔달라가 그랬다. 모든 트롤 부족은 잔달라의 고귀한 핏줄을 이어받았지만, 살아오면서 스스로 그 피를 퇴화시켰다. 생리학적으로 충분히 증명이 가능했다. 칼아크는 순혈 잔달라가 아닌 트롤보다 항상 키가 더 컸다. 칼아크가 로아들에게 보인 헌신과 비교하면 트롤의 로아 숭배는 장난이었다. 물론 트롤 중에도 이런 전통을 지키는 자가 조금 있었다. 그림자 사냥꾼들은 그런 이들 중에서도 드문 예였다. 그러나 그림자 사냥꾼들에게는 잔달라가 지키는 전통이 없었다.

빌낙도르의 명령을 수행하기 위해 세상을 돌아다니며 칼아크는 도태된 이들 속에서 고대의 방법을 살려낼 흔적과 실마리를 찾았다고 생각한 적이 있었다. 칼아크는 옛 잔달라의 모습을 간직한 이들을 찾아다녔지만 대부분 허사였다. 칼아크와 그녀의 부족이 더 이상 존재하지 않는 듯, 잔달라의 핏줄을 이어받았다고 주장하는 가짜들만 무성했다. 대부분, 아니 사실상 언제나 스스로를 트롤의 구원자라고 주장하는 이들은 그저 타락한 사회의 가련한 존재들이었다.

그렇게 자주 실패한다는 사실에 칼아크도 더 이상은 놀라지 않았다.

빌낙도르는 천 년 동안 유지되고 지켜온 설화와 전통 속에 이어져온 트롤, 잔달라 출신이었다. 다른 이들은 한눈을 파는 동안 그는 그렇지 않았다. 빌낙도르는 아마니와 구루바시 제국을 트롤이 재건해 부흥할 형태로 보지 않았다. 빌낙도르는 그들의 실패가 트롤 족에 내재되어 있는 불안정한 특징이라고 받아들였다. 아마니나 구루바시 제국을 재건하는 일은 실패했기에, 그보다 더 오래된 역사로 거슬러 올라가 결실을 본 연합에 주목했다.

모구 선장이 칼아크에게 다가왔다. 칼아크가 그의 도시의 벽을 밟고 서 있었음에도 선장은 그녀에게 경의를 표했다. 선장은 칼아크보다 머리 하나 반은 더 컸고, 흑단 같이 검은 피부에 강건한 체격이었다. 그는 사자 같은 위용을 갖췄는데, 묘하게도 판다리아에 잘 들어맞았다. 그의 눈썹, 수염 그리고 털은 몸의 검은 색과 대비되는 하얀색이었다. 모구를 표현한 조각상을 처음 봤을 때, 칼아크는 고도로 양식화되었다고 생각했다. 그런데 실제로 그들을 만나니 그런 생각은 없어졌다. 움직이는 모구들의 모습을 보니 동그란 형태의 부드러움은 목적과 용기의 날카로움을 숨기고 있음을 암시했다.

"마지막 선적만 남기고 모든 일을 마쳤습니다. 조수가 나가기 시작하면 남쪽으로 항해를 시작할 겁니다."

칼아크는 검은 물속에 일렁이는 검은 선단을 내려다봤다. 그녀의 정예 부대를 포함한 군대가 질서 정연하게 배에 올랐다. 모구 정찰병들을 제외한 공격 부대는 기본적으로 잔달라 군대로 구성되었다. 트롤보다 못한 종족은 군대 안에 없었다. 하지만 한편으로는 고블린 포병대나 그들의 기관포가 몇 대 포함되어 있었으면 좋았을 거라는 생각도 잠깐 했다.

선창에는 두 척의 배만 남아 있었다. 마지막에 떠나기로 되어 있지만 선단을 지휘할 칼아크의 기함과 더 작은 배 한 척이었다. 그래서 방파제 가까운 곳에 닻을 내리고 있었다.

"왜 지체되는 거죠?"

"불길한 징조라는 우려가 있었습니다."

모구 선장은 커다란 주먹을 뒤로 감추고 꼿꼿하게 서 있었다.

"그들은 폭풍을 이해하지 못합니다."

칼아크가 눈을 부릅떴다.

"주술사들이군요. 내가 직접 처리하겠어요."

"조수는 여섯 시간 후면 들어옵니다."

"내가 내려가면 육 분이면 될 거예요."

모구는 칼아크가 상황을 심각하게 받아들였다고 생각하고 정중하게 고개 숙여 인사했다. 칼아크는 선장이나 다른 모구가 잔달라에 대해 증오나 분노를 품고 있다고 생각하지 않았다. 그들은 그저 잔달라의 도움이 필요하다는 사실이 유감스러웠고, 도움을 주는데 왜 그렇게도 오랜 시간이 필요했는지 궁금했다.

수천 년 전 판다리아가 안개 속에 숨겨지기 전, 오직 잔달라만 있을 때 모구와 트롤은 만났다. 전체의 사분의 일 만이 존재한다는 사실을 알았을 때, 두 종족은 만났다. 사자는 사자를 알아보는 법이었다. 최초의 모구와 최초의 트롤, 두 종족은 서로를 파멸시켰어야 했다. 하지만 그들은 그렇게 하지 않았다. 그들은 힘을 겨루는 전쟁에서 살아남은 생존자가 약해진다는 사실을 알았다. 아마 그들보다 약한 피조물에게도 굴복할 것이다. 그건 모구와 잔달라, 그 누구도 원하지 않는 비극이었다.

철저하게 서로 등을 맞댄 채 모구와 트롤은 세상에서 각자의 위치를 개척해나갔다. 사건이 일어났고, 각 종족이 도전에 직면하면서 두 종족의 연합은 점차 잊혀져갔다. 모구는 판다리아와 함께 사라졌고, 트롤의 세계는 분열되었다. 직접적인 문제에 직면한 익혀 알려진 종족들이 그러하듯이 오랜 과거는 기억 속에서 희미해져갔고, 최근의 분노만이 눈이 부실 정도로 밝게 올랐다.

칼아크는 층계참 사이의 계단을 올라갔다 내려가기를 반복하는 식으로 계단을 내려갔다. 계단은 열일곱 개였다. 이것이 모구에게 중요하다는 사실을 칼아크는 이해하지 못했다. 사실 이해할 필요도 없었다. 칼아크는 주군의 명령을 수행하면 될 뿐이었고, 그녀의 상관은 자신의 우방인 천둥왕의 요구를 맞추면 될 뿐이었다. 양측이 영광의 자리로 되돌아가고 세상을 다시 제대로 돌려놓을 힘을 가질 때까지 힘은 또 다른 힘을 좇을 것이다.

칼아크는 세월 앞에 쇠락했지만 이제 새로운 힘을 가지고 깨어나는 정착지를 걸었다. 하루하루 점점 늘어나는 모구들이 지나가며 조용히 고개를 숙였다. 그들은 칼아크의 중요성을 이해했고, 고마워했다. 칼아크의 행동이 그들을 기쁘게 했고, 더 많은 기쁨을 가져다줄 것이라고 생각했기 때문이다.

칼아크에게 고개를 숙이고 경의를 표했지만, 그들의 행동에서는 모구가 칼아크보다, 트롤보다 우월하다고 생각한다는 게 드러났다. 하지만 칼아크는 웃음을 참으려 애썼다. 그녀가 받은 훈련으로 인해 그들을 죽이기란 너무도 쉬운 일이었기 때문이다. 모구는 이렇게 맺은 동맹에서 그들의 위치가 얼마나 위태로운지, 잔달라가 그들을 멸망시키기로 결정할 경우 그들의 위치가 얼마나 미약한지를 전혀 몰랐다.

차가운 파도가 쇄도하며 선창에 박힌 말뚝을 때렸다. 갈매기들은 원을 그리며 하늘을 날면서 울어댔다. 공기 중의 소금 냄새와 생선 썩어가는 냄새는 확실히 칼아크에게 이국적으로 다가왔다. 배가 항구의 짙은 초록 바다를 향해 나가자 굵은 밧줄은 끼익 거렸고, 널판자는 삐거덕거렸다.

칼아크는 재빨리 작은 배에 올라탔다. 배에는 열두 명 정도의 주술사들이 중앙 갑판의 한가운데에 동그랗게 서 있었다. 그중 세 번째 주술사가 뼈와 깃털, 자갈과 금속 조각 나부랭이를 찌르며 쪼그리고 앉아 있었다. 다른 주술사들은 아무 말 없이 점잖게 서 있었다. 이런 상황은 칼아크가 배에 오르자 더욱 심해졌다.

"왜 닻을 올리지 않고 있는 거요?"

"로아가 기뻐하지 않아요."

쪼그리고 앉아 있는 주술사는 깃털 위로 뼈 두 개가 교차되어 있는 것을 가리키며 칼아크를 올려다보고 말했다.

"이번 폭풍은 자연적으로 일어난 게 아니에요."

주술사를 발로 차서 한쪽으로 굴려버리고 싶은 충동을 참으며 칼아크가 손을 폈다.

"그럼 전에는 폭풍을 예상했단 말인가? 왜 그렇게 바보 같은 말을 하는 거요? 로아는 우리가 판다리아로 항해를 시작하는 것을 기뻐한다고 했소.

당신들도 그렇게 말했지. 그렇게 뼈로 점을 쳤을 때도 똑같은 말을 했지 않는가? 그때는 우리의 일을 로아가 축복해준다고 해놓고 이제 와서 눈보라 탓을 하다니."

칼아크는 섬 내부에 숨어 있는 궁을 가리켰다.

"우리가 무슨 일을 했는지 잘 알고 있지 않소? 천둥왕이 다시 걷고 있소. 폭풍이 그에게 경의를 표하고 있고, 온 세상이 그의 귀환을 기뻐한단 말이오. 천둥왕은 모든 계절 중에서도 겨울을 가장 사랑했소. 눈이 멀 정도로 세차게 눈이 흩날리는 날에 가장 생생하게 살아있음을 느낀다고 했지. 그대들은 천둥왕을 기억하지 못할지 모르지만, 세상은 그를 기억했고 환영했소. 그런데 이제 로아가 어떻게 생각할지 뼈를 던져 점을 쳐서 알아보겠다고? 만약에 로아가 반대한다면 어떻게 폭풍이 불었던 거지?"

주술사 중 가장 어리면서 가장 이성적인 기란줄이 칼아크를 바라봤다. 칼아크는 그의 빨간 머리와 우뚝 솟아 나온 엄니가 마음에 들었다. 기란줄도 그 사실을 알았고, 그래서 자신감을 가지고 말했다.

"경애하는 칼아크여, 그대의 말이 맞습니다. 로아는 폭풍을 멈출 수 있었습니다. 오래 전 우리 함대가 항해하는 것을 막을 수도 있었지요. 제 동료들이 존재하지도 않는 확실함을 찾으려는 것처럼 보일 테지만, 확실함을 찾아야 할 필요가 있다는 것은 혼돈이 존재함을 의미합니다."

칼아크의 목덜미에 난 털이 솟아오르기 시작했다.

"그대는 분별력이 있군. 좀 더 말해보시오."

"로아는 우리의 숭배를 받을 자격이 있으며, 그래서 숭배를 요구하고 있습니다. 모든 트롤의 숭배를 원하지요. 로아는 힘에 가치를 둡니다. 우리가 제물을 바쳤고, 로아는 그 제물을 받아들이기는 했지만, 그들이 선호하는 것은 아닙니다. 우리가 로아와 소통하려고 할 때, 그들은 다른 이들과

도 소통하기 때문에 우리에게는 말을 적게 합니다. 판다리아에 있는 게 우리만은 아니죠. 얼라이언스와 호드도 이곳에 있어요."

칼아크는 주술사를 한 명씩, 열두 명 모두를 쳐다봤다.

"그래서 이렇게 있단 말인가? 아무래도 당신들은 전혀 이해하지 못하고 있소. 아니, 이해할 상황이 아닌 거지. 내 주군은 오랫동안 다른 이들이 판다리아로 오기를 기다렸소. 졸개는 언제나 일을 망칠 방법을 찾거든. 그것들에게서 벗어날 수 있다고 생각하는 게 어리석지. 그래서 대안을 이미 만들어놨소. 반대는 받아들여지지 않을 거요."

엄니가 짧은 또 다른 주술사가 일어섰다.

"얼라이언스를 다룰 때야 괜찮겠지만, 호드는 어떻게 합니까?"

"호드가 뭐 어떻다고 하는 거요?"

"트롤도 호드 중의 하나예요."

"졸개가 집단으로 행동한다고 해서 고귀해지지는 않소. 그저 졸개일 뿐이지. 그리고 트롤이 그런 집단에 참여하는 게 그들의 명예를 실추시키기보다 득이 될 거라고 믿는다면 정말로 어리석군. 우리 행동의 지혜로움을 알고 합류하려는 트롤을 우리는 환영하오. 수비대 역할을 할 군대와 다양한 작전을 구성할 중간 장교는 항상 필요하니까. 로아가 그런 트롤들에게 접촉해 우리에게 가라고 말하느라 바쁘다면 그건 환영할 일이오. 그대들이 로아에게 간청해야 할 게 있다면 바로 그거요."

칼아크는 코웃음을 쳤다.

"방파제 멀리 바로 이 배에서 말이오."

짧은 엄니의 주술사가 고개를 가로저었다.

"준비할 시간이 필요합니다. 제물 말입니다."

"여섯 시간 남았소. 달이 뜨기까지는 그것도 안 남았고."

"그 시간으로는 충분하지 않은데요."

칼아크는 손가락으로 주술사의 가슴을 찔렀다.

"그렇다면 내가 직접 로아에게 제물을 바쳐야겠군. 당신의 왼쪽 발목과 팔목은 부두에 묶고 오른쪽 발목과 팔목은 이 배에 묶은 다음 선장에게 명령을 내려 배가 항해를 시작하게 만들지. 이게 바로 그대들이 로아와 그대들의 선단 그리고 백성을 섬기는 방법 아닌가?"

이때 기란줄이 개입했다.

"경애하는 칼아크여, 당신의 순수한 믿음에 주군과 가족을 향한 긍지 높은 자부심이 반영되어 있습니다. 로아에 대한 그대의 충성심으로 우리의 시작이 분명 커다란 성공을 거둘 것임을 확신합니다. 그 점을 로아에게 알리고 즉시 항해를 시작하도록 준비하겠습니다."

"그대는 우리의 주군을 기쁘게 하는구려."

젊은 트롤이 손가락을 들었다.

"한 가지가 더 있습니다."

"뭐요?"

주술사가 손을 모아서 눌렀다. 아주 날렵하고 섬세한 행동이었다. 그의 눈이 가늘어졌다.

"로아가 우리에게 말합니다. 그리고 호드 중의 누군가에게도 말합니다. 하지만 로아의 관심이 모두 거기에 쏠려 있지는 않습니다."

"거기 또 다른 무엇이 있는가?"

"이게 핵심입니다. 하지만 우리는 모릅니다. 폭풍 때문에 우리가 걱정하는 이유는 우리가 거기 있는 것이 무엇이든 그걸 찾으려 할 때 장막 뒤로 숨어버린다는 겁니다. 유령일 수도 있습니다. 앞으로 태어날 트롤일 수도 있어요. 위대한 일을 할 운명을 가진 트롤의 탄생을 예고하는 것일 수도 있고요. 우리는 모릅니다. 이것을 말씀드리는 이유는 당신은 의심이 있는 곳에서 확실성을 찾기 때문입니다."

칼아크는 등골 전체가 오싹해지는 느낌을 받았다. 미지의 트롤의 존재는 호드와 얼라이언스가 모두 판다리아로 왔다는 사실보다 더 칼아크의 마음을 흔들었다. 호드나 얼라이언스에 대해서는 어느 정도 알고 있었다. 그들은 잔달라가 처리할 수 있었다. '하지만 미지의 존재에 대해 어떤 식으로 비상 계획을 세워야 한단 말인가?' 모구는 판다렌들이 무방비 상태라고 잔달라에게 자신 있게 말했다. '그렇다면 그 외에 무엇이 있단 말인가?'

칼아크는 주술사들 너머로 항구 바로 바깥쪽의 안개 낀 남쪽을 바라봤다. 이들의 선단은 밤낮 없이 계속 항해할 것이다. 칼아크는 판다리아에 가본 적이 있었다. 그녀가 상륙할 지역을 선택했다. 번듯한 항구를 가졌다는 것 이외에는 중요하지도 않고 가치도 없는 작은 어촌 마을이었다. 일단 상륙을 하고 항구를 확보한 후, 그들은 내륙으로 쇄도했다. 트롤 정찰병은 그들을 막을 것은 아무것도 없다고 보고했다. 잔달라의 진군을 늦출 것은 아무것도 없었다.

'우리가 성공할 경우, 거의 패배가 확실시되는 무리가 하는 의심에 굴복하는 일을 빼면 또 뭐가 있단 말인가?' 칼아크는 다시 기란줄을 힐끗 쳐다봤다. 확실히 그는 게임을 하는 것 같지 않았다. 그가 힘을 원했다면 그녀는 줬을 것이다. 둘 다 알고 있었다. 따라서 그의 염려는 사실이었다.

칼아크가 고개를 끄덕였다.

"항해 준비를 하시오. 그 빈 공간, 희미한 그림자 속에 숨겨진 것이 무엇인지 알아내려면 그대들의 의지를 꺾어야 할 거요. 그대들 모두 말이오. 이 점에 대해 나를 만족시키지 못하면 로아가 만족할 때까지 그대들을 제물로 바치겠소. 존재하지도 않는 것으로 우리를 좌절시키지 마시오."

그날 밤 북쪽 멀리에서 볼진은 환상 때문에 잠을 이룰 수 없었다. 그는 이 환상에 놀랐다. 히르이크가 다녀간 후 로아는 내내 그를 무시했고, 볼진도 그들을 무시하는 척했다. 볼진은 자신이 누구였는지 알기 전에 로아에게 접촉하는 것은 과거의 자신을 흉내 내려는 시도에 불과하다는 사실을 깨달았다. 티라선의 동료가 인식하지 못하는 그 누군가의 호출에 답하지 않았듯, 볼진이 처음에 유대감을 형성한 바로 그 트롤이 되지 않는다면 로아와 다시 접촉해도 도움이 되지 않을 터였다.

　　볼진은 자신에게 환상을 보여주는 것이 어떤 로아인지 알 수가 없었다. 그가 전혀 힘들이지 않고 공중으로 날아올랐기 때문에 아킬다라일 수 있었다. 볼진은 계속 밤을 날았지만, 독수리는 그렇지 않았다. 문득 볼진은 정말로 둥실 떠서 수많은 눈을 통해 보고 있음을 깨달았다. 그때 볼진은 비단 무용수, 엘로타 노 샤드라가 그를 자식 중의 하나로 삼았다고 생각했다. 볼진은 바람이 운반해주는 거미줄에 매달려 부유하며 높이 떠 있었다.

　　아래에서 구름이 갈라졌다. 그리고 그 아래로는 돛을 모두 펼친 배가 서둘러 남쪽으로 항해하고 있었다. 넓고 네모난 돛이 잔달라의 문장을 달고 있는 것으로 보아 아주 오래 전인 고대가 틀림없었다. 역사에서 잔달라가 이토록 강력한 선단을 진수시켰던 때가 언제였는지 볼진은 생각나지 않았다.

　　이제 볼진은 다른 방식으로 펼쳐져 있는 성운을 보게 될 거라고 생각하며 밤하늘을 올려다봤다. 그는 무엇인가를 인식하고 깜짝 놀랐다.

　　그리고 볼진은 웃었다.

　　'아주 좋아요, 맹독 어미여. 나에게 현재 저런 선단을 만들 수 있는 곳에 대한 환상을 보여주고 있군요. 당신과 로아를 위해 획득할 수 있는 영광을 보여주고 있어요. 정말 너그러운 환상이네요. 내 아버지의 꿈을 더욱 추구할 거라고 믿을 수 있었어요. 문제는…… 나는 아직도 센진의 아들이오?'

바람이 멈췄다,

거미가 떨어졌다.

볼진은 거미와 거미줄을 얼굴에서 쓸어버린 뒤 옆으로 누웠고, 이번에는 꿈을 꾸지 않고 잠에 빠져들었다.

11

 타란 주 원장이 평소와 다르게 못마땅함과 심각한 의구심이 섞인 초췌한 표정을 지으며 감정을 보인 것으로 보아 문제가 있었던 것 같지만 그래도 첸은 미소를 짓지 않을 수 없었다. 그의 마음은 금방이라도 자부심과 행복감으로 넘칠 것 같았는데 타란 주가 첸의 계획에 동의를 하자 기쁨이 배가 되었다.

 무엇보다 야리아 세이지위스퍼의 진정이 타란 주의 마음을 움직였다는 사실이 무척이나 기뻤다. 조우친에서 작업을 하고 돌아오기 전에 첸은 기막힌 술을 위한 재료를 준비해두었다. 볼진을 위해 '건강해지기' 술을 만들었듯, 이번에는 판다리아를 위한 술을 빚었다. 첸은 돌아와서 이 술을 나누고 싶었다. 첸의 순수한 열정으로 인해 타란 주가 그의 노력에 미심쩍은 마음을 품었다는 사실을 그는 이제 깨달았다.

 그래서 야리아가 첸을 대신해 이 점에 대해 타란 주와 이야기했다는 사실에 첸은 깊이 감동 받았다. 첸은 야리아가 좋았다. 언제나 그랬지만 여행을 같이 하면서 첸은 그녀를 더욱 좋아하게 됐다. 또 야리아가 첸의 애정에 어느 정도 답을 할 거라는 희망을 가질 이유도 생겼다. 그게 얼마 만큼일지는 잘 모르겠지만 아무래도 좋았다. 힘센 거북이도 처음에는 작은 알에서 시작되지 않던가?

조우친에서 야리아를 알아보는 이는 없었다. 첸은 그녀가 바로 가족을 찾아가지 않은 것을 이상하게 생각했다. 야리아는 분명 리리와 다른 판다 렌들을 통해 가족에 대해 알았고, 그들이 잘 살고 있다는 사실도 숙지하고 있었다. 심지어 할머니도 여전히 살아 계셨다. 야리아는 거리를 두고 있었다. 그리고 그렇게 움츠리고 있는 동안, 첸에게서도 떨어져 있었다.

자신은 그렇다 치고, 가족에게 그렇게 거리를 두려는 야리아의 마음을 첸은 이해하기 어려웠다. 판다리아에서 첸은 그가 그리워하던 고향의 느낌을 찾았는데, 조우친에서는 또 다른 고향을 찾은 것 같았다. 작은 양조 장을 운영하기에 딱 맞게 조우친에서는 필요한 재료를 손쉽게 구할 수 있었다. 마을을 보자마자 첸은 양조장을 만들기로 결심했다. 완벽한 장소이기도 했고, 야리아와 더욱 가까워지게 될 것이라고 생각했기 때문이다.

첫날 저녁, 차를 끓여낸 후 첸은 야리아의 가족 이야기를 꺼냈다.

야리아는 찻잔 깊숙한 곳을 가만히 응시했다.

"그들에게는 그들 나름대로의 삶이 있어요, 마스터 첸. 나는 떠났고, 그래서 그들은 평화를 누렸지요. 그런데 이곳에 혼란을 가져오면 안 되지요."

"당신이 잘 있고, 또 존경받으며 살고 있다는 사실을 알면 가족들의 마음이 더욱 평화롭지 않겠어요?"

첸이 어깨를 으쓱하며 억지로 미소를 지어 보였다.

"나는 리리가 안 보일 때마다 걱정을 합니다. 당신 가족들도 분명히 걱정을 했을 거예요. 아니면……."

그러다 무엇인가가 생각나서 첸은 잠시 침묵했다.

야리아가 고개를 들고 첸을 쳐다봤다.

"아니면 뭐요?"

"아닙니다. 별 생각 아니에요. 중요한 게 아니에요."

"저라면 실수라고 생각한다 해도 말하겠어요. 우리는 서로 정직했으면 해요."

야리아가 앞발을 첸의 팔뚝에 갖다 댔다.

"어서요, 마스터 첸."

첸은 둘 사이의 작은 불꽃이 터져 잠시 침묵을 채우게 됐다. 그리고는 고개를 끄덕였다.

"이건 나 스스로도 가지는 의구심입니다. 야리아, 혹시 당신이 지키고 싶은 것이 가족이 아닌 당신의 평화가 아닌가 하는 생각이 듭니다."

야리아가 앞발로 다시 자신의 찻잔을 잡고 가만히 있었다. 그래서 첸은 찻물에 비치는 별을 볼 수 있었다.

"수도원에서 그런 평화를 만끽했지요."

"다른 이들이 어떤 식으로 대응할지에 대해서는 누구도 말할 수 없어요. 가족들은 야리아를 보면 분명 기뻐할 겁니다. 당신이 할 일을 해야 했던 여동생은 그 점에 대해 약간 분개할 수도 있고, 또 어머니는 당신이 낳았을 손자로 인한 기쁨을 누리지 못한 면을 애석해할 수도 있겠지요. 하지만 그런 것들이 사실이라 해도, 당신이 살아있고 행복해한다는 사실을 아는 기쁨에 비교하면 아주 소소한 일이에요."

"조용한 밤에 마시는 한 잔의 따뜻한 차가 있으면 이해하기 어려운 지혜가 좀 더 쉽게 와 닿지 않나요?"

"모르겠어요. 나는 밤을 조용히 보내는 적도 드물고, 지혜를 실천하는 행동을 했다고 비난받은 적도 많지 않아서요."

첸은 차를 마시며 코와 주둥이 부분이 약간 젖게 만들었다. 야리아를 웃게 만들기 위해서였다.

야리아가 손을 뻗어 물방울을 쓸어냈다.

"당신은 필요하다면 얼마든지 광대놀음을 할 정도로 지혜롭죠. 그래서 당신의 생각을 품기도, 그 안에 담긴 진실을 보기도 훨씬 쉬워요."

첸은 미소를 감추기 힘들었지만 자만한 듯 보이지 않도록 자제했다.

"가족을 곧 만나게 될 거예요."

"그래요. 하지만 내일요. 지금은 따뜻한 차 한 잔과 사려 깊은 친구와 함께 평화로운 밤을 즐기고 싶어요. 왜 내가 그들이 생각하는 모습이 아니어야 하는지에 대해 설명하기보다는 내가 누구인지를 스스로 상기해야만 지금의 내 모습을 가족들과 나눌 수 있어요."

$$\bullet \quad \bullet \quad \bullet$$

다음날은 새벽부터 밝고 따뜻하게 시작됐다. 첸은 이를 상서로운 징조로 받아들였다. 그는 야리아와 여행을 했고, 그녀의 가족을 만났다. 야리아의 가족들은 야리아가 돌아온 것에 대한 충격을 첸에 대한 열렬한 환영으로 어느 정도 완화시켰다. 아무튼 첸은 들개 리리의 유명한 삼촌이니까. 확실히 인부들에게 동기부여를 하기 위해 리리는 첸의 이름을 상기시켰고, 게으름을 피울 경우 응분의 대가를 치르게 될 거라는 암시를 했다.

야리아의 아버지, 츠원루오는 이야기 뒤에 숨어 있는 진실을 거의 곧바로 인식했다. 어선단주인 그 역시 비슷한 가면 뒤로 숨어야 할 때가 있었기 때문이다. 또 대개의 남자들이 그렇듯 둘 다 맥주를 좋아했기 때문에 함께 배가 볼똑 튀어나올 때까지 술을 마셨다. 그런 정황과 여러 가지를 고려해 츠원루오는 스톰스타우트 양조장이 조우친에서 영업을 해야 한다는 것에 동의했고, 일정량의 수익금과 맥주를 무한정 제공받는 조건으로 자금을 대기로 했다.

야리아의 아버지와 시간을 보내면서 첸은 야리아가 가족과 서로 교감하는 모습을 지켜봤다. 그녀는 발차기나 주먹으로 송판을 부수는 묘기를 보여 단박에 조카들의 마음을 사로잡았다. 조카들은 부러진 판자를 들고 마을을 돌아다니며 또 다른 묘기 시연을 위해 어린 판다렌들을 불러 모았다. 그들 중 몇몇은 야리아의 마음을 얻기 위해 경쟁을 벌였던 두 판다렌의 자손들이었다. 첸은 그들을 소개할 때 야리아의 얼굴에 스쳐지나간 우울을 읽었다. 어린 판다렌들은 야리아가 누구인지 모르는 게 확실했다.

야리아의 엄마와 언니, 동생들은 먼저 환성을 질렀고, 야리아를 포옹하고 울었다. 그리고 나서 쯧쯧 혀 차는 소리를 내기도 하며 그녀를 야단쳤다. 오빠들은 진지한 태도로 야리아를 한 번 끌어안았고, 그러더니 다시 일을 하러가거나 첸과 맥주를 마셨다. 야리아는 침착하고 평화로운 태도로 가족 모두를 대했다.

그리고 할머니를 만났다. 세월의 힘 앞에 나이 든 판다렌은 많이 노쇠해졌다. 허리가 굽었고, 피부도 많이 쳐졌다. 할머니는 지팡이를 짚고 걸었지만, 티라선의 부상이 최악이던 때보다는 조금 나은 상태였다. 세월이 그녀의 눈에 어두운 구름을 드리웠기 때문에 앞발을 들어 한동안 야리아의 얼굴을 만졌다.

"내가 스카프를 씌워준 아이가 너냐?"

"네."

"그 스카프는 가져왔니?"

야리아가 고개를 숙였다.

"아니요."

"손녀야, 다음번에 올 때는 가져오너라. 그 스카프가 내내 그리웠어."

그리고 할머니는 사이가 벌어진 이를 드러내며 미소를 지었고, 야리아를 안아줬다. 야리아의 팔 안으로 할머니가 들어와 있는 동안, 조용한 침묵이 흘렀다. 들리지는 않았지만 흐느끼는 울음에 둘의 몸이 떨렸고, 모두가 이를 눈치채지 못한 척했다.

츠원루오가 부적절하게 큰 소리로 트림을 해서 이목을 끈 이유도 이 때문이었다. 멋진 손님이자 역시 요란한 트림으로 유명한 첸이 자신의 명성을 보호하는 의미에서 츠원루오에 이어 트림을 해댔다. 그래서 여자들이 가장을 너무 심하게 나무라지 못하게 만들었고, 야리아와 할머니는 그런 소동과 혼잡스러움 중에서도 둘만의 순간을 좀 더 누릴 수 있었다.

그 다음 이틀에 걸쳐 마을 재건 공사가 끝났고, 양조장 건설 준비 작업이 시작됐다. 첸은 리리를 대리인으로 임명했고, 음식을 가지고 오겠다고 약속했던 스톤레이커 형제가 마침 도착하자 그들을 석공으로 삼았다. 그들의 밭에 무보다 돌이 더 많았던 점으로 미뤄볼 때 확실히 그들은 괜찮은 농부가 아니었고, 밭에서 바위를 치우는 일을 많이 해봤으므로 석공일이 적격이었다.

첸은 그곳에서 딴 약초로 시험 삼아 배합시킨 술을 나무통에 넣은 뒤 줄을 달아 등에 졌다. 그와 야리아가 다시 수도원으로 돌아가는 길을 걸을 때마다 통이 출렁거렸다. 첸은 나무통에 자주 트림을 해주었고, 물도 주었으며, 이런저런 양분을 줬다.

야리아가 지그재그로 난 길의 기슭에 잠시 섰을 때, 첸은 얼굴을 찡그렸다.

"내가 사과를 해야 할 것 같아요, 야리아 자매."

"왜요?"

"내가 조우친에 개입한 것 말입니다."

야리아는 고개를 가로저었다.

"여태 고향을 찾아다니다 조우친이 고향 같다고 느낀 거잖아요. 그런데 그것 때문에 사과를 해요?"

"조우친은 당신의 고향이에요. 나는 당신의 사생활을 침범하지 말았어야 했어요."

야리아가 웃었고, 첸은 그 웃음소리가 무척이나 즐거웠다.

"첸, 수도원이 내 고향이에요. 나는 조우친을 좋아해요. 그리고 당신이 그곳을 좋아한다니 이젠 더욱 좋아졌고요. 하지만 방랑자인 당신은 진정한 의미의 고향은 마음속에 간직해야 한다는 걸 알아야 해요. 하룻밤도 조용히 차를 마시며 평화를 느끼지 못한다면, 지리적으로 평화를 느낄 수 있는 곳을 찾을 수 없을 거예요. 우리가 어떤 장소를 찾는 이유는 그곳이 평화를 증폭시키기 때문이지요. 평화의 다른 면을 보여주고 다시 한 번 보게 해주기 때문이에요."

야리아는 거꾸로 먼 곳을 가리켰다.

"당신의 눈을 통해 조우친을 보고, 당신의 제안으로 가족들과 다시 만나고 나니, 이제 내겐 평화가 증폭되는 곳이 또 하나 생겼어요. 하지만 나는 조용한 밤에 친구와 함께 차를 마실 때 더 큰 평화를 느낀다는 점을 알아둬야 해요."

첸은 마치 야리아가 갑자기 나무가 되어 그 자리에 뿌리를 내렸고, 그녀가 만든 그림자 밖으로는 더 이상 방랑할 수 없을 거라고 느꼈다. 물론 그 기분을 말로 표현할 수는 없었고, 미소로도 그 뜻을 전달할 수 없었다. 그래서 첸은 만들고 있는 술이 너무 출렁거리지 않기를 바라며 야리아가 서 있는 곳까지 올라가 고개를 끄덕였다.

"나도 조용한 밤 또는 시끄러운 밤, 차나 맥주 아니 그저 시원한 물만 있다 해도 내 친구와 함께라면 평화를 느낄 겁니다."

야리아는 수줍어하며 첸에게서 고개를 돌렸지만, 미소를 숨기지는 못했다.

"그럼 이제 집을 떠나 다시 집으로 가요. 그리고 평화도 누리고요."

• • •

야리아의 설득으로 타란 주는 수도사 중 몇 명을 선발해 첸이 만든 새로운 술을 맛보게 허락했다. 야리아는 그 안에 포함되지 않았다. 타란 주는 가장 나이가 많은 수도사 다섯을 뽑았다. 첸은 타란 주가 이 행사가 술 취한 광란의 장으로 돌변할 거라고 생각하는지, 아니면 그저 뽑힌 수도사들이 새로운 경험을 하게 될 거라고 보는지 확신할 수 없었다. 첸은 후자보다는 전자가 될 거라고 확신하고 있었다.

나중에 도착하기는 했지만 볼진과 티라선도 시음하는 무리에 참여했다. 첸은 둘 사이의 어색함과 거리감을 알아차리지 않을 수 없었다. 골이 아주 깊은 것 같지는 않았지만, 첸이 야리아에게 느끼는 친근감과 비교해 보면 거의 대륙 하나 거리는 떨어져 있는 것 같았다.

첸이 모든 손님에게 적당량의 술을 부어주었다.

"최종 제조법으로 만든 술은 아닙니다. 얼마 전에 만들었던 봄철 맥주를 포함해 여러 가지 것을 섞은 뒤 잊어버린 채 창고에 뒀지요. 이게 뭐가 될지는 말하지 않겠습니다. 여러분에게 바라는 것은 이 술의 맛이 어떤지가 아니라 어떤 느낌이 드는지를 말해달라는 겁니다. 맛을 보고 냄새를 맡게 될 겁니다. 그리고 그 감각이 기억으로 연결될 겁니다."

첸은 자신의 잔을 들어올렸다.

"고향과 친구를 위하여."

첸은 타란 주에게 먼저 고개를 숙여 인사를 했고, 그 다음에는 볼진에게, 그리고 탁자에 앉은 순으로 모두에게 인사를 했다. 그리고 타란 주를 빼고 모두 일시에 술을 마셨다.

첸은 혀로 술을 한동안 머금고 있었다. 그리고 베리와 야생 팬지의 향을 쉽게 분간해냈다. 하지만 다른 재료들은 모두 섞여서 달콤하고도 톡 쏘는 맛이 났다. 목구멍을 할퀴고 넘어가는 느낌을 즐기며 첸은 술을 삼킨 다음, 잔을 뒤집어 놨다.

 "이 술을 마시니 안개 너머 내륙에서의 시간이 상기되는군요. 굶주린 세 오우거의 저녁 식사 손님으로 있었을 때가 생각납니다. 사실 엄밀히 말하자면, 식사 손님이 아니라 그들의 저녁 거리였습니다. 오우거들은 내가 어떤 맛일지 논쟁하고 있었지요. 한 오우거는 나한테 반점이 있으니 토끼 맛이 날 거라고 말했어요. 그래서 나는 '아주 비슷해.' 라고 대답했습니다. 그러자 또 다른 오우거는 내가 딱 보기에 곰 같으니 곰 맛이 날거라고 주장했어요. 역시 나는 '아주 비슷해.'라고 말했고요. 마지막 오우거는 두개골에 이상한 홈이 나 있으니 까마귀 맛이 날 거라고 했어요. 그래서 나는 '그것도 아주 비슷하지.'라고 대답했죠. 그래서 그들은 계속 논쟁을 했습니다."

 수도사 중 하나가 미소를 지었다.

 "그렇게 해서 도망 나올 기회를 잡았군요."

 "아주 비슷해요."

 첸은 미소를 짓고 맥주를 조금 더 마셨다.

 "나는 문제 해결을 위해 상을 걸고 시합을 제안했죠. 오우거들에게 토끼, 곰 그리고 까마귀를 잡아서 요리를 하라고 했어요. 내가 무슨 맛인지 알려면 그들이 먼저 직접 맛을 봐야 한다고 했죠. 그리고 나는 세 가지 고기에 맞는 술을 제공하겠다고 했어요. 술을 빚으면서 나와 함께 즐기자고 했지요. 그래서 오우거들은 나가서 고기를 구해왔어요. 그들은 요리를 했고, 나는 술을 빚었지요. 그리고 요리한 고기를 그들이 먹었습니다. 나는 어떤 술이 어떤 고기와 가장 잘 어울리느냐고 물었고, 또 다시 논쟁이 시작됐습니다. 그래서 그들은 고기와 술을 서로 바꿔서 먹었어요. 그렇게 밤을 새고 아침에 되었고, 유일하게 맨 정신인 나만 유유히 그곳을 걸어 나왔습니다. 이 술을 마시니 그날 새벽빛을 받으며 느낀 자유가 상기됩니다."

수도사들은 일제히 웃으며 박수를 쳤다. 티라선마저 싱긋 웃었다. 볼진과 타란 주만이 이야기에 전혀 감동받지 않았다. 하지만 볼진은 술을 마셨고, 고개를 끄덕인 후 잔을 뒤집어 놓았다.

"이 술은 적을 무찌르고 난 이가 느끼는 평화를 상기시키오. 적들의 꿈은 그들과 함께 죽어가고, 그대들의 미래는 비온 뒤 아침처럼 청명해지는구려. 이 술은 적들의 뼈가 꺾이며 내는 울림처럼 상쾌하고, 죽어가는 적들의 한숨을 듣는 기쁨처럼 달콤하오. 그리고 나도 바로 거기에서 자유를 맛본다오."

트롤의 이야기에 모두가 조용했고, 수도사들의 눈이 커졌다. 티라선이 술을 마시며 미소를 지었다.

"나에게 이 술은 나뭇잎이 진홍과 황금색으로 변하는 계절, 가을이오. 마지막 베리를 찾으며 마지막 수확물을 모으고, 모두가 다가올 겨울에 대비해 함께 일합니다. 불확실한 겨울을 대비하기 위한 연합과 기쁨의 시간 말입니다. 하지만 열심히 일한 보상이 따를 것임을 알고 있지요. 그래서 나에게도 자유입니다."

첸이 고개를 끄덕였다.

"볼진과 티라선은 둘 다 자유를 찾았군요. 좋습니다."

첸은 타란 주가 앉아 있는 쪽을 바라봤다. 그는 아직 잔에 손도 대지 않은 상태였다.

"그렇다면 타란 주 원장님은 어떻습니까?"

연로한 수도사는 잔을 내려다보다 조심스럽게 두 앞발로 들어올렸다.

한 번 냄새를 맡아 본 다음 한 모금을 마셨다. 그리고 조금 더 마신 후 다시 잔을 내려놨다.

"나에게 이것은 기억이 아니오. 현재의 초상이지. 존재와 세상의 상태를 알리는 초상이오."

타란 주는 천천히 고개를 숙였다.

"그리고 자유와 변화의 초상이기도 하지. 변화가 오고 있음을 알리고 있소. 아마도 적을 무찌르거나 겨울이 오는 것이 될 수 있겠지. 그러나 다시 이것과 똑같은 술을 빚을 수는 없을 테니, 세상은 결코 다시는 이 시간을, 그리고 평화를 알지 못할 것이요."

1 2

챈이 준 술의 쓴맛이 여전히 혀끝에 살짝 감도는 가운데 볼진은 수도원 바깥으로 나왔다. 타란 주의 말이 티라선이 말한 인간들의 수확의 시간과 함께 공명하며 머릿속에서 메아리쳤다. 가을은 세상이 죽는 시간이다. 새로운 것과 오래된 것 사이에 그어진 선인 죽음은 변화를 또 다른 방식으로 정의한 것이다. 그런 주기는 새로운 것을 암시하고, 자아와 시간을 인식하는 피조물들은 종종 어떤 계절이나 자의적인 연대기적 접점을 선택해 끝을 표시하거나 시작한다.

'무엇의 끝? 또 무엇의 시작이란 말인가?'

볼진은 챈의 술을 마시며 느꼈던 감정과 기억을 나눌 때 전혀 거짓말을 하지 않았다. 하지만 그는 자신의 기억이 무서우며, 판다렌 양조사가 예상한 것에 반한다는 점은 깨달았다. 하지만 그건 트롤의 기억이지 판다렌의 기억이 아니었다. 그러니 타당하지 않은가? 어떤 트롤이라도 마찬가지였을 것이다. 그게 바로 트롤의 특성이니까. '트롤은 세상의 주인이다.'

산에 올라 북쪽으로 향하며 볼진은 몸을 떨었다. 발밑에는 눈이 있었다. 볼진은 그림자 속에 쭈그리고 앉아 추위를 느끼며 그로 인해 더욱 강인해지기를 바랐다. 하지만 무덤의 냉기가 상기될 뿐이었다. 트롤은 한때 세상의 주인이었다.

볼진의 아버지 센진은 다른 트롤 부족들을, 그리고 그들의 어리석은 욕망이 다시 일어나는 모습을 봤다. 이런 트롤들은 세상을 자신의 의지 아래 두고 싶어 했다. 모든 것 그리고 모든 이들을 지배하길 원했다. 하지만 왜?

그들도 첸의 술이 일깨워준 자유를 느낄 수 있을까?

그 순간 볼진은 아버지는 가지고 있었지만 결코 누구와도 나눈 적이 없는 통찰력을 이해할 수 있었다. 자유를 느끼는 것이 목적이라면 정복이 목표를 얻기 위한 유일한 방법이라고 물을 수 있으리라. 두려움, 결핍으로부터의 자유, 미래를 보는 자유를 얻기 위해 반드시 적을 죽일 필요는 없었다. 자유를 얻는 과정에서 적을 죽일 수는 있지만, 그들이 자유를 확보하는데 필요한 제물은 아니었다.

볼진은 썬더 블러프의 타우렌을 생각했다. 그들은 썬더 블러프에서 비교적 평화롭게 지냈다. 타우렌 중 다수가 호드 연합에 가세해 싸웠지만, 무엇인가에 몰려서 어쩔 수 없이 그런 것 같지는 않았다. 그렇게 하는 것이 옳고 명예로운 일이기 때문에 얼라이언스와의 싸움에서 동지를 지원하기 위해서 호드에 합류했을 뿐, 단순히 수천 년 동안 내려온 낡은 전통을 신성시해서는 아니었다.

볼진의 아버지가 구태를 버리길 원했던 것과는 달랐다. 볼진은 첸이 블루 타우렌이라고 부르는 트롤을 본 적이 있었다. 블루 타우렌은 타우렌 족과 함께 살며 그들의 방식을 받아들인 트롤이었다. 그들이 스스로 평화를 느꼈는지는 기억나지 않았지만, 트롤 족의 전통과 분리된 생활 방식을 고수한 그들은 다른 트롤과 약간 달랐다. 무엇인가를 얻기 위해 하나의 전통을 다른 전통과 맞바꿨지만, 그 어느 쪽에도 제대로 적응하지 못한 것 같았다.

센진은 트롤의 전통을 무한히 존경했다. 그가 그렇게 하지 않았다면, 전통으로부터 완전히 단절되길 원했다면, 볼진은 결코 그림자 사냥꾼의 길을 가지 않았을 것이다. 그의 아버지는 언제나 볼진을 격려했고, 미래를 추구하기에 그 일을 해냈다. 센진은 언제나 무분별하게 따르는 전통이 아니라 지도력에서 얻는 교훈을 강조했다.

볼진은 다시 일어나 더 높고 더 추운 그림자를 향해 올라가면서 첸이 한 말과 타란 주가 한 배, 닻 그리고 바다에 대한 언급을 생각해봤다. 전통은 배가 항해할 수 있는 바다가 될 수 있었고, 꼼짝도 하지 못하게 만드는 닻이 될 수도 있었다. 또는 로아 그리고 로아들이 트롤에게 요구하는 것은 닻일 수 있었다. 로아와 그들이 필요로 하는 것은 이전부터 존재했다. 로아의 요구와 영광을 위해 트롤은 일어났고, 위대한 제국을 세우고 눈부신 문명을 이룩했다.

그들에게서 자신을 잘라내는 것이 닻에서 분리되어 자유로워지는 길일 수도 있지만, 그러면 볼진은 고립무원의 상태로 위험한 바다를 표류하게 될 것이다. 그의 아버지가 반대했을 무모하고 성급한 결정이 되리라. 볼진은 로아가 배를 앞으로 나가게 하는 조수이자 파도가 될 수도 있다는 생각이 들었다.

'그러면 우리의 역사는 닻이 되는 거야. 언제나 우리를 똑같은 만에 잡아두는 닻.'

그런 생각을 깊이 하기도 전에 볼진은 길모퉁이에 도달했고, 거기서 안개 낀 북동쪽의 먼 곳을 응시하고 있는 티라선 코트를 발견했다. 볼진은 혼자만의 고독 속으로 빠져들기를, 그리고 인간의 고독도 방해하지 않기를 바라며 망설였다.

"대부분의 트롤보다 당신은 더 조용하네요, 볼진. 하지만 누군가 몰래 다가오는 걸 내가 듣지 못한다면 나는 아마 수천 번도 넘게 죽었을 거예요."

볼진이 고개를 들어올렸다.

"트롤은 몰래 다가오지 않네. 그리고 자네는 내가 오는 소리를 못 들었어."

볼진은 산바람이 붉은 양털 망토를 입은 인간의 몸에 불어 닥치는 모습을 봤다.

"첸의 술 아니면 내 냄새 때문에 알았겠지."

티라선이 미소를 지으며 천천히 몸을 돌렸다.

"침상에서 당신의 냄새를 없애느라 많은 시간을 보냈어요."

"자네를 방해한 게 아니었으면 하네."

인간이 고개를 가로저었다.

"당신에게 사과를 해야겠어요."

"자네는 나를 모욕한 적은 없는데."

볼진이 쪼그리고 앉았다. 그의 발이 눈에 파묻혔다. 볼진은 인간이 그에게 가하는 모욕은 주목할 가치가 없다고 말하려 했지만 금방 한 말로 만족하기로 했다.

"내가 당신이 두려워한다고 말했을 때, 그건 갑자기 덤비는 행동이었어요. 머릿속에서 계속 당신을 의식했던 거예요. 그 생각은 여전히 지금도 나를 괴롭히고 있어요. 점점 줄어들긴 하지만 여전히 당신이 거기 있어요. 나는 당신을 멀리 내쫓고 상처를 줘서 내몰아버릴 수 있다고 생각했습니다."

티라선이 시선을 아래로 떨어뜨리자 이마의 고랑이 깊어졌다.

"나는 그런 사람이 아니었어요. 또 앞으로도 그런 모습으로 변하고 싶지 않아요."

볼진이 눈을 가늘게 떴다.

"그럼 자네는 어떤 모습이 되고 싶은 건가?"

인간이 머리를 흔들었다.

"내가 어떤 사람이 될지보다는 어떤 사람이 돼서는 안 되는지에 대해 더 잘 알고 있어요. 폭풍이 친 날, 내가 여기에서 더 이상 갈 수 없었던 이유를 아세요? 왜 내가 길을 잃고 폭풍이 오는 줄도 몰랐는지 말이에요. 다른 누구보다 볼진, 당신은 그런 폭풍이 살며시 내게 다가왔다는 걸 잘 알 겁니다."

"자네의 몸은 여기 있었어. 하지만 마음은 그렇지 않았지."

"맞아요."

티라선은 멀리 있는 초록색 계곡으로 부드럽게 손을 내밀었다.

"스톰윈드의 부름을 받았을 때, 고향의 푸른 계곡을 다시 한 번 보기 전에는 절대 죽지 않겠다고 맹세했어요. 내…… 가족을 향한 맹세였지요. 나는 항상 약속을 지켰습니다. 가족들은 내가 돌아올 거라고 걸 알았지요. 하지만 과거의 나, 그런 맹세를 한 나는 더 이상 여기에는 없어요. 그런데 내가 여전히 거기에 묶여 있는 걸까요?"

볼진의 뱃속에 있는 무엇인가가 조여 왔다. '나는 오래 전에 죽은 트롤들이 만든 전통과 약속에 구속된 건 아닐까? 그들의 꿈과 욕망이 여전히 나를 붙잡고 있는 것일까?'

볼진이 딱딱한 지표면을 긁으며 손가락으로 눈을 튀겼다.

"자네가 인간으로서 한때의 역할을 떠맡을 거라면, 다시 그런 인간이 될 수 있어. 하지만 새로운 사람이라면 이곳이 바로 자네의 고향 계곡인 거지."

"그렇다면 그림자 사냥꾼은 철학자로군요."

티라선 코트가 미소 지었다.

"나는 당신을 전에, 이 수도원에서 만나기 전에 본적이 있어요. 그때 나는 쿨 티라스의 병력과 함께 있었지요. 델린 프라우드무어를 지원하기 위해서였죠. 그때는 훨씬 젊을 때라 머리카락도 더 짙었고, 피부도 더 부드러웠어요. 하지만 당신은 몇 군데 상처를 빼면 거의 변한 게 없군요. 당신을 죽일 수 있다는데 황금 열 냥을 건 사냥꾼이 있었어요. 나중에 트롤을 사냥하다 죽었다고 들었어요."

"자네는 그 내기를 받아들이지 않았군."

"그랬어요. 하나의 목표에 집중하면 다른 것들은 잃어버리게 되니까요."

인간이 한숨을 쉬었다. 그의 호흡이 하얀 김이 되어 뿜어졌다.

"내가 당신을 죽이라는 명령을 받았다면……."

"사냥에 최선을 다했겠지."

"인간이든 트롤이든, 생각하는 피조물을 사냥하면 우리 모두가 동물이라는 사실을 상기하게 됩니다. 나는 너무도 많은 인간과 트롤을 죽였어요. 수도 셀 수 없을 정도로."

티라선이 몸을 떨었다.

"명예롭지 못하고 소름끼치는 일을 하는 사냥꾼을 알지요. 그 사냥꾼은 인간의 수를 줄이고 있지요. 나는 누군가의 기록에 긁힌 자국 이상이 될 거라고 생각하고 싶었어요."

"자네가 그렇게 생각하는 건가? 아니면 예전의 자네가 그렇게 생각하는 건가?"

티라선이 고개를 숙였다.

"둘 다요. 지금의 내가 더하지요. 수도사들이 살아가며 실천하는 방식을 보면 그들은 삶을 좀 더 존경한다는 걸 알 수 있어요. 균형을 잡고 조화를 추구하는 것. 볼진, 당신은 새로운 것이 예전 것과 균형을 이룰 수 있을까 의심합니까?"

"자네는 의심하는군."

"맞아요."

"알겠네."

"당신에 대해, 아니면 나에 대해?"

트롤은 손을 펴들고 섰다.

"자네가 말한 것처럼 둘 다네. 아이들은 부담을 지지 않지. 또 한계가 없다고 생각해. 하지만 아이들은 경험이 없기 때문에 균형을 선택할 수 없지. 하지만 우리는 할 수 있어."

"그러나 우리의 과거에서 벗어날 수는 없어요."

"없다고? 나는 검은창 부족의 지도자, 볼진이야. 자네는 인간이고, 트롤 사냥꾼이지. 왜 우리가 서로 싸워 피 흘리거나 죽지 않았다고 생각하나?"

"일리 있는 말이네요."

티라선이 자신의 염소수염을 긁었다.

"여기에서 우리는 적이 아니에요."

볼진은 그때 다시 배의 이미지를 떠올렸다. 그는 미소를 지었다.

"자네는 과거를 짐으로 생각하는군. 떨쳐버리고 싶어 해. 그렇게 한다면 자네는 자유로워질 거야. 하지만 자신이 누군지는 모를 거야. 그 상황을 난파선이라고 가정해 보라고. 자네는 결코 배를 다시 온전하게 만들 수 없어. 구할 수 있는 부분을 구할 뿐이지. 지금 바로 여기가 아마 자네의 집인 거야. 자네가 구해낸 기억 때문에 집처럼 느껴지는 거지."

"좌초되었다라……. 그래요, 확실히 그랬지요."

볼진이 고개를 끄덕였다.

"그 죽은 사냥꾼, 그녀는 누구지?"

티라선이 고개를 흔들었다. 그는 장갑을 낀 손으로 입을 가렸다.

"나도 잘은 몰라요."

"그녀에 대한 자네의 감정은 아주 강했어."

"이름은 라시였어요. 항해를 하기 전에 만났지요. 그 전에는 만난 적이 없었고요. 그런데 그녀가 내게 고맙다고 했어요. 그리고 내가 지도에도 없는 섬으로 여행을 떠난다는 말을 했을 때, 절대 놓칠 수 없는 모험이라고 생각했다고 말했지요."

티라선은 팔로 자신의 몸을 감싸 안았다.

"같이 갈 사람이 필요했을 때, 그녀가 있었어요. 라시는 내가 더운 음식을 먹게 해주었고, 내 텐트를 쳐줬어요. 우린 연인은 아니었어요. 그다지 말도 많이 하지 않았고요. 그저 그녀가 내게 뭔가 빚을 졌다고 느낀다고 감지했지요. 그녀와 내가 거기 있었기 때문에, 그리고……."

"자네는 고통을 강탈하고 있어. 그리고 그녀를 불명예스럽게 만들고 있어."

트롤은 엄숙하게 고개를 끄덕였다.

"자네 안에 있는 그녀의 믿음을 구해서 라시를 명예롭게 하게."

"그 믿음 때문에 그녀가 죽었는데요?"

"아니, 라시의 죽음은 자네가 짊어질 게 아니야. 그건 그녀의 선택이었어. 자네가 여전히 살아있다는 걸 알면 라시는 행복해할 거야."

"그러면 한 가지가 되겠군요."

인간은 북동쪽의 들쭉날쭉한 해안선 쪽으로 얼굴을 돌렸다.

"내 옛날 모습, 삶. 그 파편과 잔해가 해안 여기저기에 흩어져 있어요. 건져내려면 시간이 오래 걸릴 거예요."

"아이들 놀이라고 생각하게."

볼진이 앞으로 나와 산등성이에 서 있는 티라선과 함께했다. 먼 바다는 햇빛을 받아 은색으로 희미하게 빛나고 있었다. 햇빛이 물에 반사되어 반짝이는 것 이외에는 무엇인가를 보기에 둘은 너무 높은 곳에 올라와 있었지만, 볼진은 부러지고 흩어진 자신의 인생을 그려봤다. '나는 지금 무엇을 구하고 있는 거지?'

무엇인가 가볍고 영묘한 것이 볼진의 얼굴을 스쳤다. 거미줄 같았다. 걷어내려 했지만 손을 대보니 아무것도 없었다. 그 대신, 볼진은 거미가 되어 공중에 떠서 바라봤던 바다를 기억해냈다. 시간을 구부린 렌즈로 볼진의 시력이 선명하게 바뀌었다. 볼진이 환상 속에서 봤던 검은 선단이 멀리서 파도를 타고 다가오고 있었다. 그런데 그가 틀렸다. 환상은 볼진에게 먼 시간이 아닌 다른 시간을 보여줬던 것이다. 지금 볼진이 보는 것, 그가 꿈속에서 본 것은 과거가 아닌 며칠 뒤의 미래였다.

"자, 빨리 가세. 타란 주 원장을 만나러 가야 해."

불안함이 티라선의 얼굴에 퍼졌다. 그는 바다를 응시하다 이해가 안 된다는 얼굴로 볼진을 쳐다봤다.

"당신 눈도 나보다 썩 좋은 편이 아닌데, 무엇을 본 거죠?"

"문제, 아주 심각한 문제."

트롤이 머리를 흔들었다.

"우리가 막을 수도 없고, 저지할 수 있을지도 확실하지 않은 문제네."

둘은 속도를 내서 가능한 빨리 산에서 내려왔다. 볼진은 긴 다리 덕분에 보폭이 넓어서 앞서 갔지만, 금세 꿰맸던 옆구리에서 통증이 느껴졌다. 볼진은 무릎을 꿇고 숨을 돌렸다. 그러는 사이 티라선이 그를 따라왔다. 볼진이 그에게 손짓을 했고, 티라선은 계속 갔다. 이제 티라선은 거의 다리를 절뚝거리지 않았다.

수도사 중에 누군가 이들이 돌아오는 모습을 본 것이 틀림없다. 타란 주가 앞마당에 나와 있었기 때문이다.

"무슨 일이요?"

"해도, 해도가 있습니까? 지도는요?"

볼진은 판다렌 말로 지도를 말하려고 했지만, 그 단어를 배웠는지 확실하게 기억나지 않았다.

타란 주가 재빨리 명령을 내린 다음 볼진의 팔을 붙잡고 안으로 인도했다. 티라선 코트가 뒤를 따랐다. 연로한 수도사는 첸이 술 시음을 주최했던 방으로 그들을 안내했다. 탁자는 이미 치워져 있었다. 곧 다른 수도사가 쌀 종이로 만든 두루마리를 들고 들어왔다.

타란 주는 두루마리를 받아 탁자 위에 펼쳤다. 볼진은 탁자를 돌아서 북쪽을 면하고 섰다. 지도에 표시된 상징을 읽을 수는 없었지만, 수도원과 동쪽으로 면한 산 정상은 놓치지 않았다. 볼진은 좀 더 동쪽을 보다가 북쪽 해안의 한 지점을 톡톡 쳤다.

"여기, 바로 여기. 여기에 뭐가 있습니까?"

첸 스톰스타우트가 우당탕거리며 계단을 내려왔다.

"거기는 조우친이야. 내가 새로운 양조장을 짓고 있는 곳이지."

볼진은 지도에서 북쪽과 북동쪽을 살펴봤다.

"왜 이 섬은 지도에 없는 거지?"

첸이 눈썹을 들어올렸다.

"무슨 섬? 거긴 아무것도 없어."

타란 주는 지도를 가져온 수도사를 보고 판다렌 언어로 뭐라고 명령을 내렸다. 첸이 몸을 돌려 따라가려고 했다.

"아니오, 마스터 스톰스타우트, 여기 있으시오. 콴지 형제가 다른 이들을 모을 겁니다."

첸은 탁자로 돌아가며 고개를 끄덕였다. 조우친에 대해 말하며 띄었던 미소는 완전히 사라졌다.

"무슨 섬?"

음영파의 연로한 수도사 타란 주는 앞발로 자신의 허리의 잘록한 부분을 움켜쥐었다.

"판다리아는 판다렌들만의 고향이 아니오. 다른 종족, 강력한 종족 모구가 이 섬을 지배했던 적이 있소."

볼진이 몸을 곧추세웠다.

"나는 모구를 알고 있어요."

티라선이 놀라서 눈을 깜박였다. 첸은 눈을 부릅떴다.

"그렇다면 그들의 시대가 지나갔다는 걸 알겠군요. 하지만 볼진, 당신이 안다고 해서 그들도 안다는 건 아니지요."

타란 주는 지도에서 북동쪽 모퉁이 근처를 건드렸다. 그러자 자욱하던 안개가 걷히듯 울퉁불퉁한 섬 하나가 천천히 모습을 드러냈다.

"천둥의 섬이오. 많은 이들이 전설이라고 믿고 있지요. 극소수의 사람들만 이 섬이 진짜 있다는 사실을 알아요. 볼진, 당신이 안다면 이 섬을 아는 다른 이들이 엄청난 재앙을 일으킬 거요."

"나도 환상 속에서 보기 전까지는 몰랐어요."

트롤이 조우친을 가리켰다.

"하나 더 있어요. 선단 하나가 그 섬에서 항해를 해오고 있었습니다. 잔달라 선단이에요. 그들의 유일한 목적은 엄청난 악을 행하는 것이죠. 그들을 막으려면 빨리 움직여야 합니다."

1 3

불길한 예감이 볼진의 장 속으로 스르륵 미끄러져 들어가는 사이, 타란 주르 지붕을 떠받치는 단단한 돌기둥 마냥 꼼짝도 하지 않고 서 있었다.

"우리에게 무슨 일을 할 참이오, 볼진?"

트롤은 인간과 의심의 시선을 나눴다. 그리고 손을 벌렸다.

"그 마을로 전령을 보내시오. 민병대를 소집하고, 방어 체계를 준비시켜야 합니다. 정예 부대도 소집하세요. 그들을 조우친으로 급파해요. 선단을 소환하고 잔달라가 상륙하는 것을 막아야 합니다."

볼진은 지도를 봤다.

"다른 지도가 필요해요. 전술 지도. 좀 더 자세한 지도."

티라선이 앞으로 나왔다.

"계곡이 요충지로 향해요. 우리가……. 이건 뭐지요?"

연로한 수도사가 턱을 치켜 올렸다.

"볼진, 당신 섬에서는 일전에 우리가 겪었던 눈보라에 대비할 때 무엇을 이용하지요?"

"없어요. 메아리 섬에는 눈보라가 치지 않아요."

재난이 다가온다는 예감에 볼진의 속이 뒤틀렸다.

"악천후와 침략은 달라요."

타란 주는 완고하게 어깨를 으쓱였다.

"밤이 절대 오지 않는다면 아무도 등을 가지고 있지 않을 거요. 역사 이 래로 이 섬의 안개는 우리 방어에 첨병이었소."

"안개뿐이 아닙니다."

티라선이 앞마당을 가리키며 말했다.

"수도사들은 맨손으로 나무를 부술 수 있습니다. 칼로도 싸울 수 있고 요. 활을 쏘는 것도 봤어요. 저들은 세계 최고의 전사들입니다."

"전사지 군대가 아니오."

타란 주가 앞발을 모아 자신의 흉골을 눌렀다.

"우리는 소수일 뿐이고, 대륙 전체에 퍼져 있소. 판다리아의 유일한 방 어선이지요. 하지만 그 이상의 의미가 있소. 우리가 무술을 연마하는 이유 는 단순히 살상을 위한 능력을 키우기 위해서가 아니요. 예를 들어 궁술을 연구하는 이유는 단순히 무기로서의 특징이 아닌 균형을 알아내기 위해 서요. 활을 이용해 공간에 개입해서 거리, 탄력, 활호, 바람 그리고 화살의 특징을 알고 균형을 잡아 두 개의 점을 연결할 수 있는 거요. 우리 판다리 아는 물론 균형을 방어하오."

볼진이 지도를 두드렸다.

"당신은 철학을 이야기하고 있는데, 이건 전쟁이에요."

"트롤, 당신은 전쟁이 오로지 물리적인 면에서만 존재한다고 말할 수 있 소? 그저 단순히 강철과 피 그리고 뼈만 있다고?"

타란 주가 검은 눈을 가늘게 떴다.

"당신 둘에게는 상처가 있지요. 육신의 상처지만 그보다 더 깊은 것도 있어요. 전쟁이 당신들의 균형을 깼소. 아니면 당신들이 전쟁에 굶주려서 그렇게 했던가."

트롤이 으르렁거렸다.

"전쟁은 불균형이에요. 전쟁이 당신의 균형을 깨뜨렸다면, 당신의 균형은 가짜입니다."

이때 첸이 끼어들었다.

"나는 지금 막 조우친에서 돌아왔어요. 리리가 곧 다시 돌아갈 겁니다. 야리아의 가족도 그곳에 있지요. 잔달라는 그들의 모든 것을 깨뜨려 불균형한 상태로 만들 겁니다. 그러니 균형을 되찾기 위해 우리가 할 수 있는 일을 해야 해요."

인간이 동의한다는 의미로 고개를 끄덕였다.

"다른 할 일이 없다면, 주민들에게 경고해야 합니다. 대피하라고요."

타란 주가 눈을 감고 표정을 가다듬었다.

"당신들 셋은 안개 너머의 세상에 속해 있소. 당신들이 한 경험 때문에 이곳에서의 평온함보다는 화급한 일에 더 가치를 두지요. 성급하게 굴면 반대급부로 태만함에 부딪치게 되오. 전술에 노련한 당신들은 내가 눈이 멀었다고 생각할 게요. 하지만 음영파를 이끄는 내 책임은 그보다 더 커다란 것을 다루는 일이오."

볼진이 눈썹을 찌푸렸다.

"균형을 유지하는 일이오?"

"전쟁이 항상 있지는 않을 거요. 전쟁은 세상이 전쟁으로부터 회복하지 못할 때만 승리하는 법이오. 당신들은 전쟁을 중지시킬 생각을 하지만, 나는 재정복할 걸 고려한다오."

볼진은 신랄하게 반박하려 했지만, 타란 주의 말에 담긴 무엇인가가 가슴을 찔렀다. 새벽 전에 내린 비로 세상이 깨끗하게 정화되고 난 뒤 아버지와 단둘이 나눴던 말이 귓전을 맴돌았다. 센진은 이렇게 말했다.

"나는 이런 세상을 사랑한다. 피도 고통도 없는 세상, 행복한 눈물에 젖고 태양빛을 바라는 희망으로 가득한 세상을."

트롤은 쭈그려 앉아 고개를 숙였다.

"수도사들의 기술은 여전히 유효합니다."

"그래요. 당신에게 재원을 공급하겠소. 전쟁에 이길 만큼 충분하지는 않지만 그들의 전쟁을 약화시키는 데는 충분할 거요."

그리고 타란 주는 눈을 뜨며 천천히 숨을 내쉬었다.

"수도사 열여덟 명을 내주겠소. 가장 크고 빠른 수도사들은 아니지만 당신의 목적을 달성하는 데는 최고의 인력이 될 겁니다."

입을 벌린 티라선의 표정에서 그의 마음이 드러났다.

"열여덟 명의 수도사와 우리 셋이라."

티라선은 볼진을 쳐다봤다.

"당신이 본 환상 속에서 선단은 배가 두 척이었나요?"

"셋이었네. 하나는 작은 배였지."

"그 정도로는 침입을 약화시키지 못합니다. 그저 약간 타격을 주는 정도에요."

인간은 고개를 흔들었다.

"인원이 더 필요해요."

"그럴 수 있다면 더 내줬을 거요."

음영파의 지도자는 빈 앞발을 펼쳐 들었다.

"아, 스물한 명이 도움이 될 수 있도록 시간 내에 조우친에 도착해야 할 텐데."

• • •

볼진은 전쟁에 대비시키는 행위가 자신의 과거와의 연결점을 다시 만드는 의식과 아주 흡사할 거라고 생각했다. 하지만 판다렌 갑옷은 짜증스러웠다. 길이는 너무 짧았고, 몸통은 너무 컸다. 퀼트로 짠 비단은 효율적인 갑옷 역할을 하기에는 너무 가볍게 느껴졌다. 모두 밝은 색 노끈으로 묶여 있는 금속 계급 수장은 래커로 칠을 한 가죽 흉갑과 나란히 내려와 있지 말아야 할 곳에 제멋대로 내려와 있어서 볼진이 돌지 말아야 할 곳에서 돌게 만들었다. 한 수도사가 재빨리 갑옷을 손봤고, 흉갑에서부터 갑옷의 길이를 늘였다. 볼진은 나가서 제일 먼저 잔달라의 갑옷을 구해 입겠다고 다짐했다.

그리고는 이내 웃었다. 판다렌 갑옷을 입기에는 볼진의 키가 너무 컸지만, 잔달라 갑옷을 입기에는 너무 작았다. 볼진은 전에 잔달라와 대적해본 적이 있었다. 그들은 최소한 볼진보다 머리 하나는 더 컸다. 그리고 오만함도 측정할 수 있다면, 그건 키보다 두 배는 더 컸다. 볼진은 다른 트롤 종족이 잔달라보다 열등하다고 보는 그들의 방식을 싫어했지만, 잔달라의 미끈한 팔다리와 기품 있는 풍채가 보기 좋다는 점을 부인할 수 없었다. 인간이 잔달라를 '트롤 종족의 요정'이라고 부르는 걸 들은 적이 있었는데, 잔달라는 이를 엄청난 모욕으로 받아들였다. 그들이 불쾌해하자 볼진은 즐거웠다.

볼진이 갑옷을 몸에 맞추는 사이, 탕탕거리고 쨍그랑거리는 소리가 전투 준비를 알렸다. 첸이 양날검을 자랑스럽게 선보였다.

"대장장이를 시켜 얼른 날이 두 개 달린 검의 손잡이를 만들어서 대갈못을 박아 넣고 상어 가죽으로 싼 다음에 대나무로 덮어두라고 일러두었지. 자네가 쓰는 날이 넓은 검하고는 확실히 다르지만, 보기엔 무시무시해."

"그 검이 잔달라의 피를 마실 때가 정말 무시무시하지."

검을 받아든 볼진은 중간 손잡이를 잡고 돌려봤다. 돌리다 갑자기 멈추자 날이 떨리며 이상한 소리를 냈다. 볼진이 쓰는 검은 아니었지만, 조화롭게 균형이 맞춰져 있었다.

"자네는 양조술 이상의 기술을 가지고 있군."

"아니, 우리랑 같이 술을 마신 이들 중 하나인 자오 형제가 만든 걸세."

첸이 미소를 지었다.

"시음을 할 때 자네가 기억한다고 말한 것과 똑같은 무기를 만들어 달라고 했지."

"일을 아주 잘했군."

낮게 휘파람을 불며 티라선이 복도로 들어왔다. 그는 긴 가죽 겉옷 위에 대갈못으로 금속판을 연결한 갑옷을 입고 있었다. 티라선은 투구도 썼고, 목을 보호하는 갑옷도 착용했다. 두 개의 활과 화살전통 여섯 개를 지녔다.

"검이 멋지군요. 많은 일을 할 검이네요."

티라선이 볼진에게 활을 던졌다.

"이게 무기고에 있는 것 중에 최고로 좋은 거예요. 내가 열심히 문질러 닦았고, 화살도 제일 좋은 것으로 꺼내왔지요. 그런데 모두 일반 과녁용 화살이에요. 전투용은 다른 곳에 있는 수도사들에게 보내졌다고 하더군요. 이것들도 잘 날아가겠지만 갑옷을 뚫지는 못할 겁니다."

볼진이 고개를 끄덕였다.

"그러면 조심해서 쏴야 할 걸세."

"트롤을 쏠 때에는 귀 밑부분에 연결되는 선을 그립니다. 거기에서 팔 센티미터 정도 내려온 다음, 그 선을 반으로 가르세요. 척추를 맞추기는 쉽지만. 그렇게 하면 혀를 꿰뚫을 수도 있지요."

첸이 대경실색했다.

"그러니까, 볼진, 내 생각에 저 친구 말의 의미는……."

"무슨 말인지 의미를 아네."

볼진이 티라선을 쳐다봤다.

"이들은 잔달라 족이야. 그러니까 십 센티미터로 잡아야 해. 그들의 귀는 더 높은 곳에 있어."

첸과 티라선은 볼진을 따라 수도원 앞마당으로 갔다. 같이 출격할 수도사들의 복장은 가슴과 등에 수도원을 상징하는 호랑이 문장이 새겨져 있다는 점만 빼놓고는 인간의 것과 비슷했다. 마찬가지로 투구 끝에 매달아 달랑거리는 띠의 반은 빨간색, 나머지 반은 파란색이었다. 타란 주의 말은 거짓이 아니었다. 볼진이라면 뽑지 않았을 수도사들이었다. 그러나 그는 타란 주 원장이 자신의 수하를 가장 잘 안다는 점을 받아들였다. 열여덟 명 중에 야리아 세이지위스퍼가 있는 것을 보고 볼진은 놀랐다. 그러다 그들은 야리아의 가족과 집을 방어하러 간다는 점, 주변 지역을 야리아가 잘 알고 있다는 점을 상기했고, 그녀가 알고 있는 지식이 무척 중요하다는 사실을 깨달았다.

수도원과 산 중간에 위치한 평원으로 향하는 계단을 올라간 볼진은 타란 주가 제한된 숫자만을 보내는 이유를 알게 됐다. 하늘을 나는 짐승 열한 마리가 느리게 하늘을 선회하고 있었다. 등에는 안장이 두 개씩 얹혀 있었고, 몇 안 되는 용품들을 담은 가죽 주머니를 매달고 있었다. 볼진은 이보다 작은 녀석들이 수도원 벽에 새겨져 있거나 여기저기 틈새에 석상으로 만들어져 있는 것을 봤다. 그때는 판다렌들이 용을 예술적으로 표현한 것이라고 생각했다.

야리아가 일행들에게 앞으로 오라고 손짓을 했고, 각자가 탈 녀석을 배정했다.

"이 녀석들은 운룡입니다. 전에는 두려움의 대상이었지만, 어느 젊고 용감한 판다렌 여성이 운룡들과 친해졌어요. 그리고 이 녀석들의 능력과 그것을 이용할 방법을 가르쳐줬습니다. 요즘은 흔하지 않은 짐승이지만 수도원에서는 운룡 떼를 이용할 수 있어요."

볼진이 뒤로 힐끗 수도원을 쳐다보니 발코니에 서 있는 타란 주의 모습이 눈에 들어왔다. 연로한 수도사는 볼진을 알아본 표시를 하지 않았지만, 거기에 속을 볼진이 아니었다. 타란 주가 전쟁에 대해 무지함을 공언하기는 했지만, 그는 정보는 힘이며, 꼭 필요할 때만 정보에 접근해야 한다는 점을 충분히 이해하고 있었다. 볼진은 운룡에 대해 바로 정보를 전달받아야 했지만 그러지 못했다.

'내가 잔달라에게 잡힐 경우라도 그들에게 득이 될 정보를 나는 아무것도 모른다.'

이런 사실에 짜증이 나고 마음이 격앙되었지만, 볼진은 곧 냉정을 찾았다. 그는 이제 전쟁에 참여할 것이다. 하지만 이건 그의 전쟁이 아니었다. 잔달라가 침범하려는 곳은 메아리 섬이 아닌 판다리아였다. '내 전쟁도 아닌데 왜 내가 싸우러가야 하는 거지? 북쪽 해안에 첸의 양조장이 있어서? 아니면 잔달라의 속을 긁어놓기 위해?'

이런 생각이 마음속에서 점점 크게 메아리쳤다. 그리고 깊고 먼 곳에서 목소리가 들렸다. 빈 공동에서 들려오는 브원삼디의 목소리였다. '아니면 볼진이 죽지 않았다는 걸 증명하려는 것이냐?'

답을 찾지 못한 볼진은 수도사 뒤에 놓여 있던 안장에 앉으며 답을 하나 만들어냈다. '브원삼디여, 영원을 환영할 손님을 당신에게 바치기 위해 나는 전장으로 갑니다. 당신은 더 이상 나를 모른다고 믿을지 모르지만 나는 당신을 압니다. 그런 사실을 상기할 시간입니다.'

혼자 운룡을 타는 비행 기수의 신호에 따라 운룡들이 산기슭을 향해 스르르 미끄러지듯 가다 갑자기 높이 날아올랐다. 그런 다음 땅 쪽을 향해 날았다. 수도원에 맞는 투구가 없어서 아무것도 쓰지 않은 볼진의 붉은 털 속으로 공기가 들어와 당겨지는 느낌이었다. 볼진은 신이 나서 환성을 질렀다.

차가운 산바람이 볼진의 폐로 몰려들어와 목이 다시 아팠다. 기침을 하자 옆구리의 꿰맨 자국이 당겼다. 트롤은 마지막 전투에서 얻은 고통에 분노했고, 코로 숨을 쉬며 으르렁거렸다.

운룡들은 몸을 꼬더니 다시 공중으로 솟아올랐다. 용들은 비늘이 덮인 몸을 꼬고 즐겁게 춤을 췄다. 다른 때 같았으면 볼진도 그저 즐겼겠지만, 임무의 어두운 특성이 즐거운 비행과는 정반대라 위장이 꼬이는 것 같았다. 이들이 막기 위해 달려가는 목적은 즐거움과는 정반대였다. 볼진은 재난이 벌어지기 전에 그들이 임무를 성공할 수 있을지 확신할 수 없었다.

• • •

그들은 간신히 시간에 맞춰 조우친 부근의 산에 도착했다. 볼진은 아주 빨리, 아니면 아예 늦게 도착하기를 바랐다. 배 다섯 척이 이미 항구에 들어와 있었다. 바다 먼 곳에는 지평선에 걸린 어선 한 척이 활활 불에 타고 있었다. 배에 부착할 수 있도록 작은 크기의 공성용 포위 기관차가 마을을 향해 바위를 투척했고, 날아간 바위들이 나뒹굴면서 집을 부쉈다. 하지만 어쩐 일인지, 바위에 깔려 죽은 주민의 시체는 보이지 않았다.

볼진은 벌어지고 있는 전투를 살펴보다 한 수도사의 어깨를 두드렸다. 그는 손가락으로 원을 그린 다음, 마을에서 뻗어나간 구불구불한 염소가 다니는 길이 있는 남쪽을 가리켰다. 판다렌들은 이미 그 길을 따라 빠져나가기 시작했다.

'정보는 힘이야. 잔달라는 공포를 퍼뜨리지 못한다.'

티라선이 커다랗게 휘파람을 불고 그쪽을 가리켰다. 그도 염소가 다니는 길을 본 것이다. 그의 눈이 그렇게 좋아서인지, 아니면 그저 잔달라가 어디에 매복하고 있는지 알기 때문인지는 알 수 없지만, 아무튼 티라선도 같은 길을 선택했다. 하지만 그런 건 전혀 문제가 아니었다. 볼진도 그쪽을 가리키자 선두에 선 두 마리 운룡이 땅으로 내려갔다.

비행 기수가 그들 앞에서 날아올랐다가 길게 커브를 돌았다. 줄지어 서 있는 언덕 아래로 들어간 다음, 길에서 백사십 미터 정도 떨어진 평지에 착지했다. 수도사들도 조용히 내려왔다. 티라선은 벌써 활시위를 당겨놓은 상태였고, 볼진도 바싹 붙어 똑같이 행동했다. 그들이 선두로 움직였고, 뒤를 수도사들이 따랐다.

이 땅은 트롤이나 인간의 것이 아니었지만, 그들은 다른 누구보다 전쟁의 지형에 대해 잘 알고 있었다. 역시 전쟁을 잘 아는 첸이 푸른 팀을 이끌어 직접 그 길을 향해 가로질러갔다. 그리고 붉은 팀의 수도사들은 볼진과 인간 사냥꾼을 따라 북쪽으로 이동했다.

언덕 위쪽에 있던 잔달라 궁수가 일어나 활시위를 당겼다. 티라선이 궁수를 발견하고 부드럽게 화살을 활시위에 걸었다. 그는 거리를 쟀고, 고도로 훈련된 자세로 활을 당겼다가 났다. 활시위가 피웅 소리를 냈고, 화살은 널따란 잎을 찢고 뚫으며 날아갔다. 비스듬히 위로 날아간 화살은 트롤의 목에 꽂혔고, 턱 아래쪽으로 들어가 반대편 귀 바로 아래로 나왔다.

잔달라 궁수의 화살은 활에서 튕겨져 나와 힘없이 날아가다 그가 목에서 튀어나온 화살대를 잡으려 손을 올리기도 전에 땅에 떨어져버렸다. 궁수는 화살을 보려고 애썼다. 하지만 머리를 돌리려고 하면 할수록 화살 끝은 숨어버렸다. 그러다 어깨에 걸리자 그의 눈이 커졌다. 입을 벌리고 뭐라 말하려고 했지만 말 대신 피가 뿜어져 나왔다. 잔달라 궁수는 팔다리가 풀린 채 쓰러져 데굴데굴 굴러 내려갔다.

전쟁은 그렇게 세상의 균형을 깨뜨렸다.

14

커다란 명령 소리는 혼란을 예고했지만, 전혀 동요되지 않고 울려 퍼졌다. 잔달라는 공포라는 걸 몰랐다. 한 부대는 공격을 위해 남쪽으로, 두 부대는 길을 차단했다. 보이지 않는 목표를 향해 화살이 마구 날아갔다. 특정한 무엇인가를 맞추려는 게 아니라 공격의 목표물을 제거하길 원하는 단순한 바람에서였다.

화살 하나가 볼진의 귀 옆을 지나갔다. 아슬아슬할 정도로 가까워 부상으로 귀를 꿰매 붙였던 일이 무위로 돌아갈 뻔했다. 볼진도 대응해서 화살을 쐈지만, 그 화살로 트롤을 죽일 거라고 생각하지는 않았다. 화살이 날아가서 꽂혔지만, 갑옷을 뚫지는 못했다. 놀라서 터져 나온 비명은 행운을 툴툴거리는 소리로 바뀌었다. 잔달라는 행운이 그의 편이라고 생각하는 게 틀림없었다.

'그래도 로아가 너를 후원하는 것과는 똑같지 않지.'

볼진은 이 잔달라가 훈련은 부족한 상태고 의욕만 있다고 판단했다. 그래서 맹렬하게 덤불을 돌파했다. 그는 그때까지 심각한 저항이나 조직적인 방어 세력을 만나지 못했다. 볼진의 목표물이었던 잔달라 병사를 맞힌 화살은 장난감보다 약간 나은 강도의 무기였다. 분명 전쟁에 사용되는 정도가 아니었고, 판다렌이 만든 것이 분명했다. 적에 대한 잔달라 병사들의 경험은 심각한 정도의 저항이 없었음을 가리켰다.

'위협이 없다고 생각하는 거야. 실수한 거지.'

잔달라가 언덕에서 달려 내려올 때 웅크리고 있던 볼진은 일어서서 위아래로 검을 휘둘렀다. 잔달라 병사도 자신의 검으로 막았지만, 느렸고 이미 늦었다. 볼진은 검의 손잡이를 바꿔 쥐었다. 그리고 양날검의 위쪽 날을 앞쪽으로 뻗은 다음 비틀었다. 가속도가 붙은 채 언덕을 내려오던 잔달라 트롤의 목에 곡선 모양의 칼날 끝이 박혔다. 볼진이 칼날 끝을 확 비틀자 경동맥이 터지면서 분수처럼 밝은 선홍색 피가 터져 나왔다.

잔달라 병사는 쓰러지면서 볼진을 쳐다봤다.

"어째서……?"

"브원삼디가 굶주려하기 때문이다."

볼진은 쓰러진 트롤을 발로 차 굴러 떨어뜨렸다. 그는 언덕을 성큼성큼 올라가며 또 다른 트롤의 다리를 베었다. 그리고 검을 들어 올린 후 돌리다가 아래로 탁 내리쳐 트롤의 뒷머리를 부셨다.

그 트롤은 신음을 하며 멍한 눈을 했고, 이내 쓰러져 덤불 사이를 굴러 떨어졌다. 볼진은 무심결에 미소를 지었다. 뜨거운 피의 싸한 맛이 공기를 가득 채웠다. 신음 소리와 비명 그리고 무기가 부딪치며 나는 쨍그랑 소리에 볼진은 전장 한가운데로 들어왔다. 적을 쫓으며 볼진은 수도원에서 말하는 평화보다 더욱 편안함을 느꼈다. 타란 주가 알면 경악할 일이지만, 검은창 부족의 용사는 판다리아에서 지낸 그 어느 때보다 살아있다는 활력을 느꼈다.

볼진 오른편의 약간 떨어진 곳에서는 인간 사냥꾼이 활을 쐈다. 잔달라 트롤 하나가 빙그르 돌아 땅에 털썩 쓰러졌다. 쓰러진 트롤의 가슴뼈에 박힌 검은 화살대 끝에 붙은 빨간 깃이 부르르 떨렸다. 티라선은 칼로 트롤의 목을 그어 마무리를 했다. 그리고 잔달라의 전통에서 화살을 챙겨 덤불을 향해 소리 없이 움직였다. 티라선은 사냥감에 몰래 접근해 죽이는 호랑이 같았다.

수도사들은 왼쪽과 오른쪽에 걸쳐 다양하게 이곳저곳을 배회했다. 호기심 섞인 눈으로 풍경을 살피며 돌아다니다 갈라졌다. 볼진 가까이에 있던 수도사는 갑옷만 입지 않았다면 약초를 뜯기 위해 나왔다고 해도 맞을 모습이었다. 그는 아직은 전투에 완전히 집중하지 않고 있었지만 그런 순간도 그리 오래 갈 수 없었다.

잔달라 병사가 칼을 높이 들고 그를 죽이려고 공격해왔다. 순간 수도사는 왼쪽으로 몸을 비틀었고, 칼날은 쉿 소리를 내며 빗겨가다 가로지르며 곧 다시 돌아왔다. 수도사는 트롤의 손목을 움켜쥐고 재빨리 돌려 자신과 같은 방향을 바라보게 했다. 그러자 트롤이 칼을 쥔 팔을 쭉 펴서 판다렌의 배를 막아 꼼짝 못하게 하려고 했다. 하지만 판다렌 수도사가 트롤의 오른 팔목을 비틀자 트롤의 다리가 풀렸다. 그가 넘어지기 전에 수도사의 팔꿈치가 위로 올라왔다. 팔꿈치를 이용한 타격으로 트롤의 턱이 부서졌고, 목이 으스러지며 목구멍에서 꾸르륵 소리가 났다.

그리고 이 작은 수도사는 무심하게 앞으로 깡충거리며 뛰어갔다. 그의 뒤를 피 묻은 검을 들고 볼진이 쫓아갔다. 치명적이지 않은 상처는 금방 치유되는 트롤의 능력을 모르는 채 수도사는 트롤이 뒤에서 몸부림치는 것을 죽어가는 소리로 받아들였다. 하지만 그 소리는 사실 화가 난 트롤이 반격을 할 조짐이었다.

그때 볼진의 검이 트롤을 앞에서 뒤로 아주 깨끗하게 베어버렸다. 뼈가 없는 것처럼 몸뚱이가 바닥으로 무너져 내리는 동안, 머리통은 잠시 허공에 떠 있었다. 그리고는 이내 죽은 트롤의 가슴 위로 떨어져 통통 튀었다.

볼진은 계속해서 전진했다. 그의 뒤에서 진정한 죽음이 마구 요동치기 시작했다.

볼진과 수도사들은 관목 속으로 깊이 뛰어들어 탈출 경로와 평행을 이루는 우묵한 초원지형으로 들어갔다. 의식적으로 생각하지 않고 볼진은 잔달라 병력들 안으로 달려 들어갔다. 생각을 하기 위해 잠시 멈췄다고 해도 그는 지체하지 않았을 것이다. 볼진은 이들이 피난민들을 도살하기 위해 파견된 가볍게 무장한 척후병들이라는 사실을 알았다. 그는 신속하게 공격을 했다. 분노에 찬 행위가 아니라 그저 경멸할 가치도 없는 존재들이었기 때문이다. 이들은 명예라는 걸 몰랐다. 전사가 아니라 어설픈 도살자들일 뿐이었다.

한 구루바시가 칼을 높이 들고 볼진을 공격했다. 검은창 부족의 전사 볼진의 입술이 경멸로 일그러졌다. 그림자 마법이 또 다른 트롤의 영혼을 조금씩 침식시키며 비틀거렸고, 그를 잠시 마비시켰다. 그러나 볼진이 그 트롤을 잡기 전에 음영파 수도사가 발차기를 날렸고, 트롤은 뒤로 목이 꺾여 죽였다.

전투가 더욱 치열해지자 볼진의 양날검은 쌕쌕 소리를 내며 허공을 갈랐다. 면도날 같은 검의 칼날이 드러난 트롤의 육체를 베었다. 방어하기 위해 들어 올린 검의 칼날에 또 다른 칼날이 부딪치며 쨍그랑 소리가 났다. 찌르기가 빗나가며 쉭 소리가 났다. 볼진의 한쪽 칼날에 잔달라의 검이 부딪친 충격 때문에 양날검의 또 다른 칼날이 뒤쪽으로 돌아가며 무릎 뒤 혹은 더 위로 올라가 겨드랑이를 베었다. 뜨거운 피가 튀었고, 몸이 쓰러졌으며, 팔다리가 풀려 흐느적거렸고, 벌어진 가슴 상처에서 거품이 일 듯 호흡이 가빴다.

무엇인가가 볼진의 어깨뼈 사이를 강타했다. 그는 앞으로 엎어져 구른 다음 돌아서 다시 일어났다. 볼진은 분노와 자부심으로 가득한 도전에 맞서 포효하고 싶었지만 목이 아파서 소리가 나오지 않았다. 그가 검을 휘두르자 피가 커다란 원을 그리며 품어져 나왔다. 볼진은 곧 다시 몸을 쭈그리고 앉아 검을 거두고 준비 자세를 취했다.

볼진은 다른 잔달라보다 키가 더 크고 덩치도 훨씬 더 큰 트롤과 대치했다. 그 트롤은 다른 전투에서의 전리품으로 보이는 긴 검을 가지고 있었다. 트롤은 재빨리, 볼진이 예상했던 것보다 더 빨리 다가와 검을 위 아래로 휘두르다 어깨 위를 내려치려 했다. 그림자 사냥꾼 볼진은 자신의 검으로 내려오는 칼날을 막았다. 검이 충돌하면서 손으로 충격이 전달되었다.

잔달라는 몸을 앞으로 던져 이마로 볼진의 얼굴을 들이받았고, 이 충격에 볼진은 한 발자국 뒤로 물러섰다. 트롤은 장검을 한쪽으로 던져놓고 볼진의 가슴을 움켜쥐며 공격해 들어왔다. 잔달라 트롤이 볼진의 가슴 중앙에 엄지손가락을 박아 넣고 돌리며 볼진을 번쩍 들어 올렸다. 그리고는 볼진을 세게 움켜쥐고 마구 흔들었다.

강철 같은 손가락이 볼진의 갈비뼈를 파고 들어오자 고통이 다시 습격해왔다. 트롤은 가슴을 가린 갑옷을 헤치고 들어와 그 아래 비단 옷감까지 찢어버렸다. 잔달라 트롤은 저항과 분노 섞인 고함을 질렀다. 그는 더욱 세게 볼진을 흔들었다. 이를 드러내고 위를 쳐다보던 트롤과 볼진의 눈이 딱 마주쳤다.

그 순간은 마치 영원처럼 길게 연장되는 듯했다. 자신이 싸우는 상대가 트롤이라는 사실에 잔달라 병사의 눈이 믿을 수 없다는 듯 커다래졌다. 의심의 주름이 이마에 새겨졌다. 볼진은 그것을 아주 확실하게 읽을 수 있었다.

이제 어떻게 해야 할지 알았다.

타란 주가 가르쳐주었듯 볼진은 주먹을 구부렸다. 그리고 눈을 가늘게 떴다. 그는 잔달라의 의심을 희미하게 반짝이는 공으로 형상화했다. 그 공은 트롤의 눈 바로 뒤에 자리 잡으며 얼굴 밑으로 가라앉았다. 콧구멍이 벌어지며 벌름거렸다. 볼진은 잔달라의 얼굴을 향해 주먹을 날려 의심을 뚫고 뼈를 박살냈다.

잔달라 트롤의 손아귀 힘이 풀렸고, 볼진은 무릎으로 땅에 떨어졌다. 그는 한 손으로 몸을 지탱했다. 그리고 다른 한 손으로는 갈비뼈를 안으며 가슴팍 아래를 둘렀다. 그리고 숨을 쭉 내쉬려고 했지만 무엇인가가 옆구리를 날카롭게 찌르는 느낌을 받았다. 손으로 상처를 눌렀지만 치유 능력을 끌어낼 정도로 집중할 수 없었다.

그때 티라선이 손을 볼진의 팔 아래에 걸었다.

"자, 갑시다. 당신이 필요해요."

"빠져나간 자가 있나?"

"나도 몰라요."

볼진은 웅크리고 앉은 채 천천히 무기를 집어든 후 피 묻은 손을 시체의 몸에 대고 닦았다. 몸을 곧추세워 일어난 다음, 볼진은 우묵한 지형을 살펴봤다. 전투의 흔적을 읽기는 쉬었다. 푸른 팀은 염소 길을 따라 속도를 내 언덕으로 올라가며 매복해 있던 잔달라 병사들과 교전했다. 붉은 팀은 남쪽에서 접근해오는 적에 대항할 목적으로 배치된 트롤 부대를 공격했다. 볼진의 팀은 잔달라 부대를 측면에서 습격해 물리쳤다.

볼진은 티라선의 부축에서 벗어나 최선을 다해 그의 뒤를 따랐다. 그들은 언덕을 내려와 도로로 진입했는데, 그곳에서 피난민 무리를 이끄는 젊은 여자 판다렌과 이야기하고 있는 첸을 발견했다.

"이들이 첫 번째로 빠져나온 주민들이에요, 첸 삼촌. 데려와야 할 판다렌들이 더 있어요. 트롤이 전에 침공해온 적이 있어서 주민들이 빠져 나오려고 안간힘을 쓰고 있어요."

잔달라 병사의 피로 이미 털이 흠뻑 젖은 첸이 단호하게 고개를 가로저었다.

"너는 마을로 돌아가면 안 된다, 리리."

"가야만 해요."

볼진이 손을 뻗어 리리의 어깨에 얹었다.

"삼촌 말을 들어."

리리는 펄쩍 뒤로 물러나며 방어 자세로 몸을 구부렸다.

"잔달라 중 하나잖아!"

"아니야, 그는 내 친구다. 볼진이야, 너도 기억하잖니."

리리가 볼진을 자세히 바라봤다.

"귀가 제자리에 붙어 있으니 훨씬 보기 좋군요."

볼진은 등을 펴면서 우뚝 섰다.

"이들을 남쪽으로 데려가야 해."

"하지만 더 많은 트롤이 오고 있어요. 구출해야 할 주민들도 더 많고요."

첸이 바다 쪽을 가리켰다.

"대부분의 주민들이 마을 바깥으로는 한 번도 나온 적이 없지. 그들을 백호 사원으로 데려가라, 리리."

"거기라고 안전하겠어요?"

"방어를 하기에는 그곳이 더 쉽다."

볼진이 손짓으로 비행 기수를 불렀다.

"판다렌들은 느린 주민들을 수송해야 해. 푸른 팀이 그들을 집결시킬 거야."

"좋은 계획이에요."

티라선이 붉은 팀을 바라봤다.

"나는 다른 수도사들과 함께 잔달라 병사들을 교란시킬 게요."

"자네가?"

인간이 고개를 끄덕였다.

"볼진, 당신은 다쳤잖아요."

"하지만 자네는 다리를 절지. 나는 빨리 낫는다."

"볼진, 지금 여기에서 벌어지는 일은 말하자면 내게 익숙한 형태의 전쟁이에요. 그들의 행군을 저지하고 지연시켜요. 공격을 해서 부상을 입히고요. 그러는 사이 주민들을 대피시킬 시간을 벌겠어요."

티라선이 잔달라 군의 화살 전통을 두드렸다.

"수많은 척후병들이 이걸 떨어뜨렸어요. 나는 잃은 재산을 회수할 생각이에요."

"아주 친절하군."

볼진이 미소 지었다.

"나도 자네를 돕지."

"뭐요?"

"수많은 화살 그리고 피난민들. 그들은 다른 이들을 믿고 있어. 그들을 보호해줘야 해."

볼진은 두 팀의 수도사 부대를 향해 고개를 끄덕였다.

"주민들과 화살 그리고 활을 모으시오. 우리는 남쪽과 동쪽으로 후퇴할 거요. 그러기 위해서 그들의 주의를 다른 곳으로 돌릴 거요."

티라선이 미소를 지었다.

"그들의 자존심을 이용해서 막는다?"

"잔달라 족은 겸손함에 대해 좀 배워야 해."

"맞아요. 선돌 위에 둔 화살과 활을 좀 봐요. 저런 식으로 산에까지 연결되어 있어요."

인간이 볼진에게 반쯤 미소를 지어보였다.

"당신이 죽을 준비가 되면, 나도 죽을 준비가 되어 있어요."

"그러려면 오래 걸릴 텐데."

볼진은 첸을 향해 말했다.

"첸, 자네가 푸른 팀을 맡아."

"자네가 왼쪽, 티라선이 오른쪽 그리고 내가 중앙을 맡는다."

"우리 팀의 일은 목이 마른 작업이 될 거야, 첸 스톰스타우트."

트롤은 양손으로 판다렌의 어깨를 잡았다.

"오직 자네만이 그 갈증을 해소할 술을 빚을 수 있어."

"자네, 무섭도록 외로울 텐데."

"첸, 그가 원하는 건 당신이 우리와 함께 죽을 정도로 싸우겠다는 말이 아니에요."

판다렌이 티라선을 바라봤다.

"그러면 자네 둘은?"

인간이 웃었다.

"우리는 서로를 괴롭히려고 싸우고 있어요. 내가 죽은 다음에 그가 죽는다면 볼진은 굴욕이라고 생각할 거예요. 나도 마찬가지고요. 그리고 우리는 목이 마를 거예요, 그것도 아주 심하게."

볼진이 피난민들을 향해 고개를 끄덕였다.

"그리고 첸, 저들에게는 판다렌의 지도력이 필요해."

양조사는 잠시 말을 잇지 못하더니 곧 한숨을 쉬었다.

"고향이라고 부르고 싶은 곳을 찾은 건 난데, 정작 그곳을 위해 싸우는 이는 자네들이라니."

트롤이 수도사로부터 잔달라의 전투용 화살과 전통을 받았다.

"고향이 없는 자가 친구의 고향을 위해 싸우는 것이야말로 가장 고귀한 행동이지."

"배가 닻을 내렸어요. 이제 보트를 내리고 있어요."

"어서 갑시다."

잠시 볼진은 자기 앞에 양측으로 쭉 퍼진 판다렌 수도사들 그리고 인간과 함께 자갈을 깐 길을 걸어가는 것이 희한하다는 생각을 했다. 평생 이런 순간에 대해서는 준비를 한 적이 없었다. 사냥 당하고, 부상당하고, 고향도 없이 수많은 이들이 그가 죽었다고 생각하는 삶을 살아온 볼진이었다. 하지만 지금 그는 완전히 살아있음을 느꼈다.

볼진은 티라선을 힐끗 쳐다봤다.

"먼저 제일 큰 놈을 쏴야 해."

"특별한 이유가 있는 거예요?"

"표적이 크잖나."

인간이 미소를 지었다.

"그리고 십이 센티미터란 말이죠?"

"자네를 기다리지 않을 거야. 알고 있겠지?"

"나를 잡으려는 놈만 잡아주세요."

티라선이 볼진에게 거수 경계를 하고 마을로 진입하는 푸른 팀을 따라 동쪽으로 꺾었다.

붉은 팀이 그림자 속에 그리고 문간에 서 있던 충격에 휩싸인 판다렌들을 재촉할 때, 볼진은 계속해서 똑바로 걸었다. 볼진을 보고 움츠려드는 것을 보면 그들은 분명 전에 트롤을 본 적이 있었고, 악몽 같은 경험을 했던 것이 틀림없었다. 볼진이 그들을 돕기 위해 왔다는 걸 이해한다고 해도 그를 두려워하지 않을 수 없었다.

볼진은 그게 좋았다. 잔달라처럼 공포로 지배하거나 자신보다 열등한 존재가 그를 두려워하길 원해서가 아니라, 볼진 스스로 그들이 공포를 느끼게 했다는 걸 깨달았기 때문이다. 볼진은 인간과 트롤 그리고 잔달라의 살해자였다. 그는 자신의 고향을 해방시켰고, 부족을 이끌었다. 또한 호드의 대족장에게 자문을 하던 존재였다.

'가로쉬는 내가 너무도 두려워서 제거하려 했던 거야.'

볼진은 당장 잔달라의 보트 몇 척이 다가오고 있는 부두로 한달음에 달려가 자신의 모습을 밝힐까 생각해봤다. 그는 전에 잔달라와 싸운 적이 있었지만, 과연 그가 모습을 드러낸다고 그들이 놀랄까 의심스럽기도 했다. 또 그러면 잔달라 측이 적에 대해 이해하고 있는 바가 불완전하다는 것을 알리는 셈이 될 수도 있음을 깨달았다.

볼진은 과거에 그렇게 행동한 적이 있다는 사실을 일정 부분 시인했다. 똑같은 방식으로 볼진은 검은창 부족을 오그리마에서 데리고 나오면서 가로쉬에게 대적하고 그를 위협했다. 자신의 이름을 포효하며 감히 쫓아와 보라고 부추겼다. 볼진은 그들에게 자신은 두려워하지 않는다는 걸 알렸다. 그렇게 그가 두려워하지 않는다는 걸 보임으로써 가로쉬 측의 마음에 깊은 공포를 심어주었다.

볼진은 화살을 시위에 걸었다. '이게 바로 그들 마음 속 깊은 곳에 필요한 것이다.' 그리고 화살을 날렸다. 미늘이 붙어 있고 살점을 찢어발기는 화살이 원을 그리며 날아갔다. 볼진이 목표로 삼은 트롤, 배의 용골이 모래사장을 긁자마자 바로 뛰어내리려 기다리고 있던 트롤이 등을 구부리며 쓰러졌다. 그 트롤은 화살대를 보지 못했다. 치명적인 화살은 곧장 그를 향해 날아가 쇄골 뒤편에 자상을 내며 어깨를 맞췄다. 화살은 트롤의 척추와 나란히, 비스듬히 꽂혀 몸에 붙은 털 속에 파묻혔다.

트롤은 곧 뱃전을 덮치며 쓰러졌다. 그리고 상하로 몸이 튕기다 한쪽으로 미끄러져 내려갔다. 마지막으로 보인 것은 발이었다. 배는 균형을 잃고 우현으로 기울다가 다시 균형을 잡았다.

바로 그때 볼진의 두 번째 화살이 키잡이 트롤을 꿰뚫어 키에 고정시켰다.

볼진은 몸을 수그리고 방향을 돌렸다. 흔들리는 보트에서 당황하는 잔달라 병사들을 지켜보고 싶었지만, 그러다가는 목숨이 위험할 수 있었다. 그가 서 있는 벽 뒤편으로 화살 네 대가 날아와 박혔고, 두 대는 빗나갔다.

볼진은 폐허가 된 옆 건물로 후퇴했다. 그가 도착했을 때, 한 수도사가 무너진 잔해에서 어깨를 다친 판다렌을 끌어내는 작업을 돕고 있었다. 저 멀리 만에서는 마지막 보트가 들어오고 있었고, 화살 한 대가 조타수의 귀를 맞췄다. 화살을 맞은 조타수는 비틀거리다 보트 바깥으로 떨어졌다.

선두 보트가 좌초되었다. 몇몇 잔달라 병사들은 숨을 곳을 찾아 전력질주를 했고, 다른 병사들은 보트를 기울여 그 뒤에 옹송그리고 앉아 몸을 숨겼다. 가운데 있던 두 척의 보트는 재빨리 후진했다. 마지막 하나 남은 트롤은 보트의 방향타를 지키며 강인한 모습을 보였지만, 화살 하나가 그의 배를 꿰뚫었다. 그러나 그 트롤은 힘겹게 앉아 있으면서도 손으로 조타기를 잡고 배를 물가 쪽으로 인도했다. 그러는 사이 다른 트롤들이 열심히 노를 저었다.

먼 바다에 떠 있는 배에서 침략 작전을 명령하던 트롤이 미친 듯이 신호를 보냈다. 항구에 있는 배들은 공성용 기관차를 이용해 공격을 새롭게 바꿨다. 바위가 원을 그리며 날아가 거대한 모래사장으로 덮인 해안을 강타했다. 볼진은 그렇게 모래밭에 반쯤 묻힌 바위는 무용지물이라고 생각했지만, 잔달라 병사 중 하나가 그 바위를 향해 전력질주한 후 그 뒤에 숨었다. 그들은 그런 식으로 바위를 쏘고 또 쐈다.

그렇게 게임이 시작되었다. 잔달라들이 진격해오자 볼진은 측면으로 옮겨 화살을 쐈다. 그러자 배에 승선해 있는 탐색자가 공성용 기관차의 위치를 돌려 은신처를 겨냥해 바위를 쏴 그곳을 박살을 내버렸다. 동쪽 편에서 티라선이 숨어 있던 곳에도 똑같은 일이 벌어졌다. 잔달라가 어떻게 그를 발견했는지 볼진은 전혀 알 수 없었다.

쏟아지는 바위에 볼진은 뒤로 물러났고, 잔달라 트롤들은 더욱 전진해 들어왔다. 배에서 작은 보트가 더 많이 쏟아져 나왔다. 몇몇 잔달라 병사는 갑옷을 벗고 기름기 있는 몸에 화살과 활만 매고 바다로 뛰어들어 만을 향해 헤엄쳐오기도 했다. 배들은 커다란 원 모양으로 조우친 중앙을 초토화시켰고, 잔달라 부대가 해안으로 이동해 그곳을 점유했다.

그림자 사냥꾼은 날리는 화살의 수를 모두 셌다. 항상 살상을 하지는 못했다. 갑옷이 두꺼워 제대로 맞지 않는 경우도 있었다. 가끔씩 목표물의 발이 언뜻 보이거나 넘어진 수목에 너덜너덜하게 걸린 나뭇가지 사이로 푸른 피부가 잠깐씩 보이기도 했다. 간단한 사실은 쏜 화살의 수를 세보니 배에는 열두 개의 노포용 바위가 있고 병사는 여섯 명씩 있다는 거였다.

그래서 볼진은 물러났다. 퇴각하며 그는 수도사의 시신을 딱 한 구 발견했다. 수도사는 화살 두 대를 맞았다. 남쪽으로 이어지는 길에서 그녀는 날아오는 화살에 어린 판다렌 둘을 보호하다 대신 죽었다.

볼진은 어린 판다렌들을 데리고 마을로 향하는 오솔길을 거슬러 천천히 걸었다. 오솔길에서 쪼개진 말뚝 뒤로 무너져 내린 집이 보일 때 부스럭거리는 소리가 들렸다. 재빨리 뒤를 돌아보니 잔달라 병사가 눈에 들어왔다. 볼진은 화살을 잡으려 했지만 적이 먼저 쐈다.

화살이 볼진의 옆구리를 꿰뚫고 등으로 나왔다. 갈비뼈에서 고통이 전달되자 볼진은 비틀거렸다. 그는 무릎으로 땅에 쓰러졌다. 또 다른 트롤이 화살을 시위에 거는 모습을 보며 볼진은 자신의 검에 손을 뻗었다.

잔달라 병사는 승리감에 취해 이를 드러내고 웃었다.

그런데 그때 화살 하나가 번쩍거리며 빛나는 트롤의 이 사이로 원을 그리며 날아들었다. 곧 트롤은 깃털을 토해내는 것처럼 보였다. 그리고 눈알이 위쪽으로 돌아가더니 뒤로 넘어갔다.

볼진은 천천히 몸을 돌려 화살이 날아온 방향을 찾았다. 키가 큰 수풀 때문에 언덕 마루는 잘 보이지 않았다. '화살로 입을 뚫었어. 십이 센티미터. 티라선은 내가 그를 잡는 놈을 잡기를 원했지.'

경련을 일으키는 트롤에게서 먼지가 천천히 가라앉았다. 볼진은 손을 뒤로 뻗어 화살촉을 부러뜨린 다음 화살대를 자신의 가슴에서 슬그머니 뺐다. 상처가 치유되어 닫히자 그는 미소를 지었다. 그리고 트롤의 화살통을 챙긴 다음 계속해서 철수했다.

15

'비가 와야 하는데.' 빛나는 태양은 칼아크를 따뜻하게 해주지도 않으며 그녀를 조롱했다. 칼아크는 자신의 바지선 뱃머리에 우뚝 서 있었다. 명령을 하는 이미지를 만들기 위해서가 아니라 해안을 조사하기에 최적의 지점이었기 때문이다.

바지선은 물 위에 떠 있는 대형 보트의 옆을 찔렀다. 대형 보트는 바다의 작은 너울에 까딱거렸다. 조타수의 배에 화살이 꽂혀 있었고, 그는 키를 붙잡은 채 죽어 있었다. 분명 고통스러웠을 텐데 그의 얼굴에는 아무런 표정도 없었다. 앞을 응시하는 조타수의 눈에는 탐사 작업을 하는 파리들이 꼬여 있었다.

바지선이 부드럽게 해안에 도달하자 배의 용골 밑이 모래에 닿으며 소리를 냈다. 칼아크가 배에서 뛰어내리자 그녀의 검은 망토가 펄럭거렸다. 두 전사가 칼아크를 기다렸다. 니르잔 대위와 체구가 큰 트롤이 거대한 방패를 들고 있었다. 그들은 즉시 자세를 잡고 거수경례를 했다.

칼아크도 경례로 답을 했는데, 이것이 불쾌감을 더욱 부채질했다.

"무슨 일이 있어났는지 밝혔다고?"

"그렇다고 생각합니다."

니르잔이 내륙 쪽을 향했다.

"이전 침입 때 얻은 정보를 바탕으로 서쪽 만에 정찰병을 보냈습니다. 두 명이 해안으로 헤엄쳐 침투해 어업을 하고 있던 판다렌 둘을 죽이고 높은 곳을 확보했습니다. 그리고 명령대로 위치를 지키고 심문을 받았습니다. 그 지점에서 정찰병들은 내륙으로 전진했습니다. 모든 걸 계획한 대로요."

칼아크는 험한 풍경을 보면서 손을 털어냈다.

"그런데 계획이 변경되었군."

"그렇습니다."

"왜지?"

잔달라 무사가 눈에 힘을 줬다.

"왜라는 이유보다는 어찌해서 그렇게 되었는지가 더 중요합니다. 가시죠."

칼아크는 그를 따라 마을로 갔다. 해변에서 사십오 미터 정도 떨어진 곳에 다 허물어져가는 집이 한 채 있었다. 그들이 다가가자 다른 병사가 무릎을 꿇고 갈대로 만든 취침용 깔개를 접어 올렸다. 거기에는 발자국 하나가 새겨져 있었다.

얼음처럼 찬 물이 칼아크의 속을 간질거리는 것 같았다.

"우리 병사 중 하나가 아닌가?"

"아닙니다. 분명 트롤입니다만, 잔달라치고는 너무 작습니다."

칼아크는 몸을 돌려 해안 쪽을 바라봤다.

"이 자가 우리 조타수를 죽였다?"

"그리고 보트에 있던 또 다른 병사도 죽였습니다."

"아주 활을 잘 쏘는군."

니르잔이 동쪽을 가리켰다.

"저쪽, 부관이 서 있는 저쪽에 또 다른 흔적이 있습니다. 인간인데 우리 화살을 사용했습니다. 그가 또 다른 조타수를 죽였습니다."

칼아크는 멀리 병사가 서 있는 곳에서 만까지의 거리를 재봤다.

"그리고 우리 활을 썼단 말이지? 그런가? 운이 좋아서 맞은 건가?"

니르잔은 목구멍을 보이며 턱을 치켜세웠다.

"저도 그렇게 믿고 싶습니다만, 그럴 수 없습니다. 운이 좋아서도 아니고, 활이 흔적을 남기지도 않습니다."

"정직하군, 좋아."

칼아크가 천천히 고개를 끄덕였다.

"그 밖에는?"

니르잔은 마을을 나와 길을 따라 남쪽으로 걸었다.

"마을에서 시체를 몇 구 더 찾았습니다. 이 궁수들은 활을 쏘고 아주 빨리 이동했습니다. 주민들이 대피할 시간을 벌려던 거죠. 남쪽으로 향하는 흔적이 아주 많습니다. 이걸 보세요."

니르잔은 칼아크를 화살 두 대를 맞고 쓰러져 있는 판다렌이 있는 곳으로 인도했다. 죽어 있었지만, 게다가 으르렁거리는 호랑이의 얼굴이 새겨진 갑옷을 입고 있었지만, 판다렌은 믿을 수 없을 정도로 유순해 보였다. 칼아크는 시체 옆에 무릎을 꿇고 앉아 손가락으로 넓적다리를 꾹꾹 찔러봤다. 사후경직이 된 상태임에도 판다렌의 근육은 잘 발달되었고, 아주 다부졌다.

칼아크는 위를 올려다봤다.

"무기는 보이지 않는군. 벨트도 없어."

"앞발이 무기입니다."

그녀는 앞발을 움켜잡고 엄지손가락으로 판다렌의 관절을 훑어봤다. 털은 닳았고, 짙은 피부는 거칠었고, 굳은살이 박여 있었다. 발바닥 안쪽

역시 거칠었다.

"이건 어부가 아니야."

"넷을 더 찾았습니다. 무기를 가지고 있던 판다렌도 있었습니다."

잔달라 무사는 망설였다.

"모두 죽었습니다."

"내게 보여라."

그들은 계속 남쪽으로 가다 동쪽으로 꺾어 길가에 수풀이 많은 우묵한 지형에 도착했다. 칼아크가 매복할 장소로 고른 곳이었다. 그녀는 정찰병들이 몇몇 피난민을 죽이고 나머지는 다시 마을로 몰아가도록 계획을 세웠다. 칼아크의 부대가 일단 마을을 확보하면 판다렌들을 짐꾼으로 이용할 수 있을 거라 생각했다.

칼아크는 파괴의 정도를 검토했다. 그녀의 부대는 가벼운 갑옷에 무장도 가볍게 했기 때문에 빨리 움직이고, 흩어지고, 끝장내도록 고안되었다. 그런데 거의 삼십여 명이 넘는 잔달라 병사들이 죽었는데, 그 일을 판다렌 몇이 했단 말인가? 칼아크가 판다렌의 시체 두 구를 봤다는 건 그들이 죽은 자를 치우려 하지 않았음을 의미했다. 부상당하고 죽은 판다렌 두셋이 저렇게 많은 트롤을 해치웠다니…….

"판다렌의 숫자를 모두 파악하고 있는가?"

"남쪽과 동쪽에 조금 더 살고 있습니다. 또 다른 짐승의 흔적과 함께 인간과 트롤의 발자국도 발견했습니다."

"전체 숫자를 묻는 거야, 니르잔!"

"스물 하나 정도라고 추산하고 있습니다."

칼아크는 아주 커다란 트롤 시신이 누워 있는 곳으로 걸어갔다. 트라그 칼 중위였다. 그럴 거라고 짐작했다. 얼굴은 심하게 훼손되어 알아보기 힘들었지만 체구로 보아 그가 맞았다. 정찰병을 지휘하라고 칼아크가 직접 그를 뽑았다.

'그런데 나를 실망시켰군.'

칼아크는 시신을 발로 찬 뒤 다시 니르잔 대위 쪽으로 몸을 돌렸다.

"이 모든 것을 기록해두시오. 이들이 죽은 위치, 상처 모두. 추산하거나 대충 조사가 아니라 확실한 정보를 알고 싶다. 이 판다렌들이 누군지 알아내야 한다. 판다렌에게는 군대가 없는 것으로 알고 있었는데 말이야. 민병대도 없고. 방어할 병력이 없다고 알려져 있었는데, 우리 정보가 잘못된 것이 틀림없다."

"네, 알겠습니다."

"그리고 마을 주민들 모두가 어디로 갔는지도 알아내도록 해라."

잔달라 무사가 고개를 끄덕였다.

"차장부대(遮障部隊—현행작전을 적의 방해 활동이나 관측으로부터 보호하기 위하여 우군과 적 사이에서 활동하는 부대.—옮긴이)를 전방으로 배치하고 있습니다. 인간과 트롤 궁수를 추적했는데, 대로에서 벗어나 동쪽으로 향하고 있습니다. 하지만 피난민들은 남쪽으로 움직이고 있다는 지표가 있습니다. 그리고 짐승들이 나이 들거나 다친 판다렌을 옮기고 있다는 표식도 찾았습니다."

"그래, 그들에 대한 것도 더 알아야 한다."

칼아크는 몸을 굽혀 죽은 트롤의 목에 박힌 화살을 뽑아냈다. 화살대는 가늘었고, 화살 끝은 단순했다.

"이건 아이들 장난감으로도 못 써. 우리는 군대를 데려왔는데 그들은 이런 장난감으로 우리와 맞선다고?"

"우리 편 군수 보급품을 탈취했습니다."

179

"그리고 퇴각도 조직적으로 했어."

칼아크는 정찰병의 시신에 박힌 화살을 가리켰다.

"모든 것을 기록한 다음, 저기 시신의 가죽을 모두 벗기고 가죽 안을 짚으로 채워라. 그런 다음에 길 양쪽에 걸어둬라. 그리고 가죽을 제외한 시신은 모두 바다에 던져."

"알겠습니다. 하지만 그런 것을 보고 무서워할 판다렌이 없다는 점을 아셔야 할 것 같습니다."

"판다렌들에게 겁을 주려는 게 아니다. 남은 우리들을 위해서다."

칼아크가 화살을 내팽개치며 말했다. 화살은 시신에 맞아 한 번 튕긴 다음 수풀에 떨어졌다.

"태어날 때부터 제국에 속해 있는 게 당연하다고 믿는 잔달라 부족이라면 탄생은 그리 쉬운 일이 아니며 종종 피로 얼룩진다는 사실을 기억할 필요가 있다. 이런 일이 다시 일어나서는 안 돼. 명심해라, 니르잔."

• • •

볼진은 움찔하면서 잠에서 깼다. 잔달라에게 쫓기는 꿈 때문은 아니었다. 그는 그런 상황을 즐겼다. 사냥을 당한다는 건 그가 중요하다는 의미였다. 그들은 분노와 두려움 때문에 볼진을 추적했다. 그렇게 할 수 있었다는 사실이 볼진은 기뻤다. 적에게 두려움을 심어줄 수 있는 능력은 볼진의 일부였고, 계속해서 그가 유지하고 싶은 능력이기도 했다.

몸이 쑤셨다. 특히 허벅지가 아팠다. 여전히 옆구리의 꿰맨 자국의 상처가 느껴졌고, 목구멍도 까져서 쓰라렸다. 상처가 닫히기는 했지만 완전히 치유되려면 시간이 더 오래 걸렸다. 볼진은 계속되는 고통에 분개했다. 아파서가 아니라 적이 그를 거의 죽일 수 있었다는 사실이 자꾸 상기되었기 때문이다.

볼진과 인간은 계획대로 후퇴했다. 수도사들이 그들에게 알려준 장소에서 활과 화살을 확보했고, 식량도 찾아서 급히 먹고 나서 다음 은닉처로 이어지는 길을 알려주는 돌멩이 표식을 찾았다. 그들은 이동하면서 그 돌들을 모두 흐트러뜨렸다. 그런 표식이 없었다면 볼진과 티라선은 분명 길을 잃고 죽임을 당했을 것이다.

잔달라 군이 그들을 쫓고 있었지만 트롤과 인간은 무엇을 해야 할지 잘 알고 있었다. 그들은 잔달라의 궁수를 먼저 죽였다. 그렇게 하면 근접 전투를 할 때 유리했다. 볼진의 왼쪽 허벅지에 피로 얼룩진 헝겊을 동여매게 만들었으니 잔달라 궁수들의 실력이 나쁜 것은 아니었다. 다만 볼진과 티라선이 그들보다 더 나았을 뿐이다. 그리고 볼진은 어쩔 수 없지만 티라선의 활 실력이 그보다 훨씬 좋다는 사실을 인정해야 했다. 티라선은 아주 좁은 바위틈으로 화살을 날려 끈덕진 잔달라 궁수를 죽였다. 그리고 두 번째 화살을 첫 번째 화살이 목표물을 맞히기도 전에 공중으로 날려 응사하고 있는 트롤을 맞췄다. 볼진은 티라선에게 그런 기술을 본 적은 있지만 목표물이 응사하고 있는 상황에서는 처음 봤다고 말했다.

볼진은 주변 환경 때문에 움찔하며 잠에서 깨어났다. 백호 사원은 결코 세련되거나 호화롭지는 않았지만, 따뜻하고 햇볕이 넘쳤다. 볼진에게 주어진 방은 음영파 수도원의 것보다 더 크지는 않았지만 더 밝았고, 창문 밖으로 반짝거리는 초록빛 수목 덕분에 더 커보였다.

일어나서 씻고 다시 방으로 돌아오자 하얀 의복이 놓여 있었다. 그 옷을 입은 후 볼진은 포착하기 어려운 피리 소리를 따라 사원의 중앙 구역에서 떨어진 마당으로 갔다. 첸과 티라선이 남은 푸른 팀과 붉은 팀 수도사들과 함께 거기 서 있었다. 곧 타란 주 원장이 나타났다. 분명 운룡을 타고 온 게 틀림없었다. 모두가 하얀 복장이었다. 볼진처럼 전투에서 부상을 입은 몇

몇 수도사들은 목발을 짚고 있거나 붕대를 감고 팔걸이를 매고 있었다.

무른 암석으로 깎아 만든 손바닥 정도 크기의 작고 하얀 동상이 한쪽에 세워둔 탁자 위에 놓여 있었고, 그 옆에는 작은 징, 푸른 병과 다섯 개의 작고 푸른 잔이 놓여 있었다. 타란 주가 그 동상에 고개 숙여 절을 한 다음, 모여 있는 이들을 향해 역시 절을 했다. 좌중도 이에 답해 절을 했다. 그런 다음 타란 주는 첸, 티라선 그리고 볼진을 바라봤다.

"음영파의 일원이 된 판다렌은 우리 장인 중 한 명과 함께 쿤라이의 심장 속으로 여행을 합니다. 지구 깊은 곳으로 여행하는 겁니다. 그들은 산의 뼈를 찾아 거기에서 작은 조각을 가져옵니다. 그러면 장인은 그 조각으로 수행자와 모습과 비슷한 조각상을 조각하지요. 그렇게 해서 산의 뼈와 이어지게 됩니다. 그 수도사가 죽게 되면 조각상은 부서져서 자유로워집니다. 그러면 우리는 그 조각상을 모아 수도원에 보관해서 누가 먼저 왔는지를 기억할 수 있게 되지요."

야리아 세이지위스퍼가 수도사들의 대열에서 나와 징을 울렸다. 타란 주 원장이 첫 번째 수도사의 이름을 불렀다. 타란 주의 목소리의 울림이 잦아들 때까지 모두 고개 숙여 인사를 했다. 그리고 다시 몸을 세우면 다시 징을 울리고 또 다른 이름이 불렸다.

이름이 불리자 그 이름과 수도사의 얼굴이 기억난다는 사실에 볼진은 깜짝 놀랐다. 함께 전투에 참여해서가 아니라 그 전에, 그가 부상에서 회복할 때의 일 때문이었다. 한 수도사는 그에게 강해지는 수프를 먹여줬다. 또 다른 수도사는 그의 붕대를 갈아줬고, 지후이를 하는데 조언을 해준 수도사도 있었다. 볼진은 그들 모두가 살아있는 것처럼 기억이 났다. 그들을 잃었다는 느낌이 주는 고통은 강렬했지만, 상처는 약간 더 빨리 아물었다.

볼진은 가로쉬가 그의 입장에 있었다면 이들, 다섯 명의 수도사들을 기억하지 못했을 거라고 생각했다. 가로쉬는 그들을 이해하기는 했을 것이다. 다섯 명의 수도사들을 평가하고 그들의 무술 능력을 측정했을 것이다. 그 능력을 이용해 가로쉬는 자신의 힘을 뽑아내고 다른 이들에게 그 힘을 행사했을 것이다. 하지만 가로쉬에게는 그게 다였으리라. 다섯 명이든 오천 명이든, 그런 것은 중요하지 않았다. 전쟁을 갈망하는 가로쉬의 욕구 때문에 그저 군대를 원할 뿐, 그는 결코 병사들에 대해서는 알지 못하리라.

'그건 내가 원하는 바가 아니다.' 그래서 고향인 메아리 섬에 있을 때마다 볼진은 훈련을 잘 받는 트롤과 이야기를 나눴다. 그는 병사들의 이름과 얼굴을 기억하려고 노력했다. 볼진은 그들을 소중히 여겼고, 그런 사실을 병사들이 알기를 바랐다. 대장이 자신을 알아봐줘서 병사들이 자랑스럽다고 여기기를 바라서가 아니라, 볼진이 그들을 단순히 전쟁의 구렁텅이로 몰아넣을 도구로 보지 않는다는 사실을 병사들이 알기 바랐다.

마지막 수도사의 이름이 불리고 모두가 몸을 세우자 야리아가 징을 제자리에 두고 다시 대열로 복귀했다. 그리고 첸이 앞으로 나왔다. 첸은 잔을 들었다. 그의 앞발에 비해 무척 작은 잔이었다. 잔을 하나씩 조각상 앞에 놓은 다음 병을 집어 들었다.

"제 재능은 그리 대단하지 않습니다. 드릴 것도 많지 않지요. 그들이 가진 것만큼 많은 것을 드리지 못했습니다. 하지만 제 친구들이 말하기를 잔달라와 싸우는 일은 갈증을 부른다고 했습니다. 그래서 저는 그 갈증을 해소시키고자 합니다. 여러분 모두와 이것을 나눌 수 있어서 기쁩니다. 다섯 명이 먼저 마실 겁니다."

첸은 잔에 황금색 액체를 똑같은 양으로 부었다. 잔을 채울 때마다 절을 한 뒤 병을 탁자에 놨다. 타란 주가 첸에게 존경의 의미로 인사를 했고, 그 다음에 조각상에 절을 하자 나머지 모두 그를 따랐다.

183

타란 주가 모든 이들을 바라봤다.

"먼저 쓰러진 우리의 형제자매들은 여러분이 살았다는 사실을 분명 기뻐할 것이오. 많은 주민들을 살려낸 여러분의 행동이 그들의 명예를 드높였다. 결코 여러분이 하게 될 거라 생각하지 않았던 행위를 하게 된 것은 유감스럽기는 하나, 절대 극복할 수 없는 종류의 일은 아니었다. 깊이 생각하고, 슬퍼하고, 기도하라. 하지만 여러분이 한 일로 많은 이들을 위한 균형이 보존되었다는 점을 명심하라. 그것이 바로 우리의 목적이다."

다시 한 번 절을 하고 난 뒤, 타란 주는 세 명의 이방인에게 다가갔다.

"이 문제에 대해 나와 의논할 것이 있으니 갑시다."

타란 주는 셋을 작은 방으로 인도했다. 방에는 모자이크 형식으로 판다리아를 자세하게 그린 지도가 여러 개 있었고, 지후이 말이 전략적 위치에 놓여 있었다. 볼진은 상대적 힘이 진실을 반영하는 것은 아니라는 희망이 맞지 않기를 바랐다. 사실이 그렇다면 판다리아는 패배할 터였다.

타란 주의 냉철한 표정은 지후이 말들이 더 나쁜 상황을 의미한다고 말하고 있었다.

"내 마음이 지금 갈팡질팡하고 있다는 점을 고백해야겠군요."

타란 주가 지도 위에 놓인 말을 앞발로 쓸어내며 말했다.

"얼라이언스와 호드가 침입했을 때 전면적인 도살이 일어나지는 않았어요. 서로 균형을 맞췄고, 양측 모두 어려움을 다루는데 쓸모가 있었어요."

티라선이 눈을 반쯤 감은 것처럼 만들며 말했다.

"용의 심장에서처럼 말이지요."

"의심의 샤가 풀려난 것처럼 말이요. 그렇소."

연로한 판다렌 수도사는 뒷짐을 쥐었다.

"어느 쪽이든 이들이 우리들보다 침입을 막아내는데 더 적합해요."

볼진이 고개를 가로저었다.

"쓸데없는 희생을 불러올 뿐이에요. 믿을 수 없어요. 그들은 이동이 느려요. 어디로 이동할지도 알 수 없어요. 보급품과 측보를 확보하지 못하면 이동할 수 없어요."

타란 주가 고개를 들었다.

"당신들 중 예전 동맹에게 영향을 미칠 수 있는 이가 없소?"

"내 편이라고 생각했던 이들이 나를 죽이려 했어요."

"내가 죽었다고 생각하는 게 그들에게 낫지요."

"그렇다면 판다리아는 패배할 거요."

볼진이 이를 빛내며 미소 지었다.

"우리는 목소리가 없어요. 그들에게 이야기하는 방법을 당신에게 말해 준다면 우리는 목소리를 낼 수 있지요. 그들은 이성의 말을 들을 거요. 우리에겐 그들을 설득할 정보가 필요합니다. 그리고 그걸 얻을 방법을 나는 알고 있어요."

16

　첸 스톰스타우트는 마지막으로 짐을 점검했다. 필요한 것은 모두 챙겼다고 확신했다. 육체적으로는 멀어졌지만 첸의 마음은 사원 입구에 좀 더 머물렀다.

　그리고 그는 미소를 지었다.

　사원 마당에서는 리리가 달구지를 정돈하고 있었다. 이는 리리가 스톤레이커 형제들을 시켜 짐을 싣고 옮기게 하고 있다는 의미였다. 첸은 그들이 리리의 매서운 말에 많이 힘들어하지 않을 거라고 생각했다. 형제가 리리를 두려워하기는 하지만 동시에 점점 더 좋아하고 있었기 때문이다. 야리아의 아버지, 츠원루오가 짐 싣는 작업을 도와줬고, 그가 있었기 때문에 리리도 잔소리를 줄였다.

　야리아가 잠시 리리를 봐주던 자리를 떠나 첸에게 다가왔다. 야리아가 다가오며 재빨리 흘끗 쳐다보지 않았다면, 첸은 그녀가 그저 자기 일을 하려한다고 생각했을 것이다. 하지만 한 번의 그 짧은 순간으로 첸의 마음은 붕 떠올랐다.

　"이제 곧 떠날 준비가 끝날 거예요, 마스터 첸."

　"그렇군요. 우리의 갈 길이 이렇게 빨리 갈라지다니, 그 점이 아쉽기만 합니다."

야리아는 자신의 가족이 속해 있는 첫 번째 피난민 무리를 돌아봤다.

"네 개의 바람 계곡에 있는 스톰스타우트 양조장으로 주민들을 보낸다는 제안이 마음에 들어요. 힘든 여정이 되겠지만 안전을 위해서는 감수할 만해요. 제 가족이 그리로 가게 돼서 저도 아주 기뻐요."

"그게 이치에 맞지요. 스톰스타우트 양조장에서 조우친 양조장에 필요한 모든 것을 배울 수 있을 겁니다. 진작 생각했어야 하는 문제였어요."

야리아가 앞발로 첸의 팔뚝을 잡았다.

"당신이 내 가족을 그리로 보내는 이유를 알아요. 리리가 그들을 안전하게 그곳으로 데려가는 임무를 맡아야 당신에게서 떨어진다는 걸 알기 때문이잖아요."

"그리고 나는 당신이 그 아이의 안전을 생각한다는 것도 기쁩니다."

첸은 다시 한 번 짐을 묶고 잠그느라 분주했다.

"당신이 다른 이들을 데려오는 동안에 길 위로 나선다는 것, 멀리 떠나야 한다는 것은 쉬운 일이 아니었소. 지금 떠나는 것도 쉽지 않을 거요."

야리아는 앞발을 올려 첸의 뺨을 부드럽게 쓰다듬어줬다.

"당신은 나와 내 가족에게 리리를 맡겨서 나를 명예롭게 해줬어요."

첸은 돌아서 야리아를 끌어안고 싶었지만 모두의 눈이 그들을 주목하고 있다는 걸 알았다. 첸은 다른 이들이 어떻게 생각할지는 개의치 않았지만 야리아의 평판을 손상시키는 일을 하고 싶지 않았다. 그는 목소리를 낮췄다.

"당신이 음영파가 아니었다면······."

"그런 말은 말아요, 첸. 내가 음영파가 아니었다면 우리는 만나지도 못했을 거예요. 아마 자식을 여섯 쯤 둔 어부의 아내가 되었을 걸요. 그런 다음에 당신이 조우친을 찾아왔다면, 아마 내게 미소를 짓고 고개를 끄덕였겠죠. 내 아이들을 웃겨주려고 입에서 불을 뿜는 묘기 같은 걸 보여줬을 거예요. 그걸로 다였을 거예요."

첸이 미소 지었다.

"당신은 지혜로워요. 그래서 더욱 매력적이지요."

"당신의 정직함도 마찬가지예요."

야리아가 첸의 눈을 보고 미소 지었다.

"거북을 쫓는 문제에서도 당신은 우리처럼 편협하지 않아요. 전통을 따르면 안정적이기는 하지만 융통성을 부리기가 힘들지요. 상황 때문에 불안정해지기도 하고, 융통성을 부려야 할 때도 있어요. 나는 당신이 마음을 나눌 수 있다는 점이 좋아요."

"그걸 당신과 나누는 게 좋아요."

"더 나눌 수 있기를 바라고 있어요."

"첸, 당신……. 아, 용서하시오, 야리아 자매."

꾸린 짐을 등에 지고 나타난 티라선은 정문 바로 안쪽에 멈춰서 인사를 했다.

"티라선, 잠깐만 기다려주게."

첸은 티라선과 야리아에게 인사를 한 뒤 조카에게 뛰어갔다.

"리리."

"네, 첸 삼촌?"

리리는 자신이 하는 일이 마뜩치 않다는 듯 목소리가 날카로웠다.

"배달 심부름 왔어요."

"리리, 들개처럼 굴지 말고 스톰스타우트답게 행동해라."

몸을 꼿꼿하게 세운 리리는 고개를 꾸벅 숙여 인사했다.

"네, 삼촌."

첸은 팔을 뻗어 조카를 꼭 안았다. 리리는 처음에는 저항하다가 이내 첸을 안았다.

"리리, 너는 목숨을 구하게 될 거다. 아주 소중한 목숨을, 나나 야리아 자매에게 소중할 뿐만 아니라 판다리아 전체에 중요한 인명을 말이다. 이곳에는 아주 커다란 변화가 있을 거야. 무섭고도 폭력적인 변화야. 세이지 플라워와 스톤레이커 집안 그리고 다른 이들이 그런 변화 중에도 살아남을 수 있음을 보여줄 거다."

"알아요, 첸 삼촌."

리리가 툴툴거렸다.

"주민들을 양조장에 데려다주고 나서 야리아 자매와 내가……."

"안 된다."

"삼촌, 설마 우리가……."

첸이 뒤로 물러난 다음 자신의 얼굴을 보도록 조카의 얼굴을 들어올렸다.

"리리, 너는 내가 하는 이야기를 많이 들었어. 오우거 이야기, 멀록이 스스로를 스튜로 만드는 마술 이야기 그리고……."

"얼음 아바타와 서리 거인에게 춤을 가르친 이야기……."

"그래, 이야기를 많이 해줬지. 하지만 그게 전부 다는 아니야. 그중에는 어느 누구와도 나누지 못할 이야기도 있다."

"하지만 볼진이나 티라선과는 하겠죠."

첸은 티라선과 야리아가 이야기하고 있는 쪽을 힐끔 쳐다봤다.

"볼진은 그런 상황을 함께 많이 경험했으니까. 하지만 그 이야기들은 아주 끔찍하다, 리리. 재미있는 일이 없어. 웃을 일도 없지. 조우친 주민들은 슬픈 이야기를 간직하고 있지만, 여기서 살아남으면 좋은 이야기를 갖게 된다. 우리가 목격한 일, 티라선, 볼진 그리고 야리아가 앞으로 목격할 일에 미소 지을 일은 전혀 없어."

리리가 천천히 고개를 끄덕였다.

"티라선이 잘 웃지 않는다는 건 알고 있었어요."

첸은 몸을 떨었다. 티라선이 조우친에서 이를 드러내고 크게 웃는 모습을 본 기억이 났기 때문이다.

"그런 이야기에서 너를 구할 수 없다, 리리. 나는 네가 양조장에 있는 이들을 준비시켜서 그들에게 슬픈 이야기 같은 일이 일어나지 않게 막기를 바란다. 스톤레이커 형제가 농부로서는 형편없을지 모르지만, 그들에게 커다란 낫이나 도리깨를 쥐어주면 아마도 잔달라들에게 악몽을 선사할 게야. 타란 주와 볼진이 판다리아를 구한다면, 그들에게는 재건 작업에 동원할 농부와 어부가 많이 필요하다. 네가 그런 인물들을 만들어낼 수 있어."

"삼촌, 내게 미래를 맡기는 거예요?"

"너보다 나은 자가 어디 있겠니?"

리리는 어릴 때 첸이 모험을 떠나는 것을 막으려 할 때처럼 그의 팔에 안긴 채 그를 끌어안았다. 첸도 조카를 꼭 안아주고 부드럽게 쓰다듬었다. 그리고 둘은 떨어져서 고개 숙여 인사를 했다. 깊이 그리고 길게 인사를 나눈 뒤, 그들은 주어진 임무를 위한 위치로 돌아갔다.

• • •

첸과 티라선 코트가 피난민 행렬과 함께 하는 길은 그리 길지 않았다. 리리와 야리아는 남쪽으로 향했고, 나머지는 북쪽으로 방향을 틀었다. 티라선이 언덕 정상에서 멈추기를 청했다. 표면적으로는 지형에 대해 기록하기 위해서였다. 첸은 피난민들이 완전히 시야에서 사라질 때까지 멀리 길이 구부러지는 지점을 오랫동안 바라봤다. 그동안 티라선은 기록을 거의 끝냈다.

첸은 가슴이 아팠지만 그렇게 침울해하고 있을 여력이 없었다. 북쪽으로 향하는 첸과 티라선은 항상 대로가 아닌 시골로 다녔다. 그러면서 첸은 야리아를 상기시키는 것들을 봤다. 그는 삼색 제비꽃을 따서 으깬 뒤 향기를 맡았다. 또 엉덩이가 커다란 오우거가 몸을 굽히고 토깽 굴을 열심히 들여다보는 것처럼 생긴 바위의 모양을 기억해냈다. 그 바위를 야리아는 무척 재미있어 했다. 실은 첸이 설명을 하다 중간에 적절하지 못한 주제라고 생각해 부끄러워하는 모습을 야리아는 더욱 재미있어 했다.

한 시간이 채 되지 않았을 무렵, 대로에서 동쪽으로 팔백 미터 정도 떨어진 곳의 우묵한 풀밭에서 티라선은 또 다시 멈추자고 했다. 서쪽 편에는 쿤라이 봉우리가 구름 속에 잠겨 있었다. 볼진과 타란 주는 야리아와는 달리 피난민을 보위하지 않는 수도사들과 함께 되돌아갔을 것이다. 거기에서 음영파는 가능한 방어 체계 구축을 위한 준비를 한 뒤 정찰병의 보고에 따라 수도사들을 배치할 것이다.

티라선이 주먹밥을 풀었다.

"야리아 자매는 푹 빠져서 정신없이 허송세월할 만한 가치가 있는 여자지요. 첸, 하지만 우리는 계속 가야해요. 그러려면 집중을 해야 합니다. 자, 그러니 몽땅 털어놔요."

첸이 티라선을 한참 쳐다봤다.

"나는 야리아 세이지위스퍼를 아주 존경한다네. 그녀를 생각하느라 얼이 빠진다는 말은 적합하지 않아."

"알았어요. 그래, 그건 내 실수에요."

인간의 눈이 반짝거렸다.

"둘이 서로에게 마음이 있다는 건 확실해요. 야리아는 아주 특별한 것 같아요."

"특별하고말고. 야리아는 내게 고향 같아."

판다리아가 첸이 평생 동안 찾아 헤맨 곳이라면, 야리아는 그곳을 찾은 이유와 같은 존재였다.

"그래, 야리아가 있으면 고향처럼 편안해."

"그러니까 결혼을 하고 자식을 낳고 양조장을 운영하며 함께 늙어간다?"

"그러고 싶네."

첸이 미소를 짓다가 금방 그만뒀다.

"음영파 수도사도 결혼을 할 수 있나? 자식을 갖고?"

"그렇게 할 수 있을 거예요. 분명히."

티라선이 가볍게 웃었다.

"그리고 당신 자식들은 아마 다루기 힘든 판다렌이 되겠죠."

"흠, 자네는 언제나 환영이야, 티라선. 내가 야리아의 아버지와 똑같이 대접하지. 양조장에서 자네의 잔에 술이 마르는 일은 절대 없을 걸세. 자네 가족도 함께 오라고."

첸이 얼굴을 살짝 찡그렸다.

"자네, 가족이 있나?"

티라선은 손에 들고 있는 반쯤 먹은 주먹밥을 내려다보다가 다시 쌌다.

"재미있는 질문이군요."

판다렌의 위장이 저절로 뒤틀리는 듯했다.

"가족을 잃은 건 아니지, 그렇지? 전쟁이……."

티라선이 고개를 가로저었다.

"내가 아는 한, 살아 있어요. 상실은 완전히 다른 문제예요. 첸, 다른 건 잃어도 야리아는 잃지 말아요."

"내가 어떻게 그녀를 잃어버려?"

"당신이 그 질문을 했다는 사실은 야리아를 잃어버린다는 생각 같은 건 하지 않는다는 의미지요."

그리고 티라선은 몸을 숙이고 주저앉아 길을 관찰했다.

"요정이나 고블린이 쓰는 망원경을 얻을 수 있다면, 아마 나는 내 오른 팔을 내줬을 거예요. 대포라면 더 좋지요. 잔달라 배가 흥미로운 점이 바로 그거예요. 거긴 대포가 없어요. 트롤 밖에 못 봤어요."

"볼진이 그 이유를 알 걸세."

첸은 고개를 끄덕이며 티라선 옆에 역시 쭈그리고 앉아 길을 지켜봤다.

"볼진도 여기 오고 싶어 했지만, 자세 말이 맞았어. 볼진은 우리보다 타란 주에게 더 필요해."

"볼진에게도 말했지만, 이건 나에게 적합한 전쟁이에요."

티라선이 우묵한 지형의 가장자리를 타고 아래로 미끄러져 내려갔다.

"나는 전략적으로보다는 전술적으로 생각하지요. 볼진은 호드와 그걸 해봤어요. 나나 첸, 당신은 못하지만 볼진은 할 수 있어요. 그게 바로 판다리아를 구할 거예요."

• • •

그로부터 삼 일 동안, 판다렌과 인간은 세밀한 부분에 주의를 기울여 작업을 하며 종횡으로 움직이며 북쪽으로 전진했다. 하늘을 나는 그리핀보다 달팽이가 더 빨리 간다고 할 정도의 속도였다. 티라선은 끊임없이 메모와 스케치를 했고, 수많은 도표를 그렸다. 첸은 마지막 모구 황제의 신하 이후로 이렇게 자세하게 조사를 하는 이는 보지 못했다고 생각했다.

이들은 높고 추운 곳에 캠프를 쳤다. 몸을 뒤덮은 털이나 덩치 덕분에 첸은 추위를 개의치 않았다. 하지만 추운 아침은 확실히 티라선을 괴롭혔다. 그래서 오전이나 되어서야 티라선이 다리를 절지 않았다. 티라선은 그들이 지나간 흔적을 없애는데 많은 노력을 기울였다. 누군가를 보는 일조차 드물었지만, 만약을 대비해 티라선은 오던 길을 되돌아가 매복을 하자고 제안했다.

티라선을 관찰하고 도우면서 첸은 볼진과 그가 한 일을 더욱 잘 이해하게 되었다. 티라선은 잔달라 약탈자와 척후병들이 없다는 사실이 침공 세력이 보급품 준비를 확실하게 했음을 의미한다고 지적했다. 티라선은 배의 삼분의 이 만큼 보급품과 지원 인원이 타고 있을 거라고 예측했다. 아직은 아무도 남쪽으로 가지 않았다. 이는 잔달라가 지속적인 군사 행동을 위한 준비를 하고 있다는 의미였다. 그러는 동안 판다렌이 병력을 모을 수는 있지만, 동시에 상황이 훨씬 어려워질 터였다.

'이런 데도 자네는 스스로가 그다지 전략적이지 않다고 말했군.' 첸은 티라선이 수도원으로 돌아가길 원하지 않았다는 걸 알게 되었다. 이곳 들판에서 티라선은 계속해서 일종의 오락에 집중하고 있었다. 그는 조우친에 대해 생각하고 싶어 하지 않았다. 티라선이 조우친에서 크게 웃었던 일을 빼고 첸은 그 이유를 도저히 알 수 없었다.

비록 티라선이 전략적 수준에 대해 생각하는 자신의 능력을 과소평가했지만, 첸은 그들이 모은 정보를 볼진이 소화해 탁월한 전투 계획을 짜는 것을 봤다. 군대의 규모를 평가할 수 있는 능력과 훌륭한 장군이 그것을 이용해 할 수 있는 일을 아는 것은 별개의 문제였다. 볼진은 그 모든 것을 볼 수 있는, 최고의 계획도 실패하게 만들 수 있는 작은 결함을 볼 줄 아는 인물이었다.

첸은 티라선이 저녁에는 그들의 임무에 대한 첸의 생각을 알고 싶어 한다는 사실을 알게 됐다. 그 조용한 시간 동안 주제가 바뀌면 티라선의 가족에 대한 질문을 할 수 있었다. 호기심에 계속 그쪽으로 이야기를 이끌어갈 수도 있었지만, 그러면 티라선이 야리아와 그녀에 대한 첸의 계획에 대해 묻고 놀리며 반격을 해오지 않을까 걱정스러웠다.

에일 맥주나 따뜻한 차를 한 잔하면서 놀리기를 하면 물론 재미있을 것이다. 그럴 때라면 첸도 얼마든지 동참하겠지만, 그는 야리아에 대해 생각하는 것을 망치고 싶지 않았다. 첸은 자신의 생각과 추억을 소중히 간직하고 싶었다. 야리아에 대해 자기 멋대로 상상하는 면이 있다는 점을 알았지만, 첸은 그런 사실을 상기시키고 싶지 않았다.

그래서 둘은 대화가 끝나게 두고 어둠 속에서 각자의 이유에서 행복감을 누렸다. 그리고 아침이면 캠프의 흔적을 모두 지우고 다시 이동했다.

셋째 날, 첸과 티라선은 산비탈에서 작은 농장을 발견하고 살펴봤다. 농장을 둘러싸고 있는 언덕은 계단식이었다. 한때는 잘 관리가 되었으나 지금은 잡초가 무성했고, 야생동물들이 야금야금 먹어치운 곡식의 흔적도 있었다. 검은 비를 한껏 머금은 검은 구름이 천천히 북쪽으로 모여 들었다. 서로 의논도 하지 않고 경계도 덜 한 채로 둘은 비가 쏟아지기 전에 농장으로 향했다.

농가 건물은 견고한 돌로 만들어졌고, 비를 막아주는 지붕은 나무로 만들어졌다. 농부와 그의 가족은 피난민이나 수도사들의 경고를 받고 대피한 것이 틀림없었다. 몇 가지 물건을 서둘러 싼 흔적이 있었지만, 깔끔하고 깨끗했다. 사실 삐거덕거리는 바닥만 빼면 완벽한 곳이라고 첸은 생각했다.

티라선에게는 다른 생각이 있었다. 그는 벽난로 뒤의 식료품 저장실을 포함해서 뒷벽을 주먹으로 톡톡 두드렸다. 비어 있는 소리가 났다. 그는 여기저기를 더듬거려 일종의 지렛대 같은 장비를 찾았고, 그것을 이용해 벽난로 뒤의 식품 저장실을 밀이 열었다. 문을 여니 검은 구멍이 나왔고,

그 뒤로 지하 저장고로 이어지는 계단이 있었다.

오른손에 단도를 쥐고 먼저 인간이 내려갔다. 그리고 첸이 작은 막대기와 빛나는 전등을 들고 티라선의 뒤를 따랐다. 첸이 중간쯤 내려갔을 때, 티라선은 층계참에 도달했다. 둘 중 누군가 식품 저장실 문이 다시 닫히게 하는 스위치를 밟아버렸고, 문이 닫히고 말았다.

티라선이 위를 쳐다보고 첸에게 손을 흔들어 내려오라는 신호를 보냈다.

"친구, 내 생각에는 폭풍이 잦아들 때까지 기다려야 할 것 같아요."

지하실은 작았지만, 안에 선반이 달려 있었다. 선반에는 절인 무와 양배추를 담은 병들이 진열되어 있었다. 당근은 모아 바구니에 담아뒀다. 야채와 물물 교환으로 얻은 것이 틀림없는 말린 생선이 줄에 엮여 서까래에 매달려 있었다.

그리고 구석에는 작은 참나무통이 뚜껑이 따지기만을 기다리는 듯 놓여 있었다.

첸이 통을 본 다음 티라선을 바라봤다.

"맛만 볼까?"

티라선이 잠시 생각을 하다 막 대답을 하려던 찰나, 바람이 거세게 부는 소리가 들렸다. 폭풍우에 문이 꽝 소리를 내며 열렸다.

머리 위쪽에서 무거운 발걸음 소리가 들렸고, 날씨를 두고 거친 욕을 하거나 전적으로 다른 이유를 들먹이는 트롤의 목소리가 들려왔다.

첸과 티라선이 서로 시선을 주고받았다.

티라선이 천천히 고개를 가로저었다. 아주 목마른 밤이 될 테지만, 통을 따는 일은 하지 못할 것이다.

17

볼진은 한쪽 무릎은 땅에 대고 쭈그리고 앉아 오른쪽 팔뚝으로 옆구리를 눌렀다. 그는 티라선에게 말했던 지점보다 더 높은 곳까지 올라갔지만, 그 이상 많이 전진하지는 못했다. 그 지점을 통과하면 산은 가팔라졌다. 볼진은 올라가는 일에는 익숙하지 않았고, 옆구리의 고통 때문에 원하는 대로 산을 공략할 수 없었다.

볼진은 정찰 임무를 맡은 첸과 티라선과 함께 가고 싶었고, 그들의 보고를 기대하고 있었다. 그래도 타란 주가 볼진이 방어 계획을 짜는데 필요하다는 티라선의 의견에 동의한 사실은 기뻤다. 그런 훈련에 경험이 많을 뿐 아니라 트롤인 자신이야말로 누구보다 잔달라의 행동에 대해 잘 알고 있었기 때문이다.

"독이 당신 체내에서 빠져나갔는데도 완전히 치유되지 않은 이유가 궁금하지 않아요?"

트롤은 가슴을 규칙적으로 들썩거리며 고개를 휙 돌렸다.

아래쪽으로 오 미터 정도 떨어진 곳에 타란 주가 가벼운 산책이라도 나온 양 서 있었다.

볼진은 자신의 상태가 엉망인 게 아니라 타란 주가 그 누구보다 강건하기 때문이라고 생각했다.

"줄진은 한쪽 눈을 잃었고, 자신의 팔을 직접 절단했지요. 그 부상은 치유되지 않았다고 알려져 있어요."

"절단된 팔다리나 복잡한 장기가 재생되는 것과 단순히 베인 상처가 치유되는 것은 다르지요."

연로한 판다렌 수도사가 천천히 고개를 가로저었다.

"지금 당신 목구멍은 말하기가 어려운 상태고, 뛰거나 전투를 할 때는 옆구리의 상처를 참아야 할 거요. 당신이 친구들과 떠났다면 아마 당신 때문에 늦어졌을 거라는 점을 우리 둘 다 알고 있어요."

볼진이 고개를 끄덕였다.

"티라선도 다리가 성하지 않은데 그런 말을 하시오?"

"그렇소. 티라선은 여기에서 시간을 더 보냈어요. 그리고 그가 당신보다 더 많이 회복됐잖아요."

트롤이 눈을 부릅떴다.

"왜 그렇게 생각하시죠?"

"어떤 면에서 티라선은 자신이 회복할 만한 가치가 있다고 생각해요."

타란 주가 고개를 흔들었다.

"하지만 당신은 그렇게 생각하지 않지요."

볼진은 부정하는 의미로 소리를 지르고 싶었지만 목구멍에서 말이 나오지 않았다. '숨도 제대로 쉴 수 없군.'

"계속 말씀해보시죠."

나이 든 판다렌 수도사는 잔달라의 침략도 정당화할 수 있다는 듯 짜증을 돋우는 미소를 지었다.

"남의 껍질을 자기 것으로 삼는 게가 있었소. 형제 게 두 마리가 나란히 성장을 했지요. 점점 더 커졌고, 형제 중 하나가 두개골을 발견했다오. 얼굴이 다 뭉개진 두개골이었지요. 한 녀석이 이 두개골 안으로 들어갔어요. 다른 녀석은 그 두개골을 지키던 투구를 발견했어요. 첫 번째 게는 두개골을 아주 좋아해서 거기에 맞춰 성장했지요. 하지만 두 번째 게는 투구를 그저 다른 껍질로 간주했소. 그러다 이동을 해야 할 때가 왔어요. 하지만 첫 번째 게는 두개골을 떠나고 싶지 않았지요. 그 공간이 게를 감금해버려 더 이상은 자라지도 않았죠. 두 번째 게는 잠깐 주저하기는 했지만, 투구와 형제를 두고 떠나야 했어요. 자라는 것을 멈출 수 없었기 때문이지요."

"나는 그 둘 중 어떤 게입니까?"

"그건 당신의 선택에 달렸지요, 볼진. 당신은 한 곳에 안주해 만족하는 두개골을 차지한 게요?"

타란 주가 어깨를 으쓱해 보였다.

"아니면 계속해서 자라고 새로운 집을 찾는 두 번째 게요?"

볼진은 손가락으로 얼굴을 긁적였다.

"나는 트롤인가, 아니면 볼진인가?"

"이번에는 거꾸로 설정을 해보겠소. 당신은 동굴에서 거의 죽을 뻔한 볼진이오? 아니면 새로운 집을 찾는 트롤이오?"

"집이라, 그건 우화로군요."

"그렇다고 볼 수 있지요."

'나 스스로 그 동굴에 갇혔던 걸까?' 어떻게 그곳으로 유인을 당했는지 생각하니 볼진의 마음속에 수치심이 끓어올랐다. 그랬다. 그가 죽지 않았다는 사실은 승리였지만, 그는 결코 그 원정에 참가하지 말았어야 했다. 가로쉬가 미끼를 던졌고, 볼진은 그것을 물었다. 가로쉬가 볼진만 저녁식사에 초대했다면, 볼진은 그의 배신을 예상하고 검은창 부족 전체와 함께 그 자리에 갔을 것이다.

트롤은 몸을 떨었다.

'나 스스로 그런 수치심을 초래했어.' 그 점을 생각하니 볼진은 반복되는 유형이 보였다. 자긍심 있는 트롤이라면 그런 일에 휘말리지 않았어야 했다. 티라선 같은 인간도 그렇게 빤한 계략에는 빠지지 않았을 것이다. 수치심이 볼진을 옭아맸다. 동굴에서 어떻게 빠져나왔는지 기억하지 못한다는 것은 자신을 자유롭게 할 도구가 없음을 의미했다. 그 점에서 티라선이 옳았다. 볼진은 자신이 모르는 점을 두려워했다.

반복되는 유형을 보면서 볼진은 약점에 주목했다. 그가 어떻게 살아남았느냐는 중요하지 않았다. 토깽이 강가에서 씻은 다음 먹을 요량으로 그를 동굴에서 끌어냈을 수도 있지만, 그런 것은 중요하지 않았다. 그가 여전히 살아있다는 점이 핵심이었다. 그는 더욱 성장할 수 있었다. 계속해서 성장할 수 있었다. 함정에 빠지지 않을 수 있었다.

'바로 그거야.' 볼진처럼 함정에 빠진 트롤이 없었고, 볼진은 그 경험을 했기 때문에 트롤인 자신의 정체성으로부터 스스로를 정신적으로 유배시켰다. 트롤이라면 그렇듯이, 볼진은 능력껏 열심히 싸웠지만 트롤다움을 판다렌과 잔달라에게 증명했을 뿐이다. 그리고 인간에게도. '어디까지 가게 될까?'

볼진은 고개를 흔들었다. '그런 지경에 빠진다는 것은 트롤에게 맞지 않아.' 하지만 그런 곤경에 빠졌어도 살아남을 수 있는 힘은 트롤에게만 있었다. 가로쉬는 볼진을 죽이기 위해 심복 오크를 보냈다. 그것도 하나만 보냈다. 가로쉬가 잘 몰랐던 걸까? 볼진이 그에게 화살을 보내 위협한 적이 있지 않았던가? '어떻게 감히 트롤이나 티탄이 아닌 존재를 내게 보낸단 말인가?'

타라 주가 조심스럽게 앞발을 들어올렸다.

"당신은 지금 중대한 시점을 맞이했소, 볼진. 그러니 게 이야기를 마저 들어봐요. 새로운 집을 찾아 헤맨 형제 게 중 둘째도 두개골을 발견했소. 첫째의 것보다 더 큰 것이었지. 거기에는 투구도 씌어져 있었지요. 그래서 그 게는 두개골과 투구 중에 하나를 선택해야 했소."

트롤이 천천히 고개를 흔들었다.

"하지만 그게 유일한 선택은 아니었을 텐데요."

"음영파에게는 그 두 가지가 가장 고려하기 쉬운 선택사항이오. 하지만 당신에게는 선택할 수 있는 것이 더 있을 거요."

타란 주가 고개를 끄덕였다.

"우화를 더 듣고자 한다면 얼마든지 들려주겠소. 볼진, 당신이 계속해서 내게 기꺼이 군사 전략에 대한 조언을 해주길 바라오."

"좋습니다. 두개골 게든 아니든, 그것도 내 일부요."

"그러면 당신이 생각하도록 맡기겠어요."

볼진은 웅크리고 있다가 바닥에 주저앉았다. 트롤이라면 그가 빠졌던 함정에 빠져서는 안 된다고 생각한 볼진은 자신이 트롤이 아니었다고 스스로를 설득했다. 그러나 이방인에게 거짓말을 한다고 해서 볼진의 내면의 생각에 변화가 있는 것은 아니었다. '나는 트롤이다. 살아남았어. 나는 예전의 내 모습을 모두 가지고 있어. 그러면서 더욱 현명해졌다.'

볼진은 스스로를 칭찬하듯 싱긋 웃었다. '내가 얼마나 어리석었는지를 알 정도로 현명하지.' 볼진은 정신을 바짝 가다듬고 내면으로 들어가 자신을 로아에게 열었다. 그는 회색 풍경 속으로 빠져 들어갔다. 그림자 속의 그림자가, 초목의 희뿌연 그림자 그리고 고향 정글의 나무들이 눈에 들어왔다. 볼진은 이를 상서로운 표시로 받아들였다. 그리고 뒤를 돌아보니 브원삼디가 그 위로 희미하게 나타났다.

'다시는 눈을 가리지 않을 것입니다.'

'오크가 가리게 하지는 않겠지.' 가면으로 가린 얼굴 뒤로 죽은 자의 수호자가 웃었다. '내 앞에 있는 자가 누구인가?'

'트롤이오. 지금은 그것으로 족합니다.' 볼진은 브원삼디를 향해 손을 뻗었다. '나는 그게 필요합니다.'

'내가 뭘 가지고 있다고 생각하느냐?'

'내가 트롤이라고 자각하는 정신이죠.'

브원삼디는 다시 웃더니 벨트에서 빛을 발하는 검은 진주를 꺼내들었다. '네가 내게 왔을 때, 너는 자신이 트롤이 아니라고 스스로를 설득했다. 그래서 이것이 네게 필요하다고 생각하지 않았다.'

'나를 위해 당신이 안전하게 지켰지요.' 볼진은 두 손으로 검은 진주를 받아들었다. 하지만 무게는 전혀 느껴지지 않았고, 무엇인가가 찌르는 듯한 불꽃이 일었다. 잠자고 있는 다리에 침을 놓아 다시 깨우는 것 같았다. '고맙습니다.'

'볼진, 네가 내게 보낸 이들에 대해 나도 감사한다.' 로아가 어깨 너머로 멀리 있는 잔달라 집단을 돌아보며 말했다. '그들은 내 보호를 받는 것을 싫어한다.'

'더 보낼 것입니다.'

'너는 의무를 다하는 트롤이다.'

볼진이 검은 진주를 든 왼쪽 주먹을 쥐었다. '다른 로아들이 제게 환상을 보내줍니다. 이유가 뭡니까?'

'트롤이란 어떤 존재인지를 네게 상기시켜주기 위해서다.'

'하지만 맹독 어미가 보낸 환상은 그녀의 부족 잔달라에게 불리한 내용이었습니다.'

'잔달라들은 스스로 맹독 어미를 기쁘게 하는 일을 하고 있다고 생각한다. 하지만 그것을 가지고 잔달라가 그녀의 마음을 안다고 할 수 없다.' 브원삼디가 어깨를 으쓱했다. '진짜 노력이 아니라면 바칠 가치가 있을까?'

'그들이 일하게 만들기 위해 맹독 어미가 나와 잔달라가 싸우게 하고 있단 말입니까?'

'잔달라가 실패한다면 네가 그녀에게 신세를 지는 셈이지.'

'그들이 실패한다면요.'

'하, 이래서 언제나 내가 너를 좋아하는 거다. 네가 누구든지 간에 말이다.'

'결정을 하면 알려드리지요.' 볼진이 미소를 지었다. '죽은 잔달라의 입을 통해 메시지를 전달할 것입니다.'

'나는 많은 것을 바란다, 트롤이여. 그리고 내가 베푸는 호의 또한 무한하지.'

볼진이 고개를 끄덕였다. 회색의 세상이 천천히 사라지고 다시 산 정상이 모습을 드러냈다. 볼진은 왼손을 펴봤다. 진주는 이미 그의 몸속으로 들어가 버린 뒤였다. 그는 내면을 들여다보며 집중했고, 진주의 정수가 몸 안에 퍼지며 일을 하고 있다는 것을 느꼈다. 벌써 고통이 잦아들었고, 피부 조직도 저절로 재생되었다.

볼진은 부상 중인 두 부분의 재생을 꾀했다. 옆구리의 꿰맨 상처는 거의 나았다. 같은 방식으로 볼진은 폐도 고쳐서 이제는 숨을 제대로 쉴 수 있었다. 하지만 상처는 남겼다. 찌릿한 통증, 자신이 저지른 실수를 상기시키는 무엇인가를 간직하고자 했다.

목도 치유했지만 완전하게는 아니었다. 상처로 트롤 특유의 멜로디가 느껴지는 소리는 나오지 않게 됐다. 멜로디가 느껴지는 트롤의 목소리가 원래 볼진이 가진 목소리였다. 가로쉬를 위협했던 목소리였다. 바로 그 목소리로 임무를 받아들였다. 볼진은 그 목소리를 다시 듣고 싶지 않았다.

볼진은 현재의 목소리를 완전하게 인식하지 않았지만, 그런 상태로 살 수 있었다. 브원삼디에게 말했듯이 그는 트롤이었다. 그 이상이 될 필요는 없었다. '내가 누군지 알게 될 때가 되면 내 목소리도 알게 될 거야.'

수도원으로 내려오면서 볼진은 여러 가지 면에서 자신이 '두개골 게'였음을 깨달았다. 볼진은 다른 이들이 그를 규정하게 했다. 그의 아버지의 꿈은 볼진의 유산이 되었고, 그를 한 가지로만 꼴 지었다. 볼진은 거의 함정에 빠질 뻔했다. 하지만 볼진이 함정에 빠졌다고 느낀다는 것을 아버지가 알았다면 경악스러워했을 것이다. 그림자 사냥꾼으로서 검은창 부족을 이끌고 호드의 지도자 중 하나였던 것, 그 모든 것이 두개골을 만들어낸 골 판이었다.

거기에 그 우화의 진짜 비밀이 있었다. 두개골과 한때 그것을 보호해주던 투구는 두 가지 다른 목적을 위해 만들어졌다. 우화 속의 게들은 모두 보호가 필요했지만, 투구를 선택한 게가 올바른 선택을 한 것이었다. 두개골을 선택한 게의 경우, 두개골은 나름의 기능을 했지만, 게가 자신의 운명을 찾아 계속해서 성장하도록 하지 않았다.

두개골, 투구, 아니면…… 뭘까? 선택의 기로에 선 수도사들은 완전히 내면으로 파고들어 두개골 속으로 들어간 게처럼 수도원에 남는 선택을 하기도 했다. 아니면 수도원 바깥으로 나가 그들을 필요로 하는 모습으로 성장하고 변모했다. 볼진은 야리아 세이지위스퍼가 이 범주에 든다고 생각했다. 판다리아에서는 이 두 가지 선택 이상을 고려할 필요는 거의 없었다. 만약 제 삼의 길을 원한다면, 거북이 껍질과 첸이 선택한 모험의 삶을 택할 수 있으리라.

'하지만 나는…….' 두개골의 뼈를 설명하는데 볼진이 사용한 요소들이 모두 다 나쁜 것은 아니었다. 아버지의 꿈은 분명 가치가 있었다. 볼진도 이에 동의했다. 검은창 부족을 이끄는 일과 호드 내 볼진의 위치에 대한 문제도 마찬가지였다. 볼진은 잔달라의 간청을 물리치고 새로운 세상을 위해 호드를 동맹으로 선택했다. 하지만 호드가 그를 공격했다.

볼진이 내려야 할 결정은 간단하지 않았지만, 그는 받아들였다. 볼진은 자신을 위해 많은 결정을 내렸다는 사실을 깨달았다. 나쁜 결정처럼 보일 수 있었지만, 사실 그렇지 않았다. 아버지의 격려와 볼진을 향한 다른 이들의 기대 때문에 그는 그림자 사냥꾼이 되겠다는 결정을 쉽게 할 수 있었다. 실제 일이 그렇게 됐다는 것은 아니었고, 볼진이 그렇게 내린 결정을 후회한 것도 아니었지만, 그는 다른 선택을 심각하게 고려해본 적이 없었다.

비슷하게 검은창 부족을 이끌고 그들에 대한 책임을 떠맡은 후 여러 가지 사건이 일어났다. 하지만 볼진은 그 어떤 일도 후회하지 않았다. 잘라제인 사건만 해도 확실히 그를 저지해야 했다. 잔달라의 왕, 라스타칸에 대항해 호드 편에 선 일도 스랄과 호드가 볼진과 그의 아버지, 센진을 도와 검은창 부족을 구출하고 메아리 섬에 터전을 마련하는데 지원해줬기 때문에 한 당연한 선택이었다.

'호드에서 빠지는 게 내가 내린 결정 중 가장 어려운 것이 되겠군. 거의 죽을 수도 있을 거야.'

볼진은 수도원으로 돌아왔다. 그리고 수도사들과 함께 수련을 했다. 그들이 할 수 있는 일을 배우고 스스로를 강화하기 위해서 뿐만 아니라 트롤이 할 수 있는 게 무엇인지 보여주기 위해서였다. 조우친에서 볼진이 잔달라 병사의 머리를 쳐서 구해준 수도사가 트롤의 대담함에 대해 볼진의 이야기를 보증해줬다. 그러자 전반적으로 음영파들은 볼진을 배척하려는 노력을 더욱 강화했다.

그리고 그가 스스로를 방어하도록 강하게 압박했다.

수도사들 중에도 두개골 게와 투구 게가 공존하는 것이 분명했다. 볼진은 이런 점이 어떤 면에서는 신경 쓰이지 않았다. 모든 전사들에게는 계급이 존재했다. 그들 중 다섯 명은 후방으로 물러나 한 명을 먹였고, 그 한 명의 장비나 무기의 상태를 점검하고 그 밖에 필요한 점이 있는지를 살피곤 했다. 음영파 중 많은 이들, 특히 나이든 수도사들은 이런 지원 역할을 기꺼이 했다. 한편 젊은 수도사들은 트롤과 싸우는 법을 좀 더 적극적으로 배우고 싶어 했다.

볼진은 타란 주가 수도사들이 운동하는 모습을 관찰하는 것을 봤다. '당신의 수도사들이 쓰고 성장하는 투구의 형태가 마음에 드는 겁니까?' 이따금씩 볼진과 타란 주의 시선이 마주쳤지만, 음영파의 지도자는 그가 어떤 생각을 하는지 전혀 드러내지 않았다.

신체 단련을 하지 않는 시간에 볼진은 판다렌의 지리와 군사 역사를 연구하는 학자가 되었다. 그런데 군사 역사는 연구하기가 답답했다. 모든 일이 아주 오래 전에 일어났다. 최소한 판다렌들에게는 그랬다. 그래서 대부분 신화나 전설처럼 받아들여졌다. 한 예를 들어 말하자면, 열두 명의 수도사들이 십이 년간 산길을 지켰다. 각기 혼자 한 달씩 방어를 했고, 나머지 열한 달은 쉬었다. 이 수도사들은 각자의 전투 방식을 개척해왔고, 그것이 내려와 현재의 스타일이 되었다고 했다.

지리는 쉬웠다. 고대 황가의 도표와 해도에 이 대륙이 아주 자세하게 나와 있었다. 그래도 여전히 모호하게 그려진 지역 몇 군데가 보였다. 한 지도에서 남쪽 중앙 지역에 먹으로 덧그려진 것이 분명한 영원꽃 골짜기는 특히 모호했다.

타란 주가 서재로 들어오자 볼진은 이 점을 지적했다.

"이 지역에 대해서는 자료를 찾아낼 수 없습니다."

"우리가 조치를 취해야 하는 문제요."

타란 주는 첸과 티라선이 초췌한 모습에 피를 약간 흘리며 그의 뒤를 따라 서재로 들어오자 반쯤 몸을 돌렸다.

"당신 친구들이 알아냈듯이, 침입자들이 향하고 있는 곳이 바로 그곳이오."

18

　첸이 재빨리 전등의 불을 불어서 끄자 저장실 안은 곧 어둠으로 가득 찼다. 어두우니 위에서 나는 소리가 더욱 크게 들렸다. 첸이 행동을 끝내자마자 트롤 무리가 농장 안으로 밀려들어왔다.

　트롤 중 하나가 초를 켰다. 가느다란 불빛이 마룻바닥의 벌어진 틈으로 새어 들어왔다. 불빛이 첸과 티라선을 훑었다. 인간은 손가락을 입술에 갖다 대고 얼어붙은 듯 가만히 서 있었다. 첸이 고개를 한 번 끄덕이자 티라선은 손을 내리고 더 이상 움직이지 않았다. 첸은 잔달라들이 하는 말을 하나도 이해하지 못했지만 아무튼 주의 깊게 들었다. 개별적인 목소리를 구별하기보다는 판다렌의 특정 지형에 대해 언급하지는 않는지 들으려고 노력했다. 첸은 하나가 짧고 날카로운 명령을 많이 하고 다른 둘이 녹초가 된 듯 대답하는 것을 들었다. 그중 하나가 속삭이듯 뭐라 중얼거렸다.

　첸은 티라선을 보고 손가락 세 개를 올렸다.

　티라선은 고개를 흔들더니 하나를 더했다. 그는 명령하는 자가 서 있던 곳을 가리켰고, 첸이 알아낸 둘의 자리를 가리켰다. 그리고 구석에 있는 네 번째를 지목했다. 바닥에 천천히 떨어지는 물방울로 네 번째 트롤의 존재를 알아차릴 수 있었다.

　첸의 몸이 떨렸다. 이건 오우거에게 잡혔을 때와는 전혀 다른 상황이었다. 전반적으로 트롤이 더 영리하기도 했고, 그중 잔달라 족은 영리함에서 자부심이 높았다. 그리고 잔인했다. 많지는 않지만 조우친에서 본 것과 잔달라 족이 싸운 전투에 대해 들어본 바에 의하면, 만약에 발각될 경우 죽임을 당할 게 확실했다.

집안을 살펴보는 중이었기 때문에 첸과 티라선은 무기와 짐을 위층에 남겨두지 않았다. 그래서 무장해제를 한 상태는 아니었지만, 지하 저장실은 궁수가 장기를 발휘하기에 좋은 장소가 아니었다. 첸이야 무술로 자신을 방어할 수 있겠지만, 이런 상황에서 근접 전투를 해야 할 경우 일반적으로 짧고 찌를 수 있는 타입의 무기를 가진 자가 유리했다. 지하 저장실에서 전투를 하면 보통은 힘들고 끔찍했으며, 이긴 쪽도 피를 많이 흘리기 마련이었다.

'저들의 호기심이 이곳으로 내려오지 않기를 바라야 해. 폭풍이 잦아들면 저들은 떠날 거야.' 첸의 바람을 조롱하기라도 하는 듯 비명 소리 같은 바람이 점점 더 심해졌다. '최소한 배가 고프지는 않겠군.'

티라선은 바닥에 앉아 전통에서 화살 여덟 개를 꺼냈다. 화살촉에는 날카로운 미늘이 달려 있었고, 그중 반은 화살촉의 날이 두 개, 나머지는 네 개가 달려 있었다. 날은 모두 초승달 모양으로 화살대 쪽을 향하고 있었다. 그래서 일단 박히면 걸려서 낚시 바늘 같이 빼내기가 힘들었다.

티라선은 먼저 날이 두 개짜리 화살을 놓고 네 개짜리를 거꾸로 놓은 다음에 가죽을 벗기는 칼로 붕대를 짧게 잘랐고, 자른 붕대로 화살을 묶어 화살촉이 이중으로 달린 화살을 만들었다.

빛이 마룻바닥 틈을 통해 부분적으로 들어오는 터라 표정을 읽기는 어려웠지만, 티라선의 얼굴에는 무서운 결심이 서려 있었다. 작업을 하면서 티라선은 낮은 천장을 힐끗 쳐다봤다. 그는 위를 바라보고 듣다가 혼자 머리를 끄덕였다.

얼마나 오랜 시간이 흘렀을까. 이윽고 트롤들은 자리를 잡고 앉았다. 위에서 무겁고 둔탁한 소리가 들려오는 것으로 미뤄볼 때 그들은 갑옷을 벗고 잘 준비를 하는 것 같았다. 아무튼 셋은 그랬다. 조용한 트롤은 그러지 않았지만, 충분한 불빛을 가리는 것으로 그의 위치를 파악할 수 있었다. 지휘관은 맨 마지막으로 잠자리에 들었다. 마지막 촛불을 끈 뒤 팔다리를 뻗고 누웠다.

유령처럼 소리 없이 티라선이 첸 쪽으로 다가왔다.

"내가 신호를 보내면 위로 올라가는 거예요. 손잡이를 찾아서 식료품 저장실 문을 열고 눈에 보이는 건 뭐든 죽여요."

"아침이면 저들이 떠날 수도 있잖나."

인간은 지휘관이 누워 있는 쪽을 가리켰다.

"저 잔달라는 정찰 노트를 가지고 있어요. 우린 그게 필요하고요."

첸은 고개를 끄덕였고, 계단 맨 아래를 향해 움직였다. 티라선은 지하 창고 가운데 서서 이중으로 촉이 달린 화살을 바닥에 난 틈으로 슬며시 꽂아 넣었다. 그는 자고 있는 트롤 위치 바로 아래에 꽂은 화살을 비틀어 넣었다. 티라선은 먼저 지휘관, 말을 하던 트롤 둘 그리고 조용히 있던 트롤의 순서로 화살을 꽂은 후 첸을 쳐다봤다. 티라선은 네 개의 화살을 하나씩 가리켰다. 맨 마지막에 지휘관이 있는 위치를 지적한 다음 첸에게 계단 위로 올라가라고 신호를 했다.

판다렌은 고개를 끄덕이고 준비를 했다.

인간이 힘을 줘 첫 번째 화살을 위로 밀어 확 비틀었다. 희생자가 비명을 지르기도 전에 티라선은 가운데 있는 두 번째 목표물로 옮겨가 양손에 하나씩, 한꺼번에 화살 두 대를 쑤셔 넣었다. 그들이 꽥 하고 소리를 지를 때 티라선은 마지막 화살을 찌르고 있었다.

쳰은 계단을 뛰어올라간 후 빗장을 찾지도 않고 바로 문을 박차고 나갔다. 나무가 부서졌고, 그릇과 나무로 만든 사발이 사방 여기저기에 쏟아졌다. 쳰의 오른쪽으로 조용한 트롤이 왼쪽 옆구리를 대고 누워 있었는데, 화살이 그의 위쪽 팔을 뚫고 들어가 가슴까지 박혀 있었다. 트롤은 오른팔을 뻗어 칼을 잡으려고 했지만 쳰이 먼저 발을 뻗었다. 잔달라 병사의 목이 뒤로 꺾이며 돌 벽에 부딪쳤다.

쳰은 회전을 한 다음 멈췄다. 말을 주고받던 두 트롤이 바닥에서 몸부림을 치고 있었다. 하나는 화살이 배를 뚫었고, 다른 하나는 척추에 꽂힌 것 같았다. 둘 다 몸을 일으켜 세우려고 했지만 날이 네 개 달린 화살촉이 더욱 단단하게 걸려 살을 찢었다. 발뒤꿈치로 바닥을 차고 갈고리 모양으로 생긴 손톱으로 쪼개진 바닥 나무를 긁어대며 지르는 비명과 함께 피가 흩뿌려졌다.

지휘관인 주술사는 문 옆에 서 있었다. 그의 손에 놓인 구슬에서 에너지가 넘쳐흘렀다. 죽어가는 동료의 비명이 그에게 위험을 경고했다. 그를 노린 화살은 갈비뼈를 건드렸을 뿐이었다. 그는 독기가 부글부글 끓는 검은 눈으로 쳰을 노려보며 트롤 언어로 뭔가 잔인한 말을 내뱉었다.

자신이 무슨 일을 하든, 하지 않든 뭔가가 벌어질 것임을 아는 쳰은 자세를 잡고 몸을 날렸다. 그런데 충분히 빠르지 못했다.

쳰이 발차기로 목표물에 닿기 바로 직전, 그리고 간발의 차이로 주술사가 주문을 다 말하기 전에 화살이 바닥을 쪼개고 날아왔다. 화살은 눈 깜짝할 사이에 쳰의 발목과 주술사의 손 그리고 몸 사이를 지나 트롤의 턱을 강타해 혀를 입천장에 꽂은 뒤 두개골을 뚫고 나가버렸다.

그리고 바로 쳰이 발차기를 날렸다. 잔달라 트롤은 문 뒤 어두운 폭풍 속으로 나가 떨어졌다.

티라선은 활에 화살을 걸고 계단 맨 위로 올라갔다.

"빗장이 걸렸나요?"

마지막 숨을 할딱거리는 트롤의 모습을 지켜보며 판다렌이 고개를 끄덕거렸다.

"걸렸냐고? 그래."

인간은 조용해진 트롤을 살펴보고 목을 그어 버렸다. 가운데 있던 둘 역시 죽은 게 확실했지만 아무튼 다시 한 번 살펴봤다. 그리고 지휘관이 물건을 놓아둔 곳에서 가방과 책 그리고 펜과 잉크가 담긴 작은 상자를 찾았다. 티라선은 재빨리 그 책을 주르륵 펼쳐본 다음 다시 가방에 넣었다.

"나는 잔달라 언어를 읽을 수 없지만, 대화에서 그들 역시 우리처럼 정찰을 나왔다는 걸 알았어요."

티라선은 주변을 살펴봤다.

"밖으로 나간 저 트롤을 다시 안으로 끌고 들어옵시다. 그리고 이곳은 불 태워버리는 게 어떻겠어요?"

첸이 고개를 끄덕였다.

"아마 그게 최선이겠지. 지하 저장실에 있는 통을 가져와서 내 숨으로 불을 만들어 붙이겠네. 그리고 이곳을 기억하고 있다가 여기 사람들을 위해 나중에 이 일을 바로 잡을 거야."

티라선은 첸을 바라봤다.

"첸, 그들이 농장을 잃게 되는 건 당신 탓이 아니에요."

"그럴지도 모르지만 왠지 그렇게 느껴져."

첸은 마지막으로 농가 건물을 다시 한 번 쳐다보며 어떻게 생겼는지 기억하려 했다. 그리고는 불을 놔 화장용 장작더미처럼 타오르는 모습을 본 뒤 인간을 따라 폭풍 속으로 들어갔다.

• • •

수도원이 있는 서쪽으로 향하던 그들은 깊이 그리고 주변으로 뻗어 있는 동굴 몇 개를 발견했다. 그들은 그곳에서 작은 불을 지폈다. 첸은 차를 만들 수 있는 기회가 온 것이 기뻤다. 따뜻함이 필요했고, 티라선은 트롤의 책을 연구하는 동안 생각할 시간이 필요했다.

첸은 결코 전투가 낯설지 않았다. 조카에게 말했듯, 그는 어떤 일을 목격하고 나서는 곧바로 잊어버렸다. 가장 고통스러운 일을 잊어버릴 수 있는 것, 혹은 고통의 기억이 무뎌지는 것. 그건 삶의 작은 기적 중 하나였다. '무뎌지게 내버려둔다면 말이지.'

첸은 많은 것을 봐왔다. 그도 유혈이 낭자한 일을 많이 했지만, 티라선이 농가에서 했던 종류의 행동은 결코 본 적이 없었다. 바닥의 틈을 통해 화살을 쏜 일이 마음에 걸리는 건 아니었다. 그로 인해 첸은 목숨을 구하지 않았던가. 첸은 솜씨 좋은 궁수가 쏜 화살을 제대로 방어하지 못해 방패를 가진 병사의 팔에 방패와 같이 화살이 박히는 모습을 본 적도 있었다. 인정했다. 티라선은 탁월한 궁수이니, 그가 한 일은 그리 놀랄 만한 기술도 아니었다.

첸이 잊어버릴 수 있을지 확신할 수 없는 것은 지하 저장실에서 침착하고 결연하게 화살을 준비한 티라선의 방식이었다. 그는 일부러 그렇게 화살을 만들었다. 적을 죽이는 것뿐만 아니라 그들이 죽지 않을 가능성까지 고려했던 것이다. 티라선은 트롤들을 올가미에 몰아넣을 의도를 가졌다. 그래서 화살을 쏜 다음 화살촉이 갈비뼈나 다른 뼈에 걸리도록 화살대를 비틀었던 것이다.

전투에서 잘 싸운다는 것은 명예를 지킨다는 것을 의미했다. 조우친에서 티라선과 볼진이 뒤에 남아 잔달라를 저격해 그들의 진군을 늦춘 것은 명예로운 행동이었다. 덕분에 그러는 사이에 수도사들이 마을 주민들을 살려낼 수 있었다. 잔달라는 이를 비겁하다고 생각할지도 모르지만, 그들이 공성용 기관차로 어촌 마을을 초토화시킨 일 역시 명예롭지 못한 행위였다.

첸은 차를 따른 작은 잔을 티라선에게 건네줬다. 티라선은 잔을 받으며 책을 덮었다. 그는 찻잔에서 올라오는 증기를 들이마신 후 차를 마셨다.

"고마워요. 완벽한 걸요?"

판다렌이 힘들여 웃음을 지어보였다.

"그 책에 쓸 만한 게 있나?"

"주술사는 솜씨 좋은 예술가더군요. 지도를 아주 잘 그렸어요. 꽃을 말려 붙인 페이지도 있더라고요. 이 지방의 동물과 바위의 모양을 스케치해 놨어요."

티라선은 손가락으로 책을 톡톡 두드렸다.

"노트 뒤편의 몇 장은 네 개의 모서리에 일련의 점을 그린 것을 빼고는 공란이에요. 뭔가를 이미 적어놓은 면이 있고, 반복해서 아무것도 적지 않은 두어 장에는 그 점들을 그려놓았고요. 아무래도 누군가가 빈 종이에 상징을 새겨둔 것 같아요."

차가 몸을 좀 더 덥혀주길 바라며 첸은 차를 마셨다.

"그건 무슨 의미지?"

"내가 생각할 땐 일종의 방향을 잡는 방법 같아요. 페이지의 바닥 쪽 모서리를 수평선으로 잡고 점에 맞아 떨어지는 별자리를 찾는 거죠. 그러면 새로운 방향을 잡을 수 있어요."

티라선은 얼굴을 찌푸렸다.

"물론 지금은 밤하늘을 볼 수 없고 여긴 별자리가 다르죠. 장담하는데 날씨가 개면 어느 방향으로 가야하는지 알아낼 수 있을 거예요."

"그러면 좋겠군."

티라선이 가죽으로 된 책 표지 위에 차를 내려놨다.

"우리 기분을 좀 바꿔볼까요?"

"그건 무슨 소린가?"

인간은 농장이 있던 방향을 가리켰다.

"농장에서 나온 이후로 당신은 이상하게 말이 없어요. 왜 그러는 거죠?"

첸은 자신의 찻잔을 내려다봤지만, 뜨거운 김이 나는 액체는 아무런 답을 주지 않았다.

"자네가 트롤들을 죽인 방식, 그건 전투가 아니었어. 그건……."

"정정당당하지 못했다?"

인간은 한숨을 쉬었다.

"나는 그 상황을 계산해봤어요. 그들은 넷이고, 우리보다 전투에 적합한 상태였지요. 나는 가능한 빨리 그리고 많은 수를 죽이거나 무력화시켜야 했어요. 무력화시킨다는 말은 그들이 효과적으로 우리를 공격하지 못하게 만든다는 의미에요."

티라선이 고개를 들어 첸을 바라봤다. 그리고 희미하게 걱정이 가득한 표정을 지었다.

"당신이 습격을 했는데 바닥에 있던 트롤 둘이 그렇게 화살에 꽂혀 고정되어 있지 않았다면 무슨 일이 일어났을지 상상할 수 있어요? 모서리에 있던 트롤도 마찬가지에요. 그들은 아마 당신을 쓰러뜨리고 나도 죽였을 거예요."

"바닥 틈으로 트롤들을 쐈을 수도 있었어."

"그건 오로지 내가 그들 아래에 있었고, 주술사가 주문을 외우는 바람에 빛이 생겼기 때문에 가능했어요."

티라선은 한숨을 쉬었다.

"그래요, 내가 한 짓은 잔인했어요. 전쟁은 항상 잔인하다고 말할 수 있지만 그런 무례를 범하지 않겠어요. 그러니까 음, 적당한 말이 떠오르지 않는군요……."

첸이 그에게 차를 좀 더 부어주었다.

"그들을 사냥하는 것 말이군. 그래, 자네는 사냥에 능하지."

"아니, 아니에요. 나는 사냥에 능하지 않아요. 내가 잘하는 것은 죽이는 거예요."

티라선은 차를 마신 뒤 눈을 감았다.

"먼 거리에서 죽이는 것에 능하지요. 내가 죽이는 대상의 얼굴을 보지 않으면서 말이죠. 나는 보고 싶지 않아요. 모든 것에 거리를 두면서 적을 묶어두는 거죠. 나는 모두에게 일정한 거리를 둡니다. 당신이 본 일 때문에 마음이 편치 않다니 미안해요, 첸."

티라선의 목소리에 서린 비통함이 첸의 마음을 오그라들게 만들었다.

"자네가 잘하는 게 또 있어."

"아니, 없어요."

"지후이."

"음, 사냥꾼의 게임을 말하는군요. 내가 취하는 방식이 있지요."

티라선이 반쯤 소리를 내서 웃다가 미소를 지었다.

"이래서 당신이 부럽다니까요, 첸. 당신은 다른 이를 웃게 만드는 능력이 있어요. 자신에 대해 좋게 느끼게 만드는 재주 말이죠. 내가 연회를 열 만큼 충분한 사냥감을 잡아와서 모두가 먹고 감탄할 만한 맛있는 음식을 만든다면, 아마 기억할 만한 일이 되겠지요. 하지만 거기에 당신이 와서 이야기를 한 자락만 풀면 기억에 남는 이는 결국 당신이 될 거예요, 첸. 당신은 마음을 감동시키는 법을 알아요. 내가 감동을 주는 유일한 방법은 화살대 끝에 붙은 강철을 이용하는 것뿐이지요."

"아마 그게 바로 자네의 모습이겠지. 하지만 지금 그렇게 될 필요는 없네."

인간은 잠시 주저하다 차를 좀 더 마셨다.

"당신 말이 맞아요. 내가 다시 어떤 인물이 될지 두렵긴 해요. 말했다시피 나는 죽이는 것을 아주 잘하지요. 그걸 너무 좋아하게 되지는 않을까 두려워요. 분명히 당신이 두려워할 일이지만, 나는 더 두려워요."

첸은 고개를 끄덕이며 조용히 있었다. 티라선의 마음을 어루만져줄 말이 없었기 때문이다. 첸은 대부분의 판다렌이 후오진은 끝났다고 생각한다는 사실을 깨달았다. 충동에 굴복한다는 것은 누구에게든, 무엇에게든 가치를 두지 않음을 의미했다. 멀리서 얼굴이 보이지 않는 적을 죽이는 일이 칼끝이 닿는 거리에 있는 적을 죽이는 일보다 쉬웠다. 극단으로 치달을 경우, 후오진은 모든 생명을 무가치한 것으로 만들어버리고 간단하게 악의 전령 역할을 했다.

하지만 반대로 투슈이는 모든 것을 고려하느라 너무 많은 시간을 보내게 만들어서 결국 아무런 행동도 하지 못하게 만든다. 그래서는 악을 견제하지 못할 것이다. 수도사들이 균형을 맞추는데 집중하는 이유가 거기에 있었다. 첸은 티라선을 바라봤다. '친구여, 균형을 맞추기란 참 어려운 일이네.'

●   ●   ●

첸은 수도원으로 돌아가는 길 내내 균형에 대해 생각을 했다. 그는 자신만의 균형점에 대해 생각을 했다. 첸의 경우는 가족을 꾸릴 것인가 아니면 탐험을 계속할 것인가 사이의 균형을 잡아야 했다. 그리고 야리아가 곁에 있다면 두 가지를 동시에 하기 쉬울 것이며 생애 최고의 시간을 누리게 될 거라는 사실을 깨달았다.

여행을 하며 티라선은 트롤의 기록을 사용해 계산을 했다.

"대충한 예상이기는 하지만, 그들은 판다리아 중심부로 향하고 있어요."

"영원꽃 골짜기로군."

첸이 남쪽을 바라봤다.

"아름답고 오래된 곳이지."

"가봤어요?"

"용의 척추 장벽 서쪽에서 임무를 수행할 때 그 화려함에 대해 알게 됐지. 하지만 직접 그곳 땅을 밟아보지는 못했네."

티라선이 재빨리 미소를 지었다.

"이제 바뀔 거예요. 그것도 아주 빨리요. 바로 거기서 잔달라를 만나게 될 거예요. 재회를 좋아할 이는 아무도 없겠지만 말이죠."

19

"전시에 절제된 표현이 너무 과합니다, 타란 주 님."

볼진이 첸과 티라선을 향해 고개를 끄덕였다.

"자네 둘이 돌아와서 기쁘군요."

인간도 고개를 끄덕여 인사를 받았다.

"임무를 완수한 게 기쁩니다. 그리고 볼진, 회복된 목소리를 듣는 것도 좋네요."

"그래, 아주 기쁘네, 볼진."

판다렌 양조사가 미소를 지었다.

"내가 회복에 더욱 도움이 될 차를 좀 만들어줄 수 있어."

트롤은 고개를 가로저었다. 그는 첸과 티라선 사이에 거리가 있음을 알아챘지만, 지금은 그걸 알아볼 때가 아니었다.

"앞으로 더 이상 좋아질 수 있을까 싶군. 아무튼 타란 주 님, 정중히 말씀드리지만 우리는 이곳에 대해 알아야 합니다."

"판다렌을 성급하게 판단하지 마시오, 볼진. 우리가 하는 방식에 허점이 있다는 걸 당신은 분명 알아낼 거요. 당신은 천 년 동안 이곳을 성공적으로 침공한 사례가 없다고 해도 우리가 정식 군대를 양성하지 않은 게 실수라고 믿고 있지요. 당신이 아마 옳을 수도 있어요."

음영파 지도자는 앞발을 모아 등 뒤로 뒷짐을 졌다.

"안개 너머 세상에 대해 첸에게 들어보니 당신도 헤아릴 수 없이 많은 재난을 겪었더군요. 당신은 이 문제에 대한 우리 논리에 허점이 있다고 주장할 수 있지만, 그건 천년 동안 유효했어요. 그러니 새벽이면 태양이 떠오르고 황혼이 되면 지는 이치처럼 이것도 진실이 되었소이다."

"그 말은 전혀 도움이 되지 않아요."

"그 말이 당신의 편견에 경종을 울린다는 점을 생각하고 말을 아끼시오. 앞으로 알게 될 일에 대한 당신의 판단을 방해할 수 있어요."

타란 주는 지도를 보고 고개를 끄덕였다.

"참고할 게 거의 없다고 하지만 그 계곡은 이미 다 알려져 있어요. 주민이 살고 있기까지 하지요. 최근 침공으로 생긴 피난민들이 그곳으로 피난을 가고 있기도 해요. 하지만 우리에게는 조사 자료나 당신이 바라는 전술 정보 같은 게 없소."

"타란 주 님이 바라듯 계곡을 숨겨두면 판다리아 안에 숨어 있는 것들로부터 판다리아를 분리시킬 수 있습니다."

티라선이 지도를 봤다.

"그러나 문제를 숨긴다고 문제가 사라지지 않아요."

"그렇지요. 하지만 문제를 일으키는 이들을 늦출 수는 있지요."

타란 주는 깊이 숨을 들이 마신 다음 천천히 내뱉었다.

"이제 내가 보여줄 것은 음영파가 존재하기 전 시간으로 거슬러 올라가 그때부터 대대로 음영파의 지도자들에게 전달되어 온 것입니다. 내가 본 것만을 보여줄 수 있지요. 내 전임자들의 두려움과 편견이 무엇인가에 그림자를 드리울지 나도 모르오. 그리고 잊히거나 미화된 것이 무엇인지 역시 모르오. 지금부터 여러분에게 보여줄 것을 다른 수도사들과 함께 나눈

적은 없어요.”

타란 주의 앞발이 다시 허리춤에서 나타났고, 이내 앞으로 뻗어 나왔다. 양쪽에 에너지가 담긴 검은 구슬이 치직 소리를 냈다. 그는 한 쪽 앞발은 높게, 다른 쪽 앞발은 낮게 해서 거리를 두고 떨어뜨렸다. 두 개 구슬 사이의 공간에 황금빛을 발하는 창이 나타났다. 그 창 안에서 이미지가 움직이기 시작했다.

“이 지역은 투 셴 묘지 내에 숨겨진 곳이오. 첫 번째 모구 독재자로 잔달라 트롤이 여명에 불러일으킨 천둥왕은 휘하에 믿을 수 있는 심복 무리를 두었지. 천둥왕이 죽으면서 그의 부하들인 군벌들이 제거되었소. 왕위를 찬탈하려는 행위나 제국이 내전에 휩싸이는 일을 미연에 방지하려는 것이었겠지. 우리로서는 알 수 없소. 우리가 아는 것은 모구들은 죽음이 마지막이 아니며, 죽은 자 또는 그 죽은 자의 일부분을 나중을 위해 부활시킬 수 있다고 믿었다는 점이오. 나는 이런 이유 때문에 그들이 영원꽃 골짜기를 침공하려 한다고 생각하오.”

이미지를 자세히 들여다보던 볼진은 그가 동굴에 있을 때 단순하게 감지했던 정도가 아닌 모구의 맨 처음 모습을 볼 수 있었다. 볼진은 입이 마르고 목구멍이 아프기 시작했다. 잔달라보다 더 크고 두꺼운 근육질에 비정한 표정을 한 모구 전사들은 마치 현무암 고인돌에서 조각을 파낸 것 같았다. 타란 주가 경고했듯이, 볼진은 현실보다 기억이 그들을 훨씬 더 두렵게 만들 수 있다는 점을 인정했다. 하지만 그들의 수를 반으로 줄인다고 해도 여전히 무시무시했다.

환상 속에서 모구들은 칼과 불을 이용해 판다리아를 헤치고 다니며 판다리아에 사는 종족들을 복속시켜 영역을 확장했다. 판다렌은 노예로 전락했다. 운이 좋은 이들은 모구 주인을 즐겁게 하는 광대 노릇을 했다. 석조 궁전에 살았던 판다렌들은 비교적 사치스러운 삶을 영위했다. 그러나 광대 노릇이 모구의 불쾌감을 불러일으키자 사치는 끝이 났고, 오직 판다렌의 등뼈가 부러지거나 갑자기 머리가 잘리는 모습만이 모구 주인들의 웃음을 자아낼 뿐이었다.

환상이 잠시 바뀌었고, 볼진은 장이 조여드는 것만 같았다. 그가 죽었던 동굴로 돌아갔는데, 박쥐 똥으로 뒤덮인 이곳은 더 축축하고 곰팡이가 끼어 있었다. 모구 마법사가 그 안에서 작업을 하고 있었다. 정확하게 어떤 알인지는 볼진도 확신할 수 없지만, 악어 알처럼 생긴 도마뱀 알들이 분류되어 모래 속에 파묻혀 있었다. 그 상태에서 마법을 이용해 정확한 온도로 덥혀 부화를 꾀하고 있었다. 알들이 부화되면 어떤 숲으로 옮겨졌는데, 볼진은 그곳이 떼 까마귀가 사는 숲이라는 것을 곧 알아챘다.

볼진이 죽음을 맞이했던 바로 그 장소에서 모구는 볼진이 느꼈던 마법을 부렸다. 티탄의 마법, 세상을 만든 바로 그 마법이었다. 그 자리에서 유한한 존재들은 신성한 재료를 이용해 간단한 피조물을 만들어냈고, 그것을 사우록으로 변신시켰다. 그들은 이 도마뱀 인간들을 대리 군대로 이용해 제국을 유지했고, 그들이 이룬 정복의 결과물을 즐겼다.

그 과정은 차마 보기에 끔찍했지만, 볼진은 눈을 돌릴 수 없었다. 뼈가 부러지고 늘어났다. 관절은 저절로 재조립되고 근육도 찢어졌다. 그리고 다시 자라나면서 각이 바뀌고 힘을 더했다. 사우록이 우뚝 일어섰다. 손가락이 자랐고, 엄지손가락 모양도 바뀌었다. 수 분만에 도마뱀에서 비늘이 돋은 전사로 바뀌었다. 모구의 기술 때문이라기보다는 순전히 그들이 부리는 마법의 힘에 의한 것이었다.

볼진은 몸을 떨었다. '저곳을 오염시키는 티탄의 마법 때문에 내가 죽지 않았던 것인가?' 이 생각이 떠오른 순간, 볼진은 웃고 싶었다. 가로쉬가 절대 성공할 수 없는 곳에서 볼진 살해 계획을 세운 셈이라는 생각이 들어서였다.

장면이 바뀌자 볼진의 웃음이 목구멍에서 막혀버렸다. 이제는 불과 유혈이 낭자했고, 정복의 장면보다 훨씬 더 음침했다. 하늘이 어두워졌다. 빨간 번갯불이 용암처럼 위에서 흘러내려 풍경 곳곳을 덮쳤다. 마법이 현실을 뒤틀었고, 판다렌 수도사들이 그들의 주인을 쓰러뜨렸다. 수도사들이 자유를 위한 투쟁을 이끌었고, 용감하게 싸워 쟁취했다.

모구 제국이 멸망하자 하늘이 점점 밝아졌고, 피가 강과 시내에서 모두 빠져나갔다. 판다렌들은 죽은 적의 시신을 모아 투 셴 묘지에 묻었다. 판다렌들이 모구 장군들의 시신에 예를 차리는 모습을 보고 볼진은 깜짝 놀랐다. 티라선을 전장에서 만나 죽였다면, 볼진은 아마 그의 목을 쳐 머리를 교차로에 매달아 여행자들에게 볼진의 승리를 알렸을 것이다.

'여기서도 판다렌은 균형을 잡으려 하는군. 공포와 증오를 존중으로 상쇄하는 거야.'

무덤이 봉인되었고, 그 단서가 숨겨졌으며, 안개가 판다리아를 뒤덮는 장면을 지켜봤다. '저것도 역시 균형이야. 위장된 평화와 전쟁의 공포. 숨기는 것이 필요한 것과 마찬가지로 저들의 친절 역시 치유를 위함이야.'

환상이 옅어지면서 트롤과 판다렌 수도사의 눈이 마주쳤다.

"이해합니다. 타란 주 님, 판단하지 않겠어요."

"하지만 당신은 상황이 반대이길 바라고 있어요."

"지나간 일을 인정합니다. 하지만 바란다고 해서 전투에서 이기지 않아요."

볼진이 지도에서 투 셴 지역을 손가락으로 눌렀다.

"이곳에 주민이 살고 있다고 했지요. 그들이 우리에게 말해줄 수 있는 건 뭡니까?"

"거의 없어요. 그들은 대부분 자족하는 삶을 살며 탐험을 하지 않지요. 이방인들과 소통하지도 않아요. 그들은 무척 만족해하고 있소. 그들만의 낙원에서 행복하게 숨어 있지요."

타란 주가 미소 지었다.

"그리고 자연을 탐험하는 판다렌들은 거북을 쫓으라는 충고를 듣지요."

첸이 고개를 들었다.

"그래서 우리는 모구 장군들과 황제의 무덤을 파헤치지 않은 거군요."

"이해하는군요, 마스터 스톰스타우트. 살아남은 모구가 몇 있었지만, 그들은 결코 커다란 위협이 되지 못했어요. 우리가 잔달라에 대해 아는 것이 거의 없는 까닭도 모구의 시선에서 그들을 보기 때문이죠. 그들은 잔달라의 힘을 과소평가했어요. 우리는 모구를 부활시킬 능력이나 욕망이 있는 이는 없다고 믿으려 애써왔소. 그런데 잔달라는 모구 부활을 위한 행동을 취했어요. 그들은 무덤에서 천둥왕을 일으켜서……."

인간이 팔짱을 끼며 말했다.

"……이제는 그들이 천둥왕의 장군들까지 불러일으킨다는 말씀입니까?"

"장군들이 천둥왕의 의지와 힘을 증폭시키고 있어요."

'가로쉬가 호드의 다른 대표 지도자들을 생각하는 것과 같은 개념으로 천둥왕도 장군들을 생각하는 거야.' 볼진이 고개를 끄덕였다.

"그렇다면 두 가지를 생각해야 합니다. 자신의 통치를 다시 정립시키려는 게 천둥왕의 첫 번째 목표입니다."

첸이 머리를 흔들었다.

"그건 판다리아에 안 좋은데."

"맞아요. 여기 주민들은 천둥왕을 무덤에 묻으면서 잊어버렸을 수도 있어요. 그러면서 옛 기억도 점점 옅어졌을 겁니다."

인간은 한숨을 쉬었다.

"두 번째는 잔달라의 침공을 막아서 묘지를 차지하지 못하게 해야겠군요."

볼진이 고개를 가로저었다.

"아니, 그들이 장군들을 부활시키는 걸 막아야 하네. 불러낼 정도로 강력한 장군은 얼마 안 될 거야."

티라선이 짧게 고개를 끄덕였다.

"알겠어요. 그들을 죽인다……."

"그들 중 어느 정도를 죽이는 일은 가능할 거라고 생각하네."

볼진이 타란 주를 쳐다봤다.

"판다렌의 우선순위는 모구에 대항하도록 판다리아를 준비시키는 일입니다. 그런 일을 할 수도사가 얼마나 있나요?"

"백 명 정도요. 내가 데리고 있는 인원 중 반을 조직 작업을 시작하기 위해 각 지역으로 파견했소. 물류를 지원하고 훈련을 위해서요. 하지만 이들은 볼진, 당신이 언급한 종류의 수도사들이 아니오."

나이 든 판다렌 수도사가 턱을 치켜들었다.

"당신이 말한 종류, 전투를 할 수 있는 판다렌은 여기 당신들 셋과 나까지 합쳐 오십여 명 정도요."

"오십 명으로 잔달라의 침공을 막고 고대 모구의 독재자를 다시 무덤으로 돌려보낸다라……."

볼진이 천천히 고개를 끄덕였다.

"묘지 일에 일곱 명이 필요합니다. 우리가 거기 가 있는 동안, 나머지를 데리고 타란 주 님이 무엇을 해야 할지에 대해 알아봅시다."

• • •

"실망스럽구나, 니르잔 대위."

칼아크 앞에 트롤이 엎드리고 있다는 사실이 평소처럼 그녀의 기분을 누그러뜨리지 못했다.

"너는 조우친에서 싸운 놈들이 바로 우리 정찰병 무리를 죽였다는 사실을 밝힌 것으로 치하 받을 거라고 생각했겠지? 하지만 나는 그놈들이 계속해서 싸우지 않고 죽기를 바란다. 아마 너도 알고 있을 거야."

"네, 그렇습니다."

"주술사의 일지를 잃어버린 점은 더욱 불쾌하구나. 그 인간과 판다렌 동지를 잡았어야 했어. 지금 그 일지가 내 손에 있어야 한단 말이다."

불가능한 칼아크의 말에 니르잔이 항의를 하려 들었다면, 칼아크는 다른 장교들에게 본보기를 세우기 위해 직접 그를 죽였을 것이다. 니르잔은 정찰병이 돌아오지 않는다는 보고가 들어온 후 파견되었기 때문에 그가 정찰병들을 죽인 자들을 잡아오리라 예상하는 것은 불합리하다는 사실을 칼아크는 알고 있었다.

그녀는 발가락으로 니르잔의 어깨를 건드려 무릎을 꿇는 자세를 취하게 했다.

"네가 직접 보고를 하러 돌아온 일은 잘한 짓이다. 네 부대를 동쪽으로 파견한 것도 잘한 일이다. 어촌 마을에서 인간의 발자국을 그려뒀기 때문에 여기에서 그의 흔적을 알아볼 수 있었다. 내가 생각하는 것보다 더 많은 정보를 가져왔어."

니르잔 대위는 계속해서 시선을 땅에 두고 있었다.

"칭찬해주셔서 감사합니다. 폭풍우로 그 농장에 난 불이 꺼져 발자국이 씻겨 나가지 않은 점이 다행이었습니다."

칼아크는 두 손을 모아 입술 가까이에 대고 잠시 있더니, 손을 내리며 고개를 끄덕였다.

"너희들 모두 부하들을 데리고 우리가 의도했던 경로를 따라 진군하게 될 것이다. 적이 너희들이 온다는 걸 알고 있다고 생각해라. 교차로에 진지를 설치하고 어떤 식으로든 물리적인 저항을 지연시킬 곳을 만드는 거다. 만약 너희들이나 너희 부하들 중에 후퇴할 생각을 품은 자가 있다면 이 점을 잘 새겨들어라. 내 섬세한 보살핌을 받으며 천천히 죽느니 차라리 적들의 손에 빨리 죽는 게 훨씬 나을 것이야."

칼아크가 말을 이었다.

"너희들은 포로를 다루게 될 것이다. 그들에게서 정보를 빼내라. 그리고 그들이 정치 세력을 가지고 있거나 공직에 있는 자라면 내게 보내라. 그들의 가족들을 참수해 그 머리를 교차로에 걸어놓고 시체는 태워버릴 것이다. 그리고 우리 정찰병의 죽음은 부분적으로 판다렌들 탓이니 잃어버린 정찰병 하나 당 짐승 같은 판다렌 열을 죽이겠다. 죄수 중에 하나를, 전투원이 아닌 젊거나 늙은 판다렌 하나를 풀어줘서 이 이야기가 퍼져나가게 해라."

칼아크는 몸을 앞으로 기울여 구부러진 손가락으로 니르잔의 뾰족한 턱을 들어올렸다.

"그리고 너, 니르잔은 커다란 특권을 누리게 될 것이야. 너는 인간의 흔적을 알아냈다. 그러니 너와 네 부하들은 아주 먼 곳까지 돌아봐라. 그래서 얼라이언스 측 전선이 어디에 있는지 알아내. 또 모습을 드러내지 말고 몰래 포로를 잡아와라. 인간이면 더욱 좋고, 늑대인간, 요정도 좋다. 난쟁이 둘과 도깨비 셋은 반드시 확보해. 우리 병사가 죽은 대가로 나는 병사

하나 대 열 둘을 원한다. 그중에서는 아무도 풀어주지 마라. 왜 그들이 없어졌는지 그들의 동족이 곧 알게 될 거야."

"네, 알겠습니다."

"그들을 장군들의 무덤으로 데려와. 나는 그곳에서 그들을 어디에 써먹을지 알아놓겠다."

칼아크가 몸을 똑바로 일으켜 세웠다.

"자, 이제 모두 가라. 성공하면 돌아와서 보고해."

십여 명의 트롤 장교들이 모래를 날리며 각자의 부대로 돌아갔다. 칼아크는 만족의 웃음을 애써 참으며 그들이 가는 모습을 지켜봤다. 그들은 칼아크를 실망시키지 않을 것이다. 그녀가 내린 명령은 실패할 수 없는 임무였기 때문이다. 자신감을 키워주려면 성공이 필요했다. 나중에 칼아크가 그들에게 불가능한 일을 요구할 때 반드시 필요한 것이 자신감이었다.

칼아크는 자신에게 모구의 그림자가 드리워지는 것을 느끼고 몸을 돌렸다. 그녀는 그림자가 모래에 드리워지는 것을 봤다.

"좋은 아침입니다, 영예로운 채난이여."

"그대는 죽은 병사의 가치를 너무 가볍게 두오. 나라면 죽은 병사 하나당 판다렌 백을 죽이겠소."

"그렇게 할까 생각해봤지만, 그러기엔 교차로가 너무 적고 막대의 숫자도 너무 적습니다."

칼아크가 가볍게 어깨를 으쓱해 보였다.

"그리고 원할 때면 언제나 죽일 수 있습니다. 그대의 주인께서 기뻐하신다면 그렇게 할 것입니다."

"죽은 판다렌으로 그분을 기쁘게 할 수 있을지 의심스럽지만, 인간이라면 아마 가능할 수도 있겠지."

사형집행인이 왜 종종 모자가 달린 옷을 입는지 보여주겠다는 듯 모구가 웃음을 지었다.

"그대가 찾는 인간과 판다렌 그리고 트롤이라면 분명 내 주인님이 크게 기쁘게 할 것이오."

"그렇다면 그들을 잡아오기 위해 최선을 다하겠습니다."

칼아크는 그에게 인사를 했다.

"천둥왕께서 그들의 영혼과 고통을 마실 수 있도록 제가 직접 데리고 오지요."

2 0

볼진은 자신이 꿈 혹은 환상에 갇혔다는 걸 알았다. 어떤 것인지 확실하지 않았다. 그의 마음은 그가 본 것과 들은 것을 소화할 수 있으므로 꿈이라면 볼진이 묵살해버릴 수 있었다. 하지만 비단 무용수로부터 받은 선물로, 모든 표식이 담겨 있는 환상이라면 가볍게 생각할 수 없으며, 볼진은 그것을 꿰뚫어봐야 했다.

볼진은 루쉬카 가면으로 얼굴을 가렸는데, 그게 좋았다. 이는 볼진이 잔달라의 몸속에 있든 그렇지 않든 언제나 반사되는 이미지를 감출 수 있다는 의미였다. 티라선의 몸속에 들어가는 것하고도 달랐다. 볼진은 트롤이라는 기분을 한껏 느꼈다. 심지어 볼진 자신일 때보다 더 강하게 느꼈다. 주변을 둘러보며 볼진은 잔달라가 아닌 다른 트롤이 있던 시대에 있다는 걸 깨달았다.

볼진은 그가 겪었던 시간보다 훨씬 더 오래 전의 시대에 서 있었다.

그는 그곳이 판다리아임을 알았지만, 볼진이 그 이름을 내뱉는다 해도 그를 초대한 주인은 그것을 인정하지 않을 거라는 사실을 알았다. 그곳에서 판다리아는 불경한 이름이었다. 모구는 판다리아의 진짜 이름이 새나가지 않게 워낙 삼엄하게 지켰고, 아무리 볼진이 귀빈이라고 해도 그에게 가르쳐주지 않았다.

무리지어 있는 판다렌 중에는 첸처럼 풍성하게 살찐 이는 없었고, 모두 바쁘게 뛰고 무엇인가를 가져오고 운반했다. 볼진을 초대한 모구는 사회적 계급이 영혼파괴자에 해당하는 자였다. 그는 땅을 좀 더 잘 볼 수 있도록 산으로 올라가자고 제안했다. 그들은 산 정상 가까이에서 멈춰 점심 식사를 했다.

육신은 수천 년 뒤 미래에 있었지만, 볼진은 그들이 머무는 장소가 미래의 음영파 수도원 자리라는 사실을 알아차렸다. 볼진은 가면 뒤로 달콤한 떡을 조금씩 씹으며 지금 그의 육신이 잠들어 있는 바로 그 자리에 앉았다. 그는 전생의 기억을 볼 수 있게 된다면 어떨까 궁금했다.

그 생각을 하니 흥분됐고, 또 반발심이 들기도 했다.

거부하기는 했지만 흥분되는 느낌이 든 이유는 그가 성장한 트롤 문화 때문이었다. 잔달라 트롤이 다른 트롤 부족을 깔보고 검은창 부족 같은 경우 잔달라가 어디까지 추락할지를 두고 농담하긴 해도, 잔달라에게 존중받지 못하는 것은 부모의 사랑을 받지 못하는 아이가 되는 것과 비슷했다. 그리고 아무리 부실한 부모라고 해도 그들이 아주 약간만 친절하게 굴면 가볍게 메워질 구멍을 남겼다. 그래서 잔달라가 된 자신의 모습을 알게 되거나 최소한 잔달라의 육신 속에서 편안함을 느끼는 것은 볼진이 부정하고 싶었던 갈망에 답을 줬다.

'잔달라의 존재를 인정한다고 내가 노예가 되는 것은 아니야.' 반발심이 드니 그런 갈망을 없애기가 더욱 손쉬웠다. 자신의 잔이 제때 채워지지 않자 볼진을 초대한 모구가 하인에게 어떤 몸짓을 했다. 그러자 파랗고 검은 번개가 허리가 굽은 판다렌을 때렸다. 판다렌은 주둥이가 넓은 황금색 병에서 와인을 쏟으며 넘어졌다. 모구 주인이 그 하인을 계속 구타한 다음 볼진을 향해 몸을 돌렸다.

"손님 대접이 소홀했군요. 이런 재미를 못 보게 해드리다니."

판다렌을 고문하라는 청에 볼진의 가슴이 쿵쾅거렸다. 이는 두드려 맞아 이미 만신창이가 된 하인에게 그가 더 우월하다는 사실을 증명할 수 있다는 게 아니라 그를 초대한 주인과 똑같이 고통을 줄 수 있음을 증명하라는 것이었다. 그들은 과녁의 정중앙에 가깝게 맞추려 노력하는 활을 쏘는 불가사의한 궁수였다. 중요한 것은 경연이지 목표물이 아니었다.

'과녁을 위해 슬퍼하는 자는 아무도 없는 거야.'

다행이도 볼진이 이 운동을 탐닉해야 할지 말지 고민하기 전에 장면이 바뀌었다. 볼진과 그의 손님은 지금은 가시덤불 골짜기로 알려진 정글에 있는 피라미드 꼭대기에서 한가한 시간을 즐겼다. 그들 앞에 펼쳐진 도시는 돌로 가득한 거대한 평원이었다. 그중 많은 돌을 트롤이 지배하는 세상 먼 곳에서 끌고 왔다. 고대의 도시는 그러했다. 하지만 볼진의 시대에 와서는 도시에서 약탈해온 몇 안 되는 돌을 빼놓고는 그 자취가 남아 있지 않았고, 담장을 넘길 정도로 자란 덩굴로 채워진 폐허만 남아 있을 뿐이었다.

아주 미약하게나마 볼진은 손님에게서 경멸의 기미를 감지했다. 피라미드는 산만큼 높지 않았는데도 정상까지 올라가본 적이 없었다. 하지만 사실 트롤들은 영역을 살피기 위해 산에 올라갈 필요가 없었다. 로아와 소통할 수 있었고, 환상을 볼 수 있는 능력을 부여 받으면 물리적으로 높은 곳에 올라가지 않아도 됐다. 그리고 트롤은 특정 인종을 노예로 두고 개인이 하인으로 부리지도 않았다. 그렇다면 당시는 어떤 종이 트롤의 몸을 만질 수 있었을까? 트롤 사회는 계급에 의해 서열이 정해졌다. 계급마다 나름의 역할과 목적이 있었다. 하늘 아래 모든 것에 질서가 잡혀 있었다.

트롤은 그들 본연의 모습을 간직했고, 로아는 이것이 현실의 방식이라는 것을 이해하지 못한 모구를 동정했다.

볼진은 손님이 티탄의 마법을 쓰는지 흔적을 감지하려 애썼지만 실패했다. 아마 그들이 아직 마법을 발견하지 못해서 일 수도 있었고, 제국의 역사 중 나중에 사우록을 만들어내는 데만 그 마법을 썼을 수도 있었다. 아니면 천둥왕이 미쳐서 티탄의 마법을 쓰라고 명령을 내렸거나, 그가 마법을 사용해서 미친 것일 수도 있었다. 하지만 그런 것은 어쨌든 전혀 문제가 되지 않았다.

문제는 잔달라와 모구 사이가 갈라졌다는 점이었다. 그 문제 안에 모구를 몰락으로 이끈 확실한 근거가 있었다. 볼진이 감지한 경멸감은 부족 사이에 예의를 갖춘 무관심으로 발전했다. 잔달라와 모구는 서로 공격하지 않을 거라는 믿음이 있었다. 서로 상대방을 언제든 쳐부술 수 있다는 자신감이 있었기 때문이다. 그들은 나란히 서 있었지만 서로 쳐다보지 않았고, 한쪽이 불안정해지는 것도 보지 않았다.

재미있게도 두 종족의 사회 모두 흔들렸다. 모구가 아끼고 의존했던 노예가 되어준 피조물들이 봉기해서 모구 사회를 전복시켰다. 잔달라의 정상 유지를 가능케 했던 계급은 점점 늘어나 그들의 백성이 되었다. 그리고 숫자가 줄어들자 잔달라는 젊은 치기에서 벌이는 반항의 어리석음을 깨닫고 돌아와서 빌 때까지 제멋대로 구는 어린아이들을 버리는 것에 만족스러워했다.

잔달라에게 허락을 구하기 위해 조르기.

볼진은 방에서 으르렁거리며 깼다. 그리고 얼굴에 가면 대신 눈에 거미줄이 한 가닥 걸쳐 있는 것을 보고 깜짝 놀랐다. 눈이 올 것 같은 공기가 가득했다. 볼진은 일어나서 잠시 무릎을 끌어안고 있었다. 그러다 옷을 입고 밖으로 나갔다. 비단이나 가죽 갑옷을 입은 수도사들이 운동을 하고 있는 앞마당을 돌아 산으로 향했다.

잔달라나 모구는 둘 다 산 정상에 올라가야 할 필요를 느끼지 않았지만, 볼진의 심장이 그동안 게을러 시도하지 않았던 높이까지 가라고 재촉했다. 문득 볼진은 판다렌 방식으로 생각할 때, 그들이 정상에 오를 필요가 없었다는 신념에 대해 말하는 게 삶에서 균형을 이루는 일이라고 스스로를 설득한 것은 아니었는지 곱씹어봤다.

그런 식의 자기기만이 그들을 파멸로 몰아갔다.

산의 사분의 삼 정도까지 올라가자 그를 기다리고 있는 티라선이 보였다.

"당신은 정말 소리 하나 내지 않는군요. 생각에 골몰할 때조차 말이죠."

"아무튼 자네는 내가 다가오는 것을 감지하고 있잖나."

"나는 여기 꽤 오래 있었기 때문에 소리에 익숙해졌거든요. 그런데 당신이 오는 소리는 못 들었어요. 다른 모든 것들이 반응하는 소리는 들었는데 말이죠."

인간이 이렇게 말하고 미소 지었다.

"악몽을 꾸었나요?"

"마지막까지는 아니었네."

볼진이 등을 쭉 폈다.

"자네는 잠자는데 문제없나?"

"나는 아주 잘 잤어요."

티라선이 앉아 있던 바위에서 일어나 좁은 오솔길을 걷기 시작했다.

"당신 계획에 동의했는데도 잠을 잘 수 있다니 놀랍지 뭡니까? 자살하는 거나 다름없는 계획인데 말이에요."

"처음 하는 경험은 아닐 텐데."

"당신이 그렇게 말할 수 있고, 또 그 말이 맞는다고 인정하려니 내 정신이 온전한 건지 의심하게 되더라고요."

트롤이 성큼성큼 달렸다. 그러면서 티라선이 전혀 다리를 절지 않으며 옆구리의 통증도 거의 느끼지 않는다는 걸 감지하고 기뻤다.

"자네의 생존 기술이 탁월하다는 증거로군."

"그다지 대단하지 않아요."

인간이 뒤를 흘끗 돌아봤다. 그가 눈을 부릅떴다.

"볼진, 당신은 내가 어떻게 용의 심장에서 살아남았는지 봤잖아요? 나는 뛰었어요."

"자네는 기었어."

볼진이 손을 펴서 높이 들어올렸다.

"자네는 살기 위해 해야 할 일을 한 거야."

"나는 비겁한 겁쟁이였어요."

"부하들과 함께 죽는 걸 피하는 게 비겁한 행동이라면, 모든 장군이 겁쟁이야."

트롤이 고개를 가로저었다.

"게다가 자네는 그자가 아니야. 그자는 수염이 없어. 머리카락도 염색을 했지. 그리고 그에게 의지하는 이들이 살아있는 동안, 그자는 절대 도망가지 않네."

"하지만 나는 그렇게 했어요, 볼진."

티라선은 웃었지만 볼진이 한 농담에 공감하지는 않았다.

"수염과 머리카락을 원래 색깔대로 자라게 둔 건 내가 죽음과 맞닥뜨렸을 때 나 스스로를 속이고 싶지 않다는 걸 알게 됐기 때문이죠. 이제는 나 자신을 좀 더 잘 알고 있어요. 내가 누구고, 어떤 사람인지. 그리고 이제는 두렵지 않아요. 그러니 도망가지 않을 거예요."

"내가 두려워한다면 자네가 같이 가게 두지 않을 걸세."

"그러면 왜 첸은 가게 하는 거죠?"

볼진의 피가 분노로 부글부글 끓었다.

"첸은 도망가지 않을 거야."

"그건 나도 알고 있고, 그렇다고 주장하려 한 것도 아니에요."

인간은 한숨을 쉬었다.

"그는 도망가지 않을 테니까 오지 말아야 한다고 생각한다는 거예요. 수도사들 중 여기가 아닌 곳에 가족이 있는 이는 거의 없어요. 나는 혼자고 볼진, 당신은 어떤지 잘 모르겠지만……."

볼진이 고개를 가로저었다.

"그녀는 이해할 거야."

"첸에게는 조카와 야리아가 있어요. 그리고 솔직히 우리가 계획하는 일을 하기에 첸은 마음이 너무 여리고요."

"그곳에서 대체 무슨 일이 일어났던 건가?"

정상까지 나머지 길을 오르며 티라선은 정확하게 무슨 일이 있어났는지를 자세히 설명했다. 볼진은 완벽하게 이해했다. 그라면 갑옷을 벗지 않은 조용한 트롤을 제일 먼저 처치했을 것이다. 이는 갑옷을 입은 트롤이 가장 힘든 상대라는 의미였다. 다른 두 병사는 그저 평범한 병사다. 그들이 나눈 대화로 미뤄보면 그들의 지휘자는 전사가 아니었다.

티라선 역시 같은 이유에서 볼진의 선택과 똑같이 결정했다. 트롤을 함정에 빠뜨릴 방법을 찾는 것이 아주 중요했다. 그렇게 해서 그들을 싸울 수 없는 상태로 만들어버리고, 동시에 고통과 공포감을 심어줘 그들을 무력화시키기 위해서였다.

티라선이 한 행동을 충분히 이해하면서 볼진은 첸이 본래 성격과 달리

과묵했던 점 역시 이해를 할 수 있었다. 전쟁에 참여하는 많은 이들이 그들이 하는 행동을 보고 싶어 하지 않았다. 용맹한 영웅 이야기를 선호하는 문화가 종종 전쟁을 정의하곤 했다. 그런 이야기는 압도적인 역경에 저항하는 용기와 강인함을 찬양하느라 전쟁의 공포 부분은 빼버렸다. 수천 명의 적을 물리치는 전사를 위한 노래는 몇 천곡이 넘었지만, 치하 받아 마땅한 전사자를 위한 추모의 기록은 메모 하나 없었다.

첸은 전투를 신화화할 수 있는 이들 중 하나였다. 항상 일정한 거리를 유지했기 때문이다. 첸이 위험에 처하지 않은 적이 전혀 없다는 건 아니었다. 그도 종종 위험한 지경에 처했지만, 항상 위기를 잘 모면했다. 하지만 개인적으로 겪은 위험을 곱씹어보는 전사라면 누구나 자신의 광기를 끝내기 위해 아예 더 미쳐버리거나 적에게 자신을 던져버렸다.

지금까지 첸은 친구들을 지원해주기 위해 전투에 나갔다. 하지만 여기에서 그는 자신이 고향이라고 부르는 곳을 위해 싸우고 있었다. 밖에서 첸은 그저 판다렌이었을 뿐이다. 전사자 중 첸 자신이나 조카, 친구들과 모습이 흡사한 자는 아무도 없었다.

볼진과 티라선이 정상에 도달하자 볼진은 몸을 웅크렸다.

"자네가 첸에 대해 물은 질문을 이해하네. 우리 둘 다 절대 첸의 용기를 의심하지 않지. 그가 다치기를 원하지도 않고. 하지만 그렇기 때문에 그가 전쟁에 참여해야 하는 걸세. 행동하지 않고 우리가 마지막까지 수천의 적이 비명을 지르게 만들며 살육하는 것을 보고만 있으면 첸은 더 상처 입을 거야. 우리가 성공하든 실패하든 말일세. 첸은 판다렌이고, 판다리아는 그의 미래야. 이건 첸의 싸움이야. 그의 싸움에서 우리가 첸을 보호할 수는 없어. 그러니 함께 있으면서 우리를 구할 수 있게 만드는 게 낫지."

인간은 잠시 생각을 하더니 고개를 끄덕였다.

"첸이 내게 당신에 관한 이야기를 해줬어요. 당신의 과거에 대해서요. 첸은 당신이 현명하다고 했어요. 전에 이렇게 상황이 바뀌어 첸이 당신을 위해 싸웠듯 당신도 첸을 도와 그의 고향을 위해 싸우게 될 거라고 생각해 본 적 있나요?"

"아니."

트롤은 구름 속을 뚫고 들어가 있는 산과 그 아래 틈으로 보이는 숲을 자세히 관찰하며 판다리아를 굽어봤다.

"하지만 이곳은 목숨을 걸고 싸울 만한 가치가 있는 곳이야."

"싸워서 적들이 우리 고향에 저지른 일을 여기서는 하지 못하게 막는 건가요?"

"그렇지."

티라선이 자신의 염소수염을 긁었다.

"어쩌다가 호드의 지도자와 얼라이언스 측 군인이 연합해서 우리에게 충성을 맹세하지도 않는 종족을 위해 싸우게 되었는지 모르겠네요."

"예전의 우리 모습에 대해 말하는군."

볼진이 어깨를 으쓱했다.

"내 몸은 암살을 이겨내고 생존했지만, 나는 그 동굴에서 죽었네. 그들이 죽이고자 했던 볼진은 진정한 의미에서는 죽었어."

"나랑 마찬가지로 당신도 자신이 누구인지 결정을 내리지 못하고 있군요."

"나는 두개골 게가 아니야."

볼진은 티라선의 눈에서 이해하지 못하겠다는 표정을 읽었다.

"아, 타란 주 원장이 말해준 우화일세."

"나에게는 천 개의 문이 달린 방 이야기를 했어요. 그중에 내가 빠져나갈 수 있는 문이 딱 하나 있고, 들어갈 때 사용한 문은 사라져버렸다는 전제였지요."

"그래서 자네는 문을 선택했나?"

"아니오, 하지만 선택을 거의 마쳤으니 이제 결정을 내리려고 합니다."

인간이 미소를 지었다.

"당신도 알지만 한때 나는 비슷한 경험, 또 다른 천 개의 문이 있는 방에 들어가 본 적이 있어요."

"그리고 나는 내가 들어가 있는 껍질이 어떤 것이든 그것보다 더 커질 거야."

볼진이 한 손을 내밀어 넓게 트인 판다리아와 초록빛 계곡을 쓸어보며 말했다.

"자네도 죽기 전에 고향의 계곡을 기필코 다시 보겠다고 약속하게. 여기 풍경도 고향을 대신할 만큼 가치 있지 않나?"

"당신에게 거짓말을 한다면 말이죠, 난 아니라고 말하고 싶네요."

인간이 미소 지었다.

"그렇다고 대답하면 그게 거짓말이 될 거예요."

"내가 약속했듯이 자네를 죽이는 자는 내가 잡을 거야."

"지금부터 아주 먼 시간이 흐른 후, 내가 늙어서 이유는 기억 못해도 여전히 감사할 수 있을 정도는 될 때, 그렇게 합시다."

트롤이 인간을 바라보다 시선을 돌렸다.

"우리 둘은 이렇게 이성적일 수 있는데, 왜 우리 종족은 서로를 그렇게도 증오하는 걸까?"

"증오할 수 있는 차이점을 찾아내는 게 연합할 수 있는 공통점을 발견하기보다 쉽기 때문이지요."

티라선이 재빨리 빙그레 웃었다.

"내가 얼라이언스로 돌아가 우리가 함께 하며 겪은 일을 이야기하면……."

"미친 놈 취급을 받을 것 같나?"

"아마 반역죄로 재판을 받거나 처형당할 거예요."

"우리에겐 공통점이 더 있군. 그래도 처형은 암살보다 깨끗하지."

"하지만 차이점을 찾는 게 더 쉽다는 인식이 깊이 뿌리박혀 있어요."

인간이 고개를 가로저었다.

"우리가 이 일을 실행하고, 세상이 보고 이해한다고 해도 절대 우리가 이뤄놓은 일을 노래하거나 그 이야기를 전달하지는 않을 거예요."

볼진이 고개를 끄덕였다.

"우리 자신을 위해 세상이 이 일을 노래하게 하려는 건가?"

"아니오, 그 노래들은 내 문에 맞지 않을 걸요."

"그렇다면 그 노래를 잔달라들의 탄식으로 불리게 만드세."

볼진은 자리에서 일어나 산을 내려가기 시작했다.

"그 노래가 천 세대에 걸쳐 불릴 영원으로의 세레나데로 만들자고."

21

음영파 수도사들은 전쟁 준비에 집중했다. 볼진이 볼 때 그들의 행동은 다른 종족들이 똑같은 준비를 할 때 보이는 무서운 유머가 담기지는 않았지만, 나름대로 칭찬을 받을 만한 정도였다. 제비뽑기로 푸른 팀과 붉은 팀에서 살아남은 수도사 각각 두 명씩 네 명이 볼진, 티라선 그리고 첸의 팀에 합류했다. 운에 따라 뽑힌 것이지만, 볼진은 제비뽑기가 임무를 수행할 수 없는 수도사들이 자존감을 잃지 않으면서 임무에서 빠질 수 있도록 하기 위한 조처가 아닌지 의심스러웠다.

영원꽃 골짜기를 공격하는 일은 간단한 임무가 아니었다. 통과하기 힘든 험준한 산 속에 자리 잡고 있는 그림자 속의 영원꽃 골짜기는 수천 년 동안 탐험되지 않은 미지의 수수께끼였다. 실제로 이곳에 진입하기가 어렵다는 사실에서 볼진은 병력이 훨씬 더 큰 잔달라는 골짜기로 들어가기 어려울 것이라는 위안을 얻었다.

'그렇게 되면 좋을 텐데…….'

볼진의 팀원 일곱 명 모두 각자 준비를 했다. 티라선은 수도원의 무기고에서 가장 좋은 화살을 골라 부러뜨린 다음 직접 깃을 붙였다. 그는 화살대는 밝은 빨강으로, 깃털 부분은 파랗게 칠했다. 붉은 팀과 푸른 팀 수도사들을 기리기 위해서였다. 누군가 화살촉에 검은 숯 칠을 한 이유를 묻자 티라선은 잔달라의 검은 심장을 상징한다고 말했다.

첸은 원정에서 먹을 양식을 준비하는 일을 스스로 맡았다. 잔달라가 일으킬 종류의 전쟁에 대한 경험이 없는 수도사들에게는 그다지 중요한 일처럼 보이지 않았지만, 볼진은 친구가 두 가지 목적을 가지고 양식을 준비한다는 걸 알았다. 임무를 성공하기 위해 적절한 식량, 물 그리고 붕대는 아주 중요했다. 그리고 이것이 다른 이들을 돌보는 첸의 방식이었다. 예전에 전쟁을 목격했고, 전쟁 중에 어떤 일을 해야 했던 첸은 자신의 본성에 충실했다. 그리고 볼진은 그런 점이 고마웠다.

트롤이 앉아서 숫돌로 곡선으로 휘어진 양날검의 한쪽 날을 갈고 있을 때 타란 주가 다가왔다.

"아마 더 이상은 날카롭게 갈 수 없을 거요. 이미 밤과 낮도 가를 수 있을 정도요."

볼진이 칼을 세우고 칼끝에서 황금빛 햇빛이 불꽃처럼 반짝이는 것을 지켜봤다.

"이 검을 사용할 전사의 날을 세우기에는 우리에게 주어진 시간이 부족합니다."

"난 그 전사도 정교한 칼날에 맞게 준비가 되어 있다고 생각하오."

연로한 수도사는 영원꽃 골짜기의 산이 구름의 바다에 갇힌 남쪽을 바라봤다.

"마지막 모구 황제가 몰락했을 때 수도사들이 저항을 주도했어요. 그때 수도사들이 음영파를 그들의 후계자로 인식했는지는 모르겠소. 우리가 그들을 영감의 대상으로 생각하지 않은 것 같기도 합니다. 우리는 그들의 전설을 너무 존경했고, 그들은 우리에게 훨씬 더 많은 것을 바랐던 거 같소."

타란 주는 얼굴을 찌푸렸다.

"당시 저항할 때는 그들과 싸운 판다렌이 훨씬 더 많았어요. 진위, 호젠 심지어 그루멀까지 참여했지요. 전승지기들은 결코 언급하지 않지만, 인간과 트롤도 판다렌과 함께 싸웠소."

트롤이 미소를 지었다.

"그랬을 가능성은 낮아요. 그 당시 인간은 정제되지 않았습니다. 그리고 잔달라는 당시 모구를 여전히 동맹으로 보고 있었고요."

"하지만 어디에나 항상 예외는 있지요."

"제정신이 아닌 변절자를 생각하고 있군요."

"자유를 쟁취하기 위한 우리의 싸움은 당신도 이해할 수 있었고, 지금도 이해할 수 있다는 게 요점이오."

타란 주는 고개를 가로저었다.

"그 전쟁과 우리가 노예의 삶을 살았던 그때가 너무도 끔찍해서 우리 영혼에 상처를 남겼지요. 그 상처는 절대 치유되지 않고 악화될 뿐이었소."

볼진은 이리저리 칼을 휘두른 다음 숫돌에 대고 다른 날을 갈았다.

"곪는 상처는 자르고 짜내야 하죠."

"그 악몽을 잊어버리려는 열망에 아마 우리는 지식을 잊어버린 모양이오. 방법을 잊어버렸다기보다 필요성을 상실한 거지."

타란 주는 고개를 끄덕였다.

"볼진, 당신이 여기에 있으면서 지금까지 보여준 행동은 내가 그 필요성을 깨닫는데 커다란 도움이 되었어요."

볼진의 등골에 전율이 흘렀다.

"그 말을 들으니 기쁘면서도 슬프군요. 전쟁을 충분히 겪었지만 좋아할 수는 없었습니다. 전쟁을 위해 사는 이들 같지 않게요."

"티라선을 말하는 거요?"

"아니오. 티라선도 아닙니다. 그는 전쟁에 익숙하지요. 하지만 그가 전쟁이 필요한 부류라면 오래전에 이곳을 떠났을 겁니다."

볼진의 눈이 가늘어졌다.

"티라선과 나의 공통점은 다른 이들은 지지 않으려는 책임감을 지려고 한다는 겁니다. 음영파도 마찬가지고요. 그리고 이제는 타란 주 원장님도 왜 그게 중요한지 압니다."

"맞소."

연로한 판다렌 수도사가 고개를 끄덕였다.

"우리가 의논한 대로 진위와 호젠에게 사절을 보냈소. 그들도 우리 편에 서주기는 바라오."

"그루멀들은 그럴 의지가 있는 것 같아 보이는군요."

각자가 끌어야 할 자루를 든 작고 팔이 긴 피조물들이 작은 매듭처럼 첸 주변에 모여 있었다. 그루멀은 팀의 장비를 지니고 골짜기로 간 다음, 다시 수도원으로 돌아가 타란 주에게 팀의 이동 경로를 알려주기로 했다. 대단한 지구력을 소유한 그루멀은 원정의 후반부에 해당되는 골짜기로 들어가는 시점이 될 때, 팀이 힘을 절약할 수 있게 도와줄 터였다.

"저들은 보기보다 훨씬 더 유순하고 현명하지요."

타란 주가 미소를 지으며 말했다.

"우리, 판다리아에 사는 종족들은 당신이 한 일에 아무리 감사를 표한다 해도 모자랄 것 같아요. 그래서 내가 산의 뼈로 당신의 조각상을 만들라고 조각 장인을 산으로 보냈소. 만일 당신이 죽는다면……."

볼진이 고개를 끄덕였다. 그에게 작은 조각상이 떨어지는 것은 군사 정보와 관련된 문제였지만, 음영파에게는 전적으로 다른 일이었다.

"내게 과분한 영예를 표하시는군요."

"당신이 우리를 위해 하는 일을 기리기에는 모자라오. 과거에는 수도사들이 저항을 이끌었고, 이제는 새롭게 끝을 기록하게 될 거요."

트롤이 눈썹을 치켜 올렸다.

"우리는 그저 시간을 버는 것뿐이에요. 그들을 늦출 수는 있을 겁니다. 하지만 일곱, 아니면 마흔 일곱으로 잔달라 모구를 완전히 저지할 수는 없습니다."

"우리에게 필요한 건 시간이오."

타란 주가 웃었다.

"우리가 노예였던 시절을 기억하는 이는 거의 없지만, 노예가 되길 바라는 이는 없지요. 모구가 부활한다면, 그들은 우리가 그들을 전복시킨 이유를 가지고 올 거예요. 조직을 할 시간이 필요해요. 판다렌들에게 과거를 상기시키고 미래의 가치를 가르칠 시간 말이오."

· · · ·

다음 날 아침 영원꽃 골짜기로 출발하며 볼진은 뒤를 돌아 평온의 봉우리를 바라봤다. 그곳은 첫 번째 수도사들이 비밀리에 수련을 한 곳이었다. 모구는 정상까지 올라가기에 너무 게을렀기 때문에 그들은 비밀을 지킬 수 있었다. 인간과 정상을 향해 오르며 볼진은 갑자기 거기보다 훨씬 아래에서 모구 동지와 휴식을 취했던 기억이 불쑥 났다. 전혀 다른 동지, 우방과 함께했던 그 상황은 무척이나 다르게 느껴졌다.

그리고 아주 이상했지만 또 묘하게도 적절했다.

볼진은 팀을 관찰하고 미소를 지었다. 팀원들 각자 무기와 식량, 그 밖에 필요한 장비를 운반하는 그루멀 둘과 짝을 지어 행군했다. 판다렌 다섯, 인간 하나 그리고 트롤 하나였다. 가로쉬가 볼진이 얼마나 쉽게 이들과 잘 어울려 지내는지 봤다면 반역죄를 더욱 무겁게 물었을 것이다.

지금 함께하는 동료들이 볼진의 마음속에 있는 호드 연합을 대신하는 것은 아니었다. 필요에 의해 결성된 동료들이었다. 그러자 볼진은 다시 호드를 떠올렸다. 자유를 지키기 위해 다양한 종족이 연합한 것이 호드였다. 볼진이 알고 사랑했던 호드의 정의, 스랄 밑에서 싸웠던 호드는 목적의 연합이었다.

가로쉬가 이끄는 호드의 목적은 가로쉬에게서 비롯되었다. 정복과 힘을 갈망하는 가로쉬의 필요로 만들어졌다. 그의 욕망은 목적을 치유 불가능한 상태까지 망가뜨렸다. 볼진의 마음에 그것은 잔달라와 모구가 연합해 판다리아에서 모구의 힘을 복원시키려는 것만큼이나 커다란 비극이 될 터였다.

그들은 남쪽으로 계속 행군했고, 며칠 뒤 영원꽃 골짜기 정상에 도달했다. 폭풍을 예고하며 파도가 들썩이는 대양처럼 골짜기에는 구름이 둥그렇게 감기며 소용돌이치고 있었다. 무슨 전조를 느꼈는지 그루멀들은 아무 말도 하지 않았다. 그들은 전과 마찬가지로 캠프를 치고 팀과 분리되어 그들끼리 모였다.

더 좋은 방법을 알고 있었지만, 볼진도 첸처럼 모든 판다렌 수도사의 이름을 외우기로 했다. 티라선은 현명하게 판다렌에게 형제, 자매 또는 친구라고 부르면서도 어느 정도 거리를 유지하고 있었다. 그들의 이름과 바람, 꿈을 모른다면……. '그들의 조각상이 산의 뼈에서 떨어질 때 견디기 더 수월하겠지.'

그러나 볼진은 쉽게 가기를 원하지 않았다. 과거 볼진이 자신의 부족을 위해 싸울 때에도 결코 그런 적이 없었다. 여기서는 이들과 거리를 두는 게 쉬웠다. 이들은 볼진의 종족이 아니었고, 이곳은 그의 고향도 아니었다. 이들은 검은창 부족이 아니었다. '하지만 싸울 가치가 있는 싸움이라면, 그리고 이들이 내 동료라면, 이곳이 내 고향이고 내 부족이다.'

그러자 과거의 일이지만 불현듯 모구 역시 같은 생각을 했을 거라는 생각이 들었다. 이 땅은 모구의 것이었다. 그리고 판다렌은 그들의 백성이었다. 수천 년이 지났고 그들 모두가 잊혔지만, 잘못을 바로 잡고 싶다는 욕구로 그들은 스스로를 불살랐다. 과거로 돌아가고자 하는 욕구가 있는 트롤에게는 중요한 일이었다. 최소한 그들은 미래를 탐험했기 때문이다. 하지만 모구는 그들의 영역을 다시 수립하거나 조직하기 위해 한 일이 거의 없었다. 잃어버린 과거에만 매달렸기 때문에 미래와 단절된 상태로 있었다.

남서 방향으로 향한 동굴에 캠프를 마련했지만, 불은 피우지 않았다. 그들은 주먹밥, 말린 베리와 훈제 생선을 먹었다. 첸이 어렵게 물을 담는 가죽 부대에 차를 넣고 우려내 그나마 입에 맞게 음식을 섭취할 수 있었다.

티라선은 작은 찻잔의 차를 다 마시고 다시 채워달라고 했다.

"항상 내 마지막 식사는 어떨까 라는 궁금증이 있었어요."

첸이 정말 즐겁다는 미소를 지었다.

"그런 생각을 하려면 아직도 멀었어, 티라선."

"그럴지도 모르지요. 하지만 이게 마지막 식사라면 이것보다 더 훌륭한 식사를 기억하기란 어려울 것 같아요."

트롤이 잔을 들어올렸다.

"이건 음식이 아니라 동료야."

• • •

저녁 식사 후 처음으로 보초를 선 뒤 새벽이 오기 직전까지 볼진은 아주 잘 잤다. 그는 꿈을 꾸거나 환상을 보지도 않았다. 최소한 기억이 나는 것은 없었다. 잠시 후 볼진은 혹시 로아가 다시 그를 버린 것은 아닐까 궁금했다. 하지만 그와는 반대로, 브윈삼디가 볼진이 트롤을 좀 더 보낼 수 있도록 다른 로아들에게서 그를 떼어놓은 거라고 판단했다.

일곱 명의 원정대는 이제 그루멀 짐꾼들과 작별했다. 티라선은 기념품으로 그루멀 모두에게 화살을 하나씩 줬다. 볼진이 그를 힐끗 쳐다보자 티라선은 어깨를 으쓱해보였다.

"화살을 모두 잔달라의 것으로 채워 넣을 거예요. 그냥 인정해요. 내 화살은 항상 잔달라의 화살보다 훨씬 먼저 동이 날 수밖에 없잖아요."

티라선에게 뒤지기 싫은 마음과 더불어 볼진 역시 그루멀에게 감사하는 마음이 깊었기 때문에 그는 옆 머리카락을 밀어서 모든 그루멀에게 조금씩 나눠줬다. 그루멀들은 마치 두 손 가득 보석을 받은 얼굴을 했다. 그리고 그들은 곧 언덕을 넘어 산속으로 사라졌다.

원정대는 이제 수월하게 산 속으로 내려갔다. 샨 형제가 순진한 얼굴로 발판이 될 만한 곳을 찾았고, 다른 이들이 따라오도록 밧줄을 고정시켜가며 길을 안내했다. 샨 형제는 저항을 하던 시절에 줄에만 몸을 의지한 채 산을 내려가서 모구를 놀라게 했다는 수도사들의 이야기를 했다. 그런 전설을 들으며 볼진은 어느 정도 위안을 얻었고, 그들 역시 성공하기를 바랐다.

오후가 되자 그들은 구름 아래까지 내려갔다. 태양이 안개를 없애버리지는 않았지만, 구름은 태양빛이 땅에 반사되어 비치는 미묘한 황금빛으로 빛났다. 볼진은 산의 남쪽 개간지의 가장자리에 웅크리고 앉아 계곡 아래쪽을 살폈다.

누군가 판다리아를 정의하는 색깔을 고르라는 한다면 초록색이라고 대답했을 것이다. 새로 돋은 풀의 옅은 초록에서부터 짙은 에메랄드빛 숲까지, 판다리아는 다양한 색조의 초록을 머금은 대륙이었다. 하지만 영원꽃 골짜기에서 초록은 황금색과 붉은 색에 자리를 내줬다. 볼진 일행이 온 곳은 가을이 가까워지고 있기는 했지만, 가을 단풍이 아니라 활짝 핀 꽃들의 색으로 흐드러졌다. 세월이 빗겨간 세상 속에서 얼어붙은 봄의 영광을 누리고 있었다. 넓게 퍼지는 빛은 날카로운 그림자를 드리지 않았고, 그 빛

아래에서 움직이는 작은 것들도 꿈처럼 나른했다.

골짜기는 깨어나며 길게 맘껏 기지개를 펴듯 쭉 뻗어 있는 것 같았다. 높은 곳에서 보니 집도 몇 채 보였지만 누가 사는지, 어떻게 생활을 하는지는 알 수 없었다. 분명 아주 오래되기는 했지만 초목에 뒤덮일 정도는 아니었다. 시간을 초월한 골짜기의 영원함이 그 상태를 보존하고 있었다. 볼진은 그런 특성이 그들 모두를 살려두는 것인지 궁금했다.

'아니면 우리 모두를 영원히 죽게 할까?'

하얀 색과 대조를 이루는 갈색 털의 관리 자매가 남동쪽을 가리켰다.

"침입자들은 저쪽 방향에서 접근할 겁니다. 모구의 궁전이 저쪽에 있고, 타란 주 님이 황제의 장군들은 우리 위치에서 남쪽에 묻혀 있다고 말씀하셨어요."

티라선이 고개를 끄덕였다.

"일지를 가지고 있었다면 잔달라들은 계곡의 동쪽에서 통로를 찾았을 거예요. 그들이 거기까지 왔다는 표식은 아직 보이지 않아요."

트롤이 빙그레 웃었다.

"뭘 보게 될 거라고 생각한 건가, 친구? 풍경을 뒤덮는 시커먼 얼룩이나 불타고 있는 마을에서 피어오르는 연기를 예상한 거야?"

"그런 것은 아니지만 임시 캠프가 있어야 해요. 그래야 여기서 어두워질 때까지 기다렸다가 적이 불을 피우기라도 하면 알 수 있을 테니까……."

"아니면 좀 더 내려가 만일을 대비해 그들이 불을 켜지 않고 캠프를 차리지는 않았는지 면밀하게 관찰할 수 있겠지."

볼진이 일어섰다.

"나는 후자가 좋네."

"활을 쏘기에는 낮이 더 쉽지만, 밤이라고 불가능한 것은 아니에요. 그저 조금 더 편리할 뿐이지요."

"좋아. 그러면 이 작은 고원을 벗어나 저 길 위쪽으로 좀 더 가보세. 높이
는 유지하면서 말이야."

티라선이 자신의 화살 끝을 가리켰다.

"곧장 남쪽으로 가서 동쪽으로 돌아갈 수 있다면 잔달리 행군의 뒷부분
에 접근할 수 있어요. 잔달라는 이미 확보한 지역에서 우리를 찾는 수색
작업은 하지 않을 겁니다. 그리고 그들의 목적을 달성하는데 중요한 인원
은 선두나 직접적으로 위험이 인지되는 곳에 없을 거예요."

"맞네, 그들을 찾아내 죽이는 거야."

대충 훑어보던 첸이 눈을 부릅떴다.

"그리고 다시 빠져나오는 거야."

트롤과 인간은 서로 눈길을 교환했고, 트롤은 고개를 끄덕였다.

"아마 남쪽과 서쪽이 될 거야. 들어간 길로 다시 빠져나오는 거지."

"우리가 이곳 지형을 알고 있으니 어디에 함정을 파야할지도 알 수 있어요."

인간이 활을 내렸다.

"일곱 명이 두 제국의 정예 부대에 맞서고 있다는 점을 감안하면 이게 고
안해낼 수 있는 최악의 계획은 아닐 거예요."

"동감하네."

트롤이 등에 고정되어 있는 짐의 자리를 옮기며 말했다.

"더 나은 계획은 생각할 수도 없어."

"그게 바로 요점 아닌가, 볼진?"

첸이 자신의 짐에 달린 벨트를 당기며 말했다.

"우린 저들을 괴롭히기 위해서 이곳에 온 거야. 난 이 계획이 분명히 효
과가 있을 거라고 믿네."

2 2

　이방인은 수 년 동안 전혀 경험하지 못한 황금 계곡을 걷고 있었지만, 볼진은 전혀 두렵지 않았다. 그는 조심해야 한다는 걸 알았고, 눈에 띄지 않기 위해 의도적으로 모든 예방 조치를 했다. 하지만 등골이 오싹해지는 느낌이 전혀 없었고, 목덜미의 털이 일어서지도 않았다. 마치 두려움을 모르게 하는 루쉬카 가면을 쓰고 있는 것 같았다.

　하지만 그러면서도 그게 아닐 수 있다는 것도 알았다. 영원꽃 골짜기로 들어온 이후 볼진은 자면서 꿈을 꾸지 않았다. 하지만 그건 꿈을 꿀 필요가 없어서였다. 골짜기를 누비며 걷는 것은 생생한 환상 속을 걷는 것과 똑같았다. 이곳 현실의 무엇인가가 볼진의 안으로 번져 들어왔다. 부분적으로는 트롤이라는 그의 혈통에 가득한 오만함 때문이기도 했다. 모구 제국의 유령의 부드러운 손길에 이끌린 볼진은 꽤 오랫동안 모구 마법을 구사하기도 했다.

　위대한 종족이 거대한 힘을 발휘했던 이곳에서 볼진은 두려움을 몰랐다. 그의 적이 잠들어 있는 듯한 머나먼 곳의 높은 계단 위에 자리 잡은 모구샨 궁전에서는 긍지 높은 모구의 조상들이 손을 내밀어 골짜기 전체를 받아들이며 서쪽의 자손들과 대면했다. 이 땅은 그들의 것이었고, 그들이 원하는 것은 무엇이든 할 수 있었다. 그들의 뜻대로 바꿨고, 그들의 욕구에 맞춰 변형시켰다. 이 땅의 모든 것이 그들을 두려워했기 때문에 감히 그들을 다치게 할 수 있는 존재는 아무것도 없었다.

볼진을 구한 힘에도 이런 것이 아주 조금 있었다. 그는 두려움의 대상이 되는 게 어떤 것인지 알고 있었다. 볼진은 적이 그를 두려워하는 게 좋았다. 그들의 두려움은 볼진이 한 일 때문에 비롯되었다. 칼을 휘두르고 마법의 주문을 외워서, 정복을 해서 얻은 결과물이었다. 결코 그가 물려받은 것이 아니었고, 태어날 때부터 알았던 것도 아니었다.

볼진이 이해해서 얻은 결과였다. 그런 점에서 볼진은 그들의 영토를 바라본 모구의 젊은 왕자들과 달랐다. 볼진은 이해했기 때문에 두려움을 이용할 수 있었다. 그는 두려움이 밀물처럼 들어왔다가 썰물처럼 사라지는 것을 느꼈다. 그러나 모구들은 그저 원하는 것만 보고 들으면서 두려움의 표면 위에 머물렀고, 세상의 현실을 보기 위해 높은 곳에 오를 필요도 느끼지 않았다.

골짜기를 반쯤 통과한 날 밤, 캠프를 칠 때 티라선이 볼진을 쳐다봤다.

"느껴져요, 그렇지 않나요?"

볼진이 고개를 끄덕였다.

그때 첸이 찻잔에서 고개를 들었다.

"느껴지다니, 뭐가?"

인간은 미소를 지었다.

"그게 내 질문의 답이에요."

판다렌이 고개를 마구 흔들었다.

"무슨 질문? 자네가 느끼는 게 뭔데?"

티라선이 얼굴을 찡그렸다.

"여기는 내 땅이고, 나는 여기 속해 있다는 느낌이요. 이 땅은 피로 젖어 있고, 나는 죽이는 것에 젖어 있으니까. 당신도 똑같이 느꼈죠, 볼진?"

"거의 비슷하지."

첸은 직접 차를 따르며 미소 지었다.

"아, 그거."

인간이 다시 얼굴을 찡그렸다.

"그럼 첸, 당신도 그걸 느껴요?"

"아니, 하지만 자네가 느낀다는 걸 알지."

양조사는 볼진과 티라선을 번갈아 보고는 어깨를 으쓱였다.

"전에 자네 눈에서 그걸 본 적이 있어. 티라선보다 볼진에게서 더 많이 봤지. 티라선과는 볼진과 함께 했던 것만큼 자주 전투에 나가지 않았으니까. 전투를 할 때마다 가장 치열하게 싸울 때 자네한테서 그 표정이 나오더군, 볼진. 아주 단호하고 완강했어. 자네가 이길 거라는 걸 알 수 있었지. 자네가 그날 그 전장에서 최고의 전사이고, 누구든지 도전하는 자는 죽을 거라는 표현이지."

트롤이 고개를 곧추세웠다.

"내가 지금 그런 표정을 하고 있단 말인가?"

"아니. 음, 아마 눈 주변에 약간? 자네 둘 다 마찬가지야. 아무도 안 본다고 생각할 때는 그런 표정이 나오지. 아니면 누군가 보고 있다는 걸 의식하지 못할 때에 그래. '여긴 정당하게 얻은 내 땅이야. 그러니 절대 포기하지 않는다.'라는 표정이 나온다고."

첸은 어깨를 으쓱거렸다.

"우리 임무를 생각하면 좋은 거지."

인간이 판다렌에게 자신의 찻잔을 내밀었고, 다시 채워달라는 의미로 고개를 끄덕였다.

"그러면 당신은 여기서 뭘 느낍니까?"

첸은 물 자루 부대를 내려놓고 턱을 긁었다.

"이곳은 약속의 땅이라는 평화를 느끼네. 자네 둘은 아마 어느 정도 모구의 유산을 느끼는 것 같아. 하지만 나는 평화, 약속을 느껴. 내가 고향에 있었으면 하고 바라는 것들 말일세. 이제 방랑을 멈출 수 있다고 말해주거든. 하지만 억지로 요구하지는 않아. 절대 포기할 수 없게 환영해주지."

첸은 둘을 바라봤다. 그리고 볼진은 처음으로 첸의 커다란 황금빛 눈이 슬픔으로 가득한 모습을 봤다.

"자네들도 그걸 느낄 수 있었으면 해."

볼진은 친구에게 미소를 지어보였다.

"첸, 자네가 느낀다면 나는 그걸로 충분하네. 나에게는 고향이 있었고, 자네가 도와줘서 이겼어. 나를 위해 자네가 내 고향을 지켜줬어. 자네를 위해 이 일을 할 수 있어서 기쁘네."

그리 어렵지 않게 볼진은 첸과 수도사들에게 그곳에 대해 느끼는 감정을 상세하게 이야기하게 만들었다. 그들은 기꺼이 자신의 생각과 느낌을 나눴고, 볼진은 그들의 인상에서 즐거움을 느꼈다. 그러나 해가 지자 동쪽에서 차갑고 어두운 파도가 잔물결을 만들었다. 수도사들은 조용해졌다. 캠프를 친 곳 바로 아래에 있는 언덕 마루에 서서 보초를 서고 있던 티라선이 한 곳을 가리켰다.

"그들이 여기에 있어요."

볼진과 첸이 재빨리 티라선에게 다가왔다. 그곳에서 동쪽으로 모구샨 궁전에 불이 켜져 있는 모습이 보였다. 은빛 그리고 푸른빛 번갯불이 담쟁이덩굴처럼 구불거리며 현란하게 궁전 앞면을 훑고 구석을 비추면서 건물의 모습을 드러냈다. 볼진은 마법이 펼쳐지는 광경에 깊은 인상을 받았다.

그러나 그 힘에 놀라기보다는 목적 없이 제멋대로 펼쳐지는 모습이 흥미로울 뿐이었다.

첸이 몸을 떨었다.

"환영은 이제 끝이군."

"조금씩 천천히 죽어가는 거지."

볼진이 고개를 흔들었다.

"그리고는 매장되는 거야. 아주 깊이. 여기서는 아무도 환영하지 않아."

티라선이 볼진을 쳐다봤다.

"활을 쏘기에는 너무 멀어요. 하지만 새벽까지는 저곳에 충분히 도착할 수 있어요. 술 마시고 흥청대던 자들이 깨어나기 훨씬 전에 말이죠."

"아니야. 저건 우리를 끌어들이려는 미끼야. 이때 공격해오길 바라는 거지."

티라선의 눈썹이 위로 올라갔다.

"우리가 오는 것을 안단 말이에요?"

"자네가 확보한 일지에 우리가 반응할 거라는 점을 잔달라들이 알 거라고 가정해야 하듯이, 그들 역시 우리가 그렇게 행동할 거라고 가정할 거란 말일세."

볼진은 남쪽의 산맥 방향을 가리켰다.

"호드와 얼라이언스의 정찰병들이 저 산등성이에 있을 가능성이 커. 그들도 이걸 감지하고 반응할 거야. 이동하기 전에 계획을 논의하는데 시간이 조금 걸릴 뿐이지."

"누군가 먼저 시작하지 않는다면 그렇겠지요."

티라선이 싱긋 웃었다.

"몇 달 전이라면 아마 내가 그렇게 했을 거예요. 누가 영웅 노릇을 할지 궁금해지는데요?"

"우리 임무하고는 상관없어. 그들이 방해가 되지만 않는다면 말이야."

"나도 같은 생각이에요."

티라선은 손으로 자신의 수염을 쓸었다.

"계속 곧장 가다가 동쪽으로 도는 겁니까?"

"무엇인가가 방해를 하지 않는 한은 그렇지."

볼진은 그날 밤도 꿈을 꾸지 않았지만, 완전히 편안한 잠은 자지 못했다. 그는 로아에게 접근하고 싶었지만, 모든 신들이 그렇듯 로아 역시 변덕을 부릴 수 있었다. 지루하거나 짜증스러워지면 로아는 볼진의 적에게 그의 존재를 알리는 말을 흘릴 수 있었다. 볼진이 티라선에게 말했듯 그들이 오고 있다는 걸 적들이 안다고 가정해야 했다. 잔달라가 볼진의 팀이 어디에 있는지 정확하게 모른다는 게 이점이었고, 이들 임무의 성격상 어떤 이점이든 소중히 여겨야 했다.

다음 날 아침이 빛나는 태양으로 시작됐다면 볼진은 약간 당황했을 것이다. 하지만 사방에는 구름이 짙게 깔려 있었다. 비스듬히 들어오는 옅은 빛을 빼면, 구름을 뚫고 볼진의 원정대가 있는 곳까지 들어오는 빛이라고는 천둥이 칠 때 명멸하는 빛뿐이었다. 모구샨 궁전의 보복이 두렵기라도 한 듯 벼락은 절대 땅에 떨어지지 않았다.

칠 인의 원정대는 천천히 진군했다. 어두워서 발을 헛디딜 가능성이 높았다. 밟았던 자갈이 미끄러져 굴러 떨어지는 소리가 천둥소리 같았다. 모두가 그 자리에 꼼짝도 않고 서서 어디선가 반응이 오지는 않나 귀를 쫑긋 세웠다. 어두워서 주변을 살피기가 더욱 어려워졌기 때문에 원정대의 정찰 수도사도 안내 활동을 줄일 수밖에 없었고, 그로 인해 가다가 멈추는 일이 빈번하게 발생했다.

밤마다 번갯불이 모구샨 궁전을 번쩍이며 반복해서 모습을 드러냈다. 번개와 함께 골짜기를 느끼는 감각이 더욱 강해졌다. 이곳은 분명 볼진이 있어야 할 장소였고, 궁전에 있는 잔달라들은 그에게 도전하고 있었다. 모구샨 궁전은 저항하는 나방을 부르는 불꽃이었지만, 볼진 원정대의 일곱 명 중 누구도 그 함정에 빠지지 않았다.

볼진은 잔달라 정찰병의 흔적이 보이지 않는 점이 마음에 걸렸다. 그가 병력을 지휘했다면, 가볍게 무장한 부대를 앞으로 전진시켜서 골짜기와 사마귀라고 부르는 피조물의 본거지 사이에 놓인 서쪽 장벽까지 보냈을 것이다. 구전되는 이야기들은 보통 제멋대로 구는 어린 아이들, 어린 판다렌들이 아닌 트롤 아이들을 조용히 시키기 위한 것들이었다. 그쪽 경계를 확보하지 않는 것은 중대한 과실이 될 터였다. 잔달라가 저항을 예상하고 있는 상황에서는 특히 그랬다.

태양이 뜨지 않은 채 이틀이 지난 후, 원정대는 처음으로 잔달라의 흔적을 발견했다. 샨 형제가 두 개의 높은 언덕 사이에 놓인 안장에 앉아 잠시 멈추기도 하며 팀을 인도했다. 초저녁에 볼진의 팀은 산의 남쪽 벽에 도달했고, 작은 언덕들을 지나 동쪽으로 향했다. 샨 형제가 신호를 보내자 볼진과 티라선이 앞으로 나왔고, 샨은 나머지 인원이 있는 곳으로 물러났다.

발아래 광경을 내려다 본 볼진의 피가 차갑게 요동쳤다. 가볍게 무장한 잔달라 군사 이십여 명이 전초기지를 만들어놓았다. 그들은 황금빛 잎이 달린 나무를 벤 뒤 잔가지는 쳐버렸다. 나무 몸통과 두꺼운 가지를 날카롭게 깎아 울타리를 치듯 땅에 박았다. 이 말뚝들은 서쪽을 바라보는 좁은 간격만 빼고 모두 바깥쪽을 향했고, 뾰족했다. 이 동그란 원의 끝 부분이 겹쳐져 있었기 때문에 공격을 하려면 캠프로 들어가기 전에 크게 원을 돌아야만 했다.

트롤은 코를 벌름거렸지만, 화를 내며 콧방귀를 뀌는 소리는 내지 않았다. 아름다운 나무를 잔인한 요새로 전락시킨 것은 볼진에게 불경스러움 그 자체였다. '작은 범죄지만 분명 보복을 당할 것이다.'

캠프 안의 중앙에는 나무 말뚝 두 개가 박혀 있었고, 오른쪽에는 커다랗게 불을 피워 놨다. 육 미터 정도 높이의 말뚝이 삼 미터 거리를 두고 서 있었다. 말뚝 위편에는 밧줄이 감겨 있었고, 그 밧줄 끝에는 어느 병사의 손목이 묶여 있었다. 그가 입은 푸른색 외투는 손목 아랫부분부터 모두 찢어져 있었고, 보이지 않는 벨트에 묶여 고정되어 있었다. 병사의 몸에는 수없이 많은 상처가 나 있었다. 깊은 상처는 아니었지만, 피가 흐르는 것으로 보아 고통스러워 보였다.

전에 본 적이 없는 남자였지만, 볼진은 왠지 그의 낯이 익었다. 인간이 네 명이나 더 있었는데, 모두 옷이 찢어진 것을 보면 그들 역시 고문을 당한 게 틀림없었다. 잔달라의 감시하에 네 사람은 함께 밧줄에 묶인 채 몸을 웅크리고 있었다.

트롤 두 명이 벌어진 틈을 지키고 있었고, 다른 두 명은 포로들을 감시했다. 인간의 검을 들고 있는 하급 장교를 포함해 나머지 트롤들은 말뚝에 매달려 있는 인간 주변에 모여 있었다. 장교가 뭐라고 말을 하자 잔달라 병사들이 웃었고, 이내 그는 남자에게 다시 상처를 냈다.

충분히 봤다고 생각한 볼진은 이동할 준비를 했다. 그런데 그때 동료의 얼굴이 들어왔다. 티라선이었다.

"우리가 개입할 일이 아니야. 자네도 알지?"

인간은 힘들게 침을 삼켰다.

"저렇게 고문당하게 내버려 둘 수 없어요."

"자네가 어떻게 할 수 없는 문제야."

"아니요. 당신이야말로 어떻게 할 수 없는 문제에요."

트롤이 고개를 끄덕이고는 화살을 한 대 꺼냈다.

"이해하네, 그럼 내가 그의 고통을 끝내주겠네."

티라선의 턱이 떡 벌어지더니 금방 입을 다물고 고개를 흔들었다. 그는 볼진의 눈을 보려고 하지 않았다.

"나는 그를 죽게 내버려둘 수 없어요."

"구출 작전은 자살 행위야."

"성공할 수 있어요."

"저들이 누구이기에 자네가 우리 목숨과 임무까지 걸겠다는 거야?"

인간의 어깨가 축 늘어졌다.

"지금은 설명할 시간이 충분하지 않지만, 들어보면 이치에 맞는다는 걸 알게 될 거예요."

"나한테, 아니면 자네에게?"

"볼진, 제발요. 내게는 책임이 있어요."

사냥꾼은 눈을 감았다. 고통이 그의 얼굴을 스치고 지나갔다.

"하지만 임무에 대해서는 당신 말이 맞아요. 다른 이들을 데리고 가요. 나 혼자 할 수 있을 것 같아요. 마무리를 지어야 할 임무가 있는데 내가 이렇게 주의를 분산시켜버렸군요. 자, 어서 가요."

볼진은 티라선의 목소리에 담긴 비통함을 감지했고, 상황을 다시 살펴보았다. 그가 고개를 끄덕였다.

"가능하면 아주 조용히 몰래 접근하게. 내가 저들의 지휘관을 쏘겠네. 그러면 나를 좇아 공격하려 할 거야. 그러는 사이 자네는 포로들을 풀어 줘. 그리고 산속으로 들어가게."

티라선이 볼진의 어깨를 잡았다.

"친구, 그 계획은 애초에 우리가 이 원정을 시작한 것보다 더 무모한 것 같아요. 이 계획을 성공시킬 방법은 단 하나에요. 내가 방법을 찾아볼 테니 당신과 판다렌은 저기 틈 가까이에 있는 숲속으로 들어가 있어요. 내가 화살을 쏴서 잔달라를 모두 죽이겠어요."

볼진은 인간이 뽑은 두 군데 작전 지점을 보고 동의했다.

"하지만 화살을 쏘는 건 내게 맡기게. 포로들은 인간이니까 자네를 따를 거야. 트롤을 따라가지는 않을 거라고."

"저기 저렇게 매달려 있는 사람은 내가 죽었다고 믿고 있어요. 계속 그렇게 믿는 게 저 사람에게 좋아요. 당신이 그들에게 도망치라고 고함을 쳐요. 그리고 콴리 자매를 시켜 그들을 얼라이언스로 데려다주세요."

티라선은 한숨을 쉬었다.

"그게 최선일 겁니다."

볼진은 눈으로 거리를 재보고 고개를 끄덕였다. 인간관계의 복잡성과 상관없이 잔달라와의 백병전에는 자신이 낫다는 사실을 알았다. 그리고 볼진 자신도 그렇게 하고 싶었다. 잔달라가 골짜기의 의미를 바꿔버린 행위는 죽어 마땅하다는 것을 보여주고 싶었다. 볼진은 그들이 죽어가며 그의 얼굴에 서린 경멸을 읽기를 바랐다.

"좋네."

인간이 트롤의 어깨를 꼭 움켜쥐었다.

"그리고 당신이 활을 잘 쏠 수 있다는 것도 알고 있어요."

"내가 마음만 먹으면 자네보다 더 잘 쏠 수 있다는 것도 알지?"

"물론이죠."

사냥꾼이 미소를 지었다.

"자리를 잡으면 내가 보내는 신호가 보일 거예요."

티라선이 자신의 작전 위치로 가는 동안, 볼진은 판다렌들에게 돌아와 간단하게 상황 설명을 해줬다. 그 무모한 작전에 대해 항의하는 판다렌은 아무도 없었고, 그런 점에 볼진은 깜짝 놀랐다. 문득 볼진은 첸이 항상 충실한 친구였다는 점이 생각났고, 그런 충실함으로 인해 판다렌들 사이에서 깊은 존경을 받고 있다는 사실을 깨달았다. 친구를 돕는 일에 동참하는 것과 맹목적으로 의무에 매달리는 것에는 커다란 차이가 있었다. 전자의 경우 불가능한 일을 가능하게 만들었다. 수도사들은 구출 작전을 세상의 균형을 회복하는 일로 봤기 때문에 결국 티라선이 해야 하는 일이라기보다 판다렌들에게 반드시 실천해야 할 일이 되었다.

구출 작전에 투입된 일원들은 수월하게 문제의 장소로 몰래 숨어 들어가 요새의 틈에서 십팔 미터 정도 떨어진 곳의 작은 숲에 숨어서 쪼그리고 앉았다. 볼진이 생각할 때 이 작은 숲을 밀어버리지 않은 실수를 저지른 것으로 잔달라 장교는 죽어 마땅했다. 볼진은 자신의 검을 쥐고 천천히 미소 지었다.

십이 센티미터.

티라선이 날린 한 발의 화살이 입을 벌리고 있던 잔달라 장교의 입을 뚫은 것이 그가 말한 신호였다. 트롤은 막 얼굴을 희생자를 향해 돌렸기 때문에 그의 뒤에 쭈그리고 앉아 있던 다른 두 명의 병사에게 피가 튀었다. 둘 중 하나가 먼저 일어나기 전에 두 번째 화살이 그의 가슴을 꿰뚫고 들어가 등 뒤로 나왔다. 그는 비틀거리다가 피로 얼룩진 그 자리에 있던 트롤에게 넘어지면서 같이 화살에 찔렸다.

쪼그리고 앉아 있던 트롤은 무너지며 신음을 했고, 자신의 가슴에 박힌 채 흔들리고 있는 파랗고 빨간 화살을 노려봤다.

틈을 지키던 보초병들이 화톳불 주변의 소동에 주목했다. 그 실수로 그들의 야간 식별력이 와해되었지만, 그다지 큰 문제는 아니었다. 볼진은 조용히 다가오는 죽음이었고, 음영파들은 죽음의 그림자였다. 약간 뒤처졌던 첸도 거의 아무런 소리를 내지 않았다, 작은 소리는 그나마 탁탁거리며 타는 화톳불 소리와 다른 포로 가까이에서 까르륵거리며 죽어가는 간수의 소리에 묻혀버렸다.

볼진이 전투로 뛰어들었다. 그의 검이 회전을 하면서 우웅 소리를 냈다. 첫 번째 칼놀림이 간수의 허벅지를 베었다. 그리고 간수가 그를 향해 몸을 돌리자 볼진도 회전했다. 검은창 트롤이 몸을 돌리며 다시 검을 휘둘러 간수의 머리를 박살냈다. 볼진은 공기 중에 안개처럼 퍼지는 뜨거운 피의 달콤한 냄새를 맡으며 다음 먹이를 찾았다.

그의 주변에서는 판다렌들이 두려움 없이 잔달라와 교전하고 있었다. 그들은 잔달라의 체구와 무서운 무기에 전혀 위축되지 않았다. 콴리 자매는 도끼를 휘두르는 잔달라의 밑으로 파고들어가 트롤의 목에 칼날처럼 날카로운 발차기를 날렸다. 잔달라는 망가진 후두로 숨을 쉬려고 애쓰며 쌕쌕거렸다. 콴리는 곧 주먹을 날려 그의 뾰족한 턱을 부서뜨렸고, 다시 옆으로 크게 휘둘러 차는 발차기로 트롤을 쓰러뜨렸다.

다오 형제는 창을 잡고 그와 비슷한 무기를 가진 트롤과 싸웠다. 이 음영파 수도사는 상대방이 계속 창으로 찌르며 들어올 때마다 피하면서 뒤로 물러났다. 잔달라 병사는 이를 판다렌이 두려워하고 있고 자신이 이길 거라는 의미로 받아들였다. 두 차례 더 피하기를 반복할 때까지 그런 착각은 계속되었다. 곧 다오 형제가 빙글 돌면서 기습해 들어왔다. 그는 창의 자루로 트롤의 무릎을 가격해 부러뜨린 후 다시 한 번 트롤의 관자놀이를 때렸다. 그것으로 트롤은 거의 죽었거나 최소한 의식을 잃었다. 그래서 마지막 일격으로 창에 찔려 바닥에 꽂히는 수모는 피할 수 있었다.

첸은 음영파와 같은 정확성은 없지만 경험으로 전투를 만회했다. 튼튼한 지팡이를 휘두르며 첸은 위에서 내려치는 트롤의 커다란 망치 공격을 막은 다음, 몽둥이를 비틀어 트롤의 무기가 왼쪽으로 미끄러지게 했다. 자신보다 덩치가 작은 판다렌을 힘으로 제압하기로 마음먹은 트롤은 망치를 다른 방향으로 아무렇게나 찔러댔다.

첸은 트롤이 그렇게 하게 내버려 두다가 몸을 수그린 채 뒤에서 트롤의 다리에 갈고리처럼 자신의 다리를 걸었다. 그리고는 간단히 톡 밀어 잔달라가 등을 대고 자빠지게 만들었다. 트롤은 심하게 부딪쳤다. 그때 첸이 번개처럼 오른쪽 발을 날려 트롤의 목을 세게 강타했다. 뼈가 부러졌고, 곧 양조사 첸 스톰스타우트는 다른 적을 향해 달려갔다.

전투가 계속되는 중에 화살이 날아와 포로를 매달고 있던 밧줄 중 하나를 맞춰 밧줄이 반쯤 끊어졌다. 거기 매달려 있던 남자는 빙그르 돌아 반대편 기둥에 머리를 부딪쳤다. 두 번째 화살이 다시 밧줄에 명중해 완전히 끊어졌고, 남자는 땅으로 떨어졌다. 화살은 기둥에 박힌 채 부들부들 떨리고 있었다.

잔달라 군은 얼른 충격에서 벗어나 반격을 했다. 그중 둘이 으르렁거리며 볼진에게 달려들었다. 하나는 칼을 낮게 휘둘렀다. 볼진은 양날검 중 한쪽으로 잔달라의 칼을 막았다. 그리고는 다른 한쪽 날의 끝을 잔달라에게 밀어 넣었다. 칼끝은 트롤의 가슴을 뚫었다. 트롤이 쓰러지며 갈비뼈에 검의 날이 끼었고, 그로 인해 볼진의 손이 찢어졌다.

다른 잔달라가 승리의 고함을 질렀다.

"죽어라, 이 배반자!"

볼진이 발톱을 세우고 그를 향해 포효했다.

잔달라 병사는 미늘이 박힌 봉을 허리 높이까지 올려 휘둘렀다. 볼진은 뒤로 물러나는 대신 전진했다. 그는 자신의 흉곽을 향해 날아오는 트롤의 손목을 잡은 다음 자신의 왼쪽 팔뚝을 잔달라의 팔뚝에 밀착시켰다. 그리고 다시 오른쪽으로 몸을 돌려 팔꿈치를 잠근 다음 팔이 부러질 때까지 계속해서 돌았다. 잔달라가 비명을 지르며 땅에 쓰러졌다.

이제 볼진은 회전을 풀고 트롤의 얼굴을 계속 가격했다. 싸움을 끝내자마자 관리 자매가 포로들의 줄을 풀어줬다. 첸이 먼저 고문당한 남자에게 다가갔다. 볼진도 다가갔지만 첸이 그 남자가 일어서도록 도와주는 것을 보고 속도를 줄였다. 인간의 머리와 손에서 피가 났지만, 아주 심하지는 않았다.

인간이 판다렌을 쳐다봤다.

"그는 어디 있어요? 티라선 코트는 어디 있냐고요?"

첸이 뭐라 대답하기 전에 볼진이 끼어들었다.

"티라선 코트는 없소."

볼진을 쳐다보는 인간 남자의 눈에서 이글거리는 불길이 타오르는 듯했다.

"별이 보일 정도로 정신이 혼미했지만 그 화살 쏘는 법을 나는 알고 있소. 화살에 색을 칠하고 깃을 붙이는 자를 안다고요. 그는 어디 있소?"

볼진이 으르렁거렸다.

"화살을 저렇게 만든 게 티라선 코트인지는 모르지만, 그는 죽었다."

"당신 말은 믿을 수 없소."

볼진이 이를 번득였다.

"그는 내 손에 죽었지. 검은창 부족의 지도자인 나, 볼진에게."

얼굴에 피가 몰린 듯 인간의 얼굴이 상기되었다.

"당신은 죽었다고 하던데."

"그럼 우리 둘 다 유령이로군."

볼진이 자신의 피 묻은 칼로 남쪽을 가리켰다.

"우리에게 합류하기 전에 가보라."

콴리 자매가 와서 그 남자를 데리고 갔고, 다른 포로들도 합류했다. 볼진의 원정대는 재빨리 트롤의 장비를 모아 무장을 한 뒤 산 속으로 들어갔다.

첸이 볼진을 바라봤다.

"왜 그가 죽었다고 말했나?"

"그게 최선이야. 그들에게 그리고 티라선에게도."

볼진은 죽은 잔달라의 피가 묻은 검을 닦아냈다.

"이제 이동하세."

볼진과 첸 그리고 세 명의 수도사도 숲 속으로 모습을 감췄다. 그들은 잔달라들이 먼저 자른 가지를 이용해서 탈출한 이들과 자신들의 흔적을 없앴다. 티라선과 볼진은 자신들이 적군의 캠프를 염탐하는 동안 수도사들이 기다리고 있기도 했던 장소로 돌아가기 위해 서쪽으로 향했다.

작은 개간지에 들어서자 눈이 부시도록 환한 횃불에 볼진은 눈을 뜰 수 없었다. 천천히 사물을 인식할 수 있게 되자, 한쪽 가장자리 끝에 여자 잔달라가 양측으로 도열한 여섯 명의 궁수와 함께 서 있는 모습이 보였다. 궁수들은 화살을 시위에 걸고 있었다. 그리고 손을 뒤로 해서 묶이고 눈을 가린 채 무릎을 꿇고 앉아 있는 티라선의 모습이 보였다.

여자 잔달라가 티라선의 머리카락을 붙잡고 뒤로 잡아 당겼다.

"여기 있는 당신의 애완동물이 나를 아주 불쾌하게 만들었어요, 볼진. 하지만 나는 지금 자비를 베풀고 싶은 기분이니 그 검을 내려놓으세요. 당신이나 판다렌 모두 내 기분이 나빠지면 무슨 일이 일어날지 긴장하는 게 좋은 거예요."

271

2 3

볼진은 여자 잔달라의 입술에서 그의 이름이 불리자 분노가 번개처럼 스쳐 지나갔다. 티라선은 밧줄에 꼭 묶여 있었지만, 자신의 정체를 실토할 정도로 맞거나 고문을 당한 것 같지는 않았다. 그러자 자신이 그런 생각을 했다는 수치심이 조롱을 하듯 몰려왔다. '티라선은 나를 배신하지 않았어.'

볼진은 자신의 검을 땅에 꽂았다.

잔달라가 경례를 하며 몸을 숙였다.

"검은창, 볼진. 당신이 앞으로 아무 문제도 일으키지 않을 거라는 말을 믿겠어요. 하지만 이미 일으킨 문제가 있기 때문에 당신의 애완동물은 묶어둘 수밖에 없었어요. 나는 판다렌들에게 악의가 없지만, 내 주인들은 그렇지 않다는 점을 당신은 알아야 할 거예요."

볼진이 주변을 돌아봤다.

"다른 이는 보이지 않는군."

"그게 바로 우리의 의도에요. 당신은 나와 함께 가고, 당신의 짐은 나중에 가져오게 하지요."

그녀가 잠시 멈췄다. 아주 짧은 순간 동안 그녀가 눈을 부릅떴다.

"당신은 내가 누군지 기억하지 못하는군요, 그렇지요?"

볼진은 그가 기억하려고 노력한다고 여자 잔달라가 생각할 만큼 오랫동안 기억을 더듬었다.

"거짓말은 하지 않겠소. 기억나지 않아."

"기억할 거라고 기대하지도 않았어요. 거짓말을 하지 않아서 고맙네요."

그녀는 전초기지 쪽으로 향하는 길로 볼진을 인도했다. 그곳에는 시신을 찔러보고 눈으로 화살이 미친 거리를 측정하고 있는 몇몇 잔달라 병사와 함께 키가 크고 체격이 아주 건장한 인물 둘이 서 있었다. 볼진도 일전에 환상과 꿈에서 그와 비슷한 인물을 본 적이 있었다.

"당신의 주인들이군."

"모구에요. 판다리아의 지배자죠."

여자가 너그럽게 미소를 지어보였다.

"당신은 이게 함정이라는 걸 알았지요? 물론 당신을 빠뜨리려는 함정이 아니라 그 궁수를 잡기 위한 함정이었어요. 그는 나를 성가시게 만들었거든요. 그를 잡기 위해 함정을 놓는 건 그리 어렵지 않았지요."

"일단 그를 잡으면 나도 잡을 거라고 생각했소?"

"그러기를 바랐어요."

그들은 인간들과 관리 자매가 먼저 지나갔을 곳을 가로질러 동쪽으로 갔다. 볼진은 추적의 흔적을 보지 못했다.

"미끼들은 가게 두는 건가?"

"내가 그들 뒤를 쫓으라고 보낸 추격대에게 잡히지 않는다면요."

여자 잔달라가 볼진을 쳐다봤다.

"내가 그들이 탈출하게 됐다고 생각하는 건 아니겠지요? 그러면 모구에게 잔달라가 약하다는 인상을 주게 되거든요. 그들은 이미 우리가 약하다고 믿고 있어요. 당신 친구들이 빠져나간다 해도 내게는 전혀 문제가 되지 않아요. 사실은 환영하죠. 그들이 전달할 이야기가 적에게 두려움을 심어줄 테니까요. 그게 우리의 측면을 지켜주겠다고 약속하는 아마니 군대보다 더 유용할 거예요."

볼진은 그녀가 아마니 동맹을 언급할 때 놀랐지만 내색하지 않았고, 아무 말도 하지 않았다.

"설령 탈출한다 해도 그들의 말을 믿지 않을 거요."

"하지만 얼라이언스의 고귀한 인간을 트롤로부터 볼진이 구출했다는 건 확실히 멋진 이야기가 될 거예요. 볼진이 무덤에서 부활했다는 이야기도 역시."

그녀는 마부 둘이 고삐를 잡고 있는 날렵한 랩터가 있는 곳으로 볼진을 안내했다. 안장을 얹은 랩터 앞에는 판다렌이 만든 것이 틀림없는 수레 두 대가 서 있었다.

여자 잔달라는 붉은 랩터의 안장에 올라탄 다음 볼진도 초록색 줄무늬 랩터에 오르기를 기다렸다.

"이놈은 당신이 죽인 장교의 것이에요. 성가신 자라서 그를 희생시키려고 했지요. 자, 함께 몰아봅시다, 볼진. 이 땅을 힘껏 달리는 게 어떤 것인지 느껴봐요."

그녀의 랩터는 앞으로 펄쩍 뛰어오르더니 재빨리 달려 나갔다. 볼진의 랩터도 앞발의 뒤꿈치를 갈비뼈에 박아 넣고 바로 출발할 자세를 잡았다. 여자 잔달라가 경주를 제안한 순간 볼진은 그저 경주에 응하고 싶다는 것 이외에 다른 생각은 하지 않았다. 바람이 그의 머리카락 속을 헤집고 들어오자 볼진의 몸은 랩터가 갑자기 속도를 낼 때 무게 중심을 바꾸는 방법을 기억해냈다. 그러자 예전에 즐겼던 즐거움이 다시 살아났다. 볼진은 하반신에서 랩터의 속도와 무시무시한 힘, 그와 더불어 이 땅에 대한 감각도 느낄 수 있었다. 취한 듯 몽롱한 느낌이었다.

볼진은 랩터의 갈비뼈를 다시 한 번 발로 찼다. 이것을 더 빨리 가지 않으면 나쁜 일이 생길 거라는 약속으로 받아들인 랩터가 그에 반응했다. 놈은 발톱으로 황금색 땅을 찍어댔다. 몸을 앞으로 숙인 볼진은 랩터의 목에 기댄 채 거칠고 쉰 목소리로 마구 웃었고, 곧 여자 잔달라를 따라 잡고 앞서 나갔다.

볼진은 계속해서 랩터가 달리게 뒀다. 놈은 어디로 가야 하는지 알고 있었다. 그리고 볼진은 어디로 가든 상관하지 않았다. 안장에 앉아 있는 그 짧은 순간만큼은 임무, 호드, 가로쉬, 수도원 등 모든 것을 잊어버렸다. 그런 부담은 모두 잔달라 전초 기지의 핏빛 먼지 속에 내려두고 볼진은 자유롭게 숨 쉴 수 있었다. 마지막으로 그런 기분을 느낀 게 언제였는지 기억나지 않았다. 그저 아주 오래 전이라는 것만 알고 있을 뿐이었다.

"이쪽이에요!"

그들은 이제 밤을 맞이하려는 모구샨 궁전을 향하고 있었다. 여자 잔달라가 고삐를 당겨 궁전의 동쪽에 내린 다음 두 개의 언덕 사이로 내려갔다. 볼진도 지붕은 높고 뒤쪽에 뒷마당을 에워싸고 있는 부속 건물이 달린 길고 낮은 건물 앞에 랩터를 멈췄다. 그는 내려서 여자 잔달라와 마찬가지로 고삐를 마부에게 던져준 다음 그녀를 따라 정문으로 들어갔다.

그녀가 크게 손뼉을 치자 출입구와 홀에서 트롤들이 종종걸음을 치며 나와 고개를 조아렸다. 문신이 정확하다면 대부분 구루바시였는데, 소수의 잔달라를 모시는 하인 노릇을 하고 있었다.

여주인이 볼진을 가리켰다.

"이분은 검은창 부족의 볼진이다. 제대로 모시지 않으면 내일 새벽 너희들의 심장으로 아침식사를 하겠다. 목욕을 시켜드리고 적절한 의복을 입혀드려라."

그녀가 볼진을 쳐다볼 때 대부분의 하인들이 콧방귀를 뀌었다.

"그는 검은창 부족입니다, 주인님. 돼지와 뒹굴고 돼지를 치는 자의 옷을 훔쳐 입어야 마땅합니다."

여주인은 재빨리 그 하인에게 다가가 힘껏 후려쳤다. 하인이 일주일 동안 방어 연습을 했다고 해도 피하지 못했을 기습이었다.

"볼진은 그림자 사냥꾼이다. 로아가 존경하는 자야. 너희들은 신처럼 빛나는 볼진의 모습을 보게 될 거야. 내일 태양이 중천에 떴을 때 그의 아름다움에 모구가 눈물을 흘리지 않고 잔달라들이 부러움에 통곡하지 않으면 내 경을 칠 줄 알아. 어서 가라!"

바닥에 드러누운 생각 없는 노파 하나를 제외하고 하인들은 모두 흩어졌다. 여주인은 볼진을 향해 고개를 돌리고 살짝 미소를 지었다.

"판다렌들은 당신을 좀 더 극진히 모셨을 거라고 생각해요. 당신의 궁수 같은 인간이 시중을 드는 게 더 나을 때가 있어요. 목욕을 끝내고 옷도 적절히 갖춰 입은 다음에 이 문제와 다른 것에 대해 이야기합시다."

전반적으로 잔달라에게 대한 관심을 잃어버린 지 오래지만 볼진은 이 여자 잔달라에게 흥미가 느껴졌다.

"그리고 당신 이름이 기억나도록 나를 도와주오."

"아, 아닙니다, 친애하는 볼진."

그녀의 미소가 커졌다.

"들어본 적이 없으니 기억날 리 없지요. 나중에 이야기해줄게요. 그리고 절대 잊어버리지 않도록 해드리지요."

• • •

하인들은 볼진의 필요를 충족시키는 일을 아주 싫어했다. 그의 시중을 드는 일을 볼진보다 하인들이 더 고역스러워하지 않았다면 볼진은 따라가

서 목욕을 하는 일을 거절했을 터였다. 잔달라와 구루바시 입장에서는 볼진을 씻기고, 머리카락과 손톱을 손질하고, 손과 발에 연고를 바르고, 멋진 비단 킬트를 입히고, 랩터 가죽으로 만든 벨트를 채우는 그 모든 과정이 고통스럽고 견디기 힘든 일이었다. 설상가상으로 하인들은 의식용이기는 했지만 볼진이 왼쪽 상완에 칼집을 차고 속에 작은 단검을 지니게 허용해야 했다. 그림자 사냥꾼으로서 볼진이 갖는 권리였다. 하인들은 볼진을 천한 태생의 반항적이고 타락한 잡종 부족 출신으로 일축하고 싶은 마음이 강렬했지만, 지금 그들이 볼진에게 수여하는 영예로운 대접을 자신들은 결코 받을 수 없다는 점을 알았다.

그곳의 마법 역시 볼진에게 유리하게 작용해서 볼진도 자신이 영예와 칭찬을 받을 만한 자격이 있다고 생각했다. 볼진은 여주인의 관심과 대접이 어느 정도 반가웠는데, 이유는 볼진의 노력으로 그런 관심을 얻어냈기 때문이다. 구루바시와 아마니들은 검은창을 조소하며 무시해왔다. 잔달라의 왕 라스타칸이 모든 트롤을 연합시키려 했을 때, 검은창 부족을 대표해 볼진이 소환되었다. 볼진은 호드가 그의 가족이라 말하며 트롤 부족들과 연합하기를 거부했는데도 여전히 그는 트롤 종족의 모임에 초대되었다.

볼진이 모든 준비를 마치자 못마땅한 얼굴의 하인 하나가 그를 중앙의 뜰로 안내했다. 뜰 한가운데에는 간단하게 돌을 이용해 만든 원이 있었고, 그 안에는 불이 지펴져 있었다. 그 옆에는 작은 탁자가 놓여 있었고, 위에는 황금빛 잔 두 개와 그에 어울리는 항아리에 짙은 색 와인이 가득 담겨 있었다. 다과를 내오기 용이하도록 탁자와 화톳불 사이에는 두 장의 양탄자가 깔려 있었다.

여주인은 양탄자에 무릎을 꿇고 앉아 부지깽이로 화톳불을 찌르고 있다가 볼진이 들어오자 일어섰다. 그녀도 가죽옷에서 밤의 모구샨 궁전의 번갯불 쇼에서 보였던 것보다는 옅지만 짙은 푸른색 비단옷으로 갈아입었다. 소매가 없는 가운의 허리에는 간단한 모양의 황금 고리로 연결된 벨트를 맸다. 알려진 대륙과 다양한 시대에 주조된 동전을 이용해 만든 벨트로, 끝이 그녀의 무릎까지 내려와 달랑거렸다. 볼진은 그녀가 정복을 통해 황금 고리를 더하면 두 줄이 한 조를 이룬 벨트를 만들어 매는 게 아닐까 생각했다.

그녀는 손으로 와인을 가리켰다.

"다과를 대접하지요. 잔을 고르고 직접 따르세요. 당신이 따른 잔은 뭐든지, 아니면 둘 다 마시겠어요. 당신에게 위해를 가하거나 속이려 들지 않는다는 점을 알아주세요. 볼진, 당신은 내 손님이에요."

볼진은 고개를 끄덕였다. 하지만 둘은 여전히 사이에 화톳불을 두고 떨어져 있었다.

"당신이 따르고 선택하시오. 나에게 예를 갖추고 존중했으니 나도 당신을 믿겠소."

그녀가 두 잔에 모두 술을 따른 뒤 탁자 위에 그대로 뒀다.

"나는 칼아크입니다. 빌낙도르 님을 섬기지요. 당신에게는 스랄이 있지요. 라스타칸 왕에게 빌낙도르 님이 그런 존재에요. 그분은 판다렌의 상황을 알고 있어요. 완전히는 아니라도요. 그리고 당신에게 큰 빚을 졌지요."

"무슨 빚을 말하는 거요?"

칼아크가 미소를 지었다.

"먼저 들을 이야기가 있어요. 라스타칸 왕이 줄로 하여금 모든 트롤이 하나의 깃발 아래 연합하도록 제안하게 했을 때 나는 빌낙도르님을 섬겼고, 그 분은 우리의 왕을 모셨어요. 거기 모였던 모든 지도자들 중에 볼진 당신만이 연합하기를 거부했어요. 당신이 뒤돌아 떠날 때 바로 나를 지나

279

쳐갔지요. 나는 당신이 떠나는 모습을 보았어요. 그 후 나는 오랫동안 모래에 찍힌 발자국을 연구했지요. 줄의 꿈과 당신의 발자국 중 어느 게 먼저 사라질지 궁금했어요."

칼아크는 잠시 화톳불을 바라봤다.

"그래서 조우친에서 나도 놀랐어요. 한 병사가 발자국을 보여줬는데 금방 알아볼 수 있었지요. 물론 그때 호드 내에 심어둔 우리 스파이가 당신이 사라졌다는 소문을 퍼뜨리고 있었어요. 소문이 당신에게는 커다란 영예가 되었지요. 대부분의 호드는 볼진이 궁극적으로 호드에게 중요한 비밀 임무를 수행하다가 죽었다고 믿고 있어요. 그래서 많은 이들이 애도하고 있지요. 죽은 게 아니라 살해되었다고 주장하는 이들도 있어요."

볼진이 눈썹을 치켜세웠다.

"내가 살아있다고 생각하는 이가 아무도 없다고?"

칼아크가 볼진에게 다가와 잔을 건넸다.

"그렇게 생각하는 광신자들이 있고, 또 당신이 로아로 격상되었다고 주장하는 이상한 주술사도 있어요. 당신에게 기도를 올리고, 검은창 부족의 문신을 새겨 넣은 자도 있답니다. 오크들은 과시하는 걸 좋아하지 않기 때문에 보통 이두박근 안쪽이나 옆구리에 새겨 넣지요."

볼진은 잔 하나를 받아들었다.

"그리고 당신의 주군도 그 유령 이야기를 즐기는 거요? 그래서 그가 내게 감사하는 거요?"

"아, 그분은 그보다 훨씬 더 큰 빚을 당신에게 졌어요."

칼아크는 와인을 한 모금 마시고 몸을 돌렸다. 그리고는 양탄자 위를 가볍게 걸었다. 가느다란 몸에 붙은 근육이 비단 옷 아래에서 우아하게 움직였다. 칼아크는 신 앞에 선 탄원자처럼 무릎을 꿇더니 와인을 마셨다.

"자, 같이 마셔요."

볼진도 와인을 마셨고, 앉기 전에 잔을 탁자에 놨다.

"당신의 주군은?"

"한 가지 알아둘 것이 있습니다, 볼진. 나는 당신이 바보라고 생각하지 않아요. 이제 당신은 대화를 통해 중요한 것을 아주 많이 알게 될 거예요. 내가 그 모든 것을 기꺼이 당신과 나눌 거라는 점을 알아주기 바랍니다. 내게는 목적이 있어요. 당신에게 정직할 거예요. 물어보세요. 내가 아는 것이라면 대답하지요."

볼진이 다시 잔을 들고 와인을 마셨다. 짙은 와인에서 과일과 향신료의 맛이 느껴졌다. 칼림도어에서 온 것도 있었지만, 대부분 판다리아의 것이었다. 볼진은 그 맛이 좋았지만 긴장을 내려놓지 않았다.

"그러니까 당신 말은……."

"모구는 오만하며 업신여기는 성향이 있어요. 그들이 경험한 트롤은 모구 제국이 붕괴되기 전 이야기에 근거합니다. 그 이후 모구가 알게 된 트롤은 우리가 전에 했던 일의 일부를 통제하는 잔달라와 모구가 타락한 피조물로 여기는 다른 트롤들이에요. 그리고 그들은 우리와 함께 싸운 트롤들이기도 하죠. 호드와 함께 싸운 소수의 트롤에 대한 경험 때문이 모구의 편견이 굳어진 거예요. 그리고 조우친에서 당신이 나타났어요."

칼아크는 와인을 마시고 입술을 핥았다.

"그게 당신인지 몰랐어요. 당신이 죽었다는 소식을 들은 뒤라 전혀 희망 따위는 없었지요. 당신이 내가 모시는 왕을 거절했을 때보다 더욱 강경하게 가로쉬를 거부했다는 점을 감안할 때 더 악질적인 소문이 사실일 거라고 생각했거든요. 오직 호드만이 당신을 죽일 수 있다고 생각했는데, 이제 보니 내가 틀렸네요."

볼진은 칼아크의 말에 아무 대답도 하지 않고 고개를 들어 올려 그녀에게 목에 난 상처를 보여줬다.

"당신 목소리가 내가 기억하는 것과 다른 이유를 이제 알겠어요."

칼아크가 미소를 지었다.

"얼라이언스의 우리 손님들도 당신이 죽었다고 들었어요. 그들은 대부분 안도했지요. 당신이 쓴 수많은 악몽이 사라진 겁니다. 최소한 지금은요."

칼아크가 말을 이었다.

"모구 문제로 돌아가 봅시다. 우리를 괴롭혀온 트롤과 인간을 모구는 아주 재미있어 했어요. 당신이 잡히지 않는 건 힘을 암시하는 것이고, 이게 그들에게 깊은 인상을 심어줬어요. 내가 오늘 저녁 함정을 팠지요. 당신의 판다렌들 그리고 그들의 존재가 모구를 거슬리게 만들기는 했지만, 아무튼 그들은 이 상황을 무척 즐겼어요. 나는 당신을 잡을 수 있기를 바랐지요. 팀원들과 함께는 아니라도 최소한 당신의 애완동물들의 목숨과 교환을 할 때 만나게 되기를 바랐어요."

"그 이유는?"

"당신이 우리와 함께하기를 바라기 때문이지요. 그러면 모구에게 깊은 인상을 주고, 우리가 나머지 세상에 강력한 영향력을 행사할 수 있음을 주장하게 됩니다. 모구가 볼 때 우리가 할 일이라고는 잠들어 있는 그들의 왕을 깨우는 것뿐이에요. 오만한 모구들은 그 일이 제국이 무너진 후 천 년 동안 그들이 하지 못한 일이라는 사실을 무시하고 있어요. 우리를 괴롭힌 인간과 트롤을 같은 편으로 만든다는 건 잔달라의 약한 모습, 우리 피에 활력이 없음을 반영합니다. 그러니 당신이 우리 편에 합류하면 대단한 일이 되지요."

볼진은 얼굴을 찡그렸다.

"당신은 거기 있었소. 그러니까 내가 잔달라의 제안을 거절했다는 걸 알 텐데."

"그림자 사냥꾼이여, 이건 그때의 제안과 다릅니다. 세상도 달라졌어요."

칼아크는 손가락을 뻗어 볼진의 목에 난 상처를, 그 다음에는 옆구리 상처를 부드럽게 만졌다.

"그리고 당신은 호드가 가족이라고 주장했어요. 하지만 그들은 당신을 거부했지요. 배포가 작고 기개가 없는 가로쉬는 다가올 대혼란 속에 조언을 해줄 수 있는 인물을 죽였어요. 당신은 그에게 충성할 필요가 없어요. 당신 부족은 검은창이고, 우리는 그들을 부족 중 최고로 만들어줄 용의가 있어요. 그래요, 구루바시는 신음할 거예요. 아마도 통곡을 하겠지요. 그들이 자기네 역사를 언급하면 나는 그들의 실패를 지적할 겁니다. 검은창 부족은 있는 그대로 진실한 부족이었어요. 당신이 제국을 지배하려고 봉기하지 않은 것은 그럴 능력이 없어서가 아니라 그런 길을 선택하지 않았기 때문입니다. 그들처럼 안간힘을 쓰다 잃어버렸다고 해서 노력이 정당화되는 건 아니지요. 그들은 수 세기 전에 이루었다가 얼마 지나지 않아 실패한 일을 가지고 지금 영광을 원하고 있어요."

칼아크가 턱을 치켜세우자 볼진과 시선이 마주쳤다. 그녀의 눈은 미래의 약속으로 이글거리고 있었다.

"이게 내가 당신에게 하는 제안이에요, 검은창 중에 검은창, 볼진. 스랄에게 했던 것처럼 내게 해주세요. 당신의 부족이 필요로 하는 그림자 사냥꾼처럼 그대의 완전한 힘을 보여주세요. 당신의 부족은 검은창 그리고 트롤이에요. 우리 함께 세상 모두에게 어리석음을 보여주고, 질서가 없어져 나태해진 세상을 다시 정비합시다."

볼진이 자신의 잔을 들어 올렸다.

"무한한 영광이오. 그리고 바보만이 거절할 제안이로군."

24

"그리고 바보만이 내 제안을 받아들이지요."

"당신은 설득을 잘하는군."

"그리고 당신은 친절해요."

칼아크가 편안하게 웃었다.

"물론 내가 알아야 할 것이 있어요. 어쩌다가 판다렌, 인간과 함께 우리에게 저항하게 된 거죠?"

볼진이 잠시 그녀의 얼굴을 바라봤다.

"첸 스톰스타우트를 알거요. 내 오랜 친구지. 호드가 나를 죽이려 했고, 그 후 만신창이가 된 나를 첸이 발견했소. 당신의 모구 동맹이 증오하는 수도사들이 나를 받아들이고 치료해줬소. 그들은 인간에게도 똑같이 했지."

볼진은 와인을 조금 더 마셨다.

"당신에게 대적했던 것에 대해 말하자면, 내가 침입을 봤을 때 누가 침입했는지에 대해서는 전혀 생각하지 않았소. 그저 내게 은혜를 베푼 이들에게 보답하려던 것뿐이오."

칼아크가 고개를 곧추세웠다.

"당신은 '내가 봤다.'고 말했어요. 비단 무용수가 환상을 보여줬군요."

볼진이 고개를 끄덕였다.

"비단 무용수일 거라고 생각했지."

"그래요. 언제나 잔달라를 후원해주는 비단 무용수는 우리가 모구와 새롭게 연합한 것을 좋아하지 않아요. 과거 우리 전사들 중 모구의 마법을 택해 그녀를 버린 이가 몇 있었어요. 모구 마법을 추종하는 관습은 이제 없어진 지 오래지만 비단 무용수는 여전히 그걸 기억하고 있어요."

칼아크는 와인의 깊고 어두운 곳을 유심히 바라봤다.

"나중에 더 큰 문제를 피하기 위해 지금 비단 무용수가 약간의 문제를 일으키려 한다는 게 전혀 놀랍지 않아요."

"당신도 나와 똑같은 환상을 봤군. 보고 나서 무시했소?"

"그에 대한 해결책을 찾고 있지요."

"그럼 내가 바로 그 해결책이란 말인가?"

"당신은 해결책 이상이에요, 볼진."

칼아크가 목소리를 낮추며 볼진 쪽으로 몸을 기울였다.

"당신은 많은 것을 줬어요. 당신이 한 일에 상응하는 보상을 받게 될 겁니다. 말하자면, 작지만 용맹무쌍한 당신의 원정대는 우리 군대에게 잔달라도 화살을 피하지 못한다는 걸 보여줬어요. 더욱 중요한 점은 모구에게 그들이 전에 노예로 부리던 종족이 얼마나 치명적일 수 있는지를 상기시켜줬지요. 그들을 생포한 우리 잔달라의 공로는 아주 크지요. 다시 한 번 당신에게 감사해요."

검은창 트롤이 뒤로 물러나 앉았다.

"내가 그렇게 당신 편에 이득이 된다면, 당신의 주군이 그대를 제거하고 나를 그 자리에 세울까 두렵지는 않소?"

"아니요, 그는 당신을 두려워해요. 왕의 요청을 거절할 때 당신이 보여준 기개가 그에게는 없거든요. 내 주군은 계속 나를 이용해 당신을 조종하려 할 겁니다.”

칼아크가 수줍게 미소를 지었다.

“그리고 나는 당신이 나를 배신할까 두렵지 않아요. 당신을 통제하기 위해 당신의 친구들을 조종할 테니까요. 나는 첸 스톰스타우트를 알아요. 그 인간은 모르지만, 당신이 분명 그를 아끼고 존중한다는 건 알지요.”

“강압적으로 하면 신뢰를 구축한다는 당신의 계획이 약화될 텐데?”

“아니요, 나는 그저 내가 제안한 것을 당신이 완벽하게 고려할 때까지 당신의 행동에 제약을 두고 싶은 것뿐입니다. 과거에 당신은 우리와 합류하는 것을 거절했고 가로쉬의 명령을 거부했던 점을 나는 염두에 두고 있어요. 당신은 원칙에 따라 행동하지요. 그건 훌륭한 점이고요. 나도 중요한 가치로 두고 있어요.”

칼아크는 잔을 옆으로 밀어두고 무릎을 꿇은 다음 양손을 펴 무릎에 놨다.

“당신이 우리와 함께 온 마음을 다해 협력한다면 당신의 친구들을 풀어주겠어요.”

“다른 이들에게 했듯이 사냥꾼을 풀어 그들을 추적하지도 않고?”

“우리가 그들의 안전에 대해 거래를 한다면 그들을 쫓는 이는 아무도 없을 거예요.”

칼아크가 손을 들었다.

“그러나 다시 말하지만 지금은 결정하지 마세요. 당신의 친구들은 편안할 거예요. 지금 당신이 누리는 호화로움을 즐기는 것은 아니지만 편안할 겁니다.”

칼아크가 미소를 지었다.

“그리고 내일 당신은 우리의 동반자 관계에 모구가 제공할 것이 무엇인지 알게 될 겁니다. 그걸 보고 눈을 뜨게 되면 내 제안이 가장 후하며, 충분히 고려할 가치가 있다는 걸 깨닫게 될 거예요."

• • •

이후 그들의 대화는 좀 더 평범한 쪽으로 전환되었다. 볼진은 자신에게 그럴 마음만 있었다면 칼아크가 분명 그와 잤을 거라고 확신할 수 있었다. 협력을 독려하기 위한 방법으로 칼아크는 볼진에게 친밀하게 굴었다. 하지만 그건 지능이 낮은 자에게나 통할 술책이었다. 칼아크는 볼진이 어리석다고 생각하지 않았다. 따라서 그녀와 잠자리를 한다면, 그건 볼진이 쉽게 이용할 수 있는 존재라는 인상을 심어주기 위해 일부러 그런다는 점을 칼아크가 눈치챌 게 뻔했다.

한편 잠자리를 자제함으로써 볼진에게는 칼아크에 대한 지배력을 행사할 수 있는 수단이 생겼다. 유능하기는 하나 칼아크는 분명 볼진에게 빠져 있었다. 그렇지 않았다면 수년 전 모래 위에 찍힌 발자국에 대한 인상을 그때까지 기억하고 있을 리 없었다. 칼아크는 수년 간 자신이 볼진에게 가져온 관심을 확인하는 의미에서 그와의 잠자리를 원했고, 볼진이 칼아크의 제안에 어떤 식으로 답을 하든 상관없이 그는 그 점을 이용할 수 있었다.

그들은 좀 더 오랫동안 이야기를 나눈 후 야외 앞마당에서 잠들었다. 어둡던 둥근 아치를 환히 비추는 첫 새벽 빛에 볼진은 잠에서 깼다. 휴식을 취하지는 못했지만 피로하지 않았다. 긴장감이 만들어내는 에너지가 부족한 잠을 보충해줬다.

훈제한 황금잉어와 달콤한 떡으로 간단하게 아침 식사를 마치자, 하인들이 다시 볼진과 칼아낙의 시중을 들었다. 그들은 다시 랩터에 올라타 남서쪽으로 향했다. 칼아크는 아무 말도 하지 않았다. 랩터 위에 자세를 잡은 채 불어오는 바람에 머리카락과 망토가 날리는 그녀의 모습은 아름다웠다. 그 모습에서 볼진은 잔달라들이 스스로를 인식하는 모습을 봤다. 이로써 잔달라들이 왜 오래 전에 잃어버린 것을 되찾으려고 하는지 그 이유에 대해 볼진이 가졌던 모든 의구심이 지워졌다. '얼마나 깊이 떨어질지 안다는 것과 다시는 그 지점에 도달하지 못할까 봐 두려워하는 것에 의해 안에서부터 먹혀 버릴 것이다.'

그들은 구부러진 어깨 같은 모양의 높은 산 주변을 달렸다. 그곳은 폐허가 되어 있었다. 하지만 자연의 힘에 의해서가 아니라 오래전에 일어난 전쟁으로 인해 파괴되었다. 날씨 때문에 피와 그을음 자국은 씻겨 내려갔고, 뼈와 잔여물이 묻혀 있는 곳에는 황금색 초목이 자랐지만, 허물어진 아치의 잔해는 그곳을 모조리 파괴한 폭력의 흔적을 보여줬다.

산을 통과해 길로 나왔을 때에는 날이 어두웠지만, 판다리아의 장대함은 폐허의 흔적에도 불구하고 이곳을 아름답게 만들었다. 볼진은 예전에 그곳에 와본 것 같은 기분이 들었다. 그가 오그리마에 있었을 때 이곳을 지배했던 힘을 감지한 것이리라. 검은창 부족은 그들의 목적에 맞게 소박한 주거지에 만족했다. 하지만 다른 트롤들은 거대한 일을 통해 자신의 우월성을 증명할 필요를 느꼈다고 볼진은 인식했다. 그는 아이언포지와 스톰윈드에 세워진 키 큰 조각상들에 대해서 들은 적이 있었다. 이곳도 그와 비슷하게 모구의 과거를 기억하려는 장소라는 걸 알 수 있었다.

모구는 실망을 안겨주지 않았다.

그 길은 나무를 대충 쳐놓은 산비탈 초입으로 이어졌다. 거기에서 청동 기반 위에 놓인 거대한 회색 석상이 얼핏 눈에 들어왔다. 석상은 거대한 철퇴의 손잡이를 쥐고 있는 키 큰 모구 전사를 표현한 것이었다. 철퇴를 보통의 크기로 줄인다고 해도 가로쉬가 들 수 없을 무기였다. 석상의 무표정한 얼굴에서 모구의 특성을 읽어낼 단서는 아무것도 없었지만, 그 무기는 힘과 잔인함과 더불어 저항하는 모든 것을 부숴버리겠다는 욕구를 말하고 있었다.

칼아크와 볼진은 돌로 만들어진 무덤 속으로 들어가지 않았다. 멀리서 그들을 향해 위풍당당하게 행진해오는 무리가 있었기 때문이다. 삼각기가 달린 창을 들고 행군해오는 잔달라 군대였다. 그들 뒤로 코도가 끄는 우아한 마차에 세 명의 모구가 타고 있었고, 측면을 잔달라 병사 여섯 명이 호위했다. 다시 그 뒤로 그보다 작은 마차에 열두 명의 잔달라 의술사들이 타고 있었다. 곧 무너질 듯 허름한 네 번째 마차에 첸, 티라선, 세 명의 수도사, 네 명의 인간들이 타고 있었다. 모두 남자들만 타고 있었고, 그 뒤에 잔달라 병사들이 따라왔다. 나무가 삐걱거렸고, 짐수레를 끄는 동물들이 으르렁거렸다. 요란한 발굽 소리는 우레와 같은 소리를 내며 땅을 흔들었다.

폐허가 된 무덤 앞에서 행군이 멈췄고, 주술사가 포로들을 인계 받아 그들을 안으로 떠밀어 넣었다. 그리고 잔달라와 그들의 모구 주인들이 뒤를 따라 들어왔다. 칼아크가 한 장교를 불러 나머지 부대를 통솔하라고 명령했다. 병사들이 흩어져 방어 위치를 잡았고, 볼진과 칼아크는 비로소 무덤의 어두운 구역으로 들어갔다.

볼진이 추측하기에 모구 중 영혼파괴자로 추정되는 자가 두 개의 손가락으로 포로들을 가리켰다. 잔달라 주술사가 다오 형제와 샨 형제를 앞으로 데리고 나와 각기 동상 기부의 왼쪽 가까이 그리고 오른쪽에서 멀리 떨어진 모서리에 세웠다. 모구가 다시 가리키자 이번에는 인간 두 명이 동상 기부의 나머지 모서리로 끌려갔다.

볼진은 티라선을 보기가 수치스러웠다. 판다렌 수도사들은 고개를 꼿꼿이 들었고, 병사들이 그들을 자리로 데려갔다. 밀거나 억지로 끌고 갈 필요가 없었다. 무슨 일이 일어날지 알아야 한다는 현실을 완전히 거부하면서 판다렌 수도사들은 조용히 자존감을 지켰다. 반면 인간들은 균형 감각을 잃었는지 아니면 목숨이 위태롭다는 급박한 감정에 휩싸였는지 울면서 자리로 끌려갔다. 한 명은 서 있을 수가 없어 두 명의 잔달라 병사가 붙잡고 서 있어야 했고, 다른 한 명은 엉엉 울면서 오줌을 지렸다.

칼아크는 볼진을 바라보고 속삭였다.

"모구에게 그들이 원하는 건 인간 아니냐고 설득하려 했어요. 하지만 음영파가 싸우는 모습을 보고는 잡아오라고 고집을 부렸어요. 첸과 당신의 인간에게는 손을 못 대게 해뒀지만……."

볼진이 고개를 끄덕였다.

"지도자가 되면 불편한 결정도 내리게 되는 법이지."

모구 영혼파괴자가 왼쪽 모서리 가까이에 서 있는 다오 형제에게 다가갔다. 그는 한 손으로 다오 형제의 목을 뒤로 잡아 젖혀서 목이 드러나게 했다. 그리고 반대편 손의 날카로운 손톱을 이용해 다오 형제의 목을 찔렀다. 죽이려는 치명적인 행위가 아니라 약간의 괴로움을 야기하는 정도였다. 손톱에 판다렌의 커다란 핏방울 하나가 묻어났다.

모구는 핏방울을 모서리에 있는 청동 받침대에 떨어뜨렸다. 그러자 작은 불꽃이 확 올라왔다가 다시 줄어들면서 작고 가운데 홈이 파인 푸른색 혀가 되었다.

모구는 이번에 인간 앞으로 옮겨갔다. 그의 피도 떨어뜨려 한쪽 구석에 받아놓자 위로 액체가 솟구쳐 오르는 작은 간헐천이 생겨났다가 곧 잦아들더니 작은 웅덩이로 변했다. 잠시 후 불꽃이 춤을 추듯 표면에 파문이 일었다.

그리고 모구는 두 번째 인간에게 다가갔다. 그의 피로는 붉은 색을 띠는 작은 회오리바람을 만들어냈다. 회오리바람은 인간의 더러운 옷을 잠깐

펄럭이더니 금세 사라졌다. 옷의 펄럭임도 파도와 비슷한 모양이었다.

마지막으로 모구는 샨 형제에게 다가왔다. 샨 형제는 직접 고개를 들고 목을 드러냈다. 모구가 그의 피를 받아 청동 받침대에 넣자 이번에는 화산 폭발 같은 현상이 일어났다. 볼진은 이것이 샨 형제의 분노로 만들어졌다고 받아들였다. 작은 화산은 조용히 있지 않았고, 계속해서 흘러내려 물과 회오리바람에 도달했다.

공기, 불 그리고 물이 퍼져 나가다 한데 모이자 전쟁이 난 듯했다. 각각의 힘이 충돌하며 반투명한 오팔색깔을 띤 에너지 벽이 곧장 위로 치솟아 지붕을 때렸고, 석상을 네 조각으로 갈라 버렸다. 날카로운 천둥소리가 났다. 돌에 금이 갔고, 커다랗고 예리한 틈이 부서진 돌의 표면에 남았다. 그 틈에서 나무뿌리 모양처럼 빛이 발산됐다. 볼진은 석상이 무너질 때 이 무덤도 삼 미터 깊이로 함몰될 거라고 생각했다.

'우리 모두가 파묻힐 수 있는 정도야.'

하지만 석상은 무너지지 않았다. 에너지 벽은 다시 줄어들더니 틈 속으로 들어가 버렸다. 잠시 후 에너지 벽은 모구의 심장이 있던 곳인 가운데에서 뭉쳐졌다. 에너지는 두 번, 혹은 네 번 정도 고동치더니 보이지 않는 핏줄을 통해 쏟아냈다. 석상은 온통 오팔색 기운으로 가득했고, 석상 바로 밑부분에는 계속해서 금이 생겼다. 빛이 석상을 가루로 만들어버리는 맷돌처럼 엄청난 압력을 가하는 것 같았다.

그러면서도 힘이 그 형태를 유지시켰다.

그러더니 발목에서 손목까지 영묘한 덩굴손 같은 것이 날름거리며 올라왔다. 안개 같은 것이 다오 형제의 얼굴을 휘감았다. 다오 형제가 비명을 지르며 머리를 뒤로 확 젖히자 안개가 그의 몸 안으로 흘러 들어갔다. 눈 깜짝할 사이에 빛은 다오 형제를 휩싸더니 포도송이처럼 그를 으스러뜨렸다.

다오 형제였던 걸쭉한 물질은 덩굴손을 통해 다시 흘러들어갔다. 충격과 공포의 장면이 끝나고 나서야 볼진은 나머지 셋도 이미 사라져버렸다는 걸 알아챘다. 빛은 다시 석상으로 돌아가 점점 더 밝아졌다. 고동쳤고, 더욱 격렬해졌다. 눈이 있던 두 군데가 불타버렸다.

그리고 마법은 펑 소리가 나더니 쪼개지는 현상으로 변했다. 빛이 활활 타올랐고, 열기가 뜨거워졌다가 순식간에 사그라졌다. 석상의 윤곽이 줄어들기 시작했다. 동시에 석상의 팔이 펼쳐졌다. 생명이 없는 돌이 압축되어 눌리더니 두꺼운 근육이 되었고, 그 위로 검은 피부가 생겼다. 빛이 석상으로 몰려들었고, 돌이 부서져 울퉁불퉁했던 선을 따라 살이 원상 복구되었다. 상처가 전혀 없는, 비할 데 없이 훌륭한 무적의 모구 전사가 나체로 청동 연단에 서 있었다.

다른 모구 둘이 서둘러 앞으로 나왔다. 둘 다 모구 전사 앞에 무릎을 꿇었다. 머리를 조아린 채 모구 주술사는 검은 바탕에 장식이 들어간 두꺼운 황금 망토를 모구 전사에게 바쳤다. 다른 모구 주술사는 지휘봉을 들고 서 있었다. 모구 전사는 먼저 지휘봉을 받았고, 바닥으로 내려왔다. 그러자 다른 모구가 전사에게 옷을 입혔다.

볼진은 모구 전사의 얼굴을 유심히 살펴봤다. 만약에 볼진이 천 년 동안 무덤에 묻혀 있다가 풀려났다면, 일어난 일을 생각하느라 처음 얼마간은 방심한 상태일 것 같았다. 볼진은 부활한 장군이 잔달라가 있는 것을 보고 짧은 순간 경멸을 표시하는 모습도, 판다렌을 보고는 철저한 분노를 표현하는 모습도 봤다.

모구 전사는 첸과 쿠오 형제가 서 있는 곳으로 걸어갔지만, 수 세기 동안 죽어 있던 탓에 움직임이 약간 더뎠다. 칼아크가 장군과 포로들 사이에 끼어들었다. 볼진은 칼아크의 옆에서 한 발 뒤편에 섰다. 그러자 그는 칼아크가 만일의 사태를 예상해 유리한 위치를 선택했다는 사실을 깨달았다.

칼아크는 고개를 숙여 인사를 했지만, 무릎을 꿇지는 않았다.

"카오 장군님, 빌낙도르 사령관의 이름으로 환영합니다. 사령관님은 부활한 장군님의 주군과 함께 천둥의 섬에서 장군님이 기쁜 일을 경험하게 되기를 기다리고 계십니다."

모구 장군은 칼아크를 위아래로 훑어봤다.

"판다렌을 죽이는 일이 내 주군을 영광스럽게 할 것이며, 우리를 지체하게 만들지 못할 것이다."

칼아크가 볼진을 향해 손을 펼쳤다.

"하지만 그러면 검은창 부족의 그림자 사냥꾼 볼진이 이 둘을 선물로 장군의 주군께 바치려던 계획을 망치게 됩니다. 판다렌을 죽이길 원하신다면 이제 행군을 하며 사냥을 하도록 준비시키겠습니다. 하지만 이 둘은 약속된 자들입니다."

카오와 볼진이 서로를 쳐다봤다. 모구 장군은 무슨 일이 일어나고 있는지 이해했지만, 그 순간 그 일에 대처할 준비가 되어 있지 않았다. 그의 검은 눈에 증오가 타올랐고, 자신의 입장에서 이런 식은 용서받을 수 없는 일이라는 점을 볼진에게 주지시켰다.

모구 장군은 고개를 끄덕였다.

"무덤에 누워 있는 동안 해마다 판다렌 하나를 죽이고 싶었고, 내 주군이 돌아가신 이후로는 매년 둘을 죽이고 싶었다. 그렇게 준비해라, 트롤. 아니면 너의 그림자 사냥꾼은 더 많은 판다렌을 내 주군께 바칠 것을 약속해야 할 것이다."

볼진이 눈을 가늘게 떴다.

"카오 장군, 앞으로 수천의 판다렌을 죽이게 될 것이오. 장군의 제국은 판다렌의 노동이 없어져서 몰락했소. 장군이 원하는 것은 아마 그것뿐일지 모르나, 그 결과는 비극이 될 것이오. 많은 것이 바뀌었소."

카오가 코웃음을 치고는 몸을 돌려 다른 모구와 잔달라 장교들이 서 있는 곳으로 성큼성큼 걸어갔다.

칼아크가 조심스럽게 한도의 한숨을 내쉬었다.

"잘했어요."

"그의 반응을 예상한 당신도 잘했소."

볼진이 고개를 흔들었다.

"그는 첸과 쿠오의 목숨을 요구할 거요."

"알아요. 아무래도 수도사는 그에게 줘야 할 것 같아요. 모구는 그들의 검은 영혼 깊숙이까지 음영파를 증오합니다. 첸을 대신할 누군가를 찾아야 해요. 어쨌든 모구의 눈에는 판다렌이 모두 비슷하게 보이니까요."

"만약 속임수를 썼다는 걸 알면 당신을 죽이려고 할 거요."

"당신과 첸 그리고 인간도 마찬가지에요."

칼아크가 미소를 지었다.

"그림자 사냥꾼, 볼진, 좋든 싫든 간에 이제 우리의 운명은 절망적으로 얽히고 말았네요."

2 5

"그러니 내가 어느 정도의 불편을 감수해야 하오. 어쩔 수 없지만 그렇게 해야 해."

볼진이 말했다.

부대가 포로를 인도해서 다시 수레에 태우자, 칼아크는 몸을 돌려 볼진을 바라봤다.

"그건 무슨 말이지요?"

"카오는 자신을 거역하는 일에 분노하오. 당신의 주인은 나를 두려워하고. 내가 속박되지 않은 상태로 천둥의 섬을 돌아다니면 그들의 감정이 더욱 고조될 거요."

볼진이 어깨를 으쓱해 보였다.

"당신이 나를 통제한다는 걸 보일 필요가 있소. 나는 여전히 포로요. 그러니 그에 맞게 다뤄져야지."

칼아크는 잠시 생각을 하더니 고개를 끄덕였다.

"그리고 그렇게 하면 당신의 친구들과 가까이 있게 되니 당신이 그들을 돌볼 수 있어요."

"내게 보여준 관대함을 그들에게도 베풀어주기를 바라고 있소."

"그들은 강철 족쇄에 묶일 거예요. 하지만 당신에게는 황금 족쇄를 사용할 겁니다."

"좋소."

칼아크가 손을 내밀었다.

"당신 단도도요."

볼진이 미소 지었다.

"알았소. 돌아간 후에 돌려주리다."

"물론이에요."

볼진은 칼아크의 집으로 돌아가는 길에 자유로움을 마음껏 즐겼다. 어둠에 관해서는 카오를 당해낼 수 없어 부끄럽다는 듯 구름이 옅어졌다. 골짜기는 원래의 황금빛으로 빛났다. '내가 몇 세기 동안 무덤 속에 갇혀 있다가 부활한다면, 이곳이야 말로 최고의 장소일 거야.'

칼아크는 자신의 집에 볼진을 감금했다. 그리고 원래 했던 약속을 지켜 두꺼운 체인과 연결된 황금 족쇄를 만들었다. 황금 족쇄는 강철로 만든 것보다 무거웠지만, 사슬의 길이를 넉넉히 해서 볼진이 자유롭게 움직일 수 있도록 했다. 칼아크는 또 그에게 상당한 자유를 줘서 간수도 붙이지 않았다. 첸과 티라선이 다른 포로들과 함께 잡혀 있는 동안에는 볼진이 도망가지 않을 거라는 사실을 볼진 자신은 물론 칼아크도 알고 있었다.

칼아크와 볼진은 예정된 판다리아 정복에 대해 토의하며 건설적인 시간을 보냈다. 칼아크는 조우친을 함락시키는데 고블린 대포를 사용하지 말자고 제안했다. 그러나 빌낙도르는 그에 동의하지 않았고, 침략 때 대포와 화약을 사용하라고 명령했다. 칼아크는 그런 행동이 약함을 드러내는 표시라고 느꼈다. 하지만 모구가 과거에 대포와 화약을 잘 다뤘기 때문에 빌낙도르는 그것들을 사용해서 동맹 관계의 명예를 높이라고 말했다.

모구들은 그들의 제국이 멸망한 후 어느 정도 백일몽을 꿈꾸고 있었던 것 같았다. 칼아크는 모구들에게 건설적이라 불릴 만한 것은 거의 없고, 조직적이지 않는데도 그들이 계속해서 번식을 해왔다고 생각했다. 침략 계획은 명료했다. 판다리아의 심장을 확보하는 일에서 잔달라 부대가 모구 부대를 지원할 것이다. 그리고 어떤 시점이 되면, 모구가 믿고 있는 것처럼 모든 것이 지후이 게임을 시작할 때 말을 놓듯 마법처럼 개편될 것이다.

칼아크는 모구가 스스로 조직을 형성할 때까지 잔달라가 모구의 땅을 방어해주고, 그런 뒤에 함께 얼라이언스나 호드를 공격해 제거하고 나머지 분당도 분쇄할 거라고 생각했다. 언제나 문제였던 서쪽의 사마귀족은 맨 마지막에 처리하기로 했다. 그리고 모구 제국은 마법을 사용해 잔달라가 먼저 칼림도어를 그리고 나머지 분할된 대륙을 재정복하는데 지원하기로 했다.

아침이 되자 그들은 다시 길을 나섰다. 이번에는 일찍 출발했다. 밤이면 벌어지는 모구샨 궁전의 축제는 잠잠했고, 지체되면 카오 장군의 심기를 거스를까 두려워 모두 일찍 일어났다. 볼진은 황금 족쇄를 완전히 보이면서 랩터에 탈 수 있었다. 첸, 쿠오, 티라선 그리고 다른 포로들은 수레에 탔다. 볼진은 조우친에 도착할 때까지 그들을 거의 보지 못했다. 그는 다시 작은 배에 태워져 갑판 아래 위치한 선실에 갇혔다.

그곳에 그의 세 동료가 있었다. 험한 여정 때문에 더러워지고 학대를 받아 피를 흘리기도 했지만, 그들은 볼진이 승강구로 머리를 숙이고 들어오는 것을 보고 미소를 지었다. 첸은 앞발로 박수를 쳤다.

"자네도 포로지만 족쇄는 황금일세."

"그래봤자 사슬에 묶여 있는 신세지."

볼진은 쿠오 형제를 향해 고개를 숙였다.

"형제를 잃게 돼서 유감이네."

쿠오 형제도 볼진의 인사를 받았다.

"용감한 형제들이었다는 게 기쁠 따름입니다."

티라선이 볼진을 바라봤다.

"그 여자는 누구죠? 왜……?"

"그 문제에 대해서는 잠시 후에 이야기하고, 자네에게 물어볼 게 있어. 아주 중요한 일이네."

인간이 고개를 끄덕였다.

"그래요."

"우리가 풀어준 인간에게 내가 한 말을 첸이 자네에게 전해줬나?"

"내가 죽었다고요? 볼진, 당신이 나를 죽여서? 맞아요."

티라선이 희미하게 미소를 지었다.

"다름 아닌 호드의 엘리트가 나를 죽였다는 사실을 알게 된 건 좋은 일이지요. 하지만 그건 당신이 나에게서 듣고자 하는 답이 아닐 거예요."

"맞네."

볼진이 얼굴을 찡그렸다.

"그 사람은 자네가 어디 있는지 알고 싶어 했어. 두려워하면서도 알고 싶어 했지. 그는 자네가 살아있기를 원했어. 그를 살리고 보니, 자네가 그랬다는 사실을 깨닫고 두려워했어. 이유가 뭔가?"

티라선은 잠시 아무 말도 하지 않은 채 그저 더러운 손톱으로 다른 손톱을 긁기만 했다. 얼굴을 들지 않고 있다가 드디어 말문을 열기 시작했다.

"용의 심장에서 의심의 샤의 에너지가 나를 건드렸을 때, 당신은 내 몸 안에 들어와 있었어요. 그리고 내게 명령을 내린 사람을 봤지요. 당신이 구한 사람은 명령을 내린 남자의 조카인 모어란 바니스트예요. 내 아버지는 사냥꾼이었어요. 할아버지도 마찬가지였고요. 그리고 우리 집안은 항상 바니스트 집안을 위해 일했죠. 내 주인인 볼턴 바니스트는 허영심이 강한 자입니다. 부인은 획책을 일삼는 나쁜 여자고요. 스톰윈드가 그에게 커다란 위안이 되는 이유가 바로 거기 있어요. 군사 작전이 생기면 바로 떠나면 되니까 그로서는 대환영이지요. 그 자신이 다른 누군가를 조종하는 데 능란해서는 아닙니다. 그에게는 딸이 셋이 있는데, 모두 야심이 큰 남자와 결혼했어요. 그들은 모두 볼턴 바니스트를 기쁘게 할 경우 영토를 하사 받을 거라는 약속을 받았지요. 하지만 볼턴이 떠날 경우 섭정을 하는 것은 모어란입니다."

볼진은 이야기하는 티라선의 얼굴에 서린 감정을 관찰했다. 집안의 가업에 대해 말할 때는 얼굴이 자부심으로 환해졌지만, 주인 집안의 이야기를 할 때는 혐오감으로 가득했다. 티라선은 분명 최선을 다해 주인을 섬겼지만, 볼턴 바니스트 같은 주인은 결코 만족해하거나 그를 신뢰할 사람이 아니었다. 가로쉬와 마찬가지였다.

"의심의 샤가 다른 이들과 함께 그들을 찢어발겼어요. 그들은 자신이 살아갈 가치가 있는지 의심을 했어요. 자신의 마음과 기억을 의심했지요. 그들이 한 선택이 모두 틀렸다는 샤의 설득 때문에 눈 깜짝할 사이에 결정할 수 없게 돼버렸고, 스스로를 파멸시켜버렸어요. 양쪽 다 똑같이 맛있는 건초 더미 사이에 서 있는 노새처럼 그들은 풍요롭지만 선택을 하지 못해 굶주렸습니다."

티라선이 드디어 고개를 들었다. 그의 어깨에는 피곤함, 얼굴에는 세월의 흐름이 역력하게 드러나 있었다.

"의심의 샤는 내 삶의 어둠을 밝히는 촛불로 내게 다가왔어요. 나는 다른 모든 이들을 의심했고, 그 순간 모든 것의 진실을 봤죠."

볼진이 동감한다는 의미로 고개를 끄덕였지만, 말은 하지 않았다.

"내게는 딸이 하나 있어요. 네 살이지요. 마지막으로 집을 떠나기 전 딸아이는 내게 잠자리에서 이야기를 해달라고 했어요. 예전에 딸아이가 사악한 사냥꾼과 맞서야 했던 양치기 소녀가 친절한 늑대의 도움으로 사냥꾼을 물리친 이야기를 내게 해준 적이 있었어요. 나는 그 이야기를 떠올렸고, 우리 마을에 자리 잡은 길니아스 피난민들이 미치는 영향 덕분에 위기를 물리친다는 식으로 이야기를 바꿨어요. 하지만 샤가 나를 건드리자 그때 진실을 보게 되었죠."

티라선이 말을 이었다.

"내 아내는 양치기 소녀였어요. 친절하고 다정하며, 순진하고 사랑스럽지요. 희한하게도 내가 아내를 만난 곳은 그녀의 가축을 노리는 늑대 무리를 사냥하러 나갔을 때였어요. 그녀가 나의 무엇을 봤는지 잘 모르겠어요. 나에게 아내는 완벽했습니다. 그래서 구혼을 했고, 아내를 얻었지요. 아내는 내 인생 최대 선물이에요. 하지만 유감스럽게도 나는 죽이는 자입니다. 가족을 먹이기 위해 죽이지요. 내 나라를 안전하게 지키기 위해 죽이고요. 내가 만들어내는 것은 아무것도 없어요. 그저 파괴할 뿐이지요. 그런 사실이 아내의 영혼을 좀 먹었습니다. 죽이는 것이 내게 아주 쉬운 일이라는 사실, 내가 어떤 것이든 죽일 수 있다는 사실을 아내가 알고 경악했지요. 내 삶과 내 모습은 천천히 아내의 삶의 대한 사랑에서 점점 멀어지고 있었죠."

인간은 머리를 흔들었다.

"친구들이여, 진실은 아내가 옳았다는 것입니다. 내가 집을 비우며 할 일을 하는 동안, 아내는 모어란과 가까워졌습니다. 그의 부인은 수년 전에 아이를 낳다가 죽었어요. 그의 아들은 내 아이들과 친구죠. 아내는 관리인으로 일을 해왔습니다. 나는 아무것도 의심하지 않았어요. 아마 아무것도 보고 싶지 않았던 모양입니다. 봤다면 모어란이 나보다 내 아이들에게 더 나은 아버지이자 아내에게도 나은 남편의 모습을 가지고 있다는 사실을 깨달았을 테니까요."

티라선은 잠시 아랫입술을 물어뜯었다.

"모어란을 봤을 때, 그가 결심했다는 걸 난 알았어요. 내가 죽었다는 소리를 듣고 모어란은 자신도 용감해질 수 있다는 점을 증명할 필요가 있었던 겁니다. 그래서 판다리아로 왔고, 그의 삼촌은 모어란을 다른 장기 말처럼 이용했습니다. 그가 탈출했다는 사실이 증명할 필요가 있는 모든 것을 증명해줄 겁니다. 모어란은 영웅이 될 겁니다. 그리고 고향으로 가서 가족과 함께 할 수 있겠죠."

"하지만 그들은 자네 가족이야."

볼진이 티라선의 얼굴을 찬찬히 살피며 말했다.

"자네는 여전히 가족을 사랑하지 않나?"

"너무도 사랑하죠."

티라선은 손으로 얼굴을 쓸었다.

"가족을 다시 볼 수 없다는 생각만 해도 죽을 것 같아요."

"하지만 그들의 행복을 위해 자네의 행복은 포기하겠다고?"

"언제나 내 가족에게 행복한 삶을 선사하기 위해 내가 해야 할 일을 해왔습니다."

티라선이 위를 쳐다봤다.

"이게 아마 그들을 위한 최선일 겁니다. 당신은 나를 봐왔죠. 내가 그날 밤 활을 쏘는 걸 봤어요. 내게는 그보다 더 활을 잘 쏠 수 있는 능력이 있어요. 그래서 모어란이 내가 쏜 화살이라는 것을 알아차렸습니다. 죽이는 일이 바로 내 업이에요, 볼진. 나는 그걸 아주 잘하죠. 내 가족을 죽일 수 있을 정도로 말입니다."

"자네가 내린 결정 중에서도 아주 어려운 것이로군."

"나는 매일 질문을 던지지만, 철회하지 않을 겁니다."

티라선의 초록색 눈이 가늘어졌다.

"왜 계속해서 이 질문을 하는 거죠?"

"나 역시 아주 어려운 결정을 내려야 하기 때문에 생각 중일세. 자네의 경우와 비슷하지만 좀 더 규모가 크다고나 할까."

트롤이 깊게 한숨을 쉬었다.

"내가 어떤 결정을 내리든 많은 이가 피를 흘리고 죽어갈 걸세."

• • •

볼진은 그들이 자신에게 과분할 정도로 좋은 친구라는 사실을 깨달았다. 그리고 볼진의 세 친구들은 볼진이 준비가 되면 더욱 많은 것을 나눌 거라는 사실에 만족스러워했다. '이들은 내가 옳은 결정을 내릴 거라 믿고 있어. 나는 그렇게 할 것이다. 그리고 그 결과도 받아들일 것이야. 하지만 그 결과는 나 혼자서만 짊어질 수 있는 게 아니야.'

잔달라 승조원은 볼진을 괴롭힐 수 있어서 즐거웠지만, 한계가 있었다. 네 명의 포로를 위해 꽤 먹을 만한 음식을 제공했지만, 솥 하나에 담아왔다. 먼저 판다렌 둘과 인간에게 음식을 먹게 했다. 볼진은 남은 음식을 먹을 수 있었는데, 음식이 별로 남지도 않은데다 타서 솥바닥에 들러붙어 있었다. 그리고 볼진이 먹을 때가 되니 식어서 차가워졌다. 볼진은 친구들이 머뭇거리며 아무도 먹지 않을 것 같아서 먼저 먹으라고 권했다.

또한 포로들은 정오에 갑판으로 나가 신선한 공기를 마실 수 있었는데, 그때도 잔달라는 볼진을 새벽이 오기 전 뱃머리에 서 있게 했다. 그러다 배가 선회하면 덮쳐오는 파도에 볼진은 흠뻑 젖기도 했다. 볼진은 불평하지 않고 물과 차가운 바람을 견뎌냈고, 수도원에서 지내며 추위에 익숙해진 덕을 본다고 남몰래 좋아했다. 그래서 뱃머리에 서 있는 게 수월했다. 오히려 잔달라들이 좀 더 따뜻하고 마른 곳으로 물러나 있곤 했다.

• • •

배가 천둥의 섬에 도착했을 때, 우연치 않게 볼진은 갑판에 있게 됐다. 항구의 설비들은 그 어떤 것들보다 최신으로 보였고, 잔달라가 만들었다는 흔적이 보였다. 왼쪽에서는 승조원들이 화약과 그 밖의 보급품을 창고로 운반하고 있는 듯했다. 볼진은 창고 건물이 꽉 찼는지 혹은 비었는지 장담할 수 없었지만, 반 정도만 찼다고 해도 장시간 동안 군대에 보급품을 충분히 공급할 수 있을 정도였다. 그들은 카오 장군과 함께 도착을 했으니, 조우친으로의 항해를 위해 막 방출한 보급품들을 이내 배에 다시 실을 거라고 볼진은 생각했다.

일단 배가 항구에 정박하자 잔달라는 네 명의 포로들을 트랩을 통해 육지로 내려가게 한 다음 황소가 끄는 수레에 태웠다. 건초 더미보다 약간 큰 조그만 수레였다. 그래서 포로들은 아주 가까이 붙어 앉아야 했다. 겉에는 돛천이 씌워져 있어서 안은 어두웠지만, 닳은 부분이 있어서 손가락으로 구멍을 내 밖을 볼 수 있었다. 수레가 깨진 돌투성이 도로를 움직이며 나아가기 시작하자 볼진과 친구들은 섬을 찬찬히 관찰했다.

하지만 답답하게도 볼 수 있는 것이 거의 없었다. 볼진이 갑판에 있을 때 배가 섬에 도착했으니 아침나절일 텐데도 자정에서 한 시간 정도가 지난 때 같았고, 빛이라고는 번개가 번쩍일 때 비추는 것이 전부였다. 번개 빛에 드러나는 것은 축축한 늪의 풍경이었다. 간간히 있는 마른 땅에는 군용 천막이나 가설 건물이 서 있었다. 수레를 타고 가며 깃발을 몇 가지 읽을 수 있었는데, 볼진이 예상했던 것보다 훨씬 더 다양했다.

그들이 탄 수레가 지나가는 길을 따라 잔달라가 일부러 많은 천막들을 세워둘 수도 있었지만, 볼진은 과연 그럴까 의심스러웠다. 잔달라가 그런 위장을 해야 할 필요는 없었다. 잔달라는 이렇게 멀리까지 온 적들이 가짜 자료를 가지고 이곳을 탈출할 수 있다고 믿지 않았고, 적들이 그들에게 대항할 수 없을 거라고 생각했다. 그런 조건에서 속임수를 쓰는 것은 불명예스럽기만 한 시간 낭비일 뿐이었다.

어리석은 생각이지만, 그들이 맞을 수도 있었다. 볼진이 알기로 판다리아에 호드가 주둔한 이후로 벌써 몇 달이 훌쩍 지났고, 티라선이 알고 있는 정보로는 그보다 더 오래되었다. 반면 잔달라 군과 동맹을 맺은 트롤은 그 숫자만으로도 판다리아에 있는 주민과 적을 바다로 몰아버리기에 충분했다. 제대로만 실행된다면 칼아크는 호드와 얼라이언스가 서로 대적하게 혹은 서로에 대한 긴장을 더욱 강화시키도록 만들 수 있다고 봤다. 그렇다면 잔달라의 계획은 성공을 보장받게 될 터였다.

'따라서 잔달라가 성공하면 내 결정의 균형이 깨지겠군.'

수레는 천천히 목적지를 향해 굴러갔다. 그곳에는 강철 창살에 줄을 엮어 만든 다음, 바로 사용하기 위해 배에서 회수한 것처럼 보이는 잠금쇠가 달린 문이 부착된 급조한 구금용 우리가 세워져 있었다. 임시 감옥은 늪지의 작은 흙무더기 위에 놓여 있었다. 유일하게 좋은 점이 있다면, 냄새 나는 해자가 있어 가장 가까운 거리의 간수들이라도 포로들과 멀찌감치 떨어져 있다는 점이었다.

볼진이 세 친구와 함께 감옥 안에 수감되기 전에 마차가 한 대 도착했다. 잔달라 병사는 볼진만 따로 이 마차에 태워 늪지를 끼고 도는 구불구불하고 높은 길을 달렸다. 한 병사가 마차를 몰았고, 다른 병사는 뒤편 마부석에 자리를 잡고 섰다. 마차는 북동쪽의 어둡고 낮은 건물들 가까이에 있는 석조 건물로 향했다.

도착한 후 병사들은 볼진을 안으로 인도했다. 거기에서 볼진은 칼아크의 하인을 다시 만났다. 그들은 다시 볼진을 몸단장시켰다. 황금 족쇄는 벗기고 의식용 단검도 볼진에게 돌려줬다. 그리고 다시 마차를 타고 더 큰 건물로 들어갔다. 정문에는 문지기 역할을 하는 한 쌍의 기렌 석상이 서 있었다. 칼아크가 그를 기다리고 있었다.

"좋아요. 치장을 잘했군요."

칼아크가 가볍게 볼진을 안았다.

"지금 카오 장군은 천둥왕과 이야기를 나누고 있어요. 당신과 당신의 친구들의 목숨을 구하려고 보니, 수도사들에 대해서는 다시 한 번 사과를 해야겠군요. 내 주군이 다시 선처를 구할 겁니다."

칼아크가 그를 안내했다. 계속해서 돌고 돌아서 볼진은 길을 기억할 수 없었다. 마법을 쓴다는 흔적은 감지할 수 없었지만, 그럴 가능성을 완전히 배제할 수는 없었다. 볼진은 무덤에서 돌아온 천둥왕을 환영하기 위해 영악하게 이 건물들을 복원했다고 생각했다. 모구 황제가 편안하고 익숙한 느낌을 갖도록 건물 배치와 울림이 그에 맞게 이루어졌다. 그를 잊었던 세상, 그의 귀환을 두려워할 이유가 있는 세상으로 돌아온 황제가 과도기를 편안하게 넘기도록 하기 위함이었다.

칼아크가 재빨리 방 안으로 들어갈 때, 두 명의 보초가 문 옆에서 경례를 했다. 방 안 끝에서는 허리에 꼭 맞게 재단된 모구 스타일의 의복을 입은 빌낙도르가 그들을 기다리고 있었다. 잔달라 장군은 머리카락도 하얗게 염색하고 모구 방식으로 꼬았다. 볼진은 그가 발톱 역시 모구처럼 기르기 시작한 건 아닐까 의심스러웠다.

칼아크가 조용히 고개 숙여 인사를 했다.

"장군님, 여기 대령한 자는…….”

"그가 누군지 나도 안다. 여기 도착하기 전부터 악취가 나더군.”

잔달라 장군은 손을 저으며 소개를 일축해버렸다.

"공포를 부르는 자, 볼진, 내가 왜 그대를 바로 지금 이 자리에서 죽이지 말아야 하는지 이유를 말해보라.”

검은창 트롤이 미소를 지었다.

"내가 당신이라면 바로 죽여 버리겠소.”

26

빌낙도르가 볼진을 노려봤다. 노움의 안경을 훔치다 함정에 빠진 듯 눈이 커다래졌다.

"지금 바로 죽인다고?"

"그렇소. 그렇게 해야 카오 장군의 기분을 맞출 테니까."

볼진이 손을 펼쳐보였다.

"빌낙도르 장군, 입고 있는 의상과 입은 방식을 보니 모구를 기쁘게 만드는 일이 당신의 제일 관심사인 게 분명하군요. 그러니 나를 죽이면 도움이 될 거요."

검은창 트롤은 잔달라가 숨을 씩씩거리며 불신하도록 잠시 내버려뒀다가 다시 말을 이어나갔다.

"중대한 실책이 될 거요. 따라서 승리를 놓치게 될 것이요."

"정말 그렇게 될 거란 말인가?"

"단연코 그렇소."

볼진은 처음 부상에서 회복될 때처럼 목소리를 가능한 낮게 해서 말을 했다.

"호드는 내가 죽었다고 믿고 있소. 살해되었다고 생각하지요. 하지만 사람들은 내가 살아남았다는 걸 알고 있소. 당신이 나를 죽인 뒤 그랬다는 사실이 밝히면 검은창 부족은 절대 합류하지 않을 거요. 당신의 왕이 꿈꾸는 통일된 트롤 제국은 물거품이 되는 거요. 그리고 호드는 당신의 적이 될 테지. 당신 때문에 가로쉬는 호드 내 내분에서 자유로워질 거요. 내가 살아있는 한 가로쉬는 내가 진실을 말할까봐 두려워할 것이오. 칼아크가 알고 있소. 소문은 들불처럼 번져나갈 테지. 때가 되면 나는 가로쉬의 심장을 꿰뚫을 화살이 될 거요."

"가로쉬의 심장을 꿰뚫을 화살 아니면 내 옆구리에 박힌 가시가 되겠지."

"여기저기 박힌 가시가 될 거요."

그림자 사냥꾼이 조심스럽게 미소를 지었다.

"당신은 나와 내 위치를 이용해 구루바시와 아마니가 더 많은 일을 하게 자극했소. 그리고 그들보다 작은 부족에게는 발전을 약속하는데 나를 이용했소. 두려움을 이용해 동기부여를 하는 것은 효과가 있기는 하지만, 그러려면 희망이 그 균형을 잡아주어야 하오."

나이 든 잔달라 장군의 눈이 가늘어졌다.

"검은창 부족을 본보기로 들어 승격시켜 줄 것이다. 그러면 값이 되겠는가?"

"너무 높이 올려주지는 마시오. 당신의 왕은 하지 못했지만, 당신은 검은창 부족을 불러들이게 될 것이오."

유혹에 늙은 트롤의 눈이 다시 커졌다.

"그런데 어떻게 그대를 믿는가?"

칼아크가 고개를 끄덕였다.

"그에게는 동기가 있습니다, 주군."

볼진이 엄숙하게 고개를 숙였다.

"당신이 내 친구 셋을 잡아두고 있기 때문만은 아니오. 나에게 선택의 폭은 넓지 않소. 호드의 지도자는 나를 살해하라고 지시했소. 호드에서는 더 이상 내가 힘을 발휘할 수 없지요. 검은창 부족은 충성스러우나 호드나 당신에게 맞서 홀로 대적하기에는 너무 규모가 작소. 모구를 보기 전에 그 점을 이미 깨달았소. 과거 판다렌은 분명 강했지만 지금은 그렇지가 않지요. 잔달라에게 대적하기 위해 판다렌들은 나와 인간을 필요로 하오."

"하지만 개인적으로 볼진, 그대는 이 일의 대가로 무엇을 바라는가?"

빌낙도르가 팔을 뻗었다.

"나를 도와 부족한 점을 채워주겠는가? 잔달라를 통치해주겠는가?"

"그런 권력을 갈망했다면 나는 오그리마에서 오크의 피로 젖은 왕좌에 앉았을 것이오. 하지만 나는 그런 욕망에 접근할 수 없소."

볼진은 자신의 왼쪽 상완에 부착된 단검을 가볍게 두드렸다.

"당신은 잔달라의 유산을 물려받았소. 잔달라의 전통이 당신을 만들었소. 그리고 그것이 당신의 운명을 정의하고 있소. 나는 고대 전통의 후계자요, 그림자 사냥꾼이오. 잔달라가 걸음마를 하고 있을 때, 나의 전통은 이미 오랫동안 나를 키워내고 있었소."

볼진이 말을 이었다.

"로아가 내 선택을 정의해주고 있소. 로아는 그들이 지배하는 이들에게 최선을 원하지요. 엘로타 노 샤드라가 당신의 죽음이 트롤에게 최선이라고 말했다면 이 작은 단검은 이미 당신의 눈에 꽂혀 있었을 것이오."

빌낙도르는 평정을 찾으려 노력했지만, 가슴 앞으로 팔짱을 끼며 초조함을 보이고 말았다.

"하지만 그건……."

"엘로타가 불쾌함을 표현하는 환상을 내게 보내고 있소, 장군. 그러나 내게 당신을 죽이라고 요구하지는 않았소."

볼진이 합장했다.

"엘로타는 내 책임을 상기시켜주고 있소. 내 삶, 내 욕망을 그녀가 명령하고 있지요. 트롤이 다시 득세하고 옛 전통을 수복하는 것, 이런 것이 엘로타를 기쁘게 만들지요. 당신을 섬기는 것은 엘로타는 섬기는 것이오. 당신이 나를 갖는다면 말이죠."

볼진이 진지한 어조로 마지막 말을 끝내자 잔달라는 아무 말 없이 가만히 있었다. 그는 매듭진 황금색 비단 벨트의 느슨한 끝을 잡아당기며 너그러운 미소를 지었다. 그런 모습은 빌낙도르가 현명하고 신중하게 숙고하는 인물임을 알려주고 있었다.

'하지만 그는 모구의 취향에 맞는 크기로 지어진 방에서 모구 스타일로 어린애처럼 옷을 입고 있다.' 높은 창을 배경으로 문양이 새겨진 두꺼운 여닫이창과 벽에 새겨져 있는 그림으로 인해 빌낙도르는 더욱 작게 보였다. 라스타칸이 왜 그를 보냈는지 볼진은 알 수 없었다. 아마 모구를 화나게 만들지 않을 적임자이기 때문이 아니었을까? 또한 볼진은 잔달라가 개입한 침공에서 빌낙도르가 유일한 고위급 인사는 아닐 거라고 생각할 수밖에 없었다.

'하지만 내가 다뤄야 할 상대는 바로 빌낙도르다.'

"검은창 트롤, 그대가 말한 것은 아주 까다롭고 어렵다."

빌낙도르가 고개를 끄덕였다.

"그림자 사냥꾼이라는 그대의 위치는 아주 중요하고, 그대의 정치적 평가 역시 값지다. 이 문제에 대해 생각해보겠다."

"좋으실 대로 하시오, 장군."

볼진은 판다렌 방식으로 고개를 숙여 절을 한 다음 칼아크 뒤로 물러났다. 둘은 어두운 복도를 걸었다. 속삭임을 제외하고는 그들의 발자국 소리만이 그림자 진 둥근 천장에 메아리쳤다. 계단에 도착해서 기렌 석상 사이에 설 때까지 둘은 아무 말도 하지 않았다.

볼진이 칼아크를 보고 솔직하게 표현했다.

"우리가 빌낙도르를 죽여야 한다는 걸 당신도 깨달았을 거요. 당신의 말이 맞았소. 그는 나를 두려워하오. 그리고 그림자 사냥꾼은 더욱 두려워하지."

"그게 바로 빌낙도르가 당신을 제거하라는 압력을 받는 이유지요."

칼아크가 얼굴을 찡그렸다.

"가로쉬의 시도는 서툴기 짝이 없었어요. 가로쉬는 일단 검은창 트롤들을 불러오려는 거예요. 그러면 그는 당신을 죽일 수 있어요. 당신이 죽기 전에 남긴 글이 가로쉬를 인정하고, 그나 그의 꼭두각시를 당신의 후계자로 임명하는 거죠."

"동감이오. 이렇게 해서 우리는 시간을 벌겠군."

"빌낙도르는 당신을 감옥에 며칠 더 묶어 놨다 풀어줄 거예요. 당신이 감사하게 여기도록 만들려는 거죠."

볼진이 고개를 끄덕였다.

"그러면 당신도 준비할 시간을 갖게 되겠군."

그 말에 칼아크가 뭐라 대답하기 전에 카오 장군이 복도를 활보해왔다. 그는 여전히 같은 망토를 쓰고 있었지만, 긴 장화와 황금색 비단 바지, 검은 비단 튜닉을 입고 황금 벨트를 차고 있었다. 카오는 놀라서가 아니라 일부러 걸음을 멈췄다.

'우리를 쫓아왔군.'

"내 주인께서 내가 원하는 만큼 판다렌을 죽여도 좋다고 약속하셨다. 판다렌은 결함이 있는 피조물이고, 우리가 더 나은 종족으로 만들 것이다. 그리고 제거하는 거지."

카오가 하얀 이를 드러냈다.

"트롤, 너의 친구들을 포함해서 말이야."

"장군이 모시는 주인님의 지혜는 존경을 표할 만합니다."

볼진이 깊이는 아니지만 고개를 숙여 인사를 했다.

모구는 코웃음을 쳤다.

"나는 너희 족속들에 대해 안다, 트롤. 너는 오로지 힘만을 이해하지. 내 주인님의 힘을 보고 두려워하는 법을 배워라."

카오 장군은 넓게 팔을 벌렸다. 하지만 힘을 모으려는 몸짓이 아니었다. 그보다는 손님에게 즐거움을 선사하는 수법의 대가인 파티를 주최하는 주인의 몸짓이었다. 그가 손을 벌려 기렌을 맞아들이자 석상으로 만들어진 야수들이 움직였다. 석상들은 카오가 부활할 때처럼 금이 가지는 않았다. 카오를 불러일으킨 마법은 하찮은 하급 마법이었다. 천둥왕의 마법의 힘은 즉시 회색 석상을 살아 움직이는 생물로 바꾸고 눈이 움푹 들어간 피조물을 굶주린 괴물로 둔갑시킬 수 있었다.

카오가 다시 웃었다. 사냥꾼의 부름에 답하는 사냥개들처럼 기렌 석상들은 서 있던 받침대에서 방향을 틀어 카오의 옆에 앉았다.

"판다렌들은 이것들을 만들지 않았다. 그렇게 오랜 시간 동안, 판다렌들은 이렇게 우아한 것은 아무것도 만들지 못했어. 천둥왕께서 직접 꿈을 통해 이 마법을 일으키셨다. 이제 왕께서 돌아오셨으니 제국도 다시 일으키실 것이야. 이 세상에 천둥왕을 저지할 힘은 없고, 그분이 원하는 것을 부정할 존재 또한 없다."

"오직 바보들만 천둥왕께 대적할 테지요."

볼진이 좀 더 예의를 갖춰 절을 했다.

"그리고 나는 바보가 아닙니다."

카오가 사라지자 칼아크는 깊이 한숨을 쉬었다.

"그는 관계를 잘 가꿔볼 만한 유형의 적이 절대 아니에요."

"내 실수요."

"잠깐 발을 잘못 디딘 건 금방 복구할 수 있어요."

그녀는 볼진에게 다가가 의식용 단도를 뺐다.

"당신이 성공의 열쇠라고 빌낙도르를 설득할게요. 그가 당신을 풀어줄 거예요. 그때까지⋯⋯."

검은창 트롤이 미소를 지었고, 손을 들어 자진해서 다시 황금 족쇄를 찼다.

"나는 트롤이오. 참을성이 아주 많소."

칼아크가 볼진의 뺨에 키스를 했다. 그리고 그를 간수에게 넘겨줬다.

"곧 그렇게 될 거예요. 그림자 사냥꾼, 곧."

• • •

잔달라 간수의 명령에 따라 볼진의 친구들은 감옥 안에서 뒤로 물러났다. 그리고 간수가 가버린 다음 볼진을 환영했다. 그들은 볼진에게 모든 것을 물어봤고, 볼진은 칼아크의 제안을 시작으로 잔달라 지도자와 카오가 힘을 과시했던 것까지 이야기했다.

쿠오 형제는 아무 말도 하지 않았고, 첸도 그답지 않게 조용했다. 티라선이 일어서서 감옥의 머리 쪽에 있는 창살을 움켜쥐며 말했다.

"난 볼진이 한 추론이 맞는다고 생각합니다."

볼진은 티라선을 찬찬히 바라봤다.

"자네는 죽어 있는 상태로 있겠다고 결정했지. 그게 가족을 위한 최선이니 아무리 고통스럽다고 해도 말일세. 그렇지?"

"맞아요."

"그렇게 결정을 내린 것은 자네가 삶을 자네의 상상이나 바라는 대로 아니라 있는 그대로의 모습으로 있길 원하기 때문이야. 그렇지 않은가?"

티라선이 고개를 끄덕였다.

"아까도 말했지만, 나는 볼진의 논리에서 잘못된 점을 찾을 수 없어요."

볼진이 목소리를 낮추며 쪼그리고 앉았다.

"가족을 위해 최선을 다하는 것, 진실에 맞게 행동하는 것은 착각이 아니야. 잔달라의 문제는 바로 그거야. 앞으로도 그렇고."

첸이 조금 더 가까이 다가왔다.

"나는 무슨 말인지 이해가 안 가는 걸."

"자네도 알게 될 걸세, 직접 봤으니까. 첸, 자네는 검은창 트롤을 알고 있어. 우리와 함께 있었지. 우리의 진심도 알고 말이야. 잔달라, 구루바시 그리고 아마니는 우리를 깔보고 있어. 자기네들이 제국을 세우고 잃어가는 동안 우리는 아무것도 이룬 게 없다고 생각하지. 구루바시는 우리를 절멸시킬 수 있다고 생각하고 있지만, 그들은 실패했네. 진실을 보는 것에 실패했지."

볼진의 말이 이어졌다.

"검은창 부족은 살아남았어. 그건 우리가 잃어버린 것을 한탄하는 세계가 아닌 다른 곳에서 살아왔기 때문이야. 저들은 모든 것을 상상의 기준에 맞추고 있어. 과거에 제국의 진정한 모습이 어땠는지도 모른 채 오로지 제국의 낭만적인 환상만을 기억하고 있지. 그들의 기준은 비현실적이야. 거짓말에 근거하고 있기 때문이고, 요즘 세상에는 그런 기준을 세울 곳이 없기 때문이지."

모구 건축물에 비해 난쟁이처럼 작아 보이는 모구 의상을 입은 빌낙도르의 모습을 보며 볼진의 마음속에서는 꿈과 환상에서 계속 그를 괴롭히던 생각이 구체화되었다. 누군가 트롤의 전체 역사를 본다면, 높은 곳에서

316   Vol'jin: Shadows of the Horde

몰락하는 것으로만 볼 수 있었다. 한때 트롤들은 하나로 통일되었지만, 그날 이후 트롤 사회는 균열되었다. 그리고 조각난 파편들이 하나가 되는 영광을 다시 재현해내려고 했다. 그러나 불가능한 일이었다. 뿐만 아니라 트롤들은 서로를 먹잇감으로 삼았다. 지금 잔달라가 트롤의 연합을 도모하고 있지만, 이는 예전의 트롤의 모습을 개혁하기 위해서라기보다는 트롤 문명의 정점에서 잔달라의 위치를 확고히 하기 위해서일 뿐이었다. 각각의 파편들은 각자 제국을 만들고 세상을 지배해서 자신의 부족이 최고임을 증명하려 애쓰고 있는 상황이었다.

'하지만 자기네가 최고라는 걸 믿지 못한다는 사실만 증명하고 있을 뿐이야.'

볼진의 아버지, 센진은 상황을 절대 그런 식으로 보지 않았다. 센진은 검은창 부족에게 최선인 것을 원했다. 그들에게 두려움 없이 살 수 있는 고향을 주고 그곳에서 걱정 없이 원하고 필요한 것을 얻는 것, 센진은 바로 그걸 원했다. 힘에 집착하는 이들, 과거와 제국을 꿈꾸는 자들에게 이는 너무도 작은 야망으로 비춰졌다.

'그 야망이 제국을 만드는 유일한 씨앗이야.' 티라선은 자신의 야망을 그가 할 줄 아는 것이 죽이고 파괴하는 일이라는 사실을 알게 된 아내의 두려움으로 표현했다. 볼진은 티라선의 아내가 그를 과소평가했다고 느꼈지만, 그녀의 생각을 확실히 잔달라와 모구에게 적용할 수 있었다. 복수를 하겠다는 일념이 그들을 움직이는 원동력이 되고 있었다. 하지만 모든 적을 섬멸하고 난 다음에는 무엇을 한단 말인가? 과연 그들은 평화롭고 목가적인 사회를 만들기 위해서 노력할까? 아니면 그저 새로운 적을 찾는데 급급할까?

티라선은 가족을 위해 자신을 희생할 준비가 되어 있었다. 첸 역시 리리와 야리아를 위해 얼마든지 그렇게 할 것이다. 그리고 쿠오 형제와 음영파는 판다리아를 위해 행동할 것이다. 볼진의 아버지도 그렇게 했고, 볼진역시 그렇게 할 준비가 되어 있었다. '그런데 나의 가족은 누구란 말인가?'

라스타칸 왕의 대리인 줄이 모든 트롤 부족을 하나로 연합하려고 했을 때, 볼진은 '호드가 나의 가족이다.'라고 말하며 거부했다. 하지만 가로쉬가 그를 죽이려고 했던 일로 인해 그의 말은 거짓말이 되어버린 것 같았다. 그러다 볼진은 그에 대한 암살 기도는 호드의 발전을 위한 것이 아니라는 사실을 깨달았다. 가로쉬의 목적을 성취하기 위한 일이었을 뿐이다. 가로쉬가 볼진을 죽일 수 있었다는 사실은 가로쉬가 원한 것과 호드에게이익이 되는 것 사이의 분기점을 보여주었다.

'호드가 나의 가족이다. 가족을 위해 모든 것을 바치는 게 내 임무야.' 볼진은 고개를 끄덕였다. 판다리아에서 편안하게 상처나 핥으며 호드가 고통 받게 두는 것, 그것은 볼진의 가족을 배신하고 그들에 대한 책임감을 저버리는 일이었다.

'트롤로서 그리고 그림자 사냥꾼으로서.'

볼진은 빌낙도르에게 그림자 사냥꾼으로서의 의무는 트롤에게 최선이되는 일을 하는 것이라고 말했고, 그 말은 거짓이 아니었다. 수 세기 동안번성했던 제국을 재건하려는 피 흘리는 노력에 합류하는 것이 트롤을 위한 최선은 아니었다. 생명이 희생되기 때문이 아니라 세상의 현실과 전혀관계없었기 때문이다. 호드는 볼진의 가족이었고, 검은창 부족은 호드의일부였다. 호드는 현 상황의 일부분이었다. 호드와 트롤의 운명은 부인할수 없이 서로 얽혀 있었다. 그것이 사실이 아닌 양 행동한다면 완전한 판단력 부족이 될 터였다.

볼진은 손으로 황금 사슬을 잡았다.

"과거는 중요해. 거기에서 교훈을 얻을 수 있으니까. 그러나 과거의 족쇄에 얽매여서는 안 돼. 군단이 만든 고대의 제국은 고블린 포병 중대 단 하나로 사라질 수 있어. 옛 방식은 소중하지만 우리가 건설하기로 한 미래의 토대로서만 의미가 있을 뿐이야."

볼진이 손가락으로 티라선을 가리켰다.

"자네와 비슷하다네, 티라선. 자네는 죽이는 일을 잘하지. 하지만 무엇인가를 만들어내는 일도 배울 수 있어. 그러나 지금으로써는 죽이는 일이 훨씬 더 유용하다는 사실을 나도 인정하네. 그리고 첸, 자네는 고향과 가족을 원해. 그건 아주 강력한 힘이야. 그걸 지키려고 적과 싸우다 죽어간 전사들이 아주 많아. 쿠오 형제와 음영파는 균형을 잡고자 하지. 쿠오 형제, 자네는 배가 항해하게 해주는 물이야. 그리고 너무 멀리 가버리는 배를 멈추게 하는 닻일세."

티라선이 볼진을 내려다봤다.

"당신이 내 살상 능력에 가치를 둔다는 걸 알지만, 나는 그걸 잔달라를 위해 사용할 생각이 없어요."

"이보게, 친구, 나는 자네가 그걸 나를 위해 사용해주길 바라네."

볼진은 손목을 살짝 비틀어 사슬을 연결하고 있는 약한 황금색 연결고리를 떼어냈다.

"그들은 잔달라를 감금하기 위해 이 감옥을 만들었지. 하지만 나는 그 이상이야. 나는 검은창 트롤이자 그림자 사냥꾼이다. 시간이 지나면 그들이 얼마나 치명적인 실수를 저질렀는지 알게 될 거야."

2 7

　다른 친구들이 잇달아 안도했다. 답답하게 조여오던 볼진의 가슴도 편해졌다. 볼진은 칼아크의 제안을 말도 안 된다고 일축하지 않은 자신이 놀라웠다. 자신이 주저한 이유는 그저 칼아크가 친구들을 볼모로 잡고 있었기 때문이라고 믿고 싶었다. 하지만 사실은 그렇지 않았다. 칼아크의 제안을 받아들인다고 해서 친구들을 카오 장군에게서 구할 수 있는 상황은 아니었기 때문이다. 볼진은 칼아크의 제안을 고려도 하지 않고 일축할 수는 없었지만, 그가 싸울 가족이 누구인지를 확실하게 알게 되기까지는 그 제안을 받아들일 수 없었다.

　트롤은 목소리를 낮추고 고개를 끄덕였다.

　"자, 맨 먼저 해야 할 일은……."

　"처리할 수 있어요."

　티라선이 위쪽 너머를 바라보며 말했다.

　"간수가 열두 명인데 두 명씩 한 조로 네 개 방위에서 보초를 서고 있어요. 들은 바에 의하면 구루바시가 저 자리에 있는 것은 벌을 받는 경우 같았고, 네 명이 더 있어요. 잔달라들은 아주 젊고 신병 같은데, 대로를 벗어난 좀 더 따뜻하고 마르고 벌레도 없는 곳에 있어요."

　볼진이 눈썹을 올리며 놀람을 표했다.

"나는 잔달라 언어를 알아듣는다고요. 기억하죠? 간수들은 불평을 해 댔고, 자기들끼리 불분명하게 지껄이던 말들은 끔찍했어요."

첸이 몸을 뻗었다.

"기둥에 문이 달려 있는데 새로 단 것 같아. 자물쇠 쪽은 튼튼하지만 경 첩 쪽은 그렇지 않거든. 바닥 나사는 거의 나와 있었고, 맨 위쪽 나사에 나 무가 쪼개졌어."

볼진이 뭔가를 기대하는 눈으로 수도사를 바라봤다.

쿠오 형제가 고개를 끄덕였다.

"감시는 북쪽에서부터 십오 분마다 해요. 한 바퀴를 도는데 이십 분이 걸리죠. 여덟 시간마다 교대를 하니까, 티라선이 들은 내용이 맞다면 다음 번 교대는 자정입니다."

볼진은 손을 자신의 허벅지에 뒀다가 일어서서 동료들에게 고개 숙여 인사를 했다.

"자네들은 두 시간 후에 탈출하게. 카오는 판다렌들이 죽기를 바라는 데, 나는 그런 장면을 보고 싶지 않아."

트롤의 인사를 받아 티라선도 고개를 숙여 인사했다.

"우리도 당신을 찾으러 갈 겁니다. 잘 알아둬요. 또 알아요? 그러면서 천둥왕을 죽일 수 있을지도요."

"모구, 사우록과 기렌 군단이 천둥왕을 보호하고 있어. 마법을 쓸 수도 있고. 그와 대적하려면 군대를 데려와야 할 거야."

첸이 얼굴을 찡그렸다.

"그러면 우리더러 도망가라고요?"

볼진이 고개를 끄덕였다.

"침입을 막기 위해서라면 그래야지."

쿠오 형제가 눈썹을 들어올렸다.

"천둥왕을 죽이는 게 더 가능성 있지 않을까요?"

"황제들은 군대에 명령을 내리기는 하지만 실제로 육지를 차지하거나 장악하는 데는 서툴다는 점을 기억하게."

볼진이 차갑게 미소 지었다.

"황제에게 제국을 수복하게 해줄 이들을 죽여서 황제가 무덤으로 돌아가는 것보다 더 나쁜 상황을, 그의 다리를 절게 만드는 걸세."

• • •

자정이 지나고 예상대로 보초 교대가 있었다. 새로 선 보초는 담요로 몸을 감싸고 전 보초가 불도 안 남기고 가버렸다고 욕을 하며 얼른 자리를 잡았다. 볼진은 거의 모든 군대 캠프에서 이런 불평 소리를 들었다. 지루함이나 두려움을 피하기 위해 그들은 대부분 추위나 음식 또는 우쭐대는 장교들에 대한 불평으로 대화를 채우곤 했다. 병사들은 쉽게 이런 일에 익숙해졌고, 병사들 간의 대화 이외에는 아무것도 존재하지 작은 세상 안에 스스로를 가두었다.

티라선과 쿠오 형제가 계속 망을 보는 동안, 첸과 볼진이 문을 뜯어내려 애썼다. 판다렌이 창살을 움켜쥔 다음 밀어냈고, 트롤은 기둥을 잡고 비틀었다. 불필요한 소음을 최소로 하기 위해 둘은 신호에 맞춰 똑같이 일정한 힘을 가했다.

문설주를 잡고 볼진은 혐오감을 나타내며 으르렁거렸다.

"이 감옥에는 노움도 가두지 못하겠어."

문설주는 깊이 박혀 있지 않았다. 늪 속의 구멍에는 거의 물이 차 있었기 때문에 병사들은 문설주를 박을 때 일정한 깊이의 진흙에 도달하면 바로 그곳에 기둥을 박아 넣었다.

트롤이 느슨해진 치아를 뽑을 때처럼 기둥을 잡고 흔들자 쉽게 빠져나왔다. 첸도 같은 방식으로 쉽사리 다른 기둥을 뽑았고, 그들은 재빨리 문을 바깥으로 밀 수 있었다. 잠금쇠 판에서 조용히 볼트를 빼내고 나자, 볼진에게는 자신의 선택을 후회하지 않을 이유가 하나 더 생겼다.

'바보들에게 명령을 내리고 지휘하느니 차라리 이 늪에서 죽는 게 낫겠군.'

첸과 쿠오 형제가 감옥에서 빠져나와 늪으로 들어간 다음 서쪽 초소로 향했다. 그들은 병사가 볼 일을 보기 위해 덤불 속을 버석거리며 걷는 소리 이상의 소음은 내지 않으면서 조용히 보초병들을 처치했다. 티라선과 볼진이 합류했고, 모두 단도를 취했다. 트롤들은 쇠도리깨도 가지고 있었는데, 이는 판다렌들이 챙겼다.

십오 분 동안 그들은 남쪽과 동쪽 그리고 북쪽을 순회하며 차례대로 초소의 보초들을 처치했다. 볼진은 마법 사용을 자제했다. 보초들은 그림자 사냥꾼의 기술을 사용해 죽일 만한 존재가 아니었기 때문이다. 첸과 쿠오 형제는 두 명의 잔달라 병사가 초소 쪽으로 걸어오기 직전에 동쪽 초소로 돌아갔다. 북쪽 초소에서는 볼진이 구루바시의 제복 중 하나를 벗겨 입고 서둘러 담요로 몸을 가렸다. 다른 시신과 마찬가지로 티라선은 시체들을 끌고 가 늪의 깊은 곳에 던져 섬에 사는 용 거북이의 먹이가 되게 했다.

그때 두 명의 잔달라 병사가 북쪽 초소로 왔다. 둘 중 키가 작지만 그래도 여전히 볼진보다는 큰 병사가 볼진의 둔부를 걷어찼다.

"일어나, 이 게으름뱅이야. 자네 파트너는 어디 있나?"

볼진은 툴툴거리며 손가락으로 늪지 깊은 곳을 가리켰다. 두 병사가 가리킨 쪽으로 고개를 돌리자 볼진이 자리에서 일어나 담요를 가까이 서 있는 병사의 머리에 씌었다. 자연스럽게 병사는 담요를 걷어내려 손을 올렸고, 그때를 노려 볼진은 단검으로 재빨리 트롤의 배를 세 번 찔렀다. 아마 첫 번째나 두 번째 찌를 때 동맥을 잘랐는지 뜨겁고 끈적거리는 피가 뿜어져 나왔다.

잔달라는 쓰러져서 볼진의 발 앞에서 몸부림을 쳤다.

곧이어 병사 위에 그의 동료도 쓰러졌다. 잔달라는 티라선이 자신의 머리카락을 잡아당기는 바람에 머리가 뒤로 젖혀질 때까지 그가 거기 있다는 걸 몰랐다. 구루바시의 단도는 그다지 날카롭지 않아서 티라선은 단번에 목을 긋지 못하고 썰 듯이 몇 번을 베어야 했다. 다행이 첫 번째로 그었을 때 숨구멍을 절단할 정도로 깊이 들어갔고, 잔달라가 도움을 요청하는 비명을 질렀지만 밤바람에 속삭이는 정도의 쉰 소리만 나올 뿐이었다. 그리고 끊어진 동맥에서 피가 뿜어져 나왔다. 트롤이 쓰러져 피를 흘리고 있는 동안, 늪지는 다시 조용해졌다.

첸과 쿠오 형제는 티라선과 볼진처럼 끔찍한 유혈극을 벌이지는 않았다. 그들은 자신들이 처치한 마지막 잔달라 병사 두 명을 끌고 가 볼진과 티라선에게 합류했다. 보초팀이 볼진을 향해 움직이는 것을 보고 판다렌들이 마지막 트롤 둘을 처리했던 것이다. 하나는 두개골이 함몰되었고, 다른 하나는 아마도 잠들어 있는 것 같았다. 티라선이 고개를 끄덕이고는 쿠오 형제에게 보이지 않는 곳으로 그들을 끌고 가 확실하게 목을 그었다. 이들의 시신 역시 다른 잔달라와 함께 깊고 검은 물속으로 사라졌다.

악취 때문에 구역질이 날 정도였지만 볼진은 계속 구루바시의 제복을 입고 있었다. 하지만 나머지 인원은 위장을 해야 할 이유가 없다는데 의견이 일치했다. 아무리 바보 같은 잔달라 병사라도 인간이나 판다렌을 자기 종족인 트롤과 혼동할 리 없었기 때문이다.

사실 잔달라들은 아예 쳐다보지도 않았다. 어떤 면에서 볼진은 이를 이해할 수 있었다. 잔달라가 적이라고 지정한 존재들 중 천둥의 섬이 어디에 있는지 아는 이는 아무도 없었고, 섬에 침입해 이곳을 장악할 이도 없었기 때문이다. 얼라이언스나 호드가 공격을 해왔다면, 항구에서의 전투로 인해 부대의 진군이 지체되어 조직적으로 반격하는데 시간이 걸렸을 것이다. 침입자들을 늪지로 끌어들여 공격하는 것이 그곳의 지형을 아는 잔달라 입장에서는 전술상의 이점을 얻을 수 있었다.

보초들은 자신의 초소에서 졸거나 동료들에게 돌아가기 위해 재빨리 맡은 지역을 순찰했다. 덕분에 잔달라의 침공을 교란시키려는 볼진의 계획은 아주 쉬워졌다. 볼진의 팀은 보초들을 죽여야 한다면 그렇게 해서라도 계획을 성공시킬 수 있었지만, 그렇게 하지 않았다. 볼진과 티라선은 유령처럼 캠프 안을 이리저리 걸어 다닐 수 있었다.

잔달라 병사들은 지루할 정도로 정연하게 캠프를 배치했다. 어떤 부대인지 알려주는 깃발을 가운데 꽂아두었고, 장교들이 잠을 자는 텐트 앞에는 그보다 작은 깃발을 꽂아놓았다. 볼진은 그런 캠프를 돌며 군의 명령 체계에서 중요한 역할을 하는 대위와 병장을 죽였다. 대위는 명령을 해석해서 하달했고, 병장은 일반 사병이 그 명령을 확실하게 실행하도록 했다. 따라서 이들이 없으면 아무리 훌륭한 전략이라도 물거품이 되고 말았다.

볼진은 이 일을 냉철하고 효율적으로 해나갔다. 어둠 속에서 빨리 칼을 그었다. 트롤은 숨을 헐떡이다가 그만 취침용 깔개에 쓰러졌다. 볼진은 전혀 마음 쓰지 않았고, 기쁜 마음으로 이들을 브원삼디의 차가운 품에 안겼다. 그들은 어리석어서 죽음을 자초한 것이었고, 볼진은 그저 빚을 회수하는 것뿐이었다.

그리고 볼진은 돌아다니며 거의 매번 자신의 흔적인 선명한 발자국을 남겼다. 볼진과 동료들이 항구로 전진하는 중에는 장교들을 많이 죽일 수 없다는 점이 명백하졌다. 쿠오 형제와 첸은 늪의 가장자리에서 계속 볼진과 티라선이 공격을 감행한 지역 전후방의 망을 봤다. 티라선은 늪지에서 그리 멀리까지 벗어나지 않았지만, 볼진은 더 깊숙한 곳까지 들어가 목표물을 제거할 수 있었다. 진전이 더뎠고, 새벽이 다가오자 공격할 때 필요한 시간 때문에 탈출할 확률이 점점 낮아졌다.

볼진은 희생자의 수를 세지는 않았지만, 장교의 오 퍼센트를 그가 처치했다고 해도 기분 좋게 놀랐을 것이다.

'도움이 되기는 하겠지만 충분하지는 않아.'

티라선이 강력한 잔달라 군의 뒤로 휘어지는 활과 화살이 가득한 전통을 가지고 다시 합류했다.

"어떤 병장에게서 가져온 겁니다. 그에게는 더 이상 필요가 없을 테니까요. 이제는 더 이상 벌거벗은 느낌이 아니에요."

그들은 좀 더 빨리 전진해 곧장 항구로 향했다. 그리고 낮은 언덕 사이에 있는 늪지를 뚫고 항구의 창고가 있는 방향 쪽으로 전진했다. 노동자들은 여전히 배에서 보급품을 내리고 다른 것을 싣느라 여념이 없었고, 시내는 줄어들어 작은 개울이 되어 있었다. 수많은 배에서 목수의 망치 소리가 울려 퍼졌다. 볼진은 잔달라 군대를 실어 나르기 위해 배의 칸막이벽 개조 작업이 진행 중이라고 생각했다.

하지만 모든 배가 그런 것은 아니었다. 볼진은 미소를 지으며 티라선을 바라봤다.

"자네에게서 지후이를 배우길 참 잘했다는 생각을 하고 있네."

볼진은 바다를 향해 해안으로 끌어올려져 있는 작지만 견고한 어선 하나를 가리켰다.

"첸, 자네 생각에 저 배로 판다리아까지 갈 수 있을 것 같나?"

양조사가 고개를 끄덕였다.

"바닥에 구멍만 나지 않았다면 가능하지."

"좋아. 그러면 자네와 티라선이 저 배를 물에 띄운 다음, 항구 가운데 있는 저기 돛이 세 개 달린 배에서 구십 미터 정도 뒤에 정박시켜두게. 새벽이 오기 삼십 분 전에 말일세."

"실수 없이 해내겠네."

볼진이 티라선의 팔뚝을 잡았다.

"활을 쏠 준비를 하고 있게."

"물론이죠."

"가 보게."

티라선과 첸이 사라졌고, 수도사가 볼진을 쳐다봤다. 트롤은 항구 입구를 지키는 짧은 방파제 끝에서 홀로 보초를 서고 있는 잔달라 병사를 가리켰다.

"쿠오 형제, 저 자리에서 저 병사를 산 채로 잡아놓게. 새벽이 온 직후에."

수도사는 고개를 숙였다.

"감사합니다, 마스터 볼진."

"가게."

판다렌이 사라진 다음, 볼진은 먼저 죽였던 잔달라의 제복을 가져왔으면 정말 좋았을 거라는 생각을 하면서 언덕을 내려와 창고로 향했다. 그랬다면 비록 목 하나 길이만큼 크기는 해도 그가 지목한 배가 있는 곳까지 아무렇지도 않게 항구를 확보할 수 있었으리라. 오만하게 으쓱거리며 걸어갔다면 잔달라 병사들 모두가 그를 위해 길에서 비켜섰을 것이다.

그런 식으로 위장할 수 없는 상황이었기 때문에 볼진은 그에게 맞는 다른 계획을 고안했다. 피로 얼룩진 제복 소매에 늪의 진흙을 허리까지 마구 묻힌 다음, 어깨를 구부정하게 숙이고 둔부가 한 번 부러졌다가 제대로 낫지 않은 듯 오른쪽 다리를 살짝 끌면서 걸었다. 그리고 가죽 모자를 약간 비스듬히 당겨쓴 다음 머리는 반대 방향으로 기울였다.

그렇게 하고 서둘러 목적이 있는 듯 항구를 따라 걸었다. 급한 일이 있는 것처럼 보이게 굴었다. 배에 오르는 트랩에 서 있던 보초병은 볼진에게 거의 눈길도 주지 않았다. 그러나 상층 포열 갑판으로 올라가자 거기 있던 잔달라 장교가 볼진에게 물었다.

"거기서 뭐하는 거냐?"

"제 주인님이 배 밑바닥에 사는 쥐를 잡아오라 하십니다. 너무 살찌지도 않고, 마르지도 않은 놈으로요. 가능하면 하얀 놈으로요. 아시겠지만 잡아먹기에는 하얀 놈이 최고입죠."

"배 밑바닥에 사는 쥐를? 네 주인이 누구냐?"

"주술사의 마음을 누가 알겠습니까요? 한 번은 울지 않는 귀뚜라미 세 마리를 잡아오라고 저를 걷어차 깨운 적도 있는뎁쇼."

볼진은 맞는 시늉을 하듯 머리를 조아리고 어깨를 구부정하게 숙였다.

"그것들은 먹기에 적합하지 않습죠. 시끄러운 놈이든 조용한 놈이든 말입니다. 하지만 쥐는 일단 가죽을 벗기면, 좋아하는 이도 있겠지만, 저는 아닙니다. 막대기를 들고 그냥 한 번 콱 찌르면⋯⋯."

"알았다, 알았어, 물론 그렇겠지."

잔달라 장교는 이미 쥐를 먹었지만 전혀 그의 말에 동의하지 못하겠다는 듯한 표정을 지어 보였다.

"그러면 가봐."

볼진은 다시 머리를 조아렸다.

"감사합니다, 장교님. 장교님께는 아주 통통한 놈으로 잡아다 드립지여."

"됐다. 다만 빨리 해라."

검은창 트롤은 배의 깊숙한 밑바닥으로 내려갔다. 갑판 두 개를 곧장 내려온 다음 화약고로 직행했다. 선원 하나가 문 앞에서 보초를 서고 있었는데, 파도에 배가 부드럽게 상하로 오르내리는 통에 잠들어 있었다. 볼진이 그의 턱과 머리 덮개 뼈를 움켜쥐고 확 비틀자 트롤의 목이 가볍고 조용하게 부러졌다. 그는 죽은 선원에게서 화약고 열쇠를 찾았다. 그래서 다시 갑판으로 가서 먼저 만난 장교를 죽이고 열쇠를 찾아올 필요 없이 바로 화약고의 문을 열 수 있었다.

볼진은 화약고 안에 죽은 선원의 시체를 놓았다. 그리고 화약 자루 네 개를 옆으로 치워놨다. 대포에 넣을 만큼 충분한 양이었다. 그리고 팔꿈치로 화약통의 뚜껑을 부셨다. 그런 다음 통을 입구 쪽으로 기울여 쓰러뜨렸고, 자루를 집어 들고 다시 문을 닫았다. 문을 닫으니 아래쪽 모서리가 검은 화약 가루 더미의 위를 깎았다. 대략 그 높이가 갑판 위로 일 센티미터 정도가 됐다. 그런 다음 볼진은 자루 중 두 개에 들어 있는 화약으로 칸막이의 그림자를 따라 쭉 선을 그렸고, 선미 쪽에 있는 선실 주변에도 부었다.

거기에서 바닥 중간까지 쭉 화약을 부은 다음, 나머지 자루 두 개에 들어 있는 화약은 부어서 커다랗게 쌓았다. 배에서 병원 역할을 하는 그 선실에는 천장에 두 개의 기름 전등이 사슬에 매달려 있었다. 볼진은 전등 두 개에 불을 붙이고 심지를 돋운 다음 화약을 그 아래 펼쳐놓았다.

문의 빗장을 지르고 자신이 한 작업을 보고 미소를 지은 볼진은 선미 창문을 열고 빠져 나왔다. 불과 삼 미터 아래에 시커먼 물이 출렁거리는 창에 매달렸다가 바로 물속으로 입수했다. 거의 물을 튀기지 않고 물속으로 들어간 볼진은 잠영으로 첸이 세워둔 어선이 있는 곳으로 갔다.

어선까지 반 쯤 갔을 무렵 물 밖으로 나온 볼진은 재빨리 보트로 헤엄쳐

갔다. 첸과 티라선이 볼진을 배로 끌어올렸다. 그는 바닥에 드러누운 채 뒤를 가리켰다.

"저기에 불이 두 개 보이지?"

티라선이 미소를 지으며 활을 시위에 걸었다.

"지후이, 화공선."

그리고 티라선이 시위를 당겼다가 놓았다.

화살은 밤 속으로 사라졌다. 물론 티라선을 믿었지만, 볼진은 잠시 의심을 했다. 그때 뭔가 부서지는 소리가 났다. 볼진은 화살이 창유리를 뚫고 지나간 거라고 생각했다. 쏜 화살이 열려 있는 창문을 통과해 날아갔기 때문에 티라선은 볼진이 무엇인가를 상상하고 있다고 생각했다.

멀리 보이는 선실에서 액화 불꽃이 튀었다. 그리고 작게 쿠쿵 소리가 울리며 화약이 터지자 눈부실 정도로 밝은 빛이 타오르고 자욱한 연기가 피어올랐다. 볼진은 망을 보던 장교가 고개를 돌려 피어오르는 연기를 발견하는 장면을 상상했다. 그는 쥐를 잡으러 내려간 병사나 동료 트롤에 대해 생각할 겨를도 없이 경보를 울리거나 배에서 뛰어내릴 것이다.

그때 화약고가 폭발했다. 첫 번째 화약통에서 쏟아 부은 내용물이 점화되었고, 여기저기 판자가 터지며 아래에서 불꽃이 확 올라왔다. 그 다음에 자루에 든 화약이 터졌고, 그로 인해 다른 통에도 불이 붙었다. 눈부신 속도로 폭발이 연달아 일어났고, 배의 선체 우현을 날려버리는 어마어마한 폭발음이 울려 퍼졌다.

부서지는 배는 선창 쪽을 향해 흔들리며 나갔고, 선창에 박혀 있던 말뚝이 선체를 뚫고 들어갔다. 계속해서 폭발이 배의 앞쪽으로 진행되더니 포문 뚜껑도 날아갔다. 대포 하나가 파괴된 선체에서 발사되어 선창에 떨어졌고, 그곳을 파괴했다.

그리고 볼진은 도망가는 순시 장교도 폭발에 희생되는 모습을 상상했다.

곧 천둥 같은 소리를 내는 폭발에 하늘로 불꽃이 치솟으며 배는 완전히 파괴되었다. 불이 붙은 돛은 연기를 뿜어내며 시커먼 그림자로 변했다. 불이 붙은 닻 중의 하나는 별에 닿을 듯 치솟다가 떨어지며 옆에 있는 배의 선체를 덮쳤고, 또 다른 닻은 부두에 떨어져서 부두를 부숴버렸다.

대포들의 포와 포차가 분리되어 공기 중에 빙그르 돌았다. 그중 하나는 무섭게 회전하다가 해안에 떨어지며 트롤 둘을 깔아뭉갠 뒤 튀어 창고의 앞면을 강타했다.

포에 맞아 부서진 나무 파편들이 여전히 불타며 사방으로 튀었고, 다른 배와 멀리 자리 잡은 창고 지붕 위로 비오듯 우수수 떨어졌다. 타다 남은 잉걸불이 하늘 높이 떠 있는 별들에 비쳤다. 탁탁거리는 불꽃과 이글거리며 타는 석탄 불빛에 공포에 질려 이리저리 뛰어다니는 트롤들과 모구의 그림자가 어렸다.

천천히 가라앉은 배의 이물과 고물에서 파도가 밀려오더니 볼진의 작은 보트를 바다로 밀어 넣었다. 티라선과 볼진이 돛을 만들어 세우기 위해 삼각형 캔버스 천과 씨름을 하는 동안, 첸은 양쪽 앞발로 조타기를 잡고 여전히 불타는 파편들 사이를 누비며 배를 조종했다.

쿠오 형제가 그들을 기다리는 곳으로 향하며 트롤이 미소 지었다.

"잘 쐈네. 단 하나의 화살로 배를 파괴하고 항구를 손상시켰으니 말이야."

인간이 고개를 가로저었다.

"티라선 코트가 죽어서 다행이지요. 너무도 비범한 이야기라 누가 그에 대해 이야기했다고 해도 아마 믿는 이가 아무도 없을 거예요."

2 8

칼아크는 빌낙도르 앞에 무릎을 꿇고 엉엉 우는 구루바시를 동정했지만, 그가 하는 설명을 두 번이나 듣고 있으려니 더욱 한심하기만 했다. 검은창 트롤이 그에게 굴욕을 준 것은 사실이었다. 트롤은 눈물이 잔뜩 고인 눈으로 자비를 애걸하며 잔달라 장군을 올려다봤다.

"그리고 그들은 물을 한 양동이 뿌려서 저를 깨웠습니다, 장군님. 그리고 트롤이 제 턱을 쥐고는 장군님께 이 말을 전하라고 했습니다. 불타는 배의 불빛에 비친 그 트롤의 얼굴은 무섭고 사나웠습니다. 그는 자신은 그림자 사냥꾼이며, 모든 일이 자신이 소행이라고 말했습니다. 그러더니 우리가 침공을 하면 함께 있던 놈과 음영파가 이보다 더 한 공포를 맛보게 해주겠다고 했습니다. 그러더니 저를 이렇게 만들었어요!"

구루바시는 황갈색 머리카락 타래를 잡고 뒤에서 앞으로 넘겼다. 그러자 조악한 창 모양의 상처가 피부에 새겨져 있는 것이 보였다.

"이렇게 하면 아무도 검은창 부족을 잊지 못할 거라고 말했습니다."

빌낙도르는 발로 구루바시 병사의 배를 힘껏 차고는 칼아크를 쳐다봤다.

"이건 자네 실수다, 칼아크. 다 네 탓이야. 자네가 볼진에게 속아 넘어갔기 때문이야."

칼아크가 턱을 치켜세웠다.

"그는 그런 일을 하지 않았습니다, 주군. 우리에겐 볼진이 있었습니다. 카오 장군이 여기서 제 권위를 약화시키기 전까지는 볼진의 머리와 마음을 가졌습니다."

구루바시 병사가 숨을 헐떡이며 보고를 하는 동안, 모구 장군은 조용히 서서 하릴없이 자신의 발톱을 꼼꼼하게 보고 있었다.

"그는 음영파와 함께 있었소. 애초부터 절대 믿을 수 없는 존재였던 게지."

칼아크는 화로 으르렁대고 싶은 마음을 억제했다.

"얼마든지 효과적으로 다룰 수 있었습니다."

"그가 자네의 장교와 배를 처치한 것처럼 말인가?"

'그는 자신의 주인이 꿈속에 세운 도시가 있는 섬에서 볼진이 탈출하는 것도 전혀 눈치채지 못했다고 말하는 건가?' 칼아크는 천둥왕이 이런 사실을 알면서도 아무 말도 하지 않기로 했던 것인지 의아해하며 잠시 머뭇거렸다. '가능한 일이야. 어리석군. 멋져 보일 만큼 충분히 어리석어.'

칼아크는 잠시 이런 생각을 하다가 상관에게 말했다.

"숫자나 상태로 보아 피해 상황은 심각하지 않습니다. 부대는 이미 충분한 경계 상태를 유지하고 있기 때문에 판다리아에서 작전을 이행할 준비는 되어 있습니다. 배를 한 척 잃은 일은 유감스럽지만 화재는 진압되었습니다. 창고에까지 불이 붙었다면 침공 계획을 한 계절 뒤로 유보했어야 했을 겁니다. 현재 선창을 수리하려면 이 주 정도 시간이 걸릴 예정이고, 항구의 잔해는 모두 치운 상태입니다."

빌낙도르가 미소를 지었다.

"카오 장군, 우리는 이 주일 후면 항해를 할 거요. 그러면 당신의 주군께서 기뻐하실 거요."

모구는 고개를 가로저었다.

"그대는 이 주일이 필요하다고 했지만, 나는 일주일이면 충분하다고 생각하오. 음영파는 반드시 파멸시켜야 하오. 내 호위병들과 함께 내가 직접 그 모습을 지켜볼 것이오."

칼아크가 얼굴을 찌푸렸다. 호위병들? 카오와 결부된 모구라고는 무덤에서 그에게 지휘봉과 망토를 가지고온 둘 뿐이었다.

"호위병이 얼마나 있습니까?"

"둘."

카오는 고개를 치켜들었다.

"그 이상은 필요 없다."

"음영파 수도사들이 얼마나 많은지 모르지 않소, 장군."

"그런 건 상관없소. 우리가 우세할 거요."

트롤 장군의 눈썹이 올라갔다.

"기분 나쁘게 듣지는 마시오, 장군. 하지만 그건 과거의 일이오."

"이건 과거의 일이 아니오, 빌낙도르 장군."

'그래, 지금은 현재야. 그토록 충성을 보인 주인에게 버림받아 무덤에 묻힌 당신을 불러낸 건 바로 현재의 우리라고.'

그의 말에 그다지 귀 기울이지 않으며 빌낙도르가 말했다.

"친구여, 나는 좋은 소식으로 기쁘게 해주고 싶었소. 음영파를 제거한다는 소식 말이오."

"무슨 방법으로 말이오?"

트롤 장군은 칼아크를 향해 고개를 끄덕였다.

"그들을 처리하기 위해 내 측근을 파견할 것이오. 칼아크가 내 근위대의 반이 넘는 잔달라 정예 부대 오백 명을 이끌고 갈 것이오. 그대의 주군이 판다리아에 도착하면, 그들은 음영파는 물론 검은창 트롤과 그의 동료의 목을 천둥왕께 바칠 것이오."

모구의 눈이 커지더니 잔달라 장군에게서 칼아크로, 다시 빌낙도르에게 시선을 돌렸다.

"저 여자를 말하는 거요? 검은창 트롤이 빠져나가게 그냥 내버려두고 이 엄청난 파괴를 야기한 저 여자를? 수백 년이 흐르면서 잔달라도 노망이 난 건가?"

"애초에 칼아크가 볼진을 이곳으로 데리고 올 수 있다고 내가 믿은 이유를 묻지 않는구려. 칼아크, 괜찮다면 보여드리게."

칼아크가 고개를 끄덕이고 발로 구루바시를 찔렀다.

"일어나."

두 번째로 차면서 날카롭게 명령을 내리자 구루바시는 비틀거리며 몸을 일으켰다.

칼아크는 구루바시의 왼쪽 귀를 세게 때렸다.

"문을 향해 뛰어. 먼저 도달하면 너를 살려준다. 어서!"

손으로 귀를 더듬던 구루바시 트롤이 몸을 돌려 전력으로 달렸다. 칼아크는 오른손을 들어 올려 소매에 숨겨뒀던 단도를 잡았다. 그리고 거리를 계산하면서 손을 뒤로 꺾었다. 그러는 사이 구루바시는 화급함에 보폭을 크게 하며 속도를 내 문을 향해 달렸다.

그때 칼아크가 손을 앞으로 꺾었다.

구루바시가 비틀거렸고, 크게 숨을 헐떡이며 가슴을 움켜쥐었다. 그리고 무릎으로 떨어지더니 옆으로 털썩 주저앉았다. 그는 경련을 일으키며 몸을 떨었고, 광택이 나는 돌바닥을 손바닥으로 마구 때렸다. 그리고 등이 활 모양으로 꺾이고는 마지막으로 외마디 비명을 질렀다. 눈은 거의 유리처럼 변해버렸다.

　모구 장군의 쿵쿵거리는 발소리에 바닥이 진동을 했다. 그는 구루바시에게 다가가 살펴봤지만, 몸을 숙여 아주 면밀하게 조사하지는 않았다. 트롤은 분명 죽은 것이 틀림없지만, 가슴에 칼날이 박혀 있거나 피를 흥건히 흘리지도 않았다.

　카오가 몸을 돌리고 고개를 끄덕였다.

　"그래도 내 호위병을 보낼 것이오. 그대는 음영파를 처치하시오. 하지만 한 가지 주의할 일이 있소."

　칼아크가 너그럽게 미소를 지었다.

　"그게 무엇입니까?"

　"그들의 죽음이 이것보다 훨씬 더 지저분해야 내 주인이 흡족해 하실 거요."

•　•　•

　일단 모구가 자리를 뜨자 칼아크는 빌낙도르에게 고개 숙여 인사를 했다.

　"저를 믿어주셔서 감사합니다, 장군."

　"일종의 임시방편이었다. 자네가 카오 측에 적을 두고 있으니, 카오는 천둥왕에게 자네를 음해할 것이야. 약속한 대로 음영파의 목을 가져오지 못하면 내가 자네 목을 천둥왕에게 가져다 바쳐야 할 판이야."

　"알겠습니다, 주군."

　칼아크가 머리를 조아렸다.

　"왜 오백 명을 보내기로 결심하신 겁니까?"

　"선택된 오백 명은 이를 영예로 여길 것이다. 그리고 어리석은 임무 내지는 헛된 희망이라고 생각하게 될 거야. 하지만 그런 인상에 전체 군단은 자신감을 얻게 될 것이야. 그런데 정말로 검은창 트롤과 인간 그리고 몇몇 판다렌들이 산에 숨어 있을까? 그 수도원은 여남은 이상은 수용할 수 없다. 그 이상이 필요하다고 생각하는가?"

"장군님의 말씀이 참으로 맞습니다. 그 정도면 충분한 것 이상이지요."

칼아크가 미소를 지었다.

"그들이 한 것처럼 처절한 고통을 주겠습니다."

"당연히 그래야지."

장군은 죽은 구루바시를 가리켰다.

"칼아크, 솜씨가 아주 좋다고 칭찬해주고 싶다."

"천만의 말씀입니다, 주군. 저 녀석을 끌어내라고 지시하겠습니다."

칼아크는 고개 숙여 인사를 하고 문으로 향했다. 칼아크가 보폭을 바꾸지 않고 시체를 통과하는 모습은 그녀가 던진 단검처럼 유령 같았다.

그런 방식으로 구루바시를 죽인 것은 모구에게 보여주기 위한 계산이었다. 칼아크가 뽑아서 던진 시늉을 했던 단검은 카오가 칼이 날아가는 것을 보기 위해 얼굴을 돌릴 때 실은 손목 안쪽을 통해 다시 옷소매 안으로 집어넣었다. 구루바시는 투명 단검에 맞아 죽은 게 아니라 칼아크가 그의 귀를 때릴 때 바늘에 묻힌 독 때문에 죽었다. 칼아크에게 맞은 뒤 병사는 열을 세기 전에 죽었다. 칼아크는 여덟을 셀 때 단검을 던지는 시늉을 했던 것이다. 마법을 사용하지 않고도 칼아크는 마법으로 구루바시 병사를 죽인 것처럼 가장했고, 그로 인해 모구로 하여금 잠들어 있는 사이 잔달라가 새로운 힘을 얻은 것인지 궁금하게 만들었다.

단순히 모구를 속이기 위해 그런 방법을 구사한 것은 아니었다. 칼아크는 음영파를 쳐부수려면 그 이상의 힘이 들 거라는 느낌이 들었다. 결국 볼진은 그녀와 잔달라를 저버리고 판다렌에게 자신의 운명을 걸었다. 칼아크는 볼진이 그녀가 모르는 무엇인가를 알고 있으며, 그녀가 그것을 알려면 피로 대가를 치러야 한다고 생각했다.

• • •

볼진과 친구들은 첸의 지시를 따라 돛이 지탱할 수 있는 만큼 가능한 많은 천을 맺다. 세상에서 가장 솜씨 좋은 선원은 아니지만 첸은 그럭저럭 돛을 다뤄 남풍을 타고 판다리아로 갔다. 배를 돌보았고, 잔달라가 추격해오지는 않는지 지켜보았으며, 종종 서로를 보고 커다랗게 웃기도 했고, 탈출을 생각할 땐 초조해하기도 했다.

정오의 태양이 머리 위에서 불타오를 때, 볼진은 쿠오 형제와 함께 배 한가운데 있었다. 쿠오 형제는 여느 때처럼 조용했지만, 볼진은 탈출할 때의 사건 때문에 그가 특히 침묵하는 건 아닌지 궁금했다.

"쿠오 형제, 내가 구루바시 병사를 그런 식으로 베어버린 일은 잔인한 행동이었소. 그걸 부인할 생각은 없지만, 일부러 그렇게 하려 한 건 아니었어."

쿠오 형제가 고개를 끄덕였다.

"마스터 볼진, 당신이 그렇게 행동한 이유를 압니다. 그리고 균형이 빈곤에 반대되는 풍요의 문제가 아니라는 점도 이해하고요. 이론적으로 전쟁의 균형은 평화지만, 실제 상황에서 폭력은 결핍이 아닌 반대 방향으로 움직이는 똑같은 성향의 폭력에 의해 균형이 잡히지요."

쿠오 형제가 앞발을 펼쳐 내밀어 보였다.

"당신이 본 일을 우리는 보지 못했기 때문에 당신은 음영파는 분리된 외딴 곳에 따로 존재한다고 생각하지요. 하지만 나는 폭력에 미묘한 차이가 있다는 걸 이해합니다. 아무것도 베지 못한 칼부림으로 어떻게 적에게 타격을 입히겠습니까? 당신은 그 트롤을 베어서 적을 교란시켰지만, 그의 공격은 아무것도 얻지 못했어요. 병사들을 죽인다는 건 검을 휘두르는 손이 약해질 거라는 의미입니다."

볼진이 고개를 흔들었다.

"내가 한 일은 그가 아무것도 아닌 일로 공격을 해오지는 않을 거라는 걸 의미하네. 그는 우리를 향해 공격해올 거야. 그것도 음영파를 향해 말이지. 우리가 한 일이 모구를 경악시킬 테고, 그들은 잔달라를 시켜 음영파를 제거하려 들 걸세. 자네도 섬에 집결한 군대를 봤잖나."

"어마어마하더군요."

판다렌이 미소를 지었다.

"하지만 당신의 잔달라는 우리들을 밝은 빛으로 봤습니다. 모구는 우리가 타오르는 열기라고 느끼고요. 그들이 깨닫지 못한 점은 우리가 불이라는 겁니다. 이건 그들이 두고두고 후회할 실수가 될 겁니다."

• • •

첸은 평온의 봉우리에 있는 나선형 바위 바로 아래에 위치한 작은 만에 어선을 댔다. 그들은 해안의 최고 수위까지 보트를 끌어올린 다음 정박시켰다. 다시는 쓸 일이 없는 보트였지만, 그냥 바다에 표류시키거나 버려두고 가버리는 것은 볼진 일행을 그곳까지 데려다 준 보트에게 할 짓이 못 된다는 생각이 들었다.

그들은 경사진 바윗길을 올라갔는데, 거의 절벽을 기어 올라가는 상황인 때도 있었다. 볼진은 잔달라들이 같은 곳을 기어오르는 장면을 상상했다. 그의 상상 속에서 잔달라들은 절벽의 위아래 부분을 때리는 출렁이는 검은 파도가 되었다. 볼진은 그들에게 커다란 암석을 굴려 보내는 산사태를 상상해봤다. 떨어지는 바위에 으스러져버린 트롤들이 바위 사이에서 피를 흘리고 있는 모습을, 돌에 맞아 바다로 떨어져 폐에 공기 방울이 생기며 천천히 가라앉는 모습을 그려봤다.

'하지만 그런 일이 일어나지는 않을 거야.'

잔달라들에 대한 상상 중 최고의 시나리오는 아예 수도원을 공격하지 않는 것이었다. 잔달라들에게 필요한 일은 군대로 두 개 또는 세 개의 저지선을 구축해 산 주변을 에워싸는 것이었다. 그렇게 하면 수도사들이 판다리아 방어에 필요한 지원을 구하기 위해 산에서 내려오는 것을 막을 수 있었다. 그들이 운룡에 대적하는 테러닥스 부대를 포함시키면 잔달라와 모구가 영원꽃 골짜기, 비취 숲, 탕랑 평원을 차지하는 동안 음영파는 속수무책이 될 것이다. 적들이 일단 이 지역을 점유하면 수도원은 언제든 손쉽게 정복당할 터였다.

빌낙도르의 문제는 이 전략을 실행하지 않으리라는 점이었다. 모구는 음영파 수도사들의 파멸을 요구하고 있었다. 그러나 잔달라는 모구가 음영파를 처치하게 내버려둘 수 없었다. 모구는 전에 음영파를 제대로 처리하지 못했기 때문이다. 그들이 실제로 음영파를 제거하면 모구는 잔달라가 필요한지에 대해 의구심을 가질 것이다. 모구가 실패하면 잔달라가 그 뒤처리를 하고 화가 난 천둥왕을 달래야 했다.

그리고 트롤 부대는 그 섬에 그림자 사냥꾼과 인간이 있는 것이 얼마나 치명적인지를 알고 있었다. 캠프 내에 떠도는 소문을 들어보면, 볼진은 수도사들이 훈련을 시킨 그림자 사냥꾼으로 알려져 있었다. 또한 그가 수도사들과 함께하며 그들에게 그림자 사냥꾼이 지닌 특별한 기술을 수도사들에게 전수했을지도 모른다는 소문도 돌았다. 그러자 어떤 식으로든 갑자기 판다리아가 적의 캠프 사이를 보이지 않게 돌아다닐 수 있는 새로운 위협이 되어버렸다. 이는 병사들이 공격에 취약해짐을 의미했다. 그리고 병사들의 사기에 결코 좋지 않은 요소였다.

수도원에 도착한 다음에 볼진은 이런 생각을 타란 주에게 말했다. 탈출한 이들이 수도원으로 돌아온 것을 보고도 타란 주는 크게 놀라지 않았다. 산의 뼈에서 조각상이 떨어지는 일이 없었기 때문에 그는 이들이 죽지 않았다는 걸 알고 있었다. 콴리 자매의 조각상도 보이지 않았기 때문에 볼진 일행은 마음을 놓았다.

타란 주는 볼진 그리고 티라선과 함께 쿤라이 봉우리의 지도를 면밀히 살펴봤다.

"볼진의 평가에 의하면 잔달라의 정예 부대가 우리를 공격한다는 말이오? 그건 오직 모구의 사기를 올리고 기분을 맞춰주게 될 뿐인데."

볼진이 고개를 끄덕였다.

"나라면 조우친에서 시작해 남쪽을 심하게 압박하는 작전과 연계할 겁니다. 먼저 병력을 곧장 남쪽으로 보내고 그다음에 서쪽으로도 보내 비취 숲과 탕랑 평원에서부터 당신을 봉쇄할 겁니다. 잔달라 정예 부대가 당신을 죽이지 못한다고 해도 퇴각하지 않아도 될 겁니다."

티라선이 지도의 남쪽 가장자리 부분을 손가락으로 두드렸다.

"우리가 지금 움직여서 네 개의 바람 계곡으로 퇴각한다면 그들이 친 함정에서 탈출할 수 있습니다. 수도원에 몇 명만 남겨서 일단 누군가 사는 것처럼 보인 다음 잔달라가 접근하면 밤에 운룡을 이용해 탈출하면 됩니다."

타란 주는 등 뒤에서 앞발을 서로 꽉 움켜쥐고 생각에 잠긴 듯한 얼굴로 고개를 끄덕였다.

"좋은 계획이오. 당신들이 대피하도록 준비를 해두겠소."

볼진이 눈을 부릅떴다.

"타란 주 님은 함께 가지 않을 거라는 소리같이 들리는군요."

"음영파는 이곳에 있을 거요."

트롤이 타란 주를 쳐다봤다.

"나는 잔달라에게 이곳을 가리켰습니다. 당신을 목표로 만들었다는 말이에요. 타란 주 님이 다른 곳으로 옮겨 저항을 이끌 것이라고 생각했기 때문입니다."

연로한 판다렌 수도사는 천천히 고개를 가로저었다.

"볼진, 당신이 한 행동에 대해 책임지려는 마음은 감사하오. 그러나 당신이 우리를 목표물로 만든 것은 아니오. 이곳에서 판다렌은 계획을 세워 모구를 섬멸했소. 우리를 표적으로 만든 것은 역사요. 당신은 그저 상황을 좀 더 시급하게 만든 것뿐이오. 아무튼 그들은 우리에게 올 것이오. 그렇게 해야만 하니까. 그와 같은 이유에서 우리는 이곳을 떠날 수가 없소."

타란 주는 앞발을 펴서 지도를 가리켰다.

"이곳에서 우리는 판다리아의 자유를 쟁취했소. 판다리아가 계속해서 자유를 지킬 곳도 이곳뿐이오. 평온의 봉우리가 무너지면 우리 고향에서 평화는 영원히 사라질 것이오. 하지만 이곳은 우리의 집이지, 당신의 집이 아니오. 당신이나 첸이 여기에 남아 있을 것이라고 생각하지 않소. 당신들은 남쪽으로 가야합니다. 당신들은 침입을 막을 힘이 있어요. 그러니 그들에게 경고를 하시오. 그들이 정신을 차리게 하세요."

볼진이 몸을 떨었다.

"이곳을 방어할 인원은 얼마나 됩니까?"

"쿠오 형제가 돌아왔으니 서른이오."

"서른하나입니다."

티라선이 벨트에 손가락을 걸면서 말했다.

"그리고 장담하는데 첸도 떠나지 않을 겁니다."

"그러면 나까지 서른셋이로군."

타란 주가 볼진과 티라선에게 고개 숙여 인사를 했다.

"당신들의 행동에 우리가 부끄럽소. 명예를 드높이는 행동이오. 하지만 나는 그렇게 하도록 두지 않겠소. 고향으로 돌아가요. 여기서 죽어야 할 이유가 없소."

트롤이 턱을 들어올렸다.

"이 산의 뼈로 우리의 조각상을 만들지 않았습니까?"

나이 든 판다렌 수도사가 엄숙하게 고개를 끄덕였다.

"그렇다면 음영파가 바로 우리의 동포이며 가족입니다."

볼진이 미소를 지었다.

"그리고 나는 여기에서 죽을 생각이 없습니다. 잔달라가 그렇게 될 것입니다."

29

볼진은 아버지의 존재가 느껴졌지만 감히 눈을 뜨지 못했다. 그림자 사냥꾼은 수도원에 있는 자신의 방으로 갔다. 다가오는 공격에 대비해 여러 가지 준비로 부산스러운 분위기에서 떨어져 나와 혼자가 됐다. 볼진은 타란 주에게 말한 모든 것, 그가 지금 이곳에 있고 수도원이 새로운 고향이며 산의 뼈로 만든 그의 형상을 닮은 조각상이 있으므로 유대감을 느낀다는 것을 굳게 믿었다.

그런 신념이 무척 강했기 때문에 볼진은 즉시 로아와 소통해야겠다는 필요를 느꼈다. 자신이 하는 일이 옳다고 생각했고, 그것에 대해서는 한 점 의심도 하지 않았다. 하지만 볼진은 로아가 그에게서 등을 돌리는 모습을 그릴 수 있었다. 로아가 잔달라가 하는 일이 유해하다고 볼 수 있지만, 볼진이 판다렌에게 신의를 맹세한 것이 트롤들에게 해가 되는 일로 보일 수도 있었다.

볼진은 아버지가 분명히 느껴졌으며, 최소한 아버지는 볼진에게 적대적이지 않다는 것을 확신했다. 볼진은 고르게 숨을 쉬려 애썼다. 그는 예전에 하던 방식과 수도원에서 배운 것을 합했다. 볼진이 그림자 사냥꾼으로서 로아를 만나야 한다는 것은 확실하고 분명한 일이었다. 그러나 아버지와 그의 꿈에 경의를 표하는 성인으로, 볼진은 아버지를 만나는 젊은 열정과 즐거움을 먼저 느끼기로 했다.

볼진은 눈을 뜨지 않고 보는 방식을 취했다. 아버지가 거기 서 있었다. 볼진이 기억하기 좋아하는 모습의, 나이가 들어 허리는 약간 굽었지만 여전히 눈에는 총기가 있는 모습의 아버지였다. 센진은 모자가 달린 푸른 양모로 만든 무거운 망토를 걸치고 있었다. 모자는 쓰지 않고 어깨 뒤로 젖힌 상태였다. 아버지는 미소를 짓는 듯했다.

아주 잠깐 동안이었지만 그림자 사냥꾼도 미소를 감추지 않았다. '이것이 아버지가 제게 원하신 것입니까?'

'네가 쓰러졌던 이곳에서 잔달라에 대항해 싸우는 일을 말하는 것이냐? 너를 이해하지 못하고 아끼지도 않는 이들을 위해 이길 수 없는 전투에 가담하는 것을 말하느냐?' 센진의 어깨가 털썩 내려갔다. 그리고 고개를 가로저었다. '아니, 그렇지 않다.'

볼진은 고개를 떨어뜨렸다. 마음이 아팠다. 마치 뾰족한 못이 박힌 녹슨 사슬이 심장을 졸라맨 후 세게 당기는 것만 같았다. 볼진의 삶에 단 하나의 목표가 있다면 그것은 아버지를 자랑스럽게 만드는 일이었다. 볼진은 혼자 생각했다. '아버지를 실망시켜야 한다면 그렇게 해야겠지.'

유쾌함이 깃든 아버지의 목소리가 부드럽게 들려왔다. '이건 내가 네게 바란 일이 아니라, 로아가 그림자 사냥꾼에게 바라는 것이다, 볼진. 내 비록 이런 일을 예상하지는 않았지만 때가 되면 네가 이렇게 하리라는 걸 알고 있었다.'

볼진이 고개를 들었다. 가슴에서 느껴지던 통증이 줄어들었다. '완전하게 이해하지 못하겠습니다, 아버지.'

'볼진, 너는 내 아들이다. 나는 너와 네가 이룬 모든 일이 너무나도 자랑스럽다.' 센진의 혼령이 손가락을 들어올렸다. '하지만 네가 그림자 사냥꾼이 된 후 너는 단순히 내 아들이 아닌 그 이상의 존재가 되었다. 모든 트롤의 아버지가 된 거지. 우리 모두를 위해, 우리가 무엇이 될지에 대해 책임을 짊어지게 되었어. 우리의 미래가 네 손에 달렸다. 이 일을 할 인물로 너보다 더 믿을 만한 이를 생각해낼 수 없구나.'

볼진 주변의 세상이 바뀌었다. 움직이지는 않았지만 그는 아버지와 함께 서 있다는 걸 알게 됐다. 볼진은 밤하늘에 별들이 찬연하게 폭발하는 장면을 봤다. 그리고 아무것도 없던 중에 아제로스가 하나의 큰 덩어리로 합쳐지는 것을 봤다. 로아가 와서 트롤의 성질을 부여했고, 그 대가로 영원한 찬양과 숭배를 약속 받았다. 전쟁, 재난, 좋은 시절, 즐거운 시간이 역사의 한 가닥 띠로 반짝반짝 빛나며 모두 지나갔다.

그가 무엇을 봤든, 얼핏 본 것이 무엇이든 볼진은 거기에서 그림자 사냥꾼을 하나, 둘 혹은 다섯을 알아봤다. 때때로 그들은 앞을 향해 전진해야 했다. 그리고 종종 역동적인 지도자의 옆이나 뒤에 서 있었다. 자문을 위해 다함께 모이기도 했다. 트롤들은 언제나 그림자 사냥꾼의 인정을 원했고, 그들이 내린 지혜로운 결정을 존중했다.

잔달라가 움직이기 시작할 때까지는 그랬다. 트롤은 더욱 문명화되었고, 도시를 건설하는 것이 마땅하다고 생각하게 됐다. 그들은 방랑을 끝내고 부를 쌓아 건설하기 시작했다. 사원을 세우고 대리 계급이 생겨 제물을 바치는 의식을 주도하고 로아의 메시지를 해석했다. 그리고 인구가 늘어났다. 이는 트롤이 자연과 로아에 가까웠던 시절이 단절됨을 의미했다. 예전의 계율은 바뀌었고, 새로운 시간과 문명에 맞춰 해석되어야 했다. 잔달라는 이에 전력을 다해야 한다는 것을 깨달았다. 즉, 그들 역할의 필요성을 강화해야만 했다. 그렇지 않으면 계급 제도는 더 이상 존재할 이유가 없어질 터였다.

하지만 그러려면 먼저 그림자 사냥꾼의 역할을 다시 정의해야 했다. 훈련을 마치고 시험을 통과하기는 어려웠다. 모든 이가 축하할 축복이었다. 그림자 사냥꾼들은 존경받으면서도 두려움의 대상인 신화의 영웅으로 부상되었다. 로아와 함께 걸을 수 있었기 때문이다. 하지만 동시에 그래서 유한한 존재들이 필요로 하는 것을 완전하게 이해할 수 없었다.

볼진은 몸을 떨었다. 잔달라에게 인정받기를 갈망하는 타고난 욕망은 다른 트롤 부족들만 즐기는 결점이 아니었다. 어떤 면에서 보면 칼아크 역시 희생자였다. 그녀는 그림자 사냥꾼의 지위 때문에 볼진과의 동맹을 꾀했다. 그와 함께하면 칼아크는 자신의 행동에 정당성을 좀 더 부여할 수 있었기 때문이다.

'내가 떠나서 그걸 깨기 전까지는 그랬지.'

역사는 천천히 이곳저곳 중요한 순간을 보여줬다. 이런 장면들은 점점 더 커졌고, 역시 더 많은 군중이 운집했고, 수사적 발언은 좀 더 격렬해지고 신랄해져 갔다. 그 풍경을 구성하는 군중들은 광기에 휩싸였다.

그런데 이런 장면에서는 그림자 사냥꾼이 보이지 않았다. 얼핏 봤다고 해도 그건 그림자 사냥꾼이 등을 돌리고 가는 모습뿐이었다. '줄의 합류하라는 요청에 내가 그렇게 했지. 가로쉬와 관계를 끊을 때도 그랬고.'

갑자기 마지막 장면이 어떤 장소로 바뀌었다. 잔달라가 로아의 전달자임을 자인하고 있었다. 아마도 잔달라는 그들이 로아와 대등하다고 믿게 된 것 같았다. 확실히 잔달라는 스스로를 다른 트롤과 다르다고 생각했다. 잔달라가 보기에는 자신이 더 우수했다. 구루바시와 아마니는 잔달라를 모방해 그들의 영광을 부활시키려 하면서 똑같은 허영으로 괴로워했다. 자만은 오만을 낳았고, 그로 인해 그들의 노력은 비운으로 끝이 났다.

그때마다 그림자 사냥꾼은 등을 돌렸다. 트롤들은 이를 미래를 탐탁지 않게 여기는 과거의 잔재로 해석했다. 그들 시각에서는 그런 행동을 정의할 길이 없었다. 하지만 그렇게 해석함으로써 그들은 트롤의 진정한 본성과 분리되었다.

그림자 사냥꾼이 조언을 하고 안내를 할 수는 있지만, 그것은 그림자 사냥꾼의 진정한 목적이 아니었다. 로아가 그림자 사냥꾼에게 의지하는 이유가 아니었다. 그림자 사냥꾼은 트롤이기 위한 진정한 수단이었다. 모든 트롤들과 그들의 모든 행동은 그림자 사냥꾼과 비교되어 평가되었다. 행동과 능력 혹은 잠재력의 차이점을 아는 것이 중요했다. 그림자 사냥꾼은 확실히 대부분의 트롤보다 더 능력이 출중했지만, 사회에 봉사하는 그림자 사냥꾼을 본받지 못하는 트롤은 없었다. 그게 바로 트롤로서의 정체성을 확인시켜주는 요소였다.

볼진은 상인이 사용하는 간단한 저울 위에 서 있는 자신의 모습을 상상했다. 곧 칼아크와 빌낙도르가 반대편 접시에 올라섰다. 잔달라 쪽의 접시가 올라가면서 저울은 볼진 쪽으로 기울어졌다. 볼진은 그의 적수들이 자신에게 유리한 지점에 서서 볼진이 자신들보다 열등하다고 믿는 것을 정당화하는 모습을 볼 수 있었다.

그들이 사라지고 이제 그 자리에 첸이 서 있었다. 곧 타란 주와 쿠오 형제도 함께 접시에 올라왔다. 뿐만 아니라 볼진의 옛 친구인 렉사르는 물론 티라선까지 합세했다. 그들이 하나씩 접시에 올라올 때마다 저울은 평행을 이뤘다. 가로쉬가 올라왔을 때, 가로쉬는 고블린 로켓처럼 위로 올라갔다.

볼진은 수도원 동료들의 진정한 특성과 호드의 특성 사이에서 혼란스러웠다. 판다렌과 인간은 존재의 측면에서 트롤과 분명 같을 수 없었다. 하지만 판다리아를 수호하려는 그들의 노력은 의심할 여지없이 볼진의 노력과 동등했다. 자유를 향한 그들의 열망, 이타심과 스스로를 희생하려는 의지는 분명 볼진이 가진 특성과 일치했다. 이 저울로 평가해보니 그들의 품성과 마음은 트롤의 그것과 일치했다.

볼진만큼이나 호드를 사랑했던 렉사르도 그런 품성을 지니고 있었다. 볼진은 모크나탈 친구가 그 자리에 함께할 수 있었기를 바랐다. 죽지 않고 그와 함께하며 잔달라를 쳐부수는데 도움을 줄 수 있기를 원했다. 이미 예정된 결과가 아무리 슬프다 해도 렉사르는 분명 기꺼이 볼진과 함께했을 것이다.

'호드에 있는 많은 친구들 역시 그렇게 했을 것이야. 대부분이.'

호드, 음영파 심지어 티라선까지도 잔달라보다 근본적인 트롤의 본질에 훨씬 더 충실했다. 잔달라와 그와 비슷한 동종 트롤들은 한때 늑대와 같았기 때문에 늑대를 보고 투덜거리는 똥개와 같았다. 지금은 다르다고, 자신들이 더 낫다고 주장하는 꼬리가 말린 성질 사나운 똥개 말이다. 털 색깔이 더 밝다는 점에서는 그 말이 맞다. 그리고 일도 더 잘하고, 더 오래 살지도 모른다. 하지만 그런 점은 늑대에게 아무런 의미가 없다는 사실을 그들은 잊어버렸다. 늑대의 목적은 그저 늑대가 되는 것뿐이었다. 그런 진실이 잊히자 새로운 진실이 만들어져야 했다. 그러나 그 작업이 아무리 정교하다해도 그것은 그저 진실의 그림자일 뿐이었다.

볼진은 머리를 들어 올리고 아버지를 바라봤다. '트롤이 되기 위해 생김새나 혈통이 반드시 트롤이어야 하는 것은 아닙니다.'

'그런 점을 전적으로 무시할 수는 없다. 하지만 아들아, 우리를 트롤로 만드는 것은 정신이야. 그것이 로아의 관심을 얻을 만한 가치가 있는 존재로 만들어주지. 모습보다 정신이 더 중요하다.' 센진의 미소가 한층 커졌다. '그리고 너도 알다시피 그림자 사냥꾼은 우리를 영혼으로부터 잘라낸 길을 거부한다. 우리를 정의하는 것은 영혼이다. 그러니 다른 이에게서 우

리와 같은 영혼을 발견했다면 그것은 분명 축하해야 할 일이다.'

볼진이 웃었다. '호드가 잔달라보다 더욱 트롤답다고 믿어도 된다고 말씀하시는군요.'

'거기에 진실이 있는지도 모른다. 우리가 스스로를 트롤이라고 부르기 전에 뭐라 불렀는지 아느냐?'

'그런 것은 생각해 본 적이⋯⋯.' 볼진이 얼굴을 찡그렸다. '모르겠습니다, 아버지. 뭡니까?'

'나도 모른다.' 센진의 혼령이 고개를 꾸벅 숙였다. '우리가 트롤이 되기 전에 분명 무엇이었을 테고, 그 후에도 역시 무엇이었을 것이다. 잔달라는 언제나 우리의 모습을 정의하려 했고, 다른 이들은 상황을 잔달라의 생각을 강화하는데 이용하려 했었다. 하지만 나는 아무리 많은 세월이 흐른다고 해도 우리가 스스로를 호드라고 부르기 전에 그들이 우리를 뭐라고 불렀는지 당신은 아는가?와 같은 질문을 하게 될 거라고 믿고 있었다.'

'그것이 아버지가 보시는 트롤에 대한 미래입니까?'

센진은 천천히 고개를 가로저었다. '내가 트롤에 대해 보는 미래는 아주 단순하다. 그림자 사냥꾼을 따르는 이가 되는 것이지. 하지만 그러려면 트롤을 이끌 수 있는 그림자 사냥꾼이 있어야 해. 많은 그림자 사냥꾼들이 파멸로 향하는 여정을 거부하는 것만으로 만족한다. 내 아들, 볼진, 너는 파멸을 피할 수 있는 그림자 사냥꾼이다. 네가 우리를 인종이 문제가 되지 않으며 그보다는 마음이 중요한 곳, 의도보다는 행동을 중요시하는 곳으로 이끌 수 있다면, 그곳에서 우리는 번성할 것이다.'

'그런데 로아가 그걸 믿을까요?'

볼진은 빙글 돌아 로아와 마주했다. 그러자 브원삼디의 차가운 웃음이 볼진의 가슴에 잔물결이 치듯 밀려 들어왔다. '그림자 사냥꾼이여, 아버지

가 하는 말을 듣지 않은 것이냐? 로아는 트롤보다 먼저 있었다. 네 아버지
는 트롤이 트롤이라 불리기 전에 무엇이라 불리었는지 묻고 있다. 나는 그
이전에 그리고 또 그 이전에 트롤이 뭐라 불렸는지 묻고 있다. 네가 강이
라고 말하면 어떤 이는 네가 물을 뜻한다고 말할 것이다. 네가 흐르지 않
고 정체되도록 만들 것이다. 하지만 강이 물 이상이듯 너도 그 이상이다.'

'그렇다면 호드는요?'

로아가 팔을 뻗었다. '강은 강이다. 넓고 얕기도 하고, 좁고, 깊게 흐르기
도 하지. 그런 것은 문제가 되지 않는다. 우리는 혼령이야. 우리가 관심이
있는 것은 너의 혼에 관한 것이다. 우리가 맺은 조약을 지키고 네 혼과 의
무에 진실해라. 그러면 너를 번영하리라.'

'당신은 곧 잔달라의 영혼을 받게 될 것입니다.'

로아의 음울한 웃음소리가 울려 퍼졌다. '결코 내 욕구를 다 채우지는 못
할 것이다.'

'나도 곧 따라가지요.'

'그렇다면 환영한다. 나는 트롤을 모두 환영하지.'

볼진은 희한하게도 이 말이 편안하게 받아들여졌다. 죽고 싶다는 욕구
가 있어서가 아니라 친구들과 떨어지지 않아도 된다는 의미에서 그랬다.
죽음이 그렇게 크게 다가오는 것처럼 보이지 않았다. 그림자 사냥꾼에게
그 순간은 그것으로 충분했다.

첸은 작은 관목 뒤에 돌로 쌓아 만든 피라미드를 감춘 것이 유감이었다. 트롤의 두개골만한 크기에, 모양은 그보다 둥근 돌멩이들 때문에 관목이 반으로 부러질 수 있었기 때문이다. 이 돌멩이들을 산사태가 난 것처럼 한 꺼번에 굴려 보내면 초목이 뿌리 채 뽑힐 테고, 운이 좋으면 수도원으로 기어 올라오는 잔달라 병사 대여섯은 처치할 수 있을 터였다.

첸은 맨 위에 돌멩이를 올려놓고 쭈그리고 앉아 경사면의 아래 모습을 살펴봤다. 돌멩이들을 경사가 가파른 오솔길과 나란히 난 좁은 수로를 통 해 굴려 떨어뜨릴 작정이었다. 그러면 잔달라 병사들은 매복하기에 너무 뻔한 그 길을 따라 올라오다가 떨어지는 돌에 맞아 첩첩이 쌓일 것이다. 쌓아놓은 돌들을 교묘하게 관목 뒤에 잘 숨겨두기는 했지만, 잔달라가 눈 치채지 못할 리 없었다.

'이것도 알아봐야 할 텐데.' 첸은 벨트에 달린 주머니에서 나무로 만든 작은 원반을 한 움큼 꺼내서 돌멩이 사이의 틈에 끼웠다. 돌무덤이 언덕을 굴러 내려갈 때 이 작은 원반은 그리 멀리까지 가지는 못할 테지만, 나중 에 잔달라들이 이를 발견하게 될 것이다.

산 길 위, 첸이 서 있는 곳 뒤에서는 야리아가 땅바닥에 난 구멍 옆에 무 릎을 꿇고 앉아 있었다. 그녀는 날카롭게 깎은 대나무 창을 구멍 속 깊이 단단히 박아 넣는 작업을 했다. 뾰족한 창끝이 하늘을 향했다. 첸이 대나무 창 깎는 일을 도와주었다. 먼저 끝이 날카롭게 대나무를 자른 다음, 밑동을 칼로 쳐내 끝을 뾰족하게 만들었다.

오솔길에서 벗어난 첸은 조심하며 산기슭으로 터덜터덜 걸어 올라갔다. 야리아가 만든 구멍 앞으로 삼십 센티미터 정도 떨어진 곳에 철망으로 만든 덫을 놓다. 트롤들이 경사진 지점 너머로 정찰병을 보낼 것이다. 정찰병이 계속해서 올라가 언덕 위에 도달하면 돌무더기를 발견하게 될 것이다. 그리고 제대로 숨기지 않은 철망 덫도 발견한 정찰병은 아마 그 덫이 돌무덤이 무너지게 만드는 일종의 장치라고 생각하고 조심스럽게 덫 너머로 발을 디디다가 야리아가 만든 함정에 빠질 것이다. 그러면 그는 비명을 지를 것이다. 아니면 동료들이 그가 아래로 떨어지는 것을 보고 서둘러 그를 도우려 할 것이다.

바로 그때 작은 투석기를 동원해 돌을 쏠 작정이었다. 그러면 돌들이 날아가 산에 떨어지면서 산사태가 나고 더 많은 잔달라를 무찌르게 될 것이다.

첸은 야리아에게 앞발을 내밀었다. 야리아는 함정 위에 덮어 놓은 얇은 지붕널을 마지막으로 한 번 더 쳐다보고는 첸이 내민 앞발을 잡고 일어섰다.

첸은 그녀가 잡은 앞발을 곧바로 놓지 않자 기분이 좋았다.

"멋집니다, 야리아. 저 위에 먼지까지 놓은 것을 보니 마치 저 자리에 영원히 있던 것 같이 보여요. 티라선이 봤어도 칭찬했을 정도로 잘 놓은 덫이에요."

야리아는 미소를 지었지만 금방 얼굴이 굳어졌다.

"어리숙한 짐승을 잡기 위해 놓는 덫이 아니잖아요. 그렇죠?"

"그래요. 잔달라는 아주 영리해요. 그래서 돌멩이에 원반도 끼워서 굴리려는 거예요. 하지만 걱정하지 말아요. 이 정도면 충분히 그들을 속일 수 있을 거예요."

야리아가 고개를 가로저었다.

"그 점은 걱정하지 않아요. 이 덫으로 잔달라를 아주 잘 잡을 수 있을 거예요."

"그러면 무엇을 걱정하는 거예요?"

야리아가 한숨을 쉬었다. 지쳐서 그런 것도 있었지만, 다른 생각 때문에 나온 한숨이었다.

"내가 놓은 덫을 보니 그게 고통을 유발할 것이라는 점을 알면서도 잘했다는 생각에 나 스스로가 자랑스러웠어요. 잔달라를 짐승으로 보고 내 감정을 정당화시켜 버린 거예요. 나는 그들을 감정이라고는 없는 살상 기계라고, 그래서 생명을 누릴 가치가 없는 존재로 바꿔버렸어요. 하지만 그런 식으로 어떤 하나를 판단하면 많은 다른 이들도 역시 쉽게 그런 식으로 판단하게 되죠. 그러나 잔달라 모두가 다 그런 것은 아닐 거예요. 그렇죠?"

"당신 말이 맞아요."

첸이 잡고 있는 야리아의 앞발을 꼭 쥐었다.

"그런 생각을 해서 나를 일깨워주는 구려. 당신은 생명의 가치를 존중해야 한다는 의지를 가졌소. 심지어 적의 생명이라도 말이오. 당신이 지혜롭다는 표시지요. 그리고 그게 바로 내가 야리아, 당신을 사랑하는 이유 중한 가지요."

수줍은 듯 야리아는 아래를 쳐다봤지만 아주 잠시뿐이었다.

"당신이 내 말을 듣고 내가 한 말을 생각해주기 때문에 나는 당신을 사랑해요, 첸. 우리에게 함께할 시간이 좀 더 있다면 좋겠어요. 하지만 당신만을 위한 시간도 있기를 바라요. 당신은 오랫동안 고향을 찾아 헤맸어요. 나는 당신이 이곳에서 고향을 찾기를 바랐고요. 그런데 이렇게 빨리 잃어버리게 되다니, 너무 슬퍼요."

첸은 야리아의 눈가에 고인 눈물이 떨어져 그녀의 부드러운 털을 적시기 전에 앞발을 뻗어 눈물을 훔쳤다.

"슬퍼하지 말아요. 고향을 찾는 일은 완전해지는 일이라오. 너무도 놀라운 기쁨이지만, 시간이 더 있다고 해서 그 기쁨이 늘어나지는 않아요. 나는 다 알고 있어요. 이제 내가 누구이고, 무슨 일을 해야 할지 알 것 같아요."

"어떻게요?"

"내가 만든 술이나 음료 모두 어떤 장소나 시간을 포착하기 위한 시도였어요. 같은 일을 음유 시인은 노래로, 화가는 그림으로 표현하겠지요. 나는 코와 혀를 이용해서 그리고 만져서 일을 하고, 그들은 귀와 눈으로 자기의 일을 하는 거죠. 나는 언제나 완전한 술을 만들려고 했어요. 내 삶의 공허감을 표현할 수 있는 것을 찾기를 바라며 말이오. 그러면 삶을 채울 수 있을 거라 생각했지요. 그런데 지금 나는 내가 완전하다는 걸 알고 있어요. 내가 하려는 일을 할 곳과 시간을 잡을 수 있어요. 행복과 기쁨을 찾았어요. 당신이 내 삶에 있으므로 그 두 가지가 더욱 충만해져요."

야리아가 첸에게 가까이 다가와 팔로 그의 목을 안았다.

"그렇다면 아마 나는 이기적인 것 같아요. 나는 그 이상을 원해요, 첸. 영원함을 갖고 싶어요."

"그것도 가지게 될 거요, 야리아 세이지위스퍼."

첸이 야리아를 세게 안으며 가까이 끌어당겼다.

"우리는 이미 영원하오. 우리의 조각상이 산의 뼈에서 떨어질지 몰라도 우리가 잊히기 전에 산이 무너질 거요. 음유시인은 우리를 위해 노래하고 화가들은 여기에서부터 오그리마까지 그리고 다시 돌아오는 길에 우리 모습을 그릴 거요. 양조사들은 영겁의 세월동안 서른세 명이 마신 술의 내 비밀 제조법을 알고 있다고 주장할 거요. 그 술의 이름은 그렇게 '서른세 명'이라고 불릴 거요."

"그리고 우리는 그들의 기억 속에서 영원히 함께하고요?"

"판다리아에는 자신만의 야리아를 찾으러 떠나지 않는 남자가 없을 거요. 그리고 야리아를 찾으면 행운이라고 하겠지. 또 여자들은 자기만의 방랑자 첸을 길들일 때 기뻐할 거예요."

야리아가 눈썹을 올려 세우며 몸을 살짝 뒤로 뺐다.

"당신은 그게 내가 생각하는 거라고 믿는 건가요?"

첸이 야리아의 코끝에 키스를 했다.

"아니오. 당신은 평화를 나와 나눴소. 당신은 닻이고 바다요. 자신만의 야리아를 찾아 이런 행운을 누리는 자는 살아있는 판다렌 중 최고의 행운아가 될 거요."

야리아가 열정적으로 그리고 필사적으로 힘껏 첸에게 키스를 했다. 첸은 숨이 막힐 것 같았다. 그는 부서져라 야리아를 꼭 껴안고 키스를 하는 동안 그녀의 머리 뒤편을 부드럽게 쓰다듬었다. 결코 끝내고 싶지 않은 순간이었다. 그리고 음유시인과 화가가 진정한 정의를 이뤄주기를 바랐다.

둘의 몸이 떨어지자 야리아는 머리를 첸의 어깨에 기댔다.

"우리 사이에 아이가 태어난다면 그런 모습이 됐으면 좋겠어요."

"알아요."

첸이 야리아의 털을 쓰다듬었다.

"그래요. 나는 다른 수많은 판다렌 아이들이 그렇게 찾아다닐 거라는 데서 위안을 얻어요."

야리아가 말없이 고개를 끄덕이고는 조금 더 첸의 어깨에 기대 있었다. 그리고 둘은 떨어져서 다시 산을 오르며 덫을 좀 더 설치했다. 그들은 자신들을 위해 불릴 노래에 몇 줄 가사를 더해 노래를 불렀고, 잔달라가 아주 오래전에 배웠어야 할 교훈을 준비했다.

• • •

"모구가 영원히 수색을 해도 자네가 숨긴 모든 화살을 찾지 못할 걸세."

인간이 몸을 곧게 펴고 서자 볼진이 팔짱을 끼며 말했다.

"섬에 있는 모든 병사를 맞출 화살을 가지고 있지 않나."

"장교에게는 두 대씩입니다."

티라선이 어깨를 으쓱해 보였다.

"내가 숨기고 있는 것은 화살통만이 아니에요. 검, 칼, 창과 활이 있어요. 밖에서 나는 무거운 활을 사용합니다. 먼 거리에 있는 목표물을 맞힐 때는 긴 화살을 쏘는 게 적합하지요. 하지만 여기에서는 그보다 간단한 활과 짧은 화살을 사용해요. 근접전에 좋지요."

볼진이 백호 사원 주변을 살펴봤다.

"여기에서 전투가 벌어진다면……."

"그 말의 의미는……."

인간이 앉아 있는 호랑이 석상의 어깨 부분을 때렸다.

"호랑이가 꼬리를 말아 날아오는 칼을 거의 여섯 개까지 잡아낼 수 있다는 사실을 아는 게 좋은 걸요."

"검이 여기 이 높이까지 올라오면 자네는 못하지만 나는 닿을 수 있다는 것도 알아두면 좋을 걸세."

"기억하지요? 당신은 나를 잡는 놈을 잡겠다고 약속했습니다. 당신에게 맞는 무기를 확실히 챙겼기 바랍니다."

"있네."

볼진이 손을 뒤로 뻗어 사선으로 매고 있던 새로운 검을 보였다.

"쿠오 형제가 대장간에서 열심히 작업을 했지. 첸이 내가 보통 사용하는 무기를 설명해줬고. 쿠오 형제가 잔달라와 싸우기에 적합한 무기를 만들어냈지."

"전투는 살상과는 다른 거라고 쿠오 형제가 말했지요. 이게 그의 방식이로군요."

볼진이 고개를 끄덕였다.

"그 차이를 구분하게 되면서 쿠오 형제는 평온해졌지."

티라선이 무기를 살펴보고는 미소를 지었다.

"칼날을 더 길게 만들었군요. 더 많이 휘어서 잔달라에게는 더욱 무서운 무기가 되겠어요. 어느 쪽이든 날이 잘 들고, 꽂히기도 잘 꽂히겠네요. 그런데 가운데 손잡이 부분은 좀 더 두꺼워 보입니다."

"맞네. 한번 베면 그걸로 끝장이 나는 거야."

볼진이 칼집에서 검을 꺼내 빠르게 이리저리 돌리자 검에서 바람소리가 났다.

"균형이 완벽하게 잡혀 있어. 쿠오 형제가 내 팔 길이에 맞춰 제작했다고 하더군. 전에 쓰던 검보다 더 좋아."

"판다렌 수도사가 전통적인 트롤 무기를 제작했다니……."

티라선이 미소를 지었다.

"우리가 알고 있던 세상이 바뀌었군요."

"인간과 트롤이 힘을 합쳐 다른 종족의 자유를 지키려는 일만큼이나 쿠오 형제가 해낸 일도 놀랍지."

"우리는 죽었어요. 그 규칙은 여기에 해당되지 않아요."

"인간은 정말 입심이 좋아."

볼진이 검을 다시 칼집에 밀어 넣었다.

"다른 특성이기는 하지만 트롤은 그렇게 빨리 말을 하지 않아. 시간을 충분히 들이지."

티라선이 볼진을 바라봤다.

"가로쉬를 말하는 것 같네요. 당신이 그를 죽이면 그것도 그럴듯한 일 아닌가요?"

"그건 말할 것도 없이 무분별한 짓이야. 그렇게 생각한다고 해도 내가 말하거나 의미한 바는 바뀌지 않네."

트롤이 팔을 벌렸다.

"내가 미래를 안다고 해도 바뀌는 것은 없어. 이곳에서 죽는다면 후회할 거야. 하지만 그들이 나를 사로잡는 일은 없을 거야."

티라선은 냉소 띤 표정을 지었다.

"한 번 더 고향을 보러 가겠다는 맹세는 지키지 않을 겁니다. 하지만 이 제는 여기가 내 고향이에요. 기꺼이 이곳에 영원히 머무를 거예요."

볼진이 주변을 돌아봤다.

"무덤 같지는 않군. 하긴, 잔달라가 우리를 묻을 리 없지."

"모구도 이곳을 그대로 두지 않을 겁니다. 돌들을 모조리 바다에 던지 고, 독수리가 판다렌의 속을 파먹게 두고, 우리 뼈를 갈아 가루로 만들어 바람에 날려 보낼 거예요."

티라선이 어깨를 으쓱해 보였다.

"바람이 세차다면 그걸 타고 고향으로 돌아갈 수도 있겠죠."

"그렇다면 바람이 잘 불기를 바라야겠군."

볼진은 쭈그리고 앉아 바닥 돌멩이 사이의 경계를 손가락으로 훑어가며 말했다.

"티라선 코트, 내가 말하고 싶은 건 말이야······."

"아니요."

인간이 고개를 흔들었다.

"작별 인사는 하지 말아요. 거창한 헤어짐도 싫어요. 나는 상황을 정리하고 싶지 않습니다. 내가 할 말을 다 했다고 생각하고 싶지 않아요. 그렇게 한다면 아마 좀 더 일찍 포기하게 될 겁니다. 한 가지 더 당신에게 말하고 싶다는 욕구, 내 칼 중에 하나를 당신이 찾고서 웃는 모습, 당신의 목을 그으려고 혈안이 된 누군가를 내 화살이 잡을 때 그걸 본 당신의 얼굴을 보고 싶다는 마음, 그런 것들 때문에 나는 계속 가게 될 겁니다. 우리에게 미래가 없다는 걸 우리 둘 다 알아요. 하지만 아주 짧기는 해도 시간이 있어요. 적을 하나 더 죽이기엔 충분한 시간이죠. 그들이 내 미래를 훔쳤으니, 나도 그들의 미래를 훔치는 거죠. 공정한 교역이라고요. 나야 묶음으로 거둘 테지만 말입니다."

"이해하네. 나도 동감해."

트롤이 고개를 끄덕였다.

"다른 친구들처럼 자네도 했나? 첸은 조카에게 편지를 썼다던데······."

티라선이 자신의 빈손을 내려다봤다.

"가족에게 편지를 쓰라고요? 아니, 직접적으로는 안 합니다. 리리에게 짧은 메모를 줬어요. 리리에게 혹시 내 가족과 만나게 되면 내 아이들의 친구가 되어달라고 부탁했어요. 이유를 말할 필요는 없고, 나에 대해서 이야기할 필요도 없어요. 당신은 누구에게 뭘 썼습니까?"

"몇 가지 간단한 편지를 보냈지."

"가로쉬에게는 안 쓰고요?"

"내가 쓴 편지를 받으면 아마 가로쉬는 두려워할 거야. 하지만 내 죽음을 자기의 명예를 드높이는 기회로 삼으려 들겠지. 그에게 그런 즐거움을 주고 싶지는 않군."

티라선이 얼굴을 찡그렸다.

"복수할 계획에 착수하지 않았나요?"

"가로쉬가 내게 한 짓을 아무에게도 말하지 않았어. 그는 편지가 조작되었거나 잔달라의 강압에 의해 쓴 거라고 주장할 거야."

볼진이 고개를 흔들었다.

"나는 그저 동포들에게 그들이 호드에 충성하겠다고 한 맹세와 그 꿈이 의미하는 것이 자랑스럽다고 말했을 뿐이네. 그들은 내가 한 말의 의미를 이해하게 될 거야."

"직접 가로쉬를 죽이는 것만큼 만족스럽지는 않겠지만, 당신은 무덤에서 편안하게 안식하게 될 겁니다."

티라선이 미소를 지었다.

"나야 당신이 그에게 화살을 날리는 모습을 보는 게 좋지만 말이죠. 나는 언제나 화살이 그런 목적을 위해 만드는 것이라고 봅니다."

"진실을 향해 날아가겠지. 그 점은 전혀 의심하지 않네."

"만약에 당신이 살아남는다면 잔달라의 시신에서 내 화살 몇 대를 걷어 가세요. 최소한 두 번은 쏠 수 있을 겁니다."

인간이 손바닥을 부딪쳤다.

"우리가 서로 안녕을 고한다면 악수를 하며 이제 일을 시작할 시간이라고 말하겠죠."

"하지만 안녕이라는 말은 하지 말고 일을 시작하세."

그림자 사냥꾼이 미소를 짓고 마지막으로 주변을 다시 한 번 돌아봤다.

"돌과 물고기를 바꿔놓아 모구를 괴롭히는 거야. 물고기들이 독으로 바꿔면 우리가 직접 처치하지 못하는 것들을 죽여줄 걸세. 계획이라고 말할 것도 없지만, 아주 오랫동안 재미있을 거야."

31

아마니의 비명에 칼아크는 움찔했다. 그녀는 그 비명이 반복되거나 갑자기 끊기든지, 아니면 다른 트롤들의 비명에 이어 돌이 굴러 떨어지는 소리가 날 것을 기다렸다. 아마니가 다시 비명을 질렀지만 측은하게 끼익 거리는 소리로 끝났다. 칼아크가 놀란 만큼 그가 심하게 다친 것은 아니었고, 고통 때문에 까무러친 것도 아니었다.

칼아크는 아마니나 구루바시를 압박해 전투에 참여하게 할 마음이 없었다. 아마니와 구루바시를 충분히 데려온 이유는 잔달라를 대신해 요리와 청소 그리고 운반 작업을 시키기 위해서였다. 칼아크의 잔달라 부대는 트롤을 잡기 위한 함정에 빠져도 고통을 참으며 극기하는 모습을 보였다. 그들은 비명을 지르거나 공포감에 빠지지 않았다. 이것은 동료들에게 위험이 있다는 걸 경고하지 않는다는 의미였다.

위험이 산재해 있었고, 칼아크는 대부분의 덫이 그림자 사냥꾼의 솜씨라는 걸 알았다. 곳곳에 파놓은 함정, 언덕에서 굴러 떨어지는 바위, 조그만 공성용 기관차에서 쏟아져 나오는 화살 등은 모두 지형의 이점을 최대한도로 활용한 작품들이었다. 길이 좁아 군대의 행군이 느려졌고, 여기저기에서 무리를 지어 모여 있어야 했다. 잔달라는 실제 피해를 최소화하기 위해 그런 곳에서 경계하는 방법을 배웠다.

물리적 피해를 입어도 트롤은 빨리 회복이 됐다. 그래서 심하게 다친다고 해도 바로 죽지 않고 회복되었다. 잔달라들은 붕대를 용기의 상징으로 봤고, 그와 반대되는 개념들은 일축해버렸다. 칼아크는 그런 현상이 이미 병사들에게 일어나고 있음을 알았다. 그들은 좀 더 조심스럽게 움직였다. 이것이 군대에서 꼭 나쁜 행동은 아니었다. 하지만 칼아크가 병사들이 용기와 결단성을 보이기를 원할 때, 그들은 더욱 더 망설이는 모습을 보였다.

기어 올라갈 수 있어 보이지만 실제로는 어려운 병목 지형을 만났을 때, 칼아크의 부대는 솜씨 좋게 기어 올라가곤 했다. 정상에서 그들은 작은 공성용 기관차가 설치되어 있던 흔적과 동굴이 모여 있는 곳 입구로 이어지는 흔적을 찾았다. 덫이 설치되어 있을 법한 동굴들은 언제나 덩치 큰 잔달라에게는 너무 좁고 길고 복잡했으며, 경로를 따라 십오 미터 내지 삼십 미터 정도를 가다보면 여지없이 막혀 있었다.

이만큼 답답한 상황은 또 있었다. 암벽을 기어 올라온 병사들이 등반을 하면 손가락으로 바위를 긁거나 돌 부스러기가 손톱 밑에 박히는 경우가 있었는데, 몇 시간이 흐른 후 손가락과 발가락이 얼얼해진다는 사실을 알게 됐다. 그러더니 곧 부어올랐다. 암벽에서 손으로 잡을 수 있는 곳에 독이 발라져 있었던 것이다. 살상용은 아니었지만, 고약한 환각 증세를 일으키며 잔달라를 괴롭혔다. 그 후 이들은 축축하거나 기름이 남아 있는 곳을 보면 움츠려들었다. 독에 중독되지는 않았는지 신경 쓰느라 원래 임무에 집중하지 못했다.

볼진은 그들의 정신을 공격하면서 서서히 이들을 죽이고 있었다.

또한 그림자 사냥꾼 볼진은 잔달라를 조롱했다. 칼아크는 나무로 깎아 만든 작은 동전을 손가락들 사이에 끼워 놓고 발작적으로 돌렸다. 그 동전의 한쪽 면에는 원래 있던 트롤의 상징 대신 '삼십삼'이라는 숫자가 새겨져 있었고, 반대 면에는 모구가 새겨져 있었다. 그들은 이런 동전을 구멍의 바닥이나 정찰병이 수색을 한 곳 여기저기에서 발견했다. 심지어 칼아크의 텐트에서 그림자 사냥꾼이 천둥의 섬에서 잔달라 군대를 섬멸했던 것처럼 손쉽게 칼아크를 죽일 수도 있었음을 암시하는 동전이 발견되었다는 소문까지 나돌았다. 희한한 숫자 점을 쳐서 이 숫자가 천둥왕이 몰락한 이후 천 년과 관련이 있다고 말하는 이가 있었고, 또 볼진이 어떤 특정 전통에서 서른세 번째 그림자 사냥꾼이라고 주장하기도 했다. 그 전통이 어떤 것인지 말할 수 있는 이는 아무도 없었고, 칼아크는 근거 없는 소문을 퍼뜨려 위험을 조장한 죄를 물어 본보기로 아마니 트롤을 죽여야만 했다. 하지만 일단 이런 생각이 머릿속에 심어지자 이를 뽑아낼 방법은 없었다.

떠도는 소문 중 칼아크가 가장 좋아한 이야기는 방어군 모두가 서른세 명을 죽인 다음에 죽겠다고 맹세했다는 것이었다. 이것은 칼아크의 부대가 이십 명도 안 되는 방어군과 싸운다는 의미로 해석됐다. 이런 맹세는 오직 음유시인의 노래에서나 전술적 가치를 가졌지만, 그래도 칼아크는 걱정이 됐다. '볼진, 당신은 나를 당신의 서른세 명 중 하나라고 생각하는 건가요?'

칼아크는 바람이 답을 해주기를 기다렸지만 아무것도 들리지 않았다.

니르잔 대위가 다가와 거수경례를 했다.

"아마니 요리사 하나가 볼일을 보러 개간지를 벗어나 헤맸습니다. 적당한 자리를 찾았다고 생각해 볼 일을 보는데 발밑에 땅이 무너져 버렸습니다. 무릎을 딛고 앞으로 넘어지며 뾰족한 것에 허벅지, 배 그리고 한쪽 손을 찔렸습니다. 하지만 살 것 같습니다."

"꺼내줬나?"

"아닙니다."

"오늘 아침에 행군을 할 때 모든 병사들이 그 아마니 옆을 지나치게 할 수 있겠나?"

트롤 전사가 고개를 끄덕였다.

"그렇게 조치하겠습니다."

"좋아. 모든 병사들이 지나갈 때까지 살아남을 정도의 강인함이 있다면 그때 구해줘라."

"예, 알겠습니다."

니르잔은 물러가지 않았다. 그래서 칼아크가 눈썹을 올려 세웠다.

"또 할 말이 있나?"

"전령이 선단에서 보내는 신호를 가져왔습니다. 선단은 조우친 해안으로 돌아갈 거라고 합니다. 북쪽에서 험한 폭풍우가 오고 있답니다. 바람이 심하고 눈보라까지 친다고 합니다. 그래서 천둥의 섬에서의 항해도 늦어진다고 합니다."

"좋아. 덕분에 우리가 수도원을 파괴한 다음에 판다리아를 합병할 시간을 좀 더 벌 수 있겠군."

칼아크는 그들의 목적지가 있는 산 높은 곳을 올려다 본 다음, 아래에 있는 자신의 캠프로 눈을 돌렸다. 천막들은 넓게 퍼져 있었다. 산사태와 공격에 대비하기 위해 대체로 배면이 경사진 언덕에 천막을 쳤다. 그들은 불도 피우지 않았다. 적이 이들의 숫자가 얼마나 되는지 파악하지 못하게 하기 위해서였다.

칼아크는 잠시 손가락으로 자신의 입술을 톡톡 치며 생각을 하다 고개를 끄덕였다.

"서둘러야 한다. 이렇게 밖에서 폭풍을 이겨낼 수는 없어. 수도원에서 가까운 곳이니 그 아래로 대피하면 된다. 최대 하루 반이면 되겠지?"

"현재 속도로는 그렇습니다. 폭풍이 상륙할 때 쯤 도착하게 될 겁니다."

"우리 군 중 최고 중대 둘을 보내. 그리고 나중에 구루바시 파견대와 바꿔 입을 수 있게 옷을 입혀라. 그들이 우리보다 앞서 가서 측면을 지원하게 해야 해. 자정쯤에는 먼저 발견한 동굴을 모두 수색해서 비워놓으라고 지시해라. 폭풍이 예정보다 빨리 상륙할 경우 피난처가 필요하니까. 그리고 나머지는 모두 계속 전진한다. 선발대가 수도사들의 탈출 터널을 찾아내고 쭉 전진해야 해. 부상당한 병사들은 나중에 수습하게 일단 두고 전진하게 해라. 판다렌들이 놓은 함정은 우리를 지연시킬 뿐이야. 그러니 신속하게 뚫고 나가야 한다. 그리고 오늘밤은 불을 피워라. 춥게 하지 말고. 천막 당 두 개씩 크게 피워."

부하의 눈이 가늘어졌다.

"하지만 그렇게 하면 보유하고 있는 장작을 거의 다 쓰게 됩니다."

"거의 다? 아니, 모두 다 쓰게 해라."

칼아크가 수도원을 가리켰다.

"병사들이 또 다시 따뜻한 온기로 몸을 덥히고자 한다면, 그때는 음영파를 화장시키는 장작더미의 불에서 나온 온기로 몸을 덥히게 될 것이다!"

· · · ·

날이 저물어 땅거미가 찾아오고 긴 그림자가 새벽을 가리키자 볼진은 웃지 않을 수 없었다. 볼진 측이 파놓은 함정과 공격으로 그가 원했던 만큼 칼아크의 병사들을 죽이지는 못했지만, 그 때문에 칼아크는 필사적으로 움직이고 있었다. 그녀는 두 개 중대를 넓게 펼치듯 배치해 힘이 분산된 상태로 수차례 공격을 감행했다. 수도원에 도착했을 때 그들은 화가 나고 답답하고 피곤한 상태였다. 장군이라면 자신의 병사들에게서 절대 보고 싶지 않은 현상 세 가지가 모두 나타났다.

좀 더 높은 곳에 위치한 작은 장소를 찾은 측면 부대를 제외한 잔달라 부대가 방어진이 멈추도록 계획한 지점에서 정확하게 멈췄다는 점을 고려하며 타란 주는 서른세 명을 소집했다. 사실은 서른한 명뿐이었다. 쿠오 형제와 티라선은 함께 이른 아침 보초를 서기로 했기 때문이다. 그 사이 타란 주가 백호 사원에서 수도사들을 소집했다.

수도사들은 열 명 씩 두 줄 그리고 마지막 줄은 여덟 명이 나란히 타란 주 앞에 정렬했다. 첸과 볼진이 직사각형 대열의 뒤편 양쪽 끝에 서 있었고, 대열에서 조금 떨어진 곳에는 음식과 첸이 서둘러 만든 음료가 차려진 탁자가 놓여 있었다. 첸은 서둘러 만들었지만 그래도 자신의 작품 중 최고라고 말했다. 볼진은 그 말을 의심하지 않았다. 그는 친구가 양조 일에 그렇게까지 집중하는 모습을 거의 본 적이 없었고, 첸의 주장은 과장이라기보다는 진심으로 들렸기 때문이다.

타란 주가 앞발을 펼쳤다.

"우리 판다렌이 모구를 몰아냈을 때를 회상하기에 여러분은 모두 너무 어립니다. 내가 이렇게 말을 하면 나에 대한 추측이나 농담이 난무하겠지만, 나 역시 그걸 회상하기에 너무 젊기는 매한가지예요. 그래도 역사와 기억 그리고 이 수도원이 생기기 전부터 전해 내려오는 이야기에 대해서는 알고 있지요. 모구에게 저항하던 시대의 이야기는 단순히 드높은 명예로 기억해야 할 뿐만 아니라 반드시 알아야 합니다."

타란 주가 말을 이었다.

"여러분은 이제 위대한 전통의 일부예요. 그러니 형제자매여, 이곳에 있기를 바라는 이가 많지만 우리의 목적은 그들을 다른 곳으로 옮기는 일입니다. 콴리 자매, 자네는 아직 산의 뼈에서 떨어지지 않았다는 걸 기뻐하게 될 게야. 우리들 중 하나라도 더 살아서 고대의 주인에게 저항을 해야 한다."

볼진도 혼자 고개를 끄덕이며 조용히 기뻐했다. 그는 콴리 자매가 얼라이언스가 행동을 개시하게 만들 충분한 정보를 그들에게 알려줄 수 있을 거라고 자신했다. 그러면 호드의 스파이들은 그 정보를 상관들에게 알릴 것이다. 가로쉬가 그 정보를 어떤 식으로 이용할지 두렵기도 했지만, 가로쉬가 전쟁에 친밀감을 가진다는 점이 커다란 문제로 보이지는 않았다. 서른세 명이 이곳에서 죽는다고 해도 침입한 잔달라 군대 역시 그들을 따라 무덤으로 들어가게 될 터였다.

타란 주가 앞발바닥을 맞대고 꼭 밀었다.

"모구가 멸망하는 모습을 내가 직접 지켜보지는 못했지만, 이 마지막 모구 황제의 이야기는 사실이라고 확신해요. 그는 판다렌 시종을 데리고 평온의 봉우리로 올라갔어요. 우리가 지금 있는 곳보다 더 높은 곳이지. 그는 그곳에 서서 팔을 쭉 뻗고 빙글빙글 돌았어요. 그리고 판다리아를 그렇게 돌아보고 기뻐하며 시종에게 이렇게 말했지요. '판다리아에 있는 모든 이들이 미소를 짓게 할 일을 하고 싶구나.' 그러자 시종이 대답했어요. '그러면 뛰어내리시게요?'"

수도사들이 웃었고, 그 행복한 웃음의 메아리가 방을 가득 채웠다. 볼진은 부상당하고 죽어가는 이들의 비명이 난무할 때 이 웃음을 기억하길 바랐다. 이들 중 누가 살아남을지 생각하는 것은 의미가 없었다. 아마 아무도 살아남지 못하리라. 하지만 볼진은 그가 만약 마지막에 죽게 된다면, 그는 웃으며 지금 이 방에서의 순간을 상기하기로 했다.

"이야기에서 그 시종이 어떻게 되었는지는 모르지만, 아무튼 황제는 상처 받고 화가 나 산의 이 부분을 오염시키기로 결심했다고 해요. 이곳을 찾는 모구는 아무도 없었고, 그래서 우리가 모여 모구를 파멸시킬 계획을 수립하고 훈련할 수 있게 되었던 것입니다. 여기에서 지내며 우리는 보이지 않는 존재가 되었지요. 그들이 결코 우리를 찾을 생각을 하지 않았기 때문이지요."

타란 주는 엄숙하게 첸과 볼진에게 고개 숙여 인사를 하고 말을 계속 이어갔다.

"몇 달 전 나 역시 모구와 마찬가지로 우리에게 필요한 것을 찾을 생각을 하지 않고 있었어요. 그때 마스터 스톰스타우트가 먼저 인간을 그리고 그림자 사냥꾼을 데리고 왔지요. 그들이 머물게 허용하기는 했지만, 나는 마스터 스톰스타우트에게 더 이상은 데려오지 말라고 말했습니다. 나는 그렇게 결정내린 것을 후회해요. 바로 이 방에서 그 문제에 대해 마스터 스톰스타우트와 이야기를 했지요. 닻과 바다, 후오진과 투슈이에 대해 이야기하며 나는 그에게 가장 중요한 것이 무엇인지 물었어요. 마스터 스톰스타우트는 두 가지 모두 아니라고 답했지요. 그는 선원이 가장 중요하다고 대답했어요. 나는 이 말을 오랫동안 곰곰이 생각해 봤는데, 바로 지금 이 자리 내 앞에 선원인 여러분이 서 있습니다."

타란 주는 등 뒤에서 앞발로 뒷짐을 졌다.

"여러분 모두는 제각기 다른 이유에서 이 자리에 모였습니다. 그러나 하나가 된다는 교훈을 배웠어요. 지금은 분명 위기이기는 하나, 이 고귀한 대의가 여러분을 하나로 만듭니다."

타란 주가 나무 동전 중 하나를 집어 들었다.

"마스터 스톰스타우트가 함께 나눌 술을 만들었어요. 술 이름은 우리를 기려 '서른세 명'이라고 붙였답니다. 우리는 서른세 명으로서 영원히 기억될 것이오. 많은 이들이 자부심을 느끼며 우리를 생각하고 기억할 것이오. 내가 여러분 중에 하나라는 사실에 무한한 영광을 느낍니다. 그 점을 여러분이 알아주길 바라요."

이렇게 말하고 타란 주는 몸을 깊이 숙인 후 경의를 표하는 의미로 오랫동안 자세를 유지했다. 볼진과 첸 그리고 수도사들도 그에 답례를 했다. 볼진은 목이 뻑뻑해지는 걸 느꼈다. 한편으로는 그가 한때 자신보다 열등하다가 생각한 피조물에 고개 숙여 인사를 한다는 사실이 놀랍기도 했지만, 그들 중 하나로 여겨진다는 생각에 가슴이 벅차올랐다.

그들은 서른세 명이었다. 볼진이 언제나 호드가 그러할 것이라고 상상했던 모습이었다. 그들의 힘은 하나의 꿈으로 연합된 다양성에서 비롯되었다. 그리고 그들의 영혼, 브원삼디가 트롤이라고 정의한 종류의 영혼이 공통의 목적에 따라 융화되었다. 그렇다. 볼진은 아직도 자신을 트롤로 생각했지만, 그의 정체성의 전부가 아니라 중요한 부분일 뿐이었다.

수도사들이 몸을 꼿꼿이 폈다. 모임은 끝이 났고 이제 잔치를 벌일 차례였다. 전투 전날 음식과 술을 제공하는 것은 마땅한 일이었다. 첸은 혹시 모를 재난을 방지하기 위해 술에서 알코올 기운을 가볍게 했다. 수도사들은 음식을 풍성하게 차렸다. 많이 먹어 음식 저장고를 비워둬야 적들이 쳐들어왔을 때 텅 빈 저장고만 발견하게 될 것이 아니냐는 약간 섬뜩한 농담을 하기도 했다.

야리아를 대동한 첸이 볼진에게 거품이 가득한 커다란 맥주잔을 가져다줬다.

"제일 좋은 것을 따로 남겨뒀네."

볼진이 잔을 들어 올리고 마셨다. 베리와 향신료의 냄새가 그의 코를 간질였다. 술은 시원하기보다는 따뜻했지만, 풍성하면서도 독한 사과주 향이 났다. 부드럽고 달콤하면서도 시큼하고 톡 쏘는 희한한 맛이 그의 혀에서 춤을 췄다. 맛의 반도 알아내기가 어려웠지만, 모두 다 섞인 맛이 너무도 잘 어울려 분석 같은 것은 아예 하지 않기로 했다.

볼진이 소매로 입을 닦았다.

"메아리 섬을 되찾고 나서 맞이한 첫 번째 밤이 기억나는군. 따뜻한 저녁이었지. 산들바람이 부드럽게 불고 바다 냄새가 나는……. 내가 있어야 할 곳이 바로 거기였기 때문에 아무것도 두려운 게 없었지. 고맙네, 첸."

"내가 고맙네, 볼진."

"왜?"

"최선을 다하려던 내 의도가 그대로 발현되었다고 말해줬잖아."

"자네는 우리 모두에게 마음을 줬어. 그러니 우리들 중 자네가 가장 대단하지. 여기는 우리가 고향이라고 부를 만한 곳이야. 두려움 없이 말일세."

볼진이 고개를 끄덕이고 다시 술을 마셨다.

"잔달라가 도착할 때까지 그들의 공포를 끌어올리는 거야. 그리고 거기에 더해 공포를 더욱 가득 실어주는 거지."

3 2

볼진은 죽음을 경험할 때 폭력이 촉발하기 전의 이 짧은 순간을 기억하게 될 거라고는 전혀 생각하지 못했다. 이 생각을 하니 가슴이 고동쳤다. 어두운 구름이 몰려와 날이 빨리 저물었음에도 잔달라들은 떨어지는 꽃의 숲으로 다가오고 있었다. 첫 번째로 내린 눈은 변덕스러운 바람을 타고 재처럼 천천히 흩날렸다. 적은 분홍색 꽃이 가득한 나무 뒤로 숨었지만, 전혀 도움이 되지 않았다.

오른편으로 구 미터 정도 떨어진 곳에서 티라선이 활을 당겼다. 그러자 활은 끼익 소리를 냈고, 이내 화살이 날아갔다. 시간은 천천히 흘렀고, 볼진은 활에서 튕겨져 나가는 찰나의 화살을 볼 수 있었다. 붉은 대에 푸른 깃털과 줄무늬가 섞여 있었고, 화살촉에는 고리 갑옷을 뚫을 수 있도록 디자인된 미늘이 달려 있었다. 화살은 장막처럼 늘어선 분홍색 꽃 속으로 사라졌다. 작은 꽃잎 두 개 만이 흔적을 남기며 눈과 함께 흩날렸다.

앞쪽 멀리서, 해가 진 뒤의 으스름 속에서 무엇인가가 젖은 기침을 했다. 그리고 몸 하나가 쿵 하고 땅에 쓰러졌다. 뒤이어 악을 쓰는 전쟁이 오래되고 불쾌한 욕설을 내질렀고, 잔달라들은 파상 공격을 하며 전진해왔다.

수풀을 뚫고 전진하며 쓰러지는 트롤이 있었고, 숨겨진 구멍 속에 발이 빠지기도 했다. 함정 속에 위가 뾰족한 창이 꽂혀 있어서 잔달라에게 상처를 입혔을 테고, 아래쪽이 뾰족한 창에 걸려 넘어지지 않는다고 해도 이들이 뛰어가는 속도와 힘에 다리가 꺾이고 무릎이 비틀어졌을 것이다. 그렇게 함정에 빠지는 병사가 있었지만, 잔달라 부대는 멈추지 않고 그들을 넘어 앞으로 쇄도했다.

상황의 심각성 때문에 타란 주는 수도사들에게 각자의 무술을 최대한 사용하라고 촉구했다. 그는 최고의 궁수 여섯 명을 선발했고, 볼진과 함께 화살 한 대로 적을 여럿 죽일 수 있는 방법을 고안했다. 침입자들이 숲의 나무 사이로 서서히 이동할 때 볼진의 신중한 고갯짓 신호에 맞춰 수도사들은 화살을 날렸다.

숲을 이용한 방어책으로 함정을 파놓는 것 이외에도 그들은 나뭇가지를 다듬어 날카롭게 만들어두었다. 낫 모양 칼날을 묶어둔 가지도 있었다. 또 어떤 가지에는 미늘이 달린 사슬 망을 길게 걸어두기도 했다. 이 모든 것을 지붕처럼 우거진 분홍색 안에 교묘하게 숨긴 다음 뒤로 젖혀서 의식 때 사용하는 매듭으로 묶었다.

수도사들은 V자 형태의 화살촉이 달린 화살을 썼다. 안쪽을 날카롭게 간 화살이었다. 이 날에 매듭이 끊기자 나뭇가지들이 튀면서 원래 자리로 돌아갔다.

한 잔달라 병사가 사슬 망에 걸려들었다. 그가 몸을 버둥거려 빠져나가려 애쓰자 사슬 망이 들리면서 낫 모양의 칼날이 트롤의 목을 스치거나 깊숙한 곳을 찔렀다. 칼날 하나가 트롤의 얼굴 가운데를 베어 눈이 멀고 귀도 잘렸다. 그는 나무 아래에 앉아 피가 흥건한 손가락으로 다시 몸을 추스르려 했다.

북쪽의 봉인된 방 앞에서는 작은 공성용 기관차가 수백 개의 작은 도기 항아리를 하늘로 쏴 올렸다. 이 도기들은 흩어져 수도원의 심장부로 이어지는 밧줄과 나무판자로 만든 좁은 다리 주변에 떨어졌다. 항아리 안에 독소가 들어 있어서 깨지면서 돌멩이에 스며들어 냄새를 풍기는가 하면, 기름이 들어 있어서 역시 깨지면서 적의 발이 미끄러지게 만들었다. 수많은 도기들이 깨지며 내용물이 서로 섞여 하얀색, 자주색 그리고 초록색의 매캐한 증기를 만들어냈다.

볼진은 이런 냄새가 트롤의 진군을 더디게 할 수 있기를 바랐지만, 유감스럽게도 바람이 거세져 증기는 옅어지고 말았다. 그리고 증기를 대신해 눈보라가 쳤지만, 볼진의 시야에 여전히 숲속으로 쏟아져 들어오는 잔달라 군의 모습이 너무도 선연하게 들어왔다. 다리가 섬으로 직접 연결되어 있었고, 볼진은 섬 중앙에 있는 트인 정자에서 잔달라 군을 기다렸다. 하지만 다리 아래 펼쳐진 도랑으로도 잔달라의 진군을 저지할 수 없었다.

"티라선, 후퇴하게. 내가 그들을 저지하지 않으면 결코 저들은 멈추지 않을 거야."

트롤이 칼집을 흔들어 검을 뽑아들었다.

"후퇴하게, 모두. 계획한대로. 그리고 고맙네."

수도사들과 인간은 또 다른 다리를 건너서 섬에서 철수했고, 공성용 기관차가 대기하고 있는 곳으로 갔다. 그들은 고리 모양으로 돌아가 남쪽의 스노우드리프트 도장으로 가서 쿠오 형제와 그의 지휘관을 만났다.

볼진의 맞은편 도랑 가장자리에 잔달라들이 도착했다. 그들은 공격하기 전에 잠시 휴식을 원했던 것인지, 아니면 검은창 부족의 그림자 사냥꾼 볼진이 홀로 섬에서 그들을 기다리고 있어서 놀라서인지 머뭇거렸다. 볼진은 그들이 머뭇거리는 이유가 후자라고 스스로에게 말했다. 그렇지 않고는 잔달라가 멈출 리 없었다.

볼진은 양손으로 검을 잡아 올리고 높아지는 바람을 가르며 소리쳤다.

"나는 검은창 부족의 볼진, 센진의 아들이다. 그림자 사냥꾼이다! 너희들 중 그림자 사냥꾼의 피와 용기와 기술에 대적할 자가 있다면 결투를 하자! 명예를 알고 스스로 용감하다고 믿는 자라면 도전을 받아들일 것이다!"

트롤들은 깜짝 놀라고 어리둥절해하며 서로를 쳐다봤다. 누군가가 줄을 밀치고 나와 도랑 안으로 눈을 흩뿌리며 뛰어든 다음 볼진을 올려다봤다. 그러나 도랑벽에 매달려 허우적거리기만 했다. 동료들은 그를 보고 웃었다. 잔달라에게는 다소 이상한 행동으로 보였지만, 볼진은 그것이 무슨 징조인지 생각할 겨를이 없었다.

'바보들이라 나를 믿지 않는군.' 볼진은 도랑에 빠져 있는 트롤을 쳐다봤다. 눈으로 덮여 있었기 때문에 볼진은 마법의 주문을 걸어 서리가 그를 에워싸게 만들었다. 트롤은 덜덜 떨었고, 도랑에서 빠져나오기 위해 벽을 느릿느릿 손톱으로 긁다가 결국 쓰러졌다.

어깨에 창을 짊어진 모구가 다리 끝에서 나타났다.

"나는 덩촌의 아들 덩타이다. 내 집안은 검은창 부족이 존재하기 전부터 불멸의 황제를 모셨다. 내 혈통은 우수하고 당신을 두려워하지 않는다. 내가 보유한 무술과 기술로 당신에게 수천 군데 상처를 내고 피 흘리게 할 것이다."

볼진이 모구 용사가 앞으로 나오도록 뒤로 물러나며 고개를 끄덕였다. 덩타이가 다리를 건너오자 밧줄이 팽팽하게 당겨졌고, 바닥의 나무도 삐거덕거렸다. 볼진은 화살이 날아와 밧줄이 끊어지기를 바라기도 했지만, 그렇게 해서 모구 용사가 도랑에 빠지면 그의 화를 돋울 뿐 아니라 볼진에게도 창피한 일이었다.

만약에 그가 도랑에 빠져 치명적인 부상을 입는다면 볼진은 망신스러운 상황에서 벗어날 수 있을 것이다. 모구는 손잡이 부분은 상당히 짧고 칼날이 길며 칼날 끝이 구부러져 사방이 날카롭게 선 것처럼 보이는 창을 가지고 있었는데, 자신의 창에 대해 잘 모르는 것 같았다. 한 번 가볍게 휘두르기만 해도 황소의 목을 쉽게 자를 수 있는 창이었다.

'하지만 나는 황소가 아니거든.'

볼진보다 키가 삼십 센티미터는 더 크고, 체구도 반 배 이상 더 건장하며, 단단히 무장을 한 모구 용사는 작은 섬에 상륙하자마자 놀라운 속도로 곧장 볼진을 향해 다가왔다. 갑옷이 분명 무거웠을 텐데도 그는 전혀 지장을 받지 않는 듯했다.

덩타이가 창을 밀었고, 볼진은 왼쪽으로 몸을 비틀었다. 창의 날이 섬에 있는 정자의 석주에 부딪쳐 불꽃이 튀었다. 볼진은 검을 아래로 그리고 이리저리 휘둘렀다. 한쪽 칼날의 끝이 모구의 오른쪽 손목을 찍어 팔 보호구와 갑옷용 장갑을 연결하고 있는 갑옷 부분을 뚫고 들어갔다. 검은 피가 뿜어져 나왔다.

모구가 다시 창을 밀어 넣었기 때문에 볼진은 처음 뿜어져 나온 피를 보고 기뻐할 겨를이 없었다. 강철로 만든 볼을 씌운 뭉툭한 창의 끝이 볼진의 갈비뼈를 강타했다. 그 충격에 그는 뒤로 물러섰다. 볼진은 뒤로 튀어 올랐다가 웅크린 자세로 착지를 했고, 모구가 회전을 하며 휘두르는 창을 막아냈다.

그리고 그들 사이에 뱀처럼 꼬인 장막 같은 눈이 바람에 휘날릴 때 볼진은 몸을 피했다.

볼진은 몸을 납작하게 낮추고 칼을 휘둘렀다. 모구는 볼진보다 약간 위에서 칼날을 휘둘러 공기를 갈랐다. 칼날에 무엇인가가 부딪쳤다. 아마도 발뒤꿈치 같았지만, 확실하게 맞지는 않고 갑옷을 스쳤을 뿐이다.

볼진은 오른팔을 아래로 접은 다음 오른쪽으로 굴렀다. 그는 다시 한 번

창의 날이 날아올까 경계하며 몸을 낮췄다. 곧 볼진이 바랐듯 눈 속에서 모구가 어렴풋이 나타나더니 볼진이 금방 있던 자리를 내리 찔렀다. 창의 머리가 바위를 갈라 꽂히며 십이 센티미터 깊이까지 박혔다.

기회를 포착한 볼진은 일어서서 돌았다. 그는 칼을 왼편 낮은 곳에서 오른편 위로 휘둘렀다. 구부러진 칼날이 모구의 왼쪽 겨드랑이를 파고들었고, 갑옷에 달린 고리가 갈라지면서 땡그랑 소리가 났다. 피가 뿜어져 나왔지만, 갑옷의 고리나 방울 장식이 대량으로 쏟아지지 않는 것으로 보아 치명적인 부상을 입은 것 같지는 않았다.

볼진이 칼을 휘두르자 모구는 몸을 반쯤 회전해 수풀과 도랑 가장자리에서 대기하고 있는 트롤들을 등지고 섰다. 한 잔달라 장교가 격렬한 몸짓을 하며 나타났다. 천지가 온통 하얀 가운데 볼진이 그 장교를 본 시간은 아주 잠깐이었다. 바람 때문에 명령을 내리기가 힘들었지만 군사들에게 공격 명령을 내리려는 게 틀림없었다.

도랑으로 잔달라 군사들이 뛰어들었다.

볼진은 소리쳐 경고하려고 했지만 모구가 한 바퀴 돌았다. 그의 창끝은 아직 땅 속에 박혀 있는 상태였다. 대신 그는 손잡이 부분을 비틀어 창을 두 동강을 낸 다음 그 봉을 이리저리 휘둘렀다. 봉에 배를 맞은 볼진은 뒤로 밀려 정자의 기둥에 부딪쳤다. 머리를 부딪칠 때는 눈앞에 별이 보였다. 그림자 사냥꾼은 충격을 받고 무릎으로 쓰러지고 말았다.

덩타이가 볼진의 머리 위로 우뚝 일어섰다. 부러진 창을 거꾸로 잡아 강철 캡 쪽으로 머리를 가격해 볼진의 머리를 깨부술 자세를 취하고 있었다. 모구가 미소를 지었다.

"그들이 왜 너를 두려워하는지 이해가 되지 않는군."

볼진이 싱긋 웃었다.

"그들은 그림자 사냥꾼이 언제나 치명적이라는 걸 알기 때문이지."

덩타이는 여전히 이해가 안 된다는 듯 볼진을 노려봤다. 판다리아가 안개에 휩싸여 대륙에서 그 자취를 감추었듯 섬 주변에 눈이 휘몰아쳤다. 하지만 그런 상황에서도 시커먼 화살이 폭풍을 뚫고 날아왔다. 티라선이 모구를 죽이려고 화살을 날렸다면, 그는 실패했다. 화살은 베일처럼 덩타이의 눈앞을 스쳐 지나갔다. 그 바람에 모구는 잠시 머뭇거렸다.

'내가 원한 게 바로 이거야.'

모구가 창을 잡은 손을 내렸다.

이 틈을 타서 볼진은 오른쪽으로 몸을 돌렸고, 강철 캡은 볼진의 머리가 아닌 왼쪽 어깨를 강타했다. 뼈가 으스러지는 소리가 들렸다. 느낌보다 소리가 먼저 들렸다. 왼쪽 팔에 감각이 없어졌다. 다른 때 같았으면 이를 걱정했겠지만, 지금은 고통도 몰랐고, 미래에 대한 걱정도 되지 않았다.

그가 유일하게 연결되었다고 느낀 것은 수도원과 볼진을 훈련시킨 수도사들이었다. 그 이외의 것은 전혀 중요하지 않았다. 중요할 수가 없었다. '잔달라는 이곳에 있을 자격이 없어. 그리고 그들은 나를 파멸시킬 수 있다고 생각하는 바보들이다.'

볼진은 무릎을 딛고 회전해 모구에게 다가가 칼로 모구의 왼쪽 무릎 안쪽을 벴다. 그러자 시커먼 피가 뿜어져 나왔다. 더욱 중요한 것은 그러면서 덩타이의 무릎이 휘었다는 사실이다.

덩타이는 왼쪽으로 비틀거리더니 넘어졌다. 그는 육중한 소리를 내며 부상당한 무릎으로 땅에 쓰러졌다. 덩타이는 고통에 끄윽 거리며 신음 소리를 냈다. 그는 왼손으로 균형을 잡기 위해 안간힘을 쓰며 오른쪽 다리를 곧게 펴려했다. 그리고 창의 손잡이를 휘둘러 이 상황을 십분 활용하려는 볼진을 잡으려 했다.

하지만 그런 술수는 어릴 때 작은 랩터들을 모는 일을 맡아본 볼진에게 통하지 않았다. 강철 캡이 바람소리를 내며 그의 뺨 부분을 지나칠 때 볼진은 뒤로 몸을 뺐다가 쏜살같이 달려 들어왔다. 그리고는 매서운 발차기를 날려 측면에서 모구의 오른쪽 무릎을 구겨버렸고, 발로 짓밟아 발목도 박살을 냈다.

덩타이의 역공으로 창의 손잡이가 볼진의 둔부를 강타했다. 트롤은 공격을 예상하고 몸을 긴장시켰다. 모구의 오른쪽 손이 획 지나갔지만, 볼진은 검을 한 번 휘둘러 손목 부분을 잘랐다. 부러진 창이 눈보라 속에서 핑그르르 돌며 날아갔다.

모구는 잘려진 손목에서 뜨거운 피가 뿜어져 나오는 것을 노려봤다. 그때 볼진이 그의 이마 앞에서 칼을 휘둘러 모구의 목을 깨끗하게 베었다.

로아가 잠시 폭풍우를 멈췄다. 로아만이 할 수 있는 능력이었다. 바람이 잦아들었고, 공기도 맑아졌다. 조용하고 맑은 가운데 모구의 머리가 천천히 앞으로 미끄러지더니 기울어져 가슴 부위 갑옷에서 튕겨 나갔고, 데굴데굴 굴러가다 눈 더미 속에서 멈췄다. 시력이 없는 눈은 마치 퇴짜 맞은 연인이 부정한 배우자를 노려보듯 강렬하게 목 없는 몸을 쳐다보고 있었다.

그리고 바로 전투는 거의 끝이 났다. 트롤과 수도사들은 모두 섬만 바라보고 있었다. 모구가 그림자 사냥꾼 앞에 무릎을 꿇고 있었다. 모구의 머리는 고개를 끄덕이는 것처럼 보였다. 그러더니 정중하게 절을 하듯 몸이 앞으로 쿵하고 쓰러졌다.

곧 트롤 대위가 칼로 볼진을 가리켰다.

"놈은 이제 혼자고, 부상당했다. 죽여. 모두 다 죽여라!"

고요한 가운데 평화가 깨졌고, 잔달라 부대가 쇄도했다.

3 3

　다리를 건너고 섬 주변으로 모여드는 트롤들과 교전을 하던 볼진은 이전에 무의식적으로 발견했던 것이 무엇인지 깨달았다. 그는 잔달라와 대면하고 있는 게 아니었다. 그들 모두가 잔달라는 아니었다. 키가 큰 병사들은 잔달라가 맞았다. 그들의 키, 가까이서 보니 붉은 칠을 한 화살이 눈과 목에 박혀 있는 모습을 통해 그들이 잔달라라는 사실을 알 수 있었다. 하지만 나머지는 잔달라 갑옷을 입고 있기는 했지만 구루바시나 아마니가 틀림없었다.

　볼진은 정예를 보내기 전에 그보다 못한 병력을 먼저 배치한 전술을 이해했다. 이런 아이디어를 내놓은 것에 대해 칼아크는 스스로가 대단하다고 생각했을 것이다. 하지만 볼진은 이건 효과적인 작전이 아니라고 칼아크를 설득하고 싶은 마음이 들었다. 수도원을 향해 몰려오고 있는 무리들 중 가운데 칼아크를 보지 못했기 때문에 볼진은 그녀의 군대를 쳐부수는 것에 만족했다.

　그저 쳐부순다고 해야지, 진정한 의미의 싸움은 아니었다. 단순한 숫자와 무게로 칼아크의 병력은 볼진을 압도했다. 병사들 말고도 사제와 주술사가 수풀에서 모습을 드러냈다. 그들의 손에서 검은 에너지가 이글거렸다. 그들은 주문을 외우며 봉인된 방을 방어하는 수도사들을 향해 마법의 전광을 뿜어댔다. 수도사들 중 몇 명은 쓰러졌지만 소수의 음영파 스톰 콜러들이 이에 대응했다. 이들의 주문이 트롤들 사이에서 폭발하며 몇 명은 불이 붙었고, 최소한 한 명의 가슴이 터졌다.

볼진의 왼팔은 이미 회복되고 있었기 때문에 그는 트롤들 사이로 뛰어들었다. 볼진은 스스로를 복수심에 불타는 날카로운 바람, 소용돌이치며 전장에 눈보라를 일으켜 시야를 가리는 바람이라고 생각했다. 차가운 바람이 옷을 뚫고 들어가 몸을 차갑게 얼리듯이 볼진의 검은 깊이 적군의 몸을 베었다. 칼날은 대퇴부 동맥을 절단하며 사타구니를 파고 들어갔다. 그리고 목을 부드럽게 만졌고, 뜨거운 피가 하얀 눈을 검게 물들였다. 칼끝이 무릎 뒤쪽을 강타했고, 발뒤꿈치 힘줄을 잘랐고, 눈을 뽑아냈다.

볼진은 적들의 목은 건드리지 않았다. 두려움과 고통의 소리를 내게 만들기 위해서였다.

용감하게 볼진에게 저항하는 병사들도 있지만, 주춤거리고 망설이는 이들도 있었다. 그들은 볼진의 틈과 약점을 찾았고, 볼진은 틈을 보였다. 볼진은 오래전에 스스로를 죽었다고 간주했기 때문에 조금 베이거나 찔려서 난 상처 같은 것은 전혀 개의치 않았다. 그를 죽일 만큼 제대로 된 공격이 아니라면 하나마나였다.

내면 깊은 곳에서 볼진은 항상 이길 수는 없다는 점을 알고 있었다. 하지만 입술을 물고 으르렁거리고, 눈을 번득이고, 공격의 의지를 불태우며 이길 수 있다고 암시했다. 그런 그를 볼진은 너덜너덜한 갑옷을 입고 피를 뒤집어쓰고 있었지만, 적들은 계속해서 다가오는 트롤로 봤다. 그들이 볼진을 죽이거나 저지할 수 있을지 확신할 수 없다는 공포에 내장이 오그라드는 것 같았다.

그리고 볼진은 그들을 도륙했다.

엉망이 된 자신의 내장을 미친 듯이 망가진 뱃속으로 채워 넣으려는 트롤에게서 돌아섰을 때, 볼진은 자신이 완전히 포위되었다는 사실을 알았다. 전투는 반전되었다. 그래서 볼진은 침입자들이 그랬던 것처럼 이에 맞섰다. 불가사의한 주문을 주고받자 볼진의 오른쪽 전장이 환하게 밝아졌다. 눈보라 속을 뚫고 왼쪽에서 화살이 날아왔다. 반쯤 보일 듯 말 듯 한 트롤들이 도랑의 먼 가장자리를 타고 올라와 봉인된 방을 방어하는 수도사들과 교전했다. 그 방향에 피난처가 있었지만, 볼진은 그곳까지 갈 수 없을 거라는 걸 알았다.

그때 갑자기 화염과 함께 빛으로 주변이 밝아지더니 갑자기 첸이 섬에 나타났다. 잔달라 병사 중 하나가 첸에 맞서려하자, 첸은 다시 불을 뿜었다. 트롤의 얼굴은 왁스처럼 녹아내렸다. 머리카락은 불붙은 횃불이 되었고, 몸은 달콤한 냄새를 풍기며 지글지글 탔다.

첸의 뒤로 야리아, 쿠오 형제 그리고 음영파 수도사 세 명이 다리를 통해 섬으로 달려왔다. 첸이 태워서 벌려놓은 틈이 말뚝과 칼로 더욱 커졌다. 야리아의 지팡이는 아주 빨리 움직여서 눈이 오지 않았다고 해도 보이지 않았을 정도였다. 야리아가 적을 치자 갑옷이 움푹 들어갔고, 그 아래 뼈는 부서졌다. 적을 때릴 때마다 덜거덕거리는 소리와 욕이 나왔고, 올려치기를 날릴 때마다 턱이 부서졌다.

첸이 앞발을 쭉 뻗었다.

"서둘러!"

깜짝 놀란 볼진은 순간 주저했다. 잔달라 군대가 다시 그를 둘러싸려 했지만, 그 전에 수도사들이 그의 앞으로 쇄도했다. 그들은 경계선을 만들며 볼진을 감쌌다. 앞발과 발이 희미해졌고, 칼이 쟁그랑거렸다. 찌르기와 베기를 막아내며 수도사들은 방어에 탁월함을 증명했다. 압도적인 속도로 수도사들은 잔달라를 뚫었지만, 계속 그 이점을 활용하지 않았다. 그들은 볼진을 구하는 임무가 적들을 가능한 많이 죽이는 것이라고 생각하지 않는 것 같았다.

볼진은 첸의 앞발을 잡은 채 다리를 향해 전력으로 뛰었다. 그는 전투를 그만둘 생각이 없었지만, 그 섬은 결코 싸우기에 적절한 곳이 아니었다. 볼진이 그곳에 남았다면 나머지 모두 그곳에 남았을 것이고, 죽었을 것이다. 사실 수도사들은 질서 정연하게 철수해서 모두가 봉인된 방 앞에 있는 층계참에 도착했다.

다리 방어를 강화할까 생각을 할 때, 스노우드리프트 도장의 경고 종소리가 커다랗게 울려 퍼졌다. 종은 급박하게 여섯 번 정도 울린 다음 뚝 끊어졌다. 볼진이 대충 살펴보니 트롤들이 쏟아져 나오고 있었다. 낡은 옷을 입고 있었지만 잔달라가 분명했다.

그리고 그들과 함께 모구와 칼아크가 서 있었다.

타란 주가 봉인된 방의 정문에 나타났다.

"지금 당장 후퇴하라!"

타란 주의 명령에는 공포감이 없었고, 거절은 허용하지 않는다는 의지도 함께 있었다. 수도사들은 즉시 퇴각했고, 볼진과 첸이 마지막으로 철수했다.

승리를 확신한 잔달라들은 기분이 좋은지 이들이 가게 놔두었다.

볼진은 스노우드리프트 도장 쪽을 바라보며 출입구에서 멈췄다. 눈 때문에 시야가 가려졌고, 볼진이 마지막으로 본 것은 잔달라가 죽은 수도사들의 시신을 도랑에 던지는 모습이었다. 그는 티라선의 흔적을 찾아봤지만, 흐르는 피가 앞을 가려 보이지 않았다.

두 명의 수도사들이 볼진이 들어온 후 화려하게 장식된 청동문을 닫고 무거운 빗장을 내렸다. 볼진이 무릎을 땅에 떨어뜨리고 숨을 골랐다. 그리고 얼굴에서 피를 닦아낸 뒤 다시 위를 쳐다봤다.

서른세 명이 열네 명으로 줄어들었다. 타란 주만 제외하고는 모두 전투를 치뤘다. 옷에는 핏자국이 묻어 있었고, 마법 때문에 탄 수도사도 있었다. 생존자 중 최소 두 명은 뼈가 부러졌다. 볼진은 다른 이들 역시 다쳤지만 부상을 숨기고 있는 건 아닌가 생각했다. 야리아는 부러진 갈비뼈를 돌보는 것이 분명했다. 첸의 오른쪽 앞발에서도 그의 것일 수밖에 없는 피가 줄줄 흘렀다.

트롤은 음영파의 수장을 쳐다봤다.

"어떻게 그들이 스노우드리프트 도장 안으로 들어온 겁니까?"

"아마 터널을 통해 들어온 것 같아요."

타란 주가 약간 심란한 상태로 앞발의 발톱을 살펴보며 말했다.

"다른 트롤들은 여기 이 아래를 통해 올라오려 했지만 실패했지요."

그는 호랑이 석상 뒤에 반쯤 열려 있는 벽감을 쳐다봤고, 볼진은 그 뒤에 어떤 아수라장이 벌어졌는지 궁금했다.

그림자 사냥꾼은 몸을 곧게 펴고 왼쪽 어깨를 이리저리 움직이다가 움찔했다.

"칼아크가 그녀의 정예 부대 중 일부를 측면 부대로 보냈어요. 다른 병사들을 공격의 예봉으로 삼으려 하고 있습니다. 우리는 잘해냈어요. 트롤을 많이 죽였어요."

"하지만 충분하지 않아요."

타란 주가 고개를 끄덕였다. 바람이 포효를 했고, 타란 주는 미소를 지었다.

"겨울이 그들을 죽여주길 바라야겠소."

볼진은 고개를 가로저었다.

"그들이 그렇게 오랫동안 있을 것 같지는 않습니다."

봉인된 방은 ⊥자 형태로 지어졌다. 정문은 원형으로 움푹 들어가는 방식으로 열렸고, 세 개의 별관이 정문에서 뻗어나갔으며, 바로 볼진 반대편에 수직으로 나 있었다. 그의 왼쪽에 있는 길이가 더 긴 별관에는 문이 한 쌍 더 있었다. 누군가 들어오려고 무거운 주먹으로 그 문을 쿵쿵 때렸다.

첸이 웃었다.

"저건 열어주면 안될 것 같은데."

"동감일세."

볼진은 문을 차례대로 쳐다봤다.

"칼아크가 우리의 주목을 끌려고 저기 구석 쪽 공격에 집중할 것 같아. 그리고 이 문을 재빨리, 세게 치며 들어올 거야. 첸, 칼아크의 따뜻한 환대에 자네가 응대해주겠나?"

판다렌이 고개를 끄덕였다.

"얼마든지."

"쿠오 형제, 자네는 저기 멀리 있는 문을 맡아주게."

볼진은 티라선이 화살통과 말을 탈 때 쓰는 간편한 활을 숨겨둔 곳으로 갔다. 그는 활을 당겨보며 시험해보았다.

"나는 이 가운데에서 할 일을 찾아보도록 하겠네."

타란 주가 고개를 끄덕이고 계단을 올라가 첸이 방어할 문 반대편 건물 중앙에 자리 잡았다. 그는 다른 열세 명과는 달리 홀로 고요하고 태연하게 자세를 잡고 있었다. 볼진이라면 그와는 반대로 행동했겠지만, 확실히 평화롭고 걱정이라곤 전혀 없어 보이는 타란 주의 모습에 트롤의 마음도 왠지 기분 좋게 들떴다. '타란 주 원장은 대연하게 있는데 왜 나라고 걱정을

해야 하지?'

잔달라는 서관 문으로 공격해오기 시작했다. 대장장이가 말굽을 강타하듯 마법 주문으로 끈질기게 문을 두드렸다. 나무로 만들어진 가로대를 지지하는 금속 빗장이 짙은 빨강색으로 달아올랐고, 나무에서 연기가 났다. 수도사들은 자신의 무기에 손가락을 걸었다. 그리고 첸과 야리아는 포옹을 했다.

곧 커다란 폭발이 일어났다. 녹아내린 금속이 방안으로 쏟아져 내렸다. 문 한 짝은 처졌고, 다른 한 짝은 바깥쪽으로 비틀어졌다. 참나무 가로대는 연기를 내며 탔고, 벌건 잉걸불은 침입자를 위해 깔아놓은 붉은 카펫처럼 보였다.

볼진은 가능한 빨리 화살을 쐈다. 티라선의 말이 옳았다. 짧은 활은 근접전에서 갑옷을 뚫기에 충분했다. 잔달라가 빽빽하게 모여 들어왔기 때문에 볼진은 목표물을 놓칠 수 없었다. 그러나 그들이 워낙 빨리 움직였기 때문에 거의 죽이는 것과 마찬가지 정도로 상처를 입히기가 어려웠고, 서로 가까이 모여 있었기 때문에 상처를 입어서든 죽어서든 쓰러지기까지 시간이 많이 걸렸다.

수도사들은 용감하게 싸웠다. 따뜻한 등불이 비추는 가운데, 칼날이 금색 그리고 은색으로 번쩍거리며 트롤의 피를 한껏 들이마셨다. 압도적인 숫자로 쌓이는 잔달라의 시신 때문에 수도사들의 움직임이 제한될 수밖에 없었다. 좀 더 트인 공간에서 싸웠다면 잔달라를 향해 좀 더 커다랗게 무기를 휘두를 수 있었을 것이다. 트롤들은 구루바시와 아마니라서가 아니라 떼로 음영파를 공격하려다 죽음을 당했다.

굶주린 창과 칼이 먹잇감을 찾았고, 수도사들은 하나둘씩 쓰러졌다. 쿠오 형제도 마지막까지 싸웠다. 돌아선 그의 얼굴은 반으로 갈라져 있었다.

다른 수도사들은 트롤 시체 더미 속으로 사라졌다. 죽어가면서 아마도 그들은 가능한 많은 트롤을 데려가는 것에 만족했으리라.

또 다시 폭발이 일면서 정문이 열렸다. 첸이 불을 내뿜자 잔달라가 화염에 휩싸였다. 정예 부대가 더 쏟아져 들어왔고, 야리아와 첸이 그에 대항해 싸웠다. 바깥에서 공격을 지휘하던 대위가 쏜살같이 앞으로 뛰어들었고, 그 뒤로 칼아크가 다른 모구와 함께 서 있었다. 그녀는 마치 전투가 다 끝난 뒤 시체를 세는 양 그곳을 살펴봤다.

볼진은 활을 던져버리고 수포가 터지며 죽게 만드는 흑마법을 구사해 트롤 하나를 쓰러뜨린 다음 검을 잡았다. 그는 야리아를 베려고 몸을 돌리던 잔달라 장교 앞으로 끼어들었고, 고갯짓과 손짓으로 잔달라에게 앞으로 오라고 불렀다.

"너는 이제 나를 두려워하지 않는가?"

잔달라 장교는 으르렁거리더니 볼진에게 달려들었다. 앞서 맞붙은 모구는 힘에 의존한 반면, 이 트롤은 속도와 기술로 싸웠다. 잔달라의 칼날이 아래로 머리를 숙인 볼진 옆을 쌩하고 지나갔다. 그림자 사냥꾼이 잔달라의 몸통 중간을 베었지만, 그는 뒤로 펄쩍 뛰어 물러났다. 볼진이 그를 압박하기 전에 잔달라는 한 바퀴 원을 그려 몸을 돌린다면 다시 들어와 그림자 사냥꾼의 몸을 사선으로 베려 했다.

볼진은 칼날을 막았고, 위쪽 혹은 바깥쪽으로 넓게 돌렸다. 잔달라의 칼날과 볼진의 검이 맞부딪쳐 울렸고, 서로의 검을 막아내며 나는 금속의 부딪히는 소리가 요란하게 울렸다. 볼진의 칼날은 그 자체로 살아있기라도 한 듯 공격할 때는 독사처럼 속도감 있었고, 사라질 때는 유령처럼 홀연했다. 속이는 동작을 취했다가 피하고, 다시 펄쩍 뛰었다가 공격하며 볼진과 잔달라는 서로의 주변을 돌며 물 흐르듯 유연하지만 치명적인 동작을 계속했다. 불꽃이 튀기며 이들의 싸움에 속도가 붙었다.

볼진이 칼을 찔러 넣었는데 잔달라가 간신히 간발의 차이로 피하며 뒤로 펄쩍 뛰었다. 볼진이 힐끗 쳐다봤다. 얼굴에 서린 기쁨은 그 상황이 믿기지 않는다는 불신감을 쫓아냈다. 잔달라의 배는 찢어져 속의 내장을 쏟을 뻔했지만, 아무튼 운 좋게도 그는 볼진의 찌르기를 피했다.

볼진은 자신의 왼쪽 손으로는 밀고 오른쪽 손으로는 거꾸로 긁는 동작으로 칼날의 방향을 돌려 잔달라의 등을 베었다. 그리고 손을 위쪽으로 비틀었다. 칼날은 콩팥 부분으로 파고 들어가 잔달라의 다리로 연결되는 동맥과 콩팥에 피를 공급하는 동맥을 잘랐다. 볼진이 칼날을 당겨 빼자 선홍색 피가 뿜어져 나왔고, 적은 바닥에 피를 뿌리며 팔다리가 꼬인 채 쓰러졌다.

"볼진, 조심해요!"

누군가가 트롤을 옆으로 밀었다. 볼진은 죽은 적의 다리에 걸려 넘어지며 바닥에 세게 부딪쳐 굴렀다. 볼진이 일어났을 때 그를 뒤에서 공격하려던 모구의 창은 전투에 지친 티라선 코트의 배를 찌른 상태였다. 그는 창의 힘에 의해 벽까지 밀려가 꽂혔다. 티라선은 배에 꽂혀 기괴하게 매달려 있는 창을 내려다봤다.

모구는 앞으로 달려 나와 손을 들고 볼진에게 달려들었다. 그는 자신의 창은 쳐다보지도 않았다. 눈에 서린 분노와 손가락에 움찔거리는 경련은 볼진을 갈기갈기 찢어버리고 싶다는 의도를 드러냈다.

그때 타란 주가 발차기를 날리지 않았다면 정말 그런 일이 벌어졌을지도 몰랐다. 음영파의 수장은 모구의 왼쪽 옆구리를 강타해 갑옷이 움푹 들어가게 만들었다. 그는 계속해서 적절한 강도로 공격했고, 모구는 오른쪽으로 비틀거리며 야리아와 첸을 둘러싸고 있던 잔달라들에게 넘어졌다.

잔달라 병사 중 하나와 심하게 부딪쳤지만, 모구는 금세 다시 일어났다. 그러는 와중에 트롤의 머리를 하나 박살냈다는 사실을 그는 눈치채지 못한 것 같았다.

검을 다시 들어 올리며 일어선 볼진은 모구가 몸을 던져 타란 주에게 달려드는 모습을 봤다. 꽝 하는 커다란 소리가 방금 전에 타란 주가 서 있던 바닥을 강타했다. 그들은 돌을 쪼개고 땅을 흔들었다. 주먹이 날아가고 발을 차고 창을 휘두르고 찰칵거리는 소리가 들렸다. 덩치가 큰 모구는 확실히 무장을 하지 않고 하는 전투에 능한 것 같았지만, 연로한 판다렌 수도사를 전혀 건드리지 못했다.

타란 주가 아래로 몸을 숙이고 춤을 추듯 뒤로 빠졌다가 구르고 돌기를 했다. 그는 다리를 길게 펼치며 도약을 한 다음 동작을 풀면서 내려왔다. 모구가 동작을 바꿨다. 볼진도 훈련을 받을 때 배운 몇 가지 기술을 알아봤다. 그러나 판다렌은 그 동작에 대응하지 않고 그저 유령처럼 피하기만 했다. 모구가 그를 압박하면 할수록 타란 주는 유유히 빠져나갔고, 결국 모구는 멈춰서 마음을 가다듬었다.

그때 타란 주가 공격했다. 거의 장난을 치는 것처럼 그는 앞으로 튀어 올라 위로 발차기를 날린 다음 오른쪽으로 다리를 돌렸다. 이 발차기는 모구의 왼쪽 허벅지 가운데를 강타했고, 다리를 부러뜨렸다. 착지하기 전에 타란 주는 다시 한 번 왼쪽 발을 날렸다. 모구의 맞은 편 허벅지가 육중한 소리를 내면서 부러졌다.

모구는 앞으로 넘어졌고, 타란 주는 계속 주먹을 날렸다. 창 같이 날카로운 그의 앞발이 날카로운 굉음을 내며 모구의 가슴 갑옷을 뚫고 들어갔다. 타란 주의 팔이 모구의 가슴 속으로 들어갔고, 팔꿈치까지 보이지 않았다. 뻣뻣한 손가락이 갑옷 뒤편을 안에서 바깥쪽으로 찌그러뜨렸다.

모구가 바닥을 향해 얼굴을 묻고 쓰러질 때 타란 주는 앞발을 빼고 뒤로 빠져나왔다. 타란 주는 잠시 모구를 바라보더니 고개를 들었고, 이 장면을 넋을 잃고 바라보는 잔달라를 쳐다봤다. 타란 주는 피 묻은 옷소매를 세게 잡아 당겼다.

"가라, 아니면 너에게 남은 것이 무엇이든 모두 다 파괴해버릴 것이다."

34

볼진이 소리쳐 경고하기도 전에 칼아크가 오른쪽 손을 들어 무엇인가를 앞으로 홱 던졌다. 가느다란 단검이 타란 주를 향해 회전해 들어왔다. 검이 목표물을 향해 속도를 낼 때, 칼아크는 바닥에서 장검을 들어 올려 타란 주를 공격했다.

연로한 판다렌 수도사의 오른쪽 앞발이 안쪽에서 바깥쪽을 향해 원을 그리며 올라와 방어했다. 타란 주는 앞발 등으로 단검을 쳐 방향을 바꿨다. 눈 깜짝할 사이에 단검은 잔달라의 목에 박힌 채 부들부들 떨리고 있었다. 수도사의 경고가 귀에 들어오기 훨씬 전에 검에 박힌 희생자나 그의 동료들은 그들의 지휘관이 그 검을 던졌다는 사실을 깨달았다. 벌어진 일에 놀란 그들은 그 자리에 뿌리박힌 듯 가만히 있었다.

볼진이 칼아크와 타란 주 사이에 끼어들었다.

"나는 자비를 제안하는 것보다 더 나은 것을 알고 있소."

칼아크의 눈이 이글거렸다.

"당신은 당신보다 우월한 동족을 배반하고 있어."

"그림자 사냥꾼에게 우월한 동족이란 없소."

칼아크는 조금 전 볼진이 처치한 트롤만큼 멋진 기술로 그리고 그보다 더 빨리 공격을 했다. 칼아크의 칼날은 뱀처럼 구부러지고 베기를 시도하며 번쩍거렸다. 볼진은 그다지 많은 공격을 막아내지 못했고, 그저 피하거나 옆으로 비틀어 쳐버렸다. 칼아크는 볼진에게 공격할 여유를 주지 않았지만, 줬다 해도 별로 달라지는 게 없었을 것이다. 볼진의 근육은 이미 피로로 다 타버렸다. 볼진은 칼아크의 방어를 뚫을 만큼 빠르게 움직일 수 있을지 확신이 서지 않았다. 그리고 그녀는 무엇인가, 볼진이 싸우는 것을 보면서 거기서 이점을 취하려는 것 같았다.

'칼아크가 뭘 본 거지?'

볼진의 마음을 읽기라고 한 듯 칼아크는 그를 압박했다. 그녀는 볼진이 강한 쪽인 오른쪽으로 원을 그리며 검을 휘둘렀다. 칼아크가 볼진이 왼쪽 어깨가 부상 중이라는 사실을 눈치챘을 수도 있지만, 그는 이미 그 부상에서 회복되었다. 그게 아니라면 그녀는 무엇을 이용하려는 것일까?

그러다 볼진은 칼아크가 무엇을 봤던 상관없다는 사실을 깨달았다. 그녀가 보지 못한 것을 볼진은 알고 있었기 때문이다. 칼아크가 볼진의 배를 겨냥하고 칼을 휘두를 때, 그는 무기를 왼손으로 바꿔 쥐었다. 그는 자신의 검으로 칼아크의 칼날을 돌리지 않고 그저 지연시키며 앞으로 나갔다. 칼아크의 검은 여전히 볼진의 왼쪽 둔부, 즉 덩타이가 창의 손잡이로 후려쳤던 부분을 노렸다. 그는 고통을 느꼈지만, 왠지 모르게 아주 멀게 느껴졌다.

볼진은 왼팔로 칼아크의 손목을 자신의 옆구리 쪽에 끼운 채 아래로 내렸다. 위를 올려다보는 칼아크의 눈에 서린 위협적인 분노는 볼진을 태워버릴 듯했다. 볼진은 눈빛에 경멸감을 담아 되쏘았다. 칼아크가 적이라서가 아니라, 그녀가 판다리아와 모든 트롤을 파멸로 몰아넣을 만큼 부패했기 때문이다. 볼진은 칼아크가 상황을 이해했을 거라고 믿을 만큼 충분한 시간을 들여 그녀이 시선에 응내했다. 그리고 칼아크를 죽였다.

빠르게.

자비심 따위는 전혀 없이.

칼아크가 볼진이 싸우는 모습을 봤을 때는 모두 검을 사용했고, 전통적인 방법으로 싸웠다. 칼아크가 보지 못한 유일한 기술은 볼진이 음영파 수도사들이 앞발을 이용하는 방식으로 훈련할 때뿐이었다. '맨 손으로 그녀를 죽이는 게 적합하다.'

볼진은 손을 창처럼 만들어 칼아크의 후두와 기관을 부셔버렸다. 그의 손가락은 더욱 깊이 들어갔다. 딱딱한 부분에서부터 죽처럼 부드러운 부분까지 들어가 칼아크의 척추를 부서뜨렸다. 뼛조각이 칼아크의 척수를 갈가리 찢었다.

칼아크는 뒤로 비틀거리며 이 공격에서 빠져나가려 했지만, 이미 다리가 말을 듣지 않았다. 그녀는 죽은 모구의 발치에 쓰러져 무서운 눈으로 볼진을 노려봤다. 마지막 숨을 고르려 애쓸 때 이미 칼아크의 얼굴은 보라색으로 변해 있었다.

그녀는 실패했다.

잔달라 부대는 경악한 얼굴로 그 자리에 서 있었다. 칼아크가 죽었다. 대위도 죽었다. 그리고 두 모구를 포함해 너무도 많은 동료들이 죽거나 안팎으로 죽어가며 신음하고 있었다. 구루바시와 아마니는 벌써 철수하기 시작했다. 뒤편에 있던 병사들이 점점 흩어지기 시작했다.

볼진은 이제 검을 다시 오른손으로 바꿔 쥐었다.

"브원삼디가 너희들을 맞이할 준비를 하고 있다."

그가 한 말에 수많이 트롤들이 몸서리를 쳤다. 그들은 눈보라 속을 도주하고 있는 나머지 동료들에 합류했다. 남아 있던 몇 안 되는 트롤들이 앞으로 돌진했다. 타란 주가 파리를 쫓듯 그들을 흩어지게 만들었다. 뼈가 꺾이고, 쿵하고 몸이 바닥에 부딪치며 트롤들은 몸을 비틀었다.

타란 주가 뒤로 물러서 부드럽게 앞발을 흔들었다.

"저들을 돌보라. 여기서 멀리 떨어진 곳에서. 가도 좋다."

타란 주의 허락이 명령이라고 되는 듯 마지막 남은 잔달라 무리들이 사라졌다. 몇몇 잔달라들은 부속 건물 아래에 피와 시체를 남겨둔 채 부상당한 동료를 끌고 갔다. 타란 주와 볼진이 티라선에게 가로질러 달려갈 때, 첸과 야리아는 계속 적들을 주시한 채 다리를 절뚝거리며 앞으로 나왔다.

선홍색 피가 묻은 입술로 티라선은 힘없이 웃었다.

"창에 맞았어요."

볼진이 창을 바라봤다. 창이 티라선의 척추를 뚫고 들어가 장까지 파열된 게 틀림없었다. 설상가상으로 칼날에 직각으로 붙은 날의 밑부분이 넓었다. 그래서 창을 옆으로 빼낼 수도 없었고, 벽에 깊이 박혀 있어서 뽑기도 어려웠다.

"움직이지 말고 가만히 있게. 내가 주문을 외울 테니⋯⋯."

타란 주가 여기저기 더듬거리며 창이 튀어나온 쪽 상처를 살펴보자 인간은 고개를 가로저으며 낮게 말했다.

"아니요, 됐습니다. 우리는 해냈어요. 그러니 행복하게 죽을 수 있어요."

트롤이 흥분해 침을 삼켰다.

"어리석은 인간. 자네는 행복하게 죽을 수 없어."

"내가 지키지 못할 잘못된 약속을 했다는 거로군요."

티라선은 한숨을 쉬었다.

"가게 해줘요. 난 괜찮아요."

창이 떨리자 티라선의 몸이 경직됐다. 그의 뒤에서 무엇인가가 꺾어졌다. 티라선이 앞으로 쓰러지자 타란 주가 그를 잡았다. 볼진이 타란 주를 도와 티라선을 바닥에 뉘었다. 티라선은 눈을 감았기 때문에 볼진은 그가 듣는지 알 수 없었지만 아무튼 이야기를 했다.

"나는 자네가 죽게 두지 않을 거야. 자네를 죽이려 한 놈을 내가 잡지 못했어. 그리고 자네는 내게 가로쉬를 잡을 화살 하나를 빚진 게 있지 않나."

볼진은 손으로 창의 날이 꽉 박혀 있는 상처 주변을 눌렀다. 그는 타란 주에게 고개를 끄덕였다. 판다렌 수도사가 창의 손잡이를 살살 돌리다가 날을 뽑아냈다. 십이 센티미터는 족히 되는 창끝이 벽에 박혀 있었다. 피 묻은 날은 금속 피로로 인해 갈라진 것처럼 깨져 있었다. 볼진은 타란 주가 어떻게 칼날을 부러뜨렸는지 전혀 알 길이 없었지만, 그런 것을 생각할 여유도 없었다.

볼진이 손으로 상처를 덮자 피가 손가락 사이로 배어 나왔다. 볼진은 곧 주문을 외웠다. 황금빛 에너지가 그의 손바닥에 모이더니 티라선의 몸속으로 들어갔다. 마법은 바닥을 치더니 곧 위로 튕겨져 올라갔다. 야리아와 첸도 이 에너지에 맞았고, 심지어 바닥에 쌓여 있는 잔달라의 시체 더미와 그 아래 묻힌 수도사의 시신에도 흘러들어갔다.

볼진은 티라선이 움직이는지 느끼기 위해 기다렸지만, 그저 모든 일을 마법에게 맡긴다는 점이 만족스럽지 않았다. 볼진은 눈을 감고 찾았다. 그리 열심히 애쓰거나 멀리 갈 필요가 없었다. 브원삼디의 존재가 수도원에 드리우는 게 느껴졌기 때문이다.

'이 인간은 그대가 데려갈 자가 아닙니다.'

'그림자 사냥꾼아, 로아에게 무엇을 하고, 무엇을 하지 말지에 대해 말하다니, 네가 그리도 대담하단 말이야?'

센진의 목소리가 볼진의 귀를 때렸다. '저 인간은 아직 당신이 데려갈 때가 아니라고 볼진이 말하는 것 같군요.'

'그렇습니다. 맹세가 있으면 의무도 있습니다.'

죽음의 신이 웃었다. '그 말로 나를 막을 수 있다면, 내 영역은 텅 비게 될 테고 아무도 죽지 않을 것이다.'

볼진이 턱을 치켜들었다. '그림자 사냥꾼의 맹세요. 그거라면 로아에게 영향을 미치기에 충분할 것입니다.'

유령 같은 로아가 어깨를 으쓱했다. '너는 내게 수확할 영혼을 많이 바쳤다.'

'그 역시 마찬가지입니다.'

'맞는 말이다. 그리고 더욱 많은 트롤이 추위에 죽어갈 테지. 또 살아남아 무슨 일이 있었는지 보고하는 자가 있다면, 그들은 미쳤다고 간주되거나 비겁한 짓을 한 죄로 처형될 것이다.' 브원삼디가 미소를 지었다. '비단무용수는 네가 그녀를 위해 짜준 거미줄 망에서 기뻐할 것이다. 그렇다면, 좋다. 그 인간을 가져라. 지금은.'

'감사합니다, 브원삼디.'

'그러나 영원히는 아니다, 볼진.' 로아는 볼진에게 속삭이면서 사라졌다. '영원한 것은 아무것도 없다.'

티라선의 몸이 흔들렸고, 근육이 꿈틀거렸다. 곧 몸이 편안해졌고, 호흡도 더욱 안정적으로 돌아왔다.

볼진은 발뒤꿈치로 서서 그의 허벅지에 묻은 피를 닦아냈다.

"내가 할 수 있는 치유는 다 했습니다."

타란 주가 미소를 지었다.

"티라선이 건강을 되찾도록 돌볼 장비와 시설이 있을 거요."

볼진이 일어섰다. 시신이 바닥에 어지럽게 널려 있었지만, 장난을 지듯 소용돌이치며 도는 눈과 천천히 아래층으로 흘러내리는 피 말고는 아무것도 움직이지 않았다. 냉기에 노출되자 핏줄기는 얼어서 굵고 붉은 양초가 흘러내린 것처럼 보였다. 현실을 부정하는 듯, 전혀 해가 되지 않는 존재로 보였다.

죽은 자는 전혀 문제가 되지 않았다. 첸과 야리아가 시신 더미 아래에 깔려 있는 살아남은 수도사들을 빼내는 동안, 볼진은 몸을 웅크리고 앉아 티라선을 팔로 들어 안았다.

"안내하시죠, 타란 주 님. 이제 치료를 시작할 수 있습니다."

• • •

첸은 불을 붙인 마지막 향을 모래가 가득 찬 청동 단지에 꽂았고, 선반을 향해 고개 숙여 절을 했다.

야리아도 마지막 조각상을 정리하는 일을 마치고 첸에게 합류했다. 그들이 고개 숙여 절을 하고 있는 동안, 소나무와 바다 냄새가 나는 하얀 연기가 깊은 산속에서 찾아온 석상 주의를 떠다녔다.

첸과 야리아는 몸을 펴고 일어섰다. 그녀는 왼쪽 앞발로 첸의 오른쪽 앞발을 잡았다.

"당신은 지난 며칠 간 내게 커다란 힘이 되었어요, 첸 스톰스타우트."

야리아가 수줍은 듯 아래를 내려다보며 말했다.

"끔찍한 일을 너무도 많이 해야 했죠. 혼자라면 해내기 힘든 일이었어요."

첸은 자유로운 나머지 앞발로 야리아의 얼굴을 들었다.

"그 일을 혼자하게 내버려 둘 수 없었소, 야리아."

"물론 그렇지요. 전사한 당신 동지들에게도 마찬가지였겠죠."

그는 고개를 가로저었다.

"내 말의 의미가 그게 아니라는 걸 잘 알잖아요."

"당신이 리리를 잘 돌보고 싶어 한다는 것도 알지요."

"그리고 당신 가족도요."

첸은 석상을 향해 고개를 끄덕였다.

"잔달라의 침입은 여기서 끝이 아니오. 모구 황제도 여전히 살아있고, 잔달라 군대는 여전히 행군을 하고 있어요."

야리아도 고개를 끄덕였다.

"모든 것이 끝나기를 바라는 건 이기적인 생각이겠죠?"

"평화를 바라는 건 절대 이기적인 것이 아니오. 두려움이 내 고향을 지배하지 않고 당신과 떨어지지 않아도 된다는 의미이기 때문에 나도 평화를 원해요."

야리아 세이지위스퍼가 첸에게 기대서 키스를 했다.

"나도 같은 걸 원해요."

몸을 앞으로 움직인 야리아는 팔을 뻗어 첸에게 두르고 열렬하게 포옹했다.

"나도 당신과 함께 가고 싶어요……."

"이곳은 당신의 도움을 필요로 하오."

놔주고 싶지 않다는 듯 첸도 야리아를 꼭 껴안았다.

"그리고 나는 돌아올 거요. 당신도 알잖소? 절대 의심할 필요가 없어요."

야리아가 몸을 떼었다. 금방 눈물이 흘러내릴 듯 눈가가 그렁그렁했지만 미소를 짓고 있었다.

"의심도 두려움도 없어요."

"그래요."

첸이 그녀의 뺨을 쓰다듬은 후 입술과 이마에 키스를 했다. 그녀는 첸의 품안에서 완벽함을 느꼈다. 첸은 야리아의 향기와 그녀의 따뜻함을 깊이 들이마셨다.

"그리고 이 점도 알아둬요. 우린 아주 오랜 세월이 지난 뒤에 산의 뼈에서 떨어질 거요. 그러니까 우리에겐 그만큼 같이 할 시간이 많다는 거요. 당신과 함께라면 나는 확실히 고향에 머무를 수 있소."

• • •

볼진은 티라선이 침대 가장자리에 앉아 있는 모습을 봤다. 티라선의 몸에는 여전히 붕대가 감겨 있었다. 그는 어렵게 슬리퍼를 신었다. 이틀 전에는 하지 못했던 일이었기 때문에 볼진은 이것을 좋은 징조로 받아들였다.

"산이 자네를 기다릴 거야."

인간이 웃었다.

"기다리게 놔두지요. 잔달라를 처치하느라 제일 좋은 단검을 터널에 두고 왔어요. 그걸 찾았으면 합니다."

"자네가 스무 개 이상은 찾을 수 있기를 바라네."

티라선이 고개를 끄덕였다.

"나도 그러길 바라요. 거기 내려갔을 때에는 다시 햇빛을 보게 될 거라고 생각하지 않았어요."

칼아크의 정예 부대는 수도원 밑으로 나 있는 터널을 통해 들어와 스노우드리프트 도장에 있는 수도사들을 제압했다. 그들이 처음 건물 안으로 밀려 들어왔을 때에는 티라선이 있는 곳을 우회했다. 티라선은 터널로 들어갔고, 볼진은 그가 한 작업을 봤다. 티라선은 봉인된 방을 침공하도록 배치된 잔달라 부대를 쫓았고, 그들 중 대다수를 처치했다. 어둠 속에서 화살은 무용지물이라 그는 검과 단검 그리고 그의 머리만한 돌을 이용해 잔달라들을 죽였다. 볼진은 티라선이 잡은 잔달라 중 몇몇은 아직 발견되지 않았음을 확신했다. 기어 나가려다 죽었을 가능성이 컸기 때문이다.

"자네가 해내서 무척 기쁘네. 내 생명을 구했어."

"그리고 당신도 내 목숨을 구했죠."

티라선은 아래를 내려다봤다. 희미한 미소가 그의 입술에 나타났다.

"내가 그냥 가게 내버려두라고 했던 건……."

"고통이 심해서 그랬던 거지."

"맞아요. 하지만 육체의 고통 때문은 아니었어요."

티라선은 허벅지에 편안하게 대고 있는 자신의 손을 내려다봤다.

"내가 죽었다는 생각을 좋아한 이유는 그렇게 하면 내 가족의 상황으로 인한 고통에서 도망칠 수 있었기 때문이에요. 하지만 당신이 결정을 내리는 과정에서 잔달라를 거부하고 가족에 대해 이야기한 것이 내게 영향을 미쳤지요. 우리가 여기 머물러서 싸우기로 한 결정은 명예와 용기 그리고 이들을 가족이라고 느낀 데서 비롯되었죠."

"어리석음도 포함되어 있지. 그것도 아주 많이. 많은 이들이 그렇게 말하고 있어."

"그것도 맞지만 틀린 이유에서 맞는 답입니다."

티라선은 한숨을 쉬었다.

"내가 죽기로 한 결심은 용기 있는 행동이 아니었어요. 내가 누구든 나는 용기나 명예 없이는 살고 싶지 않아요."

볼진이 고개를 끄덕였다.

"나도 동감하네. 해야 할 일이 많은데, 그것들은 그 두 가지 품성은 물론 그 이상을 필요로 하지. 명사수의 눈을 포함해서 말일세."

"무슨 말인지 압니다. 내가 가로쉬를 겨눌 화살의 깃 눈을 붙여줄게요."

"하지만 그 전에 해야 할 일이 있어."

"내 속에 들어왔을 때 나에 대해 너무 많은 걸 알게 됐군요."

볼진이 고개를 가로저었다. 그리고 양손으로 티라선의 어깨를 잡았다.

"자네와 함께 지내면서 더 많은 걸 배웠어."

티라선이 미소를 지었다.

"여기 잠시 머물면서 회복도 하고 수도사들을 도울 겁니다. 그리고 내 고향의 골짜기를 다시 보러가겠다고 한 맹세를 지킬 겁니다. 내가 없어진 게 나에게는 최선이었지만, 내 가족에게도 최선이었다고 스스로에게 거짓말을 하고 있었어요. 내 아이들은 나를 알 필요가 있어요. 내 아내도 내가 이해한다는 걸 알 필요가 있고요. 이미 벌어진 일을 원래대로 돌릴 수는 없겠지만, 잘못되지 않았다고 거짓말하는 것을 그냥 내버려두는 건 옳지 않아요. 가족과 나, 모두에게요. 그건 내가 열고 나가 여행하고 싶은 문이 아닙니다."

"이해하네. 자네는 이 일을 하면서 그 누구보다 용감했어."

볼진은 팔짱을 끼고 뒤로 물러났다.

"그리고 내가 준비가 되었을 때 자네가 그 화살을 가지고 내 곁에 있어줄 거라고 믿네."

"나를 잡는 놈을 당신이 잡아줄 거라고 내가 믿는 것과 마찬가지죠."

티라선은 불안정한 자세로 일어섰다.

"그리고 오랜 세월이 흐른 뒤에 당신이 그 책임에서 벗어나기를 바랍니다."

• • •

볼진은 모구와 전투를 치렀던 그 섬에 서서 떨어지는 꽃의 숲 쪽을 바라봤다. 사방이 모두 눈으로 덮여 있었다. 쌓여 있는 더미들이 바위인지 얼어붙은 시신인지 확신할 수 없었지만, 상관없었다. 소용돌이치는 바람에 날리는 눈송이가 모든 것이 순결한 듯 하얗게 감춰버렸다.

볼진은 잠시나마 눈으로 덮인 세상이 평화롭다고 그냥 믿었다.

타란 주가 그의 곁에 나타났다.

"평화란 자연스러운 상태지요. 여기서 원하는 만큼 얼마든지 평화를 즐기시오."

"정말 친절하십니다, 타란 주 님."

연로한 판다렌 수도사가 미소를 지었다.

"하지만 볼진, 당신은 그렇게 하지 않겠죠."

"그렇게 하는 건 이기적인 행위입니다."

볼진이 타란 주를 향해 몸을 돌렸다.

"당신이 제게 제공하는 평화는 환영하지만, 두개골이나 투구 같은 함정이 될 겁니다."

타란 주가 고개를 들었다.

"정말 이해한 겁니까?"

"네. 그 우화의 핵심은 두개골이나 투구가 아니었어요. 어떤 이가 스스로를 정의할 때 받아들이는 한계가 핵심인 거죠. 스스로를 게라고 생각하는 게는 자신이 찾는 피난처에 의해서가 아니라 피난처를 찾아야 한다는 필요성에 의해 정의됩니다. 나는 게가 아닙니다. 내 미래는 내가 껍질 역할을 할 수 있는 것에 의해 결정되지 않지요. 나에게는 선택할 수 있는 것이 여러 가지 있습니다."

"그리고 책임은 더욱 크지요."

"맞습니다."

트롤은 깊게 숨을 들이 마신 다음 천천히 내뱉었다. 가로쉬는 호드를 배신했고, 앞으로도 그럴 것이다. 그게 바로 가로쉬의 본질이었다. 그는 자신의 모습을 이기적인 욕망과 두려움으로 정의되게 내버려뒀다. 가로쉬는 결코 변하지 않을 것이며, 자신의 위치를 공고히 하기 위해 끔찍한 수단을 많이 사용할 것이다. 그렇게 하는 과정에서 가로쉬는 피가 강처럼 흐르게 만들 것이고, 그로 인해 생긴 홍수에 쓸려가게 될 것이다.

"타란 주 님, 여기서 가족을 돌보세요. 첸의 가족도 마찬가지고요. 티라선은 자신의 가족에게 돌아갈 겁니다."

볼진이 눈을 부릅떴다.

"내 가족은 호드에요. 티라선이 가족에게 그가 죽었다고 믿게 둘 수 없듯이 나도 호드를 그렇게 대할 수 없습니다. 그들도 평화를 누릴 자격이 있습니다. 내가 여기 머문다면 그건 호드를 부인하는 거나 마찬가지입니다."

"그림자 사냥꾼은 그렇게 할 수 없다는 말이오?"

"할 수 있든 없든 그게 중요한 게 아닙니다. 그림자 사냥꾼이든 아니면 트롤이든 상관이 없어요."

볼진이 천천히 고개를 끄덕였다.

"검은창 볼진은 그렇게 하지 않을 겁니다. 그건 내가 아닙니다. 때가 되면 나는 적들에게 그들이 초래한 악에 대한 대가를 치르게 할 겁니다."

감 사 의 말

이 책을 위해 도움을 주신 분들에게 감사를 표하고자 한다. 이 분들이 없었다면 이 책을 완성하지 못했으리라. 내게 월드 오브 워크래프트 소설을 써보라고 제안한 폴 아레나, 도입 부분을 만들어준 크립토조익의 스콧 가에타, 스콧에게 도입 부분을 만들어 달라고 부탁해준 블리자드의 제리 추, 채색이 라인 안으로 들어가도록 열심히 작업해준 블리자드의 미키 닐슨, 데이브 코작, 캐머런 데이튼, 조슈아 호스트, 저스틴 파커 그리고 케이트 게리에게 감사드린다. 무한한 인내심을 보여준 편집자 에드 슐레징어, 계약 작업을 해준 에이전트 하워드 모하임, 집필 작업을 하는 동안 온전한 상태를 유지하도록 옆에서 도와주고 영감을 준 친구 켓 클레이본, 폴 가라베디언, 제미 컵퍼만에게도 감사를 표한다.(그리 나쁜 일이 아니라고 생각한다. 덕분에 휴식이 필요할 때는 아제로스에 빠져 연구를 한 것으로 간주할 수 있으니까.)

덧 붙 이 는 말

　지금 독자 여러분이 읽은 이야기는 부분적으로 블리자드 엔터테인먼트가 제작한 컴퓨터 게임 〈월드 오브 워크래프트〉에 나오는 등장인물, 상황 그리고 지역에 근거합니다. 〈월드 오브 워크래프트〉는 여러 상을 수상한 〈워크래프트 유니버스〉에서 벌어지는 온라인 롤플레잉 경험 게임입니다. 〈월드 오브 워크래프트〉에서 플레이어들은 자신만의 영웅을 만들어 다른 수천 명의 플레이어들과 함께 광대한 세상을 탐험하고, 모험하고 임무를 수행합니다. 방대하고 다채로우며 진화하는 이 게임을 통해 플레이어들은 상호교류를 하며, 이 소설에 나온 흥미롭고 강력한 등장인물들과 같은 편에서 혹은 적이 되어 싸움을 합니다.

　2004년 11월 출시 이후, 〈월드 오브 워크래프트〉는 전 세계적 인기를 누리며 대규모로 여러 플레이어가 참여하는 유료 롤플레잉 게임이 되었습니다. 가장 최신의 확장 팩 〈판다리아의 안개〉는 플레이어들을 전에 한 번도 본 적이 없는 새로운 퀘스트와 모험이 가득한 대륙으로 인도합니다. 〈판다리아의 안개〉에 대한 추가 정보와 새롭게 공개되는 내용 그리고 이전 확장 팩은 월드 오브 워크래프트 닷컴에서 찾아볼 수 있습니다.

추 천 도 서

　독자 여러분이 이 소설에 나온 등장인물, 상황 그리고 배경에 대해 좀 더 관심이 있고 읽기를 원한다면 다음의 출전을 참고하시기 바란다.

- 전쟁과 고난을 겪으며 볼진은 불굴의 용기로 검은창 부족을 이끌어 왔다. 볼진과 그의 부족이 호드에 합류하기 전의 삶에 대한 자세한 이야기는 Brian Kindregan이 쓴 단편『The Judgment』에 나와 있다(www.WorldofWarcraft.com에서 찾아볼 수 있다). 가로쉬 헬스크림과의 긴장 관계를 포함한 볼진이 겪은 최근 모험에 대해서는 크리스티 골든의 작품『월드 오브 워크래프트: 제이나 프라우드무어: 전쟁의 물결』에 나온다.

- 유명한 양조사 첸 스톰스타우트는 아제로스와 그 너머의 세상을 누비며 잊힌 던전과 다른 위험 지역(대개는 완벽한 맥주를 만들 재료를 찾기 위해서였다)을 모험했다. 첸의 흥미진진한 삶에 대해 알고 싶다면 Micky Neilson과 Sean 'cheeks' Galloway의 그래픽 노블『World of WarCraft: Pearl of Pandaria』를 읽어보기를 권한다. Sarah Pine이 쓴 온라인 사 부작 단편『Quest for Pandaria』(www.WorldofWarcraft.com에서 찾아볼 수 있다)를 통해 신비한 대륙 판다리아를 여행하는 첸의 여정을 만날 수 있다.

• 천 년 동안 음영파는 경이로운 판다리아 대륙을 수호해왔다. 수수께끼 같은 음영파와 그들이 철저하게 지키고 있는 비밀에 대해 더 알고 싶다면 Cameron Dayton이 쓴 단편 『Trial of the Red Blossoms』(www.WorldofWarcraft.com에서 찾아볼 수 있다)를 읽어보기 바란다.

• 대족장 가로쉬 헬스크림과 그의 이전 업적에 대한 자세한 이야기는 월간 〈월드 오브 워크래프트〉 만화 15~20편(Walter and Louise Simonson, Jon Buran, Mike Bowden, Phi Moy, Walden Wong, and Pop Mhan)에 나와 있다. 그 밖에도 『월드 오브 워크래프트: 제이나 프라우드무어: 전쟁의 물결』(크리스티 골든), 『월드 오브 워크래프트: 부서지는 세계: 대격변의 전조』(크리스티 골든), 『World of Warcraft: Beyond the Dark Portal』(Aaron Rosenberg & 크리스티 골든), 『World of Warcraft: Wolfheart』(리차드 A. 나크), 그리고 단편 『Heart of War』(Sarah Pine), 『As Our Fathers Before Us』(Steven Nix), 『Edge of Night』(Dave Kosak)를 참고하기 바란다(www.WorldofWarcraft.com에서 찾아볼 수 있다).

• 첸 스톰스타우트의 조숙한 조카 리리는 항상 삼촌의 발자취를 따라 아제로스 대륙을 방랑하기를 꿈꿨다. 이 재미있는 판다렌에 대해 더 알고 싶다면 그래픽 노블 『World of Warcraft: Pearl of Pandaria』(Micky Neilson & Sean 'Cheeks' Galloway), 온라인 사 부작 단편 소설 『Quest for Pandaria』(Sarah Pine), 그리고 십일 부작 일기 시리즈 『Li Li's Travel Journal』을 참고하기 바란다(www.WorldofWarcraft.com에서 찾아볼 수 있다).

전쟁은 계속된다

〈호드의 그림자〉는 대족장 가로쉬 헬스크림이 그에 반항하는 자들을 침묵하게 만들기 위해 벌이는 무자비한 조치의 오싹한 서막을 보여준다. 그러나 이 잔인한 책략은 호드 내 긍지 높은 분파 사이의 불만에 불을 지르고 수많은 이들의 공공연한 저항을 불러일으킬 뿐이다.

〈월드 오브 워크래프트〉의 네 번째 확장 팩, 〈판다리아의 안개〉는 헬스크림이 볼진을 잔인하게 암살하려는 시도와 호드의 분열을 초래하는 불안이 가중되는 모습을 보여준다. 여러분은 새로운 동맹, 적 그리고 흥미진진한 임무로 가득한 판다리아 대륙을 모험하며 이 역사적 사건에 참여할 수 있다. 〈판다리아의 안개〉를 통해 고귀한 종족 판다렌으로 분해 게임을 하며 각자의 이상에 맞춰 호드나 얼라이언스를 선택해 그에 합류할 수 있다. 어느 쪽을 선택하느냐에 상관없이 여러분의 모험은 호드와 아제로스의 운명에 영향을 미칠 것이다.

월드 오브 워크래프트 닷컴으로 가서 전 세계 수백만의 와우 플레이어들이 즐기고 있는 역대 최대 규모 확장 팩의 무료 시험 버전을 다운로드 받아 이 이야기를 체험해보시길 바란다.